흰 소가 끄는 수레

박범신 중단편 전집 4

흰 소가 끄는 수레

박범신 연작소설

문학동네

차례

—

흰 소가 끄는 수레

1

세상은 온통 흰빛이었다.

눈은 그쳤지만 새벽까지 내린 폭설 때문인지 해인사 너른 주차장은 텅 비어 있었다. 나는 주차장을 지나 해인사로 올라가는 숲 사잇길을 부지런히 걸었다. 구두를 신었기 때문에 금방 발목의 양말이 눈에 젖었다. 대해수 중음진 찰진심념가수지大海水 中飮盡 刹塵心念可數知라고 새겨진 목판장木板墻이 허공에 걸려 있었다. 큰 바닷물 다 마실 수 있고 이 세상 티끌 다 헤아려 알고. 잿빛 하늘이었으나 숲 사잇길은 티끌조차 없는 정결한 눈밭이었다. 중 하나, 엇갈려 산을 내려갔다.

이마를 숙이고 엇갈려 내려가는 중의 보폭은 내 반도 되지 않았다. 당신도 이제 쉰이야. 층계 오르내릴 때만이라도 부디 한 계단씩만 밟아봐요. 그러다 어디든 넘어져 부러지면 어쩌려고. 아내의 말이 들렸다. 아내는 아마 그 중이 걷는 걸 보았다면 아름다운 보폭이라고 말했을 것이다. 특정한 볼일 없이 들러보려는 해인사 어귀의 숲 사잇길에서도 내 보폭은 어김없이 넓었다. 보폭은 넓고 발걸음은 빠른 직진이 내 삶의 방식이자 삶의 속도였다. 왁자지껄한 소리가 등뒤에서 났다.

한 떼의 젊은이들이 등뒤로부터 우르르 다가와 나를 에워싸는 듯하더니 이내 앞질러 갔다. 일주문은 이제 멀지 않았다. 나는 젊은 그들의 기세에 눌려 불망비不忘碑들만을 한데 모아놓은 석비군石碑群 쪽으로 한 발 비켜서 있었다. 젊은이들의 보폭은 나보다 넓고 활달했다. 개들 핑계 댈 생각은 말아요. 아내가 또 말했다. 개들은 청춘인걸. 나는 눈을 이고 선 비석들을 보았다. 왜 나이와 걸음걸이의 속도가, 세월과 삶의 속도와 반비례하는 게 자연스럽다고 여기는지 어쩐지 아내는 시시콜콜 설명하지는 않았다. 젊은이는 빠르고 늙은이는 느리다. 아니 젊은이는 빨라야 하고 늙은이는 느려야 한다. 아내는 생각할 터였다. 아내의 신념 체계는 언제나 나보다 더 보편성을 담고 있었다. 나는 짐짓 아내를 외면하고자 앞에 선 불망비 하나의 머리를 쓸었다. 앞줄에 선 일곱 기의 비석은 모두 갓이 있었다. 둘째 줄 일곱 기의 비석은 네 개만 갓이 있었다. 일주문 안으로 사라진 젊은이들이 입을 다물고 나자 갑자기 사위는 아주 적요해졌다. 내 손에 쓸려나온 설편雪片들이 발치에 떨어지는 미세한 소리가 들렸다. 그 순간, 하나의 시선 같은 것이 내 오른쪽 관자놀이 근처에 와 닿는 것을 나는 불현듯 느꼈다.

나는 본능적으로 뒤돌아보았다.

숲 사잇길이 완전히 빈 줄 알았는데, 한 사내가 있었다. 사내는 이편에 옆모습만 보인 채 고사목枯死木을 올려다보는 중이었다. 잘못 느낀 거야. 미동도 하지 않고 고사목을 올려다보고 있는 자세로 보아 사내가 내게 시선을 쏘아 보냈다곤 생각되지 않았다. 새 몇 마리가 숲에서 날아올랐다. 푸덕푸드덕. 마른 나뭇가지에서 눈덩이 떨어지는 소리가 들려왔다. 셋째 줄 일곱 기의 비석 중 갓 있는 비석은 두 개뿐이었다. 나는 몇 걸음 옮겨가 키 작은 삼층 석탑 앞에 섰다. 일주문 밖에 서 있는 이 탑의 이름은 길상탑吉祥塔이었다. 두 겹의 기단 위에 삼층 탑신을 형성한 것이 신라 시대의 전형적 석탑 양식을 보여주고 있었다. 속도가 빠르면 그만큼 시야가 좁아진대요. 아내는 달리는 차의 속도계가 시속 백 킬로만 넘으면, 말하곤 했다. 아내는 계단을 오르내릴 때 몸이 부실하지 않은데도 꼭 난간까지 잡았고, 타야 할 차가 떠나는데도 뛰는 법이 거의 없었다. 다음 차를 타면 되는걸요. 천년 세월에 풍화된 길상탑의 이끼 앉은 탑신에 답답한 아내의 속도와 재빠른 내 호흡이 엇갈려 흘렀다. 그때 나는 기어이 다시 고개를 뒤로 돌렸다. 아무래도 그 무엇인가가 내게 닿고 있었다. 정결하지만 차갑지만은 않은, 자애로운 듯하지만 소심란蘭의 향香인 듯 흐르는, 세필細筆의 섬광 같은 것. 그러나 사내만이 여전히 붙박이로 서 있었다. 사내가 마주선 고사목은 신라 제40대 애장왕 3년 순응順應, 이정利貞 두 스님이 애장왕후 병을 고치고 나서 해인사를 개산한 기념수라 했다. 1945년 해방되던 해 고사했으니, 우리 현대사의 곡절 많은 규환의 나날을 그는 죽은 뒤 겪었을 터였다. 고사목 앞에 서 있기 때문일까. 사내 또한 갈데없이 고사목 형국이었다. 성긴 반백의 머리칼, 가늘고 긴 목, 나처럼 마르고 좁은 등을 그는 갖고 있었다. 나는 한순간, 사내에게 뭐라고 형언할 수 없이, 아주 다정한 기분을 느꼈다. 멀고먼 길을 돌아 풍진의 세상을 지나온 한 점 혈육을 보는 것 같은. 그것이 사내의 마르고 굽은 등 때문이라고만 단정지어 말할 수는 없었다. 그의 마르고 굽은 등은, 구태여 지적하자면 나의 마르고 굽은 등과 이미지가 달랐다. 사람들은 흔히 내 마르고 굽은 등의 뒷모습이 쓸쓸해 뵌다고 말했다. 내 위장술이 등에까지 미치지 못하는 게 어떤 날은 화가 났다. 그러나, 사내는 쓸쓸해 뵈진 않았다. 고사목은 사별의 징표이다. 그런데 왜, 고사목 같아 뵈는 저 사내는 전혀 쓸쓸해 뵈지 않을까. 사내가 마침내 움직였다. 이편의 인기척을 느꼈을 법한데도 사내는 전혀 이편으로 시선을 주지 않았다. 그는 아주 천천히, 걷지도 않는 것처럼 걸었다. 좀 전에 내려간 중의 보폭보다 크지도 작지도 않게, 그럼에도 불구하고 중보다 느리게, 중보다 빠르게, 속도감이 조금도 없이, 그리고 아주 단정히, 사내가 숲 사잇길을 내려가고 있었다. 정말 아름다운 걸음걸이였다. 밀란 쿤데라는 빠른 것과 느린 것의 이분법을 통해, 뛰어가는 자는 자신의 육체 속에 있으며, 라고 썼다. 그 책은 내가 타고 온 자동차의 조수석에 놓여 있었다. 뛰어가는 자는 자신의 육체 속에 있으며, 끊임없이 자신의 물집들, 가쁜 호흡을 생각하는 수밖에 없다, 라고. 내 마른 육체 속에 층층이 쌓인 '물집'들이 한눈에 보였다. 사내의 걸음걸이는 '물집'의 호흡에서 벗어나 있고, 빈둥거림과 다른 '행복한 느림'의 호흡에서도 벗어나 있었다. 밀란 쿤데라는 이미 현대 문명 속에선 사라져버린 '행복한 느림보'들이 '신의 창'을 바라본다고 썼지만, 내 앞에서 멀어져가는 그의 보폭은 빠르지도 느리지도 않게, 바로 신의 창으로 들어가고 있었다. 철 늦은 바바리코트 차림이었다. 어디서나 볼 수 있는 흔한 빛깔의 바바리코트였는데, 허리띠를 흘러내리지 않게 하는 천 고리 두 개 중 오른편 한 개는 윗부분이 뜯어져 있었다. 뜯어진 고리의 끝부분이 나를 향하고 있었다. 여보세요. 하마터면 나는 소리쳐 부를 뻔했다. 얼굴은 제대로 못 보았으나 아마도 내 또래였을 것이다. 낯이 익은 뒷모습이었어. 사내가 숲에 가려 보이지 않게 되었을 때 나는 생각했다. 바바리코트가 낯익은지 사내가 낯익은지 알 수 없었다. 사멸의 초상이 슬프다는 건 관념이다. 고사목은 슬프지도 쓸쓸하지도 않았다. 당간이 없어진 당간지주幢竿支柱를 지나치고 나자 곧 일주문이었다. 나는 가야산 해인사라고 쓰인 현판 아래로 들어섰다. 사람의 잘되고 못됨은 곳에 달리고 땅의 성하고 쇠함은 시절에 관계된다 했던가. 가야산은 어디어디 해봐도 해인사가 자리잡은 동남방이 가장 빼어나다. 나는 일주문 문지방을 밟고 서서 저만큼 마주선 봉황문과 그 너머 눈 덮인 전각들 지붕 끝을 바라보았다. 모든 살고 죽은 것들의 사멸은 쌓인 눈으로 완벽하게 가려 있었다. 큰 바닷물 다 마실 수 있고 이 세상 티끌 다 헤아려 알고. 가야산은 그 골이 깊고 궁벽하여 예로부터 전란의 참화조차 미치지 않았다고 했다. 해발 천사백삼십 미터, 해동명산의 준봉들은 눈 덮인 채 의연했으나, 서울에서부터 숨가쁘게 달려내려온 나의 재빠른 직진이 부초할 곳, 아직 멀었다. 호주머니 속에서 사각으로 접힌 것, 새로 산 양날의 면도칼이 손끝에 집혔다.

나는 놀란 듯, 바삐 경내로 걸음을 떼어놓았다.

2

구형 엘란트라를 몰고 해인사 주차장을 출발한 것은 저녁 무렵이었다. 라디오에선 며칠째 내린 폭설로 인해 전국적으로 도로가 끊긴 곳이 수십 군데라고 했다. 나는 88고속도로 해인사 인터체인지가 멀지 않은 황산 부근에서 엘란트라 주유통을 꽉 채웠다. 씨팔, 또 오시네그려. 운동모자를 뒤로 눌러쓴 청년이 차의 주유구 캡을 닫으며 중얼거렸다. 아스피린 분말 같은 세설이 주유소 외등 불빛 속으로 하얗게 짓쳐들어오고 있었다. 고속도로 인터체인지는 그곳에서 금방이었다. 나는 거창에서 고속도로를 버리고 무주로 이어지는 신풍령을 넘을 작정이었다. 문제는 도로가 뚫린 지 몇 년 되지 않은 신풍령, 그 바람 센 고개였다. 그러잖아도 굴곡이 많고 경사가 급한 고개였는데, 적설량이 이만큼이나 되고 보면 길이 폐쇄됐을 가능성이 많았다. 이 년 전이던가. 황혼 무렵 신풍령 고개 정상을 꼭 한 번 넘어보았던 기억이 어슴푸레했다. 무주에 갔다가 충동적으로 신풍령을 넘어 거창, 김천을 거쳐 상경했던 그때에 비해 지금은 정반대 코스로 가고 있었다.

왜 하필 나는 해인사로 왔을까.

무주를 먼저 떠올리는 것이 내겐 더욱 자연스러운 일이었을 것이다. 무주는 내 젊은 날 가장 외로웠던 한 시절을 보낸 곳일 뿐만 아니라 눈이 웬만큼 쌓인다 해도 도로가 폐쇄되는 경우는 거의 없었으므로. 그러나 집 떠나 고속도로 진입로로 들어섰을 때 나는 이미 해인사에 먼저 들르기로 마음을 정하고 있었다. 무주로 오늘밤 당장 가야겠다고 생각한 건 해인사를 돌아보고 나서 경내 매점에 들러 염불 테이프와 성철 스님 법어집 한 권을 사고 난 직후였다. 본래의 자기 자신을 순금이라고 성철 스님은 생전에 말했다. 욕망이 마음의 눈을 가려, 한 기틀과 한 경계가 혹은 사로잡고 혹은 놓아주니 아수라阿修羅는 합장하고 보살은 결국 성낸다는 것이다. 성철 스님은 나를 본 바 없으나 나를 알고 있었다. 나는 성철 스님을 알지 못하나 성철 스님의 말을 알고 있었다. 나는 한 기틀과 한 경계의 아수라를 일러, 나 자신을 가리켜 좌청룡 우백호가 아니라 좌左변덕 우右질투요, 했다. 변덕은 심안心眼이 트이지 않아 중심이 없으니 자주 나를 찢어발기고, 질투는 온갖 욕망에 쫓기어 시시때때 삶의 속도를 올려놓으니 망령되어 내 눈에 들보를 박아넣는다. 그걸 성철 스님이 아닌들 누가 모르겠는가. 성철 스님이 내게 특별한 스님이 아니듯 해인사 또한 내게 특별한 곳일 수 없다. 송광사든 화엄사든 수덕사든 상관없는 일이다. 구태여 자문하려면 왜 하필 절로 오려 했을까, 묻는 것이 옳다. 왜 하필 나는 절로 왔을까. 내 정서는 범신론에 가깝고 내 형식은 가톨릭이다. 본명은 종원, 아우구스티노이며 영세 받은 지 오 년쯤 되었다. 세검정 본당 신부는 용모 수려하고 눈빛 곧았다. 영세 받으시지요. 딸이 견진성사를 받기 위해 교리 강좌를 들으러 다닐 때, 성당이 산꼭대기에 있어 차로 자주 데려다준다는 것이, 그만, 나까지 어정쩡하게 앉아 교리 강좌를 듣곤 했는데, 그걸 신부가 눈여겨보았던가보았다. 성수에 내 이마가 씻길 때 잠시 온몸이 찌르르했다. 그러나 나는 그것을 종교적 영적 체험이라고 느끼지 않았다. 영세 받은 후에도 성당에 나가는 일이 별로 없었으므로 아내는 여전히 외짝 교우 신세를 면하지 못했다. 굳이 종교를 하나씩 가져야 한다면, 나는 힌두교도가 되고 싶다. 히말라야 연봉이 줄지어 올려다뵈는 네팔 카트만두에 갔을 때, 생식과 재생을 관장하는 삼지창의 소유자인 위대한 시바 신을 비롯, 비슈누와 루드라, 바루나, 크리슈나, 가네샤 등 몇몇 힌두의 신들을 알았다. 시바 신의 아내 중 하나인 칼리 여신은 아름답고 섹시했다. 어떤 여신은 짝이 없는 남신을 위해 후대로 내려오면서 의도적으로 만들어지기도 했다는 말에 나는 감동했다. 힌두인들에겐 불타도 수많은 신들의 하나일 뿐이다. 자연과 더불어 살고 우주의 리듬에 몸을 맡기는 힌두인들의 마당은 무한히 넓었다. 그 오지랖 넓은 마당에서 할 수만 있다면, 어린애처럼 난 놀고 싶다. 내 종교적 영적 감수성은 겨우 이 정도. 그런데도 어째서 나는 쓰고 있던 소설을 칼로 무 자르듯 중단하고, 당분간 절대 소설을 쓰지 않겠다는 작가로서의 임종사臨終辭를 써 던지고, 그리고 그 죽음 뒤에, 절을 떠올렸을까. 절이란 욕망이 들끓는 세상보다 오히려 더 시간으로의 침식과 사멸이 한눈에 들어오는 전각들의 장소. 해답은 요령부득이다. 폭설로 포위된 고속도로로 엘란트라 구형을 이끌고 들어서던 순간, 내 눈엔 밑도 끝도 없이 해인사 대적광전大寂光殿의 고요한 사멸이 떠올랐을 뿐이다.

사멸이라니, 너무 과장이에요.

내가 사멸이라는 말을 처음 입에 담은 것은 아내가 내게 돋보기를 선물했던 날 자정이었다. 사십대 중반을 넘기면서부터 밤에는 신문이나 책 읽기가 어려워졌다. 눈은 날로 침침하고 하루가 다르게 뼛속 진이 빠져 공동화空洞化하는 걸 느꼈다. 내 무릎뼈 좀 두들겨봐. 아내는 내 무릎뼈를 툭, 툭, 두들겨보며 왜요? 했다. 소리가 울리지 않아? 우웅, 빈 굴을 훑고 가는 공명共鳴 소리. 푸실푸실, 소리 없이 균열지는 오래된 축조물의 삭은 주검들이 떨어져내리는 소리. 뼛속이 매일매일 비어져가고 있다는 느낌을 받았다. 별소릴 다 듣겠네, 뼛속이 비다니. 골다공증이라도 뼛속이 기타 통 속처럼 비는 건 아니라구요.

눈은 계속 내리고 있었다.

나는 거창에 도착, 설렁탕 한 그릇을 게눈 감추듯 비웠다. 무주까지 갈 수 있을까요? 설렁탕집 비만한 여주인은 이내 손사랫짓을 했다. 딴 데라면 혹 몰라도 이런 눈길에 빼재는 못 넘어요. 설렁탕집 여주인 때문에 신풍령의 속명이 빼재라는 걸 나는 처음으로 알았다. 요즘도 가끔 멧돼지가 나타난다고 했다.

근데 무주까지 이런 밤에 왜 가려고 하우?

나는 대답 없이 설렁탕값을 치렀다. 밤이 깊어질수록 체감온도는 뚝뚝 떨어지고 있었다. 설렁탕집 안주인이 일러준 대로 컴컴한 천변을 따라 올라가자 무주라고 쓰인 이정표들이 간헐적으로 나타났다. 혹시 경찰이 길을 막고 못 가게 하면 어찌할까에 대해 나는 잠깐 생각했다. 바리케이드를 들이받고 미친 듯 폐쇄된 도로를 따라 올라가는 구형 엘란트라의 모습이 모노크롬의 화면으로 떠올랐다. 경찰차들이 줄줄이 쫓아오겠지. 아니, 눈밭이라서 쫓아오지도 못하고 바리케이드를 겹겹이 칠 것이다. 신풍령 너머 무주 읍내로 이어진 통로에도 바리케이드, 바리케이드. 특수부대의 사수들이 배치될지 모른다. 토끼 새끼 한 마리 빠져나갈 수 없는 포위망 속의 엘란트라. 그리고 눈 쌓인 연봉들의 중첩된 어둠. 절망 끝에 찾아올 장렬한 죽음에의 유혹으로 핸들을 잡은 내 손이 파르르 떨렸다. 내가 한밤 내 달려가 마침내 눕고 싶은 곳은 외로웠던 젊은 날, 유폐된 심정으로 머물렀던 곳, 생전 처음으로 소설을 쓰기 시작했던 무주 적상산. 그러나 어딘들 어떠랴. 눈은 내일도 모레도 켜켜로 내려 쌓이고, 신풍령 휘돌아진 산정엔 북풍한설 몰아치고, 그 절대 고절孤絶의 정수리에서 그렇지, 새로 산 면도날을 쓰는 거야. 사멸은 비장하고도 황홀할 것이다. 차는 눈에 묻히고, 열흘, 한 달, 아니면 대기 자애롭고 초목 다투어 눈을 뜨는 신생의 봄날, 세수하고 나오는 어린아이와 같이, 구형 엘란트라 하나, 맑게 씻긴 감청색으로 드러나니, 피와 살은 쏘옥 빠지고 피부는 투명해져서 흰 눈보다 더 흰 백골, 이미 성별의 사슬조차 사라진 초로初老의 사멸을 사람들은 햇빛 아래 보게 될 터였다.

과연 도로를 가로지른 노란색 철제 바리케이드가 나타났다.

이 도로는 폭설로 인해 폐쇄됐습니다, 라고 바리케이드는 내게 말했다. 다행히 검문하는 경찰은 눈에 띄지 않았다. 해인사를 떠날 무렵부터 오락가락하던 세설은 어느덧 그쳐 있었다. 나는 잠시 눈을 감고 앉아 있다가 이윽고 차문을 열고서 도로로 내려섰다. 당신 그러다가 죽겠어. 아내가 말했다. 새벽이었고, 아내는 풀어진 잠옷의 앞섶 사이로 메마른 내 얼굴을 끌어당겨 안았다. 바리케이드는 언 눈 속에 박혀 있었다. 나는 온 힘을 다해 바리케이드를 밀었다. 제발 당장에, 지금 당장에, 때려치워, 그 소설. 이마에 땀이 배어나오기 시작했다. 소설쓰기가 더욱더 어려워지기 시작한 것은 문제의 연재소설을 맡기 한참 전부터였다. 전엔 그랬었다. 푸르렀던 연대에는. 연필을 들고 원고지와 마주해 앉으면, 천지창조의 마지막날 아침처럼, 휘황한 광휘의 허공으로 형형색색 수천의 나비떼가 날아올랐다. 상상력은 억겁의 어둠을 뚫는 섬광이 되어, 모든 감각의 촉수들을 열고, 그 촉수들의 황홀한 운행으로 하나씩, 열씩, 백씩…… 지표면을 차고 나는 어휘의 나비떼들. 고통이 있다면 동시다발적으로 떠오르는 그 수많은 나비 중에서 어떤 나비를, 어떤 포충망에 담아 원고지 네모난 우물에 가두느냐 하는 것이었다. 불편해도 여보, 돋보기를 써요. 돋보기를 아무리 써도 나비떼는 차츰 보이지 않고, 바리케이드가 통행금지, 통행금지, 둘씩 셋씩 짝지어 늘어가고, 초조하고 화가 나서 쓰고 또 써보지만, 원고지에 칸칸이 채워지는 부화되지 못한 나방의 시신들. 베갯머리에 빠진 죽은 머리칼들. 원형탈모는 약 바르면 된내. 그런데 왜 하필 여기가 원형탈모래? 우습다, 라고 아내는 웃고, 그래도 기쓰고서 나는 노란색 철제 바리케이드를 손으로 어깨로 가슴으로 미느라 용을 썼다. 차로 밀어볼까. 마침내 내 생각이 거기 미쳤다. 범퍼와 보닛에 손상이 갈지도 모르지만 엘란트라 구형은 어쨌든 나보다는 힘이 셀 터였다. 손과 상의는 철제 바리케이드에서 벗겨져나온 페인트와 쇳가루 때문에 이미 엉망진창이었다. 당신 죽으면, 이라고 아내는 말했다. 당신 이러다가 죽으면 소설이 무슨 소용 있어? 전날 낮부터 열다섯 시간이나 책상에 앉아 있었지만 서재에 가득 널린 건 파지들뿐. 소설이 아니라 지금 당장 내겐 저놈의 철제 노란색 바리케이드가 문제였다. 나는 암에 걸렸어. 아내가 아닌 철제 노란색 바리케이드에게 나는 소리쳤다. 어차피 암종이 깊이 퍼져 있다면 죽음인들 두려우랴. 암은 무슨 암이 걸렸다고 그래요? 그럼 이참에 소설 쓰는 거 중단하고 당신, 종합검진 받아봅시다. 바리케이드를 무리하게 밀다가 구형 엘란트라의 힘이 푼수없이 발휘되면 오른편 개천 속으로 차가 미끄러져 쑤셔박힐 수도 있었다. 바로 그때, 한 사내가 홀연히 헤드라이트 불빛 속으로 들어왔다. 내가 차에 올라앉아 막 1단 기어를 넣고 난 직후였다.

뭡니까?

화가 난 뒤끝이라 내 목소리가 터무니없이 높았다.

사내가 말없이 손사랫짓만 했다. 헤드라이트 불빛에 사내의 성긴 흰 머리칼이 빛났다. 글쎄 뭐냐구요. 저리 좀 비켜요. 나는 독이 잔뜩 올라 클랙슨을 빠앙 눌렀다. 당신도 이제 쉰이야. 뭐든지 서둘지 말고 속도를 줄여봐요. 아내가 말하고 있었다.

제발 신열을 좀 식히라구요.

3

신열 때문이었을 것이다. 젊은 날 주기적으로 찾아오는 원인 불명의 신열은 더욱더 견디기 어렵다. 내가 두번째 자살 미수에 그쳤을 때 아버지는 마침내 이불 보따리를 쌌다. 그놈의 책이 문제여, 라고 아버지는 말했다. 책 귀신이 붙어서 너를 이리 못쓰게 만들어놨응께 귀신 붙은 책에서 당분간 떨어져 있어라. 젊은 날의 내열內熱은 굶주림과 다름없다는 것, 뭔가 끝없이 모자라고 모자라서 밤낮없이 쇼펜하우어, 니체, 도스토옙스키, 생텍쥐페리, 앙드레 지드, 장용학, 김승옥…… 그들의 목소리를 쫓아다닌다는 것, 그래서 알고 보면 책에 귀신 붙은 것이 아니라 내 몸 어딘가에 단단히 귀신이 달라붙어 신열 들끓는 생병을 앓고 있다는 것을 아버지는 모르고 있었다. 아버지는 그때 지금의 나와 같은 쉰 살이었다. 꽃다운 열일곱의, 막둥이로 얻은 외아들 하나, 한 번은 이리·대전을 왕복하는 통학 기차 위에서, 한 번은 집 앞의 채운산 양지바른 곳에서 수면제 다량 복용으로 쓰러져 혼절한 꼴을 연거푸 보았을 때, 아버지는 생살 찢는 듯했을지언정 사멸의 이미지는 떠올리지 못했을 것이다. 누구나 열일곱의 청춘은 사멸의 이미지와 무관하게 여기므로.

과연…… 그랬을까요?

짧은 침묵 사이로 사내의 낮은 말소리가 들어왔다.

과연 선생의 춘부장께서…… 사멸을 떠올리지 않았겠느냐구요. 선생이 자살 기도를 했을 때가 단지 열일곱 살이었다는 이유만으로 말이오. 나는 아무 대꾸도 하지 않았다. 자동차를 얻어 탄 주제에, 아직 하고 싶은 말의 1막 1장도 끝나지 않은 내 말의 허리를 끊다시피 하고 끼어들어온 사내의 참견이 나는 언짢았다. 아버지는 그 무렵, 중병을 앓고 있었다. 머리가 자꾸 빠져나가고, 칠순 노인네 모양 갑자기 검버섯이 피고, 몸무게는 날이 갈수록 줄고, 온몸에 부스럼이 피었다 지고 피었다 지고 하는 병 같지도 않은 병. 한때 아버지의 몸무게는 사십육 킬로그램까지 내려갔다. 양의와 한의를 번차례로 찾아다녔지만 무슨 병이 있어 몸무게는 줄고 부스럼은 돋고 머리칼은 뭉텅뭉텅 빠지는지 원인 불명이었다. 귀신이 붙어서 그런 거라고 굿을 한 일도 있었다. 그래도 종환腫患의 숫자들은 쉽게 줄지 않았다. 잇몸이 쑥쑥 달아나서 이뿌리가 흉하게 드러나는 증상도 아버지가 쉰 살의 초입에 만난 사멸의 단서 중 하나였다. 어떤 봄날 정오쯤이던가. 툇마루에 앉아 볕을 쪼이던 아버지가 어, 하고 낮은 신음 소리를 냈을 때, 아버지는 뿌리가 검게 부식한 이 하나를 들고 있었다. 그 순간의 아버지 표정을 잊을 수 없다. 낭패감이라기보다, 아버지의 표정에 떠오른 것은 분명히 공포감이었다. 이게…… 그냥 힘없이…… 쑤욱 빠지는구나. 내 시선과 맞닥뜨리자 아버지는 매우 당황해하며 더듬더듬 말했다.

이, 게, 그, 냥, 힘, 없, 이, 쑤, 욱, 빠, 지, 는, 구, 나.

쑤욱 빠지는 것은 소리를 내지 않는다. 그저 쑤욱, 쑤욱, 쑤욱, 빠진다. 아내는 오래된 텔레비전의 채널 스위치를 내게 보이며 말했다. 글쎄 여보, 이게 쑤욱 빠지지 뭐예요. 낡아서 몸통과 스위치가 접합한 부분이 마모돼 빠져나온 것이었다. 어떤 날은 장롱 문의 장식들이 쑤욱 빠져나오고, 어떤 날은 손가락보다 큰 대못들이 쑤욱 빠져나오고, 또 어떤 날은 의자 받침대의 각목도 쑤욱 빠져나온다. 머리칼과 이가 빠지는 것은 다반사고, 손톱과 발톱이 빠지고, 심지어 늑골이며 무릎뼈며 척추까지도 늙으면, 그 침식을 이기지 못하고 제자리에서 쑤욱쑤욱, 빠진다. 시간으로서의 잔인한 침식이 서로서로 붙잡는 악력을 떨어뜨리기 때문이다. 죽어 부식하면 모든 살들, 모든 뼈들이 쑤욱 빠져나가 마침내 틀 자체가 해체된다. 죽음은 이 세상에서 우리들 자신이 쑤욱, 늙은 대못처럼 빠져나가는 것. 악력은 삶을 향해 느끼는 직관으로서의 진동수와 비례한다. 사십대 중반이었던가, 정액이 쑤욱 요도를 빠져나가던 첫 경험의 불쾌감. 그것은 목표물을 향해 직진으로 날아가는 가미카제로서의 사정射精이 아니었다. 정액은 쑤욱, 특별한 긴장감 없이 쑤욱, 배출되었다. 비뇨기과에 가봐요, 여보. 전립선이 안 좋으면 그런답니다. 의사는 전립선에 아무 이상이 없다고 말했다. 정액은 그후부터 자주, 아버지의 이처럼, 쑤욱 빠졌다.

나도 담배 한 대 피웁시다.

새로 문 담배에 불을 붙이려는 내게 사내가 손을 벌렸다. 사내는 신풍령 고개 너머에서 내리마 했다. 바리케이드 치우는 걸 도울 테니까 고개 너머까지만 태워주슈. 나보다 더 깡마른 듯한 사내는 의외로 힘이 장사였다. 노란색 철제 바리케이드의 양쪽 끝을 사내와 내가 나누어 잡았을 때, 별로 용을 쓰지도 않았는데 불끈, 사내가 잡은 쪽의 철제 노란색 바리케이드가 들렸던 것이다. 내가, 사내와 대면의 순간 보았던 것은 반백의 성긴 머리칼, 검고 마른 긴 목, 그리고 깊이 주저앉은 눈자위였다. 들어올리기는커녕 온몸으로 밀어봤지만 꿈적도 하지 않던 노란색 철제 바리케이드를 사내는 팽개치듯 밀어놓았다. 그제야 사내를 좀더 또렷이 보려고 시선을 들었는데, 사내는 이미 헤드라이트 불빛의 포위망을 벗어나 차의 조수석 문을 열고 있었다. 어두워 윤곽만 보았으나 사내가 꾸부정한 체구를 가졌다는 걸 나는 금방 알았다. 낯익은 체구였다. 어깻죽지가 조금 들린, 어깻죽지 사이의 척추가 완만하게 굽은, 깡마른 목 위의 머리만은 직립보다도 오히려 뒤로 잦혀진…… 아버지도 나처럼 그랬다. 아버지는 이불 보따리를 내게 맡길 생각도 안 하고, 당신의 굽은 어깨에 걸어 멘 채, 앞장서 말없이 걸었다. 청죽青竹보다 곧은 5월 한낮 햇빛이 아버지의 굽은 어깨와 남루한 이불 보따리에 쏟아지고 있었다. 계룡산의 국사봉으로 올라가는 산길은 외줄기, 구불구불 끝이 없었다. 나는 부드럽게 핸들을 감았고 사내는 맛있게 담배를 피웠다. 혹시, 라고 나는 참았던 운을 뗐다. 아버지의 깡마른 목덜미에 송, 송, 송, 송, 땀이 맺혀 있었다. 국사봉 꼭대기는 아직도 멀고.

혹시…… 오늘 해인사에 들르지 않았나요?

해인사요?

사내는 반문했다. 자주 가는 절이오만 오늘은 안 갔는데…… 어찌 묻는지요? 아버지가 무슨무슨 인연으로, 절도 아닌 것이 산정수리 코 아래 진상珍賞, 또 진상進上, 또 진상塵想으로 머문 고절孤絶한 외딴집, 국사봉을 알고 있었을까. 열일곱 살, 약해빠진 외아들, 나는 아버지 짐조차 나눠 지지 못하고, 끌리고 끌리어, 멀고먼, 국사봉, 아버지, 이불 보따리, 뒤를 따라가고 있었다. 청죽보다 곧은 5월 한낮 햇빛이 아버지의 굽은 어깨와 남루한 이불 보따리에 창槍날 한가지로 내리꽂히고 있었다. 귀신 붙은 책이란 것이 삼신할매의 소망까지 다 뿌리쳐, 아들 하나, 물귀신같이 쑤욱, 쑤우욱, 잡아갈까봐서. 꼼짝 말고, 라고 아버지는 말했다. 꼼짝 말고, 애비가 데리러 올 때까지 예 엎디어 있거라. 땀 훔칠 겨를도 없이 아버지는 국사봉을 내려가기 시작했다. 단군을 모시는 제단 하나 지키고 사는 외딴집이었다. 나는 묵묵히 이불 보따리를 풀었다. 책 한 권이 이불 사이에서 툭 떨어졌다. 신구문화사에서 발행한 세계전후문학전집 중에서 제10권 『희곡·시나리오집』이었다. 간밤에 읽다 만 페데리코 펠리니의 영화 「길」 시나리오 한 페이지가 사선으로 접혀 있었다. 짐승 같은 잠파노에게 끌려다니며 끝내 죽어간 여주인공 젤소미나의 눈물겨운 짧은 삶이 두서없이 떠올랐다. 젤소미나가 죽은 건 겨우 열네 살. 유태인 소녀 안네 프랑크의 죽음보다 일 년이나 빠른. 이집트 파라오였던 투탕카멘은 열여덟에 죽었지요, 라고 사내가 끼어들어 말했다. 단테의 『신곡』에 나오는 구원의 여인 베아트리체는 꽃다운 스물셋에 죽었다. 제임스 딘은 스물넷, 슈베르트는 겨우 서른하나, 라고 사내가 또 끼어들어 말했다. 나는 볼멘소리로 영국 시인 존 키츠가 몇 살에 죽은지 아느냐고 들이댔다. 선생은 암튼, 열일곱에 두 번 자살 미수를 했지요. 존 키츠가 그 천재적 시적 감수성을 땅에 묻은 건 스물다섯 살 때였다. 그러니까 내 말은…… 선생의 춘부장께서도 열일곱된 젊은 자식이 만나고 있는 그 사멸을 알고 있었을 거라는 얘깁니다. 선생을 이해했을 거요. 아버지는 저 아래 굽잇길을 돌아가고 있었다. 정상부에 위치한 외딴집 툇마루에 앉아 있으면, 짱짱한 시오리 길, 흑석리 정거장까지의 굽이굽이가 한눈에 바라보였다. 아버지는 꼭 허당을 짚듯이 허청허청 산길을 내려가고 있었다. 부스럼투성이의 아버지 굽은 등에 놀이 얹혀 있었다. 나는 『희곡 · 시나리오집』을 가슴에 껴안고 소리 죽여 울었다. 맷돌보다 천근만근 더 무거워 뵈던 아버지, 그 어깨, 피어린 놀빛.

오시마 나기사大島渚 작품도 기억나시오?

오시마 나기사?

우셨을 텐데, 읽다가. 「청춘은 참혹하다」, 말이오.

기억나고말고요. 어떻게…… 「청춘은 참혹하다」를 아시오? 내 반문은, 어떻게 「청춘은 참혹하다」를 읽다가 열일곱의 내가 어둠 속에서 운 것을 당신이 아느냐, 그것이었다. 사내는 아무 대꾸도 없었다. 말이 막힐 만하면 힘들이지 않고, 그러나 절묘하다고밖에 말할 수 없는, 어떤 대목을 들고 들어와 끝없이, 품을 열고, 이편이 계속 말하게 하는 재주를 사내는 갖고 있었다. 「청춘은 참혹하다」는 일본 작가 오시마 나기사가 쓴 시나리오로 『희곡 · 시나리오집』 끝에서 두번째 실려 있었다. 신 146. 묘지. 기요시는 숨이 끊어지면서 외친다. 마코토…… 신 149. 포드 승용차. 마코토 뛰어내린다. 신 150. 길. 소매가 차 도어에 걸린다. 마코토는 달리는 차에 끌려가다가 이윽고 차 멈추면, 땅 위로 구르는 마코토. 전후 일본의 어둠 속에서 자란 젊은이들이 겪는 자의식의 파멸을 그린 작품이었다.

신 151.

마지막 컷.

쓰러진 기요시와 쓰러진 마코토가 어린 새의 주검같이 팔자八字 모양으로 더블 익스포즈 되면 떠오르는 End.

마지막 장면에서 눈물이 툭, 책장에 떨어졌다. 그때 내 방 창 너머 기차가 지나갔다. 십대에 내가 살던 집은 철길에서 불과 삼십 여 미터 텅 빈 공지를 사이에 두고 있었다. 선생은 울면서 내달았지요. 나는 울면서 내달아 철로를 베고 누웠다. 제발 기차야, 내 가슴을 기요시의 그것처럼 찢어다오.

독심술을 알고 계시나요?

내가 물었다. 사내는 '철길'로 달려간 것은 잘 몰랐다고, 갑자기 수줍음 섞인 어눌한 목소리로, 물러앉았다. 그래도 내가 운 것을, 어둠 속으로 내달린 것을 알아맞히지 않았소? 나도 그랬으니까요. 신구문화사판 세계전후문학전집은 나도 그 무렵, 아주 끼고 살았지요. 미국 작가 레지널드 로즈의 「열두 노한怒漢들」을 읽고 났을 땐 위경련을 했고, 한스 야코비의 「죽음의 배」를 읽고 났을 땐 사레가 들렸고, 「청춘은 참혹하다」를 읽고 났을 땐 울면서…… 어둠 속으로, 속으로 내달렸지요. 내 가슴을 삶은 게처럼 찢지 못해 안달을 하면서 말이오.

도대체, 이 사내는 누구인가.

나는 충동적으로 브레이크를 확 밟았다.

열두 명의 배심원이 등장하는 「열두 노한들」을 읽었을 때, 그날 밤, 나는 분명히 위경련을 했다. 위경련은 주기적으로, 내 신경줄에 끌리어 찾아왔다. 진정제 부스코판은 상비약이었는데, 「열두 노한들」을 읽던 날 밤에는 부스코판이 없었다. 나는 아침이 되기까지 방바닥을 짐승같이 기었다. 눈은 내리지 않았다. 자동차는 급브레이크의 충격을 이기지 못하고 눈 위에서 백팔십도나 회전, 오던 쪽으로 방향을 튼 다음, 키 낮은 표지석에 머리를 부딪치고 멎었다. 「죽음의 배」를 읽고 나서 사레가 들렸는지는 확실하지 않았다. 『희곡·시나리오집』의 희곡 중 하나, 이오네스코의 「의자들」을 읽던 날 밤에는 가까웠던 친구와 변두리 공동묘지까지 일부러 걸어가 주먹다짐을 했다. 피차 코피가 날 때까지 싸웠고, 그리고 피투성이 얼굴을 서로 비비며 울었다. 범퍼에 닿은 표지석엔 음각으로 '개명마을'이라 새겨져 있었다. 흰 눈을 잔뜩 뒤집어쓴 커다란 느티나무와 나무 아래의 단아한 전각이 보였다. 이오네스코의 「의자들」 읽어봤소이까? 나는 물었고, 읽었지요, 사내가 대답했다.

그걸 읽고 나서도 위경련을 했나요?

저 표지석이 없었으면 정자를 부술 뻔했구려.

사내는 동문서답, 딴청을 부리곤 차문을 열었다. 우리는 나란히 서서 오줌을 누었다. 계곡이 가까운지 물소리가 시원하게 났다. 이오네스코의 「의자들」…… 왜 대답을 안 하시오? 정자엔 옥계정玉溪亭이란 현판이 붙어 있었다. 『희곡 · 시나리오집』은 희곡 여섯, 시나리오 여섯 작품을 담았는데, 하나같이 빼어나 나는 그걸 다른 책의 독서와 더불어, 아끼며 읽었다. 칼 비트링거의 「은하수를 아시나요」를 읽던 밤은 정말 은하수가 가까웠다. 한 여자가 철길을 따라 걸어가는 것을, 나는 내 책상 위에 다리를 꼬고 앉아, 그 책을 펴든 채, 철길 쪽 좁은 창을 통해 보았다. 희거나 노란, 암튼 명도가 높은 빛깔의 상의를 입고 있었다. 나이는 알 수 없었으나 젊은, 꿈 많은, 아름다운 처녀라고 나는 생각했다. 철길을 따라 걷는다기보다 은하수, 직경 십만 광년, 두께 이만 광년, 빛의 성군星群을 따라 걸어간 그 여자는, 그러나 나이 예순이 넘은 노파였다. 통학 기차를 타기 위해 신새벽 건널목을 넘다가, 간밤에 목포행 완행열차와 충돌, 십여 미터 이상 날아가 논바닥에 쑤셔박혔더라는, 가마니때기에 덮인 그 여자의 주검을 나는 만났다. 미친 예펜네지, 어디 저만 늙고 병드나? 어머니는 중얼거렸다. 어머니는 신장염을 앓고 있었다. 약을 먹지 않으면 오줌을 못 쌌다. 약의 양은 점점 늘었고, 어머니는 늘어나는 약의 양만큼 눈자위가 깊어졌다.

「은하수를 아시나요」, 그걸 읽었을 때의 추억은 없나요?

나는 다잡듯 또 묻고 거칠게 바지 지퍼를 올렸다.

하늘 한쪽이 투명한 어둠으로 트여 있었다. 지긋지긋하던, 눈은 오늘밤 더이상 내리지 않을 모양이었다. 은하수는 보이지 않았지만 별 몇 점이 수줍게 떠올랐다. 내일은 해를 보겠군요. 말 돌리시지 말고 내 질문에 대답을 해보시오. 허 참, 하고 사내는 뒤통수를 긁적긁적했다. 허 참, 하도 오래된 일이라서 원. 오래된 「열두 노한들」의 위경련은 어떻게 기억하느냐, 또 물을까 하다가 나는 곧 그만두었다. 사내는 분명히 모든 걸 기억하고 있었다. 그렇지만 사내는 결코 내가 원하는 대답을 하지 않을 것이었다. 어눌하지 않고 달변도 아니며, 느리지 않고 빠르지도 않으며, 차갑지 않고 뜨겁지도 않으며, 허술하지 않고 속이 꽉 차 보이지도 않으며, 무지하지 않고 엘리트적도 아닌…… 꾸부정하게 등 굽은, 수수깡처럼 마른, 투명한. 「청춘은 참혹하다」의 눈물과 내달림, 「열두 노한들」의 위경련은 정말 우연의 일치일까. 범상한 사람은 분명 아니었다. 만약 의도적으로 내게 접근했다면, 그 의도는? 삼십여 만 원의 현금과 몇 개의 골든 카드, 구형 엘란트라가 내 수중에 있는 것의 전부였다. 하지만 확실히 사내에게 느껴지는 신뢰감의 하나는, 사내가 좀도둑, 혹은 강도일 수는 없다는 점이었다. 「청춘은 참혹하다」를 읽고 울며 내달았던, 「열두 노한들」을 읽고 위경련을 했던 사람이 강도? 올해, 춘추가 어떻게 되시오? 경술생이올시다. 우리는 만 쉰 살, 동갑내기였다. 얼굴을 좀더 또렷이 보고 싶은데 내 심중을 눈치챘는지 사내는 역시 헤드라이트 불빛을 교묘하게 피해 차에 올랐다. 차를 돌리다 보니까 몇 미터 앞은 낭떠러지였다. 범퍼와 보닛이 부서졌지만 차가 표지석에 부딪혀 멈춘 것이 천만다행이었다. 잘하면 은하수도 볼 수 있겠는데요. 사내가 하늘을 올려다보고 말했다.

보아하니 막일하실 분도 아니고, 뭐하는 분이시오?

뭐…… 이것저것.

귀향이신가요? 아주…… 오랜만의 귀향이신 듯도 하고.

신문에서 선생 기사를 며칠 전 봤소이다.

사내는 나를 처음부터 알아보았던가보았다. 나는 이십여 년간 작가로 살았고, 작가로 불리며 살았다. 세 권의 단편집과 이십여 편의 장편소설과 세 편의 희곡과 세 권의 수필집을 써낸. 상상력의 불은 꺼졌다, 라고 꺾쇠로 묶인 나에 대한 기사의 서두를 나는 상기했다. 꼭 일주일 전의 일이었다. 그 신문에 쓰던 연재소설을 돌연 중단, 당분간 그 어떤 글도 쓰지 않겠노라 했을 때, 신문사로서는 독자들의 양해를 구하기 위해서라도, 그 사실을 어쨌든 독자들에게 극적으로 알릴 필요를 느꼈을 터였다. 내가 쓴 열두 매짜리 「연재소설 중단의 변辯」과 함께 꽤 긴 문학 담당 기자의 기사를 포함, 신문은 그것에 5면 전부를 할애했다. 내 본의와 달리, 나의 소설쓰기 중단은 그렇게 '사건'이 되었다. 굉장히 비장한 기사였어요. 사내가 말했다. 차는 아주 천천히 경사진 도로를 올라갔다. 기사는 '내 상상력의 불은 이제 꺼졌다'라고 작가가 말했다면서, '당분간 불 꺼진 어둠 속에 풀잎처럼 눕고 싶다' '문학에 대한 절대절명의 회의' '문학은 과연 무엇이고, 글쓰기는 과연 무엇에 바쳐져야 하는가' 등 자못 고양된 감흥의 어조를 띠고 '글쓰기의 한계와 중압감' 때문에 어둠 뒤로 침몰하는 작가에 대해 말하고 있었다. 자못 고양되었다니, 그럼, 그런 식의 비장한 침몰을 선생은 바라지 않았다는 뜻인가요? 사내는 그 기사와 내 '중단의 변'을 세세히 기억하고 있었다. 사내의 질문은 보이지 않게 날을 세우고 있었다. '당분간 입산入山, 마음의 병 고친 뒤 돌아올 터' 큼지막한 소제목의 극적 선언. 일부 여타 신문들은 그 소제목의 '입산入山'을 그대로 받아썼다. 가미카제가 되어 그 무엇, 그리운 이에게 직진 강하降下, 통렬한 죽음에 닿고 싶었던 것은 평생 내가 숨기고 산 본질적 욕망의 하나였다. 삼십대 중반 안양에 살면서, 세 아이의 아버지, 참을성 많은 한 여자의 지아비, 저명 작가의…… 사슬을 앞니로 물어 얏, 기합 소리 한 번에 끊어내듯, 더러운 개천가 어둠 속에서 면도날로 왼팔의 대동맥 깊이 내려칠 때, 나는 가미카제가 만나는 통렬한 죽음에의 오르가슴을 경험했다. 왜 나는 언제나 가미카제의 욕구와 만나는가. 순행順行으로 찾아올 사멸에 대한 공포를 너무나 어린 날부터 선험적으로 알고 있었기 때문에? 면도날이 동맥을 토막낼 때, 나는 정작 그런 생각 따위는 하지도 않았다. 선생은…… 비장한 임종을 스스로 바랐을 거요. 사내가 내 약을 올렸다. 나는 화가 나서 소리쳤다.

입산은 비장한 임종이 아니오. 나는 바라지 않았소.

친지, 독자, 매스미디어들의 전화가 빗발쳤다. 쉰 살의 저명 작가가 입산? 기사 내용을 바르게 파악하지 않고 주마간산 훑어본 사람들은 말했다. 정말 입산한 거야? 중이 된 거냐구? 전화받는 아내에게 다그쳐 묻는 이도 있었다. 작가로서 나는 물론 죽었다. 나는 죽었지만, 그리하여 세상은 임종해 산으로 떠나는 작가의 살이 쏘옥 빠진 굽은 등을 보게 되겠지만, 죽은 나는 정작 산으로 가지도 못하고 아내의 치마폭에 숨어 있었다. 객관화되고만 나의 임종을 정작 임종사를 쓴 나 자신만 억울하다, 분하다, 인정하지 못하고 있는 셈이었다. 떠날 거야. 떠난다구. 어차피, 입산했다고들 하는데, 산으로 가지 뭐. 깊은 산으로 갔다가 겨울이 지나면 올게. 나는 아침마다 밤마다 떠났다. 여행 가방은 잘 싸여 차의 트렁크에 들어 있었다. 아내는 눈시울 붉히면서, 집 걱정은 말아요. 아이들은 나와 눈 마주치지 않으려고 시선을 내리깔고, 입 꾹 다물고, 발뒤꿈치 들고 다녔다. 강설기였다. 자주 눈이 내리고 설한풍은 몰아치고, 그래도 거리에 나가면 대도시 특별시 사람들, 눈에 삶의 불꽃을 매달고 내달렸다. 저 질주에서 이탈, 쏘옥 빠져나가는 것이다, 라고 나는 생각했다. 쏘옥 빠져나가려면 고속도로로 가는 게 상책이었다. 그런데도 제3한강교 넘으면 근처의 모모한 출판사가 떠오르고, 잠수교를 넘으면 그 어디쯤 오래 못 만나 나를 원망하고 있을 친구 사무실이 생각나고, 동호대교 넘으면 지난달 갚겠다고 말해놓고 정작 갚지 못한 술집 외상값이 기억나고, 마포대교 넘으면 표구를 맡겨놓고 아직 찾지 못한 액자가 있을 어떤 화방이 보이고, 잠실대교 넘으면 잊을 뻔했던 그 누구의 결혼식이 나를 끌어당겼다. 나는 볼일 아닌 볼일로 출판사에 들르고, 친구 사무실로 가 오랜만이네 인사하고, 술값을 갚으러 가고, 액자를 찾고, 결혼식에 참석하느라 고속도로 톨게이트를 벗어나지 못했다. 일주일 사이 고속도로 입구에도 여러 번 들어섰다. 얼어붙은 쭉 곧은 길. 어서 오너라 어서 오너라, 악마의 목소리로 속삭여 부르는 죽음의, 다시 돌아오지 못할, 모든 좋은 것들을 떼놓고 가야 할, 쭉 곧은, 얼어붙은.

식은땀 흘리면서 톨게이트 앞 공터에서 차를 유턴한 적도 있었다. 나는 지금 무엇을 두고 가려 하는가. 아내와 아이들과 이쁘고 우뚝한 이층집, 따뜻한 아랫목, 푹신한 침대, 부드러운 오리털 베개. 돌아보면 거기, 생존의 보다 민감한 운행을 위한 온갖 정보 라인과, 속절없을지언정 만세萬世와도 바꾸지 않을 열정 가득찬 삶의 오르가슴들과, 저명 작가로서의 내가 성취했다고 믿어온 갖가지 명리名利들이 있었다. 내 속도를 견디며 생긴 물집들과 속도를 견디지 못해 생긴 부스럼도 있었다. 물집과 종환까지도 내 것이라고, 명패가 붙어 있으므로 나는 사랑했다. 나는 애당초 그것들을 두고 가려고 그 새벽 임종사를 썼다. 당신 그러다가 죽겠어. 제발 당장에, 지금 당장에, 때려치워, 그 소설. 때때로 소설쓰기는 나를 행복하게 했고, 또 많은 시시때때, 소설쓰기는 천형天刑이었다. 소설이라는 게…… 그게, 예술도 아닌, 학문도 아닌, 예술이고 학문인, 스토리도 아닌 스토리 아닌 것도 아닌, 스토리고 또 스토리인, 객관도 아니고 주관도 아닌, 객관이고 주관인, 사실도 아니고 추상도 아닌, 사실이고 추상인, 그 모든 것이고 그 모든 것의 너머인. 나는 그러나 죽어야겠다고 정하고 났을 때, 그 새벽, 일주일 전에 나의 임종사 「연재소설 중단의 변」을 단숨에 썼다. 젊은 날 밤마다 휘황한 빛깔로 내 상상력과 직관의 청천靑天을 날던 나비떼, 그럼에도 불구하고 이제 사멸의 어둠 속에 매몰된 나비떼의 어휘들이 임종사를 쓰는 순간, 갑자기 짚불처럼 날아올랐다. 소설이란 광활한 습지와 같아 작가 자신도 종종 그곳에서 길을 잃는다는 E. M. 포스터의 말을 인용, 나 또한 이제 이 잔인한 습지 한복판에서 길을 잃었노라고, 나는 썼다. 지구의를 아무리 들여다보아도 세계를 알 수 없고, 연대표를 아무리 외워보아도 역사를 알 수 없다고, 나는 썼다. 이것 좀 마셔봐. 토마토를 갈았어요. 아내는 먹이지 못해 안달을 하는 타입이었다. 토마토즙은 소태처럼 쓰디썼다. 들어봐, 내가 읽어줄게. 아내는 그러나 내 꺼칠한 턱수염을 문질렀다. 하룻밤 새 수염이 많이도 자랐네. 수염 자라는 것도 심리 상태에 따라 그 속도가 다른가봐요. 속도가 다른 건 소설쓰기였다. 하루 밤낮 꼬박 앉아 있어봤자 서너 장 못 쓰는 날도 있고, 하루 밤낮 꼬박 앉아서 팔십 매 단편을 끝낸 일도 있었다. 문학이 목매달아 죽어도 좋은 유일한 나의 사랑이었다는 내 믿음에 대해, 유명 작가로서 내가 겪었던 '찬미 미사'와 '인민재판'에 대해, 끊임없이 유혹받았던 가미카제식 통렬한 산화散華에 대해, 나는 아내와 독자에게 이야기하고 싶었다. 사십대 중반을 지나오면서부터 내가 글쓰기와 내 세계관의 확신에서 조금씩, 그러나 빠르게 이탈, 마침내 파국으로 이른 그 굴곡들을 아내는 누구보다 잘 알고 있었다. 문학은 과연 무엇이고 삶은 과연 무엇인가. 나는 소리내어 읽었다.

앞이 캄캄하고 등은 밤마다 식은땀에 젖는 우매한 자의 가위눌림. 아내는 그 대목에서부터 울기 시작했다. 당신 글이…… 아, 아직도, 여전히, 나를 울리네. 당신은 천생…… 작가야. 천생 작가가 이제 유서를 써 품에 안고 새벽 진눈깨비 속으로 나서려 하고 있었다. 이렇게 일찍, 신문사에 누가 나왔다고…… 한숨 자고 나가요, 여보. 나는 아내에게 터무니없이 욕정을 느꼈다. 가서 기다리고 있지, 뭐. 구두끈을 꽉꽉 조여 맬 때, 내 내부에서 회전 빠른 롤러에 닿아 연소하는 칼날의 불꽃이 보였다. 아직 욕망이 모두 죽지 않았으니, 따뜻한 침대에서 깊이 자고 말면, 밝은 날, 눈떠, 나는 나의 임종사를 찢고 나서, 이십여 년간 갈고 닦은 다양한 스텝의 기교로, 나의 소설들을 이어 쓸 것이었다. 가미카제가 되지 않으면 죽을 수 없다, 라고 나는 생각했다. 나는 진눈깨비 속으로 당차게 걸어 신문사로 갔다. 그런데도 막상 나의 임종이 객관화된 그후의 날들. 나는 떠나지 못했다. 떠나면 돌아올 수 없고, 죽으면 부활할 수 없다는 공포감이 나를 사로잡고 있었다. 집착의 사슬은 예상보다 훨씬 끈질기게 나를 붙잡고, 그리하여 고속도로 어귀에까지 갔다가 매번 실패해 유턴하는 가미카제 아닌, 가미카제의.

일주일 만이지만, 그래도 선생은 결국 떠나지 않았소?

부활은 금기요. 부활의 사슬을 끊고 싶어요.

사내는 내 말뜻을 다 알아듣는다고 나는 믿었다. 도루코 양날의 면도칼을 사던 예술의 전당 근처 슈퍼마켓 주인 여자는 가게 안쪽에 걸어놓은 고상苦像의 먼지를 닦아내고 있었다. 부활을 믿으세요? 나는 갑자기 물었고, 주인 여자는 당황하여 웃었다. 예수의 부활처럼 자고 난 듯, 가볍게 죽은 몸을 일으키는 삶은 없을 터였다. 부활에의 헛된 망상을 끊어내려면 새로 산 순결한 면도날이 제격이다. 선생은 죽지 못할 거요, 라고 사내는 낮게 말했다. 화를 낼 일인데 사내의 그 건방진 단정에 화를 낼 수가 없었다. 집 걱정은 말아요. 아내의 배웅을 받으면서도 일주일간 번번이 떠나지 못했던 나 자신에 대한 증오감이 새삼 나를 사로잡았다. 나는 죽은 것이 아니다, 라고 소리치고 싶은, 나는 다시 살 것이다, 라고 또 소리치고 싶은. 내가 죽음을 좇아 떠나온 것이 아니라 세상에 버림받고 등 떠밀려 떠나온 것이라고 사내가 말해도 화를 내진 못할 것이었다.

잠깐, 차 좀 세워봐요. 저기…… 이상한데요.

나는 차를 세웠지만, 보닛을 열어볼 맘이 없었다. 어머니가 가출한 것은 예순아홉, 돌아가시기 이 년쯤 전 만추晩秋였다. 어머니는 부엌을 치우시다가 설거지통을 그대로 둔 채 집을 나가 며칠이나 돌아오지 않았다. 그 무렵 어머니는 신장염이 깊어져 복용하는 이뇨제 양이 한계에 가깝게 늘어나 있었다. 어머니는 이뇨제가 병보다 더 무섭다고 했다. 오줌을 제때 못 누면 얼굴이 퉁퉁 부어올랐다. 나 화장火葬은 싫다. 어머니는 곧잘 말하고, 곧이어 당신 말을 금방 뒤집었다. 차라리 화장이 낫지, 땅속에서 썩으면 고자리 들끓고 썩은 물은 흐르고, 끔찍허구나. 깨끗허게 태워 뭣이냐, 뼛골 빻아서 부뚜막에 발라다오. 죽은 귀신도 잘 먹어야 때깔이 좋당께로. 백방으로 찾아도 행방 묘연하던 어머니가 돌아온 건 나흘 만이었다. 이뇨제를 복용 안 한 어머니는 온몸이 퉁퉁 부어올라 기형적이었다. 몸은 붓고, 눈은 혼백이 나간 듯이 쑤욱 내려가 있었는데, 그 눈에 담긴 건 공포였다. 내 옆에서…… 떨어지지 마라잉. 어머니는 떨면서 간신히 말했다. 라디에이터에 구멍이 생겨 냉각수가 모두 빠져나갔는데요. 사내가 나 대신 보닛 안을 들여다보고 있었다. 개명마을에서 벌써 한 굽잇길 돌아온 다음이었다. 어머니는 한동안 실어증에 걸린 것처럼 말을 하지 않았다. 머리칼이 빠지는 게 무서워 평생 사용해오다시피 한 참빗을 어머니는 아궁이 속에 던져넣었다. 허어, 이거 큰일났네. 사내가 혼잣소리를 했다. 엔진까지 꺼지고 나자 천지간 눈 덮인 사위, 무섭게 고요했다. 라디에이터 물이 없으니 엔진을 켜놓고 있을 수도 없는 일, 한밤을 여기서 새우면 무엇보다 먼저 얼어죽을 것이었다. 정작, 어머니는 죽었을 때, 부기가 쏘옥 빠진 아주 정결한 얼굴을 하고 있었다. 어머니의 얼굴이 박

속보다 희다고 나는 느꼈다. 일흔둘, 어머니는 평화롭고도 아름다웠다. 공포의 검은 망토가 어머니 눈감은 순간, 어머니 육신을 떠나, 어디 다른 육신으로 들어갔던가보았다. 살면서, 내가 보았던 다른 주검들의 캄캄한 절망과 음침한 공포와 추한 강직성強直性. 특히 나는 막내누나의 주검을 어머니 시신에 오버랩해보았다. 그 완강한, 부식질腐植質의 마비를.

어떻게 좀 해볼 생각을 하시구려.

사내가 내 쪽의 차창을 두들겼다.

헤드라이트 불빛에 얼핏 드러난 사내의 프로필은 이목구비의 명암이 선연할 뿐 특별한 구석이 없었다. 피부는 나처럼 검고, 주름살이 많았다. 라디에이터의 물구멍은 다행히 크지 않았다. 나는 내려올 때 휴게소에서 산 껌을 갖다가 두 개를 입안에 넣고, 한 개는 사내에게 주었다. 씹어요, 단물이 빠질 때까지. 막내누나는 십대 시절 껌 씹는 걸 좋아했다. 사내는 우물우물하고 있었다. 팍팍 씹어요. 그렇게 우물거리다가 언제 단물이 빠지겠어요. 나는 퉁명스럽게 말하고 보란듯 껌을 힘있게 씹었다. 아래쪽에서 계곡 물소리가 들려왔다. 누나는 가수가 되거나 장소팔, 고춘자 같은 만담가가 되는 게 소원이었다. 사내가 껌을 팍, 팍, 씹기 시작했다. 이거…… 달밤의 체조네요. 수줍음을 타는, 그러나 껌 씹기에 마침내 재미를 붙인 소년같이 사내가 말했다. 우리는 쿡쿡거리고 웃었다. 껌이 귀하던 때라서, 막내누나는 씹던 껌을 어떤 땐 살강에, 어떤 땐 벽에, 어떤 땐 반짇고리 가장자리에 붙여놨다가 몇 날 며칠이고 씹었다. 아아, 순애야. 너는 이 이수일 알기를 바람벽에 붙여놨던 땟국 전 껌 쪼가리로 알았더란 말이냐. 막내누나는 「이수일과 심순애」 스토리를 푼 만담을 줄줄 외웠는데, 이따금 껌을 씹을 때면, 대사를 이렇게 고쳐 외우곤 했다.

씹는 것, 이리 주슈.

이것으로 무주 읍내까지 갈 수 있다는 보장은 없지만 폐쇄된 신풍령 고갯길에서 다른 임시변통이 있을 리 없었다. 사내가 씹은 껌과 내가 씹은 것을 합쳐 우선 갈라진 라디에이터의 구멍을 막았다. 이젠 라디에이터에 채워넣을 보충수가 문제였다. 차 안에 물을 담아올 만한 용기가 있는 것도 아니었다. 일단 마을까지 내려가봅시다, 선생. 사내가 앞장섰다. 병풍처럼 둘러쳐진 설산의 연봉들이 별빛과 눈빛에 자못 뚜렷이 드러나 있었다. 사내는 걷지 않는 듯, 빠르지도 느리지도 않게 걸었는데, 나는 사내를 쫓아가기에 숨이 찼다. 눈 속을 잘 걸으시는군요. 나는 숨을 헐떡거리며 말했고, 워낙 산에서 많이 살아서, 라고 사내가 대답했다. 산인山人의 피는 붉어도 투명할 것이다. 말은 적어도 말할 것들을 말하고, 놓여진 시간 속에서 그 시간과 더불어 편안하고 자유롭게 흐르고, 민첩하게 움직여도 빠르게 느껴지지 않는. 나는 깨달았다. 처음엔 아주 허술한 중늙은이로 알았을 뿐인데, 사내는 내가 갖지 못한, 내가 지금 참으로 소망해 마지않는, 그 무엇을 많이 갖고 있었다.

산에서 오래 살면 자유로워집니까?

나는 갑자기, 산이 쩌렁 울릴 만큼 큰 소리로 물었다. 내가 너무 빨리 걸었군요. 멈춰 서며 사내가 말했다. 웃을 때나, 드잡듯 내가 물을 때나, 먼산 먼 불빛 향할 때나, 사내는 늘 표정이 한 가지였다. 그 또한 내가 갖고 싶은 것. 괜찮아요. 나는 약간 기가 죽은 목소리로, 단호흡 뱉으며 말했다. 따라갈 수 있어요. 그런데, 얼마나 오래 산에서 산 거요?

옥계정이로군요.

이제 나는 사내의 대답을 곧이곧대로 기다리고 있진 않았다.

개명마을이라는 표지석 앞에 우린 서 있었고, 마을 아래쪽에서 계곡 물소리가 들려왔다. 올라갈 땐 어두워 보지 못했던 돌부처 하나가 사내 옆으로 서 있는 게 보였다. 놀란 눈, 납작한 코, 커다란 귀를 가진 해학적인 돌부처였다. 지나가다 만나면 농담이라도 건네고 싶은. 우습지요, 라고 사내가 돌부처 귀를 잡아당기고 말했다. 선문답을 읽다보면 농담이 아주 우주적인 데가 있어요. 내가 농담이라는 낱말을 떠올린 바로 그때, 사내가 우주적인 농담이란 말을 썼다. 어떤 날 제자가 찾아와 달마 대사에게 묻더래요. 제 마음이 평안하지 못하오니 청컨대 제 마음 좀 평안히 해주십시오. 사내와 나는 옥계정을 돌아 계곡 쪽으로 내려갔다. 작은 분교장이 계곡 너머에 있었다. 이에 달마는, 어디 네 마음이라는 게 있으면 내놔봐라, 그럼 평안히 해주마, 했답디다. 제자가 마음을 내놓을 수 없으니 침묵할밖에요. 사내와 나는 물 뜰 용기를 구하러 분교장 안으로 들어갔다. 운동장은 발자국조차 하나 없는 설원이었다. 한참의 침묵 끝에 달마 대사 이렇게 말했대요. 자, 이제 네 마음을 평안히 해주었으니 가거라. 산에서 오래 살면 자유로워집니까, 하는 언성 높은 내 질문의 대꾸였다. 잠긴 교실 창문 이곳저곳을 열어보다가 열린 창 안으로 사내가 가볍게 들어갔다. 빈둥거림과는 다른 '행복한 느림'에 대해 말한 밀란 쿤데라가 보았다면, 그가 '신의 창'으로 들어갔다고 말할 것이었다. 이거면 되겠지요? 사내가 물뿌리개를 창밖으로 내보였다. 까치 두 마리 눈을 뒤집어쓰고 서로 엇갈려 허공을 보고 있었다. 자연보호상像이었다. 혜능이라는 대사의 두 제자가 바람에 깃발이 흔들리는 걸 보면서 싸우더랍니다. 한 중은 바람이 움직인다 했고 한 중은 깃발이 움직인다 했지요. 나는 조심조심 내려가서 물뿌리개에 계곡물을 가득 채웠다. 이제 옥계정까지 경사 급한 눈길을 올라갈 차례였다. 사내가 물뿌리개 쪽으로 손을 내밀었고, 괜찮아요, 나는 볼멘소리를 했다. 우주적인 농담이 어떻단 말이냐, 그런 심통이었다. 올라갈 때는 결코 발걸음에서도 사내에게 뒤지고 싶지 않았다. 어디 따라올 수 있으면 따라와보시지. 나는 경사진 눈길을 뛰듯 올라갔다. 아까부터 뭔지 모르게 사내에게 공손해지고 있는, 굴복당한 듯한 나 자신에게 은근히 부아가 끓어올랐다. 봐라, 지자부언知者不言이라면서, 저자도 내가 공손해지니까 선가禪家 어쩌고, 귓등으로 얻어들은 걸 늘어놓고 있지 않으냐. 사내는 그러나 내 심사는 안중에 없는지, 혜능 대사가 지나가다가 두 제자 다투는 걸 보았것다, 하고 말을 이었다. 그때, 성급히 내디딘 내 오른발이 주르륵 미끄러졌다. 워낙 서둘던 참이었으므로 몸의 중심을 잡을 수 없었다. 내 몸은 쓰러진 채 빠르게 미끄러져 내려갔고, 뒤따라오던 사내의 발목을 쳤다. 물뿌리개 물이 사방으로 튀고 흘렀다. 사내와 나는 부둥켜안듯이 하고서 계곡 가장자리의 바위 더미까지 눈썰매를 탔다. 사내가 먼저 웃었고 내가 뒤따라 웃었다. 혜능 대사는 뭐라 했답디까? 머물러서야 내가 사내의 가슴을 머리로 베고 누운 형국이라는 걸 알았다. 혜능 대사는, 이라고 쿡쿡 웃으면서, 역시 쿡쿡거리며 상체를 일으키려는 내 어깨를 사내가 가만히 눌렀다. 혜능 대사는…… 일갈했지. 이놈들아, 움직이는 건 바람도 아니고 깃발도 아니다. 다만 네놈들 마음이 움직일 뿐이다. 어느새 하늘은 구름의 태반이 벗겨져 있어 수많은 별들이 다투어 쏟아져내려왔다. 내가 베고 누운 사내의 가슴은 살이 없었지만 너무 안락하여 거의 평생 사용해온 베개 같았다.

별에게도 생로병사가 있다던데요.

나는 손끝의 긴장을 느끼고, 그 긴장 행여 들킬까봐 재빨리 말했다. 막내누나는 누군가의 손을 잡지 않으면 잠들지 못하는 버릇이 있었다. 내 손끝의 긴장은 사내의 손을 더듬어 잡고 싶어 생긴 것이었다. 은하수도 또렷했다. 서쪽으로 길게 별이 졌고, 별이 지면 먼 데서 그리운 사람 하나 죽어가고 있는 거래, 누나는 말했다. 별은 청장년기의 긴 세월 동안 제 내부의 에너지로 불타며 빛나고, 사멸의 예감이 다가오면, 초신성超新星이 된다. 꽃나무도 몸이 부실하면 다른 꽃나무보다 더 서둘러 꽃을 피우고, 그리고 열매 맺지요. 언제 죽을지 모른다고 느끼면, 열매부터 맺고 보자, 그런 심사가 되거든요. 사내가 말했다. 초신성은 그보다 더욱 건강한 별들, 예컨대 주계열성主系列星, 백색왜성白色矮星, 거성巨星보다 절대광도가 수만 배에 이른다. 사멸에의 예감과 맞서, 제 모든 에너지를 한데 그러모아, 길고 긴 별의 수명에 비하면 너무도 짧은 얼마 동안, 그 어떤 별보다 더 밝고 더 찬란하게 불타올라 마침내 통절한 오르가슴을 경험하는 것이다. 그리고 죽음. 블랙홀. 죽기 얼마 전, 가수가 꿈이었던 누나는 술에 취해 밤새 노래 부른 적이 있었다. 레퍼토리는 끝이 없었고 시간이 갈수록 목청은 더 고르고 청아해졌다. 누나는 땀을 뻘뻘 흘리며, 어느 순간은 아이 같은 표정, 어느 순간은 노인 같은 표정, 어느 순간은 버림받은 여자의 표정, 어느 순간은 환희로 타오르는 별의 표정, 울면서, 웃으면서, 찡그리면서, 화내면서 노래 불렀다. 그처럼 슬프고 아름답고 처참하고 부드러웠던 노래를 나는 여태껏 다른 곳에선 들은 적이 없었다. 누나는 그때 초신성이었다.

사내의 손이 내 손을 잡았다.

틀니처럼, 손과 손이 꽉 들어맞는 느낌이었다.

오늘밤 나는 이 집을 떠날 거야, 라고 막내누나는 말했다. 이번엔 사내가 새로 물을 담은 물뿌리개를 들었다. 은하수가 길게 흐르는 밤이었다. 누나는 강경읍에서 밤 한시 오십분에 떠나는 서울행 기차를 타야 한다고 했다. 내가 알아봐놨어. 한시 오십분이야. 가수가 되면 너 뿔필통 사줄게. 책가방도, 운동화도 사줄거야. 서울 사람들은 구두를 신어. 구두도 사주겠어. 백구두. 연무대 삼거리에 있는 성도극장에 국극단이 들어와 〈낙랑공주와 호동왕자〉를 공연할 때 보니까, 국극단장이 백구두를 신고 있었다. 꾹, 꾹, 꾸르르르. 눈 쌓인 숲에서 들리는 겨울새 소리. 사내가 라디에이터에 물을 부었다. 내가 살던 고향집에서 기차가 서는 강경읍까지는 광활한 성동벌판 휘돌아 흐르는 둑길로 장장 이십여 리였다. 나는 말없이 다시 구형 엘란트라의 시동을 걸었다. 왼편은 절벽이니까 오른편으로 붙여서 가는 게 좋겠소. 사내가 운전석 쪽의 유리창까지 손수건을 꺼내 닦아주었다. 언제 떠나면 되는지 어떻게 알아? 막내누나에게 어린 내가 물었다. 우리 집엔 시계가 없었다. 밤은 매양 칠흑처럼 어두웠고 닭 울면 박명薄明이 왔다. 저어기, 라고 누나는 내 손가락 들어 하늘 한편을 가리켜 보였다. 저어기, 유난히 밝은 별 뵈지? 저 별이 내 별이야.

피, 누나 별이 어딨어?

있어. 저 별처럼…… 나는 서울 가서, 저 별처럼 될 거야. 두고 봐. 저 별이 두 뼘쯤 기울면, 그때가 밤 열두시야. 그때 출발해도 늦지 않아.

가다가 수문 있는 데, 도깨비가 산대.

도깨비쯤은 무섭지 않아. 누나 운동회 때 달리기 일등하는 것 봤지? 누나는 달리기엔 언제나 일등이었다. 싸움도 일등이었다. 덩치 큰 남자애들도 누나가 소매 걷고 나서면 슬금슬금 꽁무니를 빼기 일쑤였다. 도깨비는 다리가 짧댔어. 난 강경 읍내까지 달려갈 거야. 그까짓 도깨비쯤, 나를 쫓아오진 못해. 엄니가 잠들면 벽을 두 번만 쳐. 알았지, 두 번. 아랫방은 엄마와 내가 함께 썼고, 윗방은 누나들이 썼다. 가을이 깊었으며, 나락값을 받아 천장 구석 뚫린 곳으로 엄마가 집어넣는 걸 나도 보았다. 구형 엘란트라는 힘겹게, 그래도 이퉁 부리지 않고 눈길을 잘 올라갔다. 작은 마을 하나 지나갔다. 마을은 별빛 아래 다소곳이 엎디어 있었다. 물안실이라는 마을이지요, 라고 사내가 말했다. 물안실은 경상도의 끝 마을이었다. 이 마을에서 고개 너머 전라도 땅 상오정 마을까진 아마 이십여 리 될 거외다. 그 사이에는 다른 마을이 없어요.

나는 정작 막내누나가 떠나는 걸 보지 못했다.

수천의 별빛들이 누나의 어깨로 쏟아졌을 것이다. 눈을 비비고 비비다 잠들었을 때, 끝이 뵈지 않는 둑길로 내달리는 누나의 빠른 질주가 꿈에 보였다. 별빛들이 사선을 그리며 쏟아져내렸지만 누나의 질주를 감당하지 못하고 퉁, 퉁, 퉁, 물방울처럼 퉁겨져나오는 것을 나는 보았다. 누나는 머리를 빨간 댕기로 질끈 묶고 있었다. 저어기, 저 별이 더 빛나 뵈면 이 누나가 별빛보다 더 눈부신 빛에 싸여…… 무대 위에서 노래 부르고 있는 줄 알아. 네 뿔필통, 운동화, 백구두도 사고. 어떤 별은 기타, 어떤 별은 트럼펫, 어떤 별은 바이올린, 어떤 별은 드럼, 어떤 별은 색소폰, 어떤 별은 첼로, 어떤 별은 플루트. 별들에 싸여, 빨간 댕기로 질끈 묶은 머리 나팔거리며, 누나는 질주의 신명으로 노래 부르고 있었다.

나는 기차를 참 좋아해요.

아버지는 평생 기차를 타고 살았다. 시절이 좋아 읍내에서 남의 돈 얻어 붙박이 포목상을 하던 삼 년여를 빼곤 언제나 기차에 몸을 실어 떠돌던 아버지는 장돌뱅이. 주로 남녘으로 내려가 명주나 삼베를 떼어다가 논산, 강경, 함열, 연산, 연무, 공주, 부여, 세도의 소매상들에게 팔아넘겼다. 평생 장돌뱅이로 살았으나 상운商運이 없었던지 한때나마 특별한 전성기를 누려본 적이 전혀 없었던 분이었다. 나는 맨날 밤 기차를 탄다, 라고 처연한 낯빛으로 아버지는 말했다. 내가 처음으로 수면제를 다량 복용, 위세척을 받고 누워 있던 병실에서였다. 서울에서부터 내려오는 차라 번번이 만원이여. 사람들이 빼곡히 서 있어도 이 애비는 칸칸마다 돌아댕기면서 앉을 데를 찾아봐. 그럼 말여, 아무리 만원이라도 내 한몸 엉덩이 붙일 곳은 결국 찾아지더라 그거여. 넌 어리디어린 것이, 속내에 무신 놈의 열불이 나서 약을 먹었는지 모르겄다만서도, 그거, 기차 타자마자, 아이구 만원이네 함서, 포기하고 주저앉는 짓여. 세상이 얼마나 넓고 넓은데.

밤 기차 보면야…… 가슴이 매양 타고 하죠.

사내가 한참 만에 내 말에 화답하여 말했다. 독심술이란 본래 상대의 얼굴 근육에 나타나는 미세한 운동을 통해 그 운동 너머의 사념思念을 알아내는 과학적 법술이다. 차내에는 불이 꺼져 있을 뿐 아니라, 함께 나란히 앉아 각자의 시선을 앞으로 뻗고 있으니, 사내가 내 표정을 볼 수도 없다. 그런데 이 사내는 내가 아버지를 생각할 때 아버지에 대해 말하고 내가 별을 생각할 때 별에 대해 말하고 내가 밤 기차를 생각할 때, 나보다 먼저 밤 기차를 말한다. 동승한 이후부터, 내가 많은 말을 하게 된 것도 돌이켜보니 사내가 내 사념의 중심부로 비집고 들어와 그 편린을 무심한, 짧은 말로 끌어내왔기 때문이다. 나는 입을 다물었다. 좀 전, 계곡에서 넘어졌을 때, 사내와 절로 손을 잡고 싶었던, 손과 손이 끝내 틀니처럼 맞아들어가던 그 느낌도, 생각해보면 아주 기분이 나빴다. 내가 뭔가에 씐 거야. 절도나 강도는 아닐지 몰라도, 혹시 이 사내가 둔갑한 수놈 여우 같은 건 아닐까.

지난여름 예서 멧돼지가 나왔답디다.

사내의 입에서 여우라는 말이 나오지 않아 다행이었다. 올라갈수록 산의 형세는 그 치켜오름이 더 급박해지고 있었다. 지도에서 확인한 대로라면 오른편 어디쯤에 덕유산 향적봉과 서동西東으로 마주선 천이백오십사 미터 삼봉산 세 봉우리가 은하수 한가운데를 떠받치고 있을 것이었다. 고향 마을엔 산이 없었다. 동구에 나가 앉으면 강경 논산의 너른 성동벌판 삼십여 리, 수평으로 곧게 뻗은 기찻길이 보였다. 밤 기차 불빛은 항상 느리게 움직였고 아스라했다. 시각은 아마 밤 한시 오십분, 막내누나가 탄 기차, 강경역을 떠날 때쯤 됐을 터였다. 핸들을 왼편으로 감으면서 액셀을 힘있게 밟자 몇 굽이 건너, 저만큼 신풍령의 정상이 눈에 들어왔다. 산등성이를 잘라내어 길을 냈으므로 신풍령의 정상은 양쪽으로 깎아지른 암벽 단애를 세워들고 있었다. 얼마나 기차를 타고서 멀리 떠나고 싶었으면 열일곱 살, 그해 봄, 수면제 한 움큼 털어넣고 서울행 기차를 탔을까. 아버지는 밤마다 기차를 타고 복사꽃 먼저 피는 남녘까지 가서, 죽은 자들을 위한 삼베 명주를 사 날랐다. 그러나 아버지의 소망은 삼베 명주 장사가 아니었다. 나는 수면제 기운이 퍼져 가물가물해진 눈으로 차창 밖을 보았다. 아버지는 독학으로 겨우 한글만을 깨쳤지만 시조창時調唱은 군내 으뜸이요, 톱과 대패를 들면 목장木匠으로서의 솜씨 또한 뛰어났다. 누나가 가진 초성의 해맑음도 알고 보면 아버지에게서 받은 것이었다. 여보, 이게 뭐유. 그림 그렸수? 당신이 언제? 아내가 놀라서 말했다. 아버지가 임종하고 반년 이상 지났을 때였다. 묵은 것들을 정리하고 있던 아내가 찾아낸 것은 묵화를 시도한 화선지들도 아닌, 옛날 도화지에 그린 크레파스 현대화. 어떤 것은 완성되고 어떤 것은 미완성, 또 어떤 것은 밑그림만 그려진. 주로 인물화였는데, 그냥 머물러 있는 인물이 아니라 약동적으로 움직이는 인물이었다. 회장저고리 질끈 접고 장구 치는 여자도 있고 줄을 타는 사당패 남자도 있고 춤추는 무희도 있었다. 색조는 아주 화려했다. 검고 깡마르고 등 굽은, 검버섯과 부스럼투성이의 아버지가 숨겨 가졌다고 상상하기엔 너무나 잔인한 원색 가까운 저 찬란한 명도의 빛깔들. 당신이 그린 게 아니란 말예요? 그럼 생전의 아버님? 도화지는 너무 오래돼서 누렇게 변색되어 있었다. 아내는 벌린 입을 다물지 못했다. 세련된 그림은 아닐지라도, 바로 세련미가 없어 그 그림들은 원형적 생명감이 오히려 넘쳤다. 아버지가 아무도 몰래 그것들을 그렸다면, 아마도 오십대 전반, 이유 없는 종환과 탈모와 살 빠짐으로 죽은 자 같았던, 그 무렵이었을 것이다. 아버지는 그 무렵, 읍내 옥녀봉 서편 기슭에 방을 얻어 한동안 혼자 밥을 끓여먹었다. 장삿길도 그땐 그저 드문드문. 머물러 있는 인물화 한 점 있다면, 중이었다. 아니, 자꾸 보다가 나는 그것이 중이 아니라 아버지 자신일지 모른다고 생각하게 되었는데, 어쨌든 머리를 삭발한 얼굴이었다. 따로 사실적 색깔은 칠하지 않고 인물과 배경 전체가 누르스름한 공포功布의 빛깔이었다. 좋은 삼베는 우선 빛깔이지, 라고 아버지는 생전에 말한 적이 있었다. 무엇보다 공포 하나는 좋은 걸 써야지. 상여가 나갈 때면 공포가 앞장서고 마지막 흙을 덮기 전 공포가 관棺을 닦는다. 나일론 삼베가 나왔을 때 아버지는 불같이 화를 냈다. 썩을 건 얼른 썩는 것이 하늘의 이치인데, 세상에 어떤 놈들은 수의에 공포까지 나이롱 삼베를 써? 천리天理를 거꾸로 사는 짓여. 막내누나의 주검을 싸서 묻을 때, 장례 비용도 턱없이 부족했지만 차마 나일론 삼베를 쓸 수는 없었다. 사멸은 빨리 부식해 그 끝이 깨끗한 게 좋다고 가르쳐준 건 아버지였다. 이제, 신풍령 정상이 아주 가까웠다. 내 반감反感을 눈치챘는지 사내는 계속 입을 다물었고, 그래서 한동안 침묵의 운행이 계속됐다.

누나는 결국 스물아홉에 청산가리를 먹고 죽었다.

나는 신풍령 정상, 벼랑 사이에 차를 세웠다. 별빛과 눈빛 때문에 내가 힘겹게 지나쳐온 굽잇길, 그 명암이 뚜렷이 보였다. 누나는 한 번 결혼해보았고, 한 번 한 남자와 살림을 산 적이 있었다. 결혼했던 남자는 자칭 작곡가라고 했지만 기타줄이나 퉁기고 다니는 떠돌이 악사로 아이 하나 낳고 나서 덜컥 술 취해 죽었고, 살림을 산 적이 있는 남자는 애송이 가짜 대학생으로 누나의 단물만 빨아먹고 떠났다. 내가 누나의 전화를 받고 마장동 도살장 너머, 어느 천변川邊 여관에 당도했을 때, 나는 그곳에서 누나가 좀 전까지 추잡한 정사를 치렀다는 걸 금방 알았다. 정액 냄새조차 가시지 않은 더러운 방이었다. 거리, 혹은 선술집에서 만났을 뜨내기 남자는 이미 떠나고 없었다. 얘야, 라고 말하며 누나는 비틀비틀 다가와 내 목에 팔을 둘렀다. 얘야, 그래도 네가…… 있어 내게…… 내게 왔구나. 나는 누나의 팔에서 슬쩍 비켜섰다. 한낮이었으나 막내누나는 이미 고주망태였다. 부모님 몰래, 막내누나는 그때 근처의 어느 선술집에 몸을 의탁해 있었다. 취하면 노래 부르고, 땀내 나는 사내들의 손이 치마폭 속으로 들어오고, 누나의 별은 초신성의 단계를 건너뛰어 중성자별. 젓가락 부러져라 목로 두들기면 허어, 이년, 홍도 좋구나, 사발술 넘나들어 노래로 뜨고. 중성자성中性子星은 사멸의 전 단계, 사멸에의 한이 많아 고밀도 일 제곱센터미터에 일억 톤의 중량. 너이 누나…… 귀찮지? 귀찮아 죽겠지? 전화 받을 때부터 그랬어. 망할 새끼, 귀찮은데 왜 왔니, 왜 왔어? 제발 누나, 옷이나 좀 입어. 왜, 보기 흉해서? 개, 개새끼…… 넌 배웠다 이거지? 고상하고…… 품위 있다 이거지? 대학 나왔다 이거지? 씨팔놈덜. 그렇다고…… 내, 내가 기죽을 줄 알아? 어림없어. 난 안 죽어. 죽어도…… 안 죽어. 중성자별은 이윽고 블랙홀. 블랙홀은 죽지 않는다. 별은 사멸을 불러 중심을 향해 급격히 수축, 시신의 강직성을 통해 모든 물질, 모든 빛을 빨아들이는 중음中陰의 잔혹한 유랑과 만난다. 금마의 당숙이 죽었다는 전보가 왔어, 라고 나는 마지못해 말했다. 좀 자, 나는 가봐야 해, 누나. 나는 돌아섰고, 막내누나는 와락 내 가슴을 안았다. 부디…… 날 버리고 가지 마. 내가…… 노래 불러줄까. 전에…… 너…… 내 노래 듣고 있다가 곧잘 울었잖냐. 슬프고…… 기쁜…… 신나는 노래…… 해줄게. 막내누나의 입에서 창자가 썩는 듯한 냄새가 났다. 가야 된다니까, 글쎄. 누나하고 놀 시간이 없어. 개새끼. 누가……

너하고 놀잤니? 놀잤어? 비켜, 라고 나는 단호히 누나를 뿌리쳤다. 비켜, 난 갈 거야. 혐오감 때문에 온몸에 소름이 돋았다. 누나의 노래 부르는 목청은 이미 사멸의 길로 접어들어 옛날 같지 않았다. 부탁이다, 얘야. 누나는 쓰러진 채 내 바짓가랑이를 움켜잡았다. 나는 문을 열고, 누나의 손가락 하나하나 이 악물고서 떼어냈다. 금마까지 내려가는 기차를 타려면 한 시간 남짓 남아 있을 뿐이었다. 네가 가면…… 이 누나는…… 죽어. 누나는 소리쳤고, 당숙어른은 이미 죽었어, 나 또한 소리쳤다. 불과 쉰두 살인 내 유일한 당숙은 술을 너무 마시다가 위 천공으로 죽었다고 했다. 사십대 중반까지만 해도 얼마 되지 않는 자작농에 자작농보다 많은 소작에까지 매달려 잘살아보겠다고 밤낮없이 일하던 사람이었다. 금마에서 가장 부지런한 사람이 당숙이었다. 나…… 정말 죽는단 말야. 닫고 나온 문 너머에서 들리는 비명 같은 누나의 외침이 나를 따라왔다. 차……차라리…… 나…… 죽는 거…… 보고 가…… 여름 햇빛이 내 눈을 찔렀다. 여관 현관의 마지막 층계를 떠나 보도로 탁 내려섰을 때, 나는 불현듯 막내누나가 술에 취한 것만이 아닐지 모른다고 생각했다. 금마에서 가장 부지런했던 당숙이, 갑자기, 전에 없이, 소주를 하루 몇 병씩 마시게 된 건 오리무중의 일이었다. 귀신이 씌지 않고서야 그런 일이 워찌 있을꼬, 당숙모는 말했다. 비료포에 인쇄된 설명 문장들이 안 뵌다고, 밭에 나갔던 사람이 어느 날 부리나케 들어오더니, 일꾼들 마시다 만 소주병을 찾아들더라는 것이었다. 음주량은 조금씩, 급격히 늘어났고, 위에 구멍이 뚫렸을 때, 당숙은 이미 심한 약시弱視의 실명 상태였다. 막내누나의 죽음을 알리는 전보가 금마 당숙네로 배달되어 온 것은 당숙의 시신을 염도 하기 전이었다.

자, 여기서 내려보시오.

내가 사내 쪽 차문을 열어주었다.

바람이 불지 않는데, 벼랑 끝에선 간헐적으로 바람 소리가 났다. 설산은 너무나 정밀靜謐해서 이승의 그것 같지 않았다. 하늘은 산 끝에서 산 끝까지, 별밭. 저 스스로 빛을 내지 못하면 항성恒星, 곧 별이라고 할 수 없지요? 나는 사내에게 물었다. 나의 왼손은 주머니 속에서 양날의 도루코 면도칼을 만지작거리고 있었다. 나비떼가 날지 않으면 작가는 중성자별, 혹은 블랙홀이 된다. 사내와 나는 손이 닿을 듯 가까이 서 있었다. 블랙홀도 사멸이다, 라고 사내는 말할까. 항성이 아니면 별이 아니라고, 빛나지 않으면 죽음이라고 사내가 말하길 나는 기다리고 있었다.

상주불멸常住不滅이랬소, 부처께서.

나는 부처는 모릅니다. 내가 해인사에 온 것은 사멸하는 전각들의 비장함을 보러 온 것일 뿐, 부처를 만나러 온 게 아니오.

부처를 찾아왔으면서…… 왜 그걸 굳이 부정하시오?

사내가 나를 바라보았고, 내가 사내를 쏘아보았다. 사내를 이기기 위해 내 눈엔 불꽃이 매달려 있었겠지만, 사내의 눈빛은 맑고 부드러울 뿐 그저 무심했다. 시법주법위 세간상상주是法住法位世間相常住. 법화경의 이 구절은 나도 읽은 바 있었다. 이 법이 법의 자리에 머무나니 세간상 이대로 상주불멸이니라. 나무는 부러지고 꺾이고 죽지만 새로 태어나는 나무들 또 있으니 숲은 영원하다고, 나 스스로 글에 쓴 적도 있었다. 유형의 물질인 질량과 무형인 에너지가 알고 보면 서로 경계 없이 넘나들어 질량이 에너지가 되고 에너지가 질량이 된다는 아인슈타인의 유명한 등가원리론等價原理論. 성철 스님의 법문에서 물과 얼음에다가 에너지 질량을 비유한 것도 읽은 일이 있었다. 물이 얼어서 얼음이 되면 물이 없어졌습니까? 성철 스님은 물었다. 그러나 그것들이 어째서 불멸인가. 색즉시공色卽是空이라지만 색色은 색, 공空은 공이다. 누나의 주검은 퉁퉁 부어 있었고 아버지의 주검은 까맣다 못해 아예 숯검정이었다. 나는 점점 더 부아가 끓어올랐다. 사내의 부드러운 무심함은 가장된 것이다, 라고 나는 생각했다. 그래서 도전적으로 나는 말했다.

당신은 해인사에서부터 날 따라왔소.

사내의 표정에 잠시 쓸쓸한 연민 같은 게 슬쩍 떠올랐다.

일주문 근처, 고사목 앞에 서 있는 당신을 보았지요. 당신은 날 쏘아보다가 내가 고개를 돌리자 딴청을 부렸어요. 당신이 입은 그 형편없는 바바리코트, 등 쪽의 오른편 허리띠 고리가 뜯어져 있는 걸 확인 안 했다면 나도 긴가민가했을 거요. 나의 뭘 노리고 따라왔나요? 도대체…… 당신은 누구요?

뭘 노리고 따라오진 않았소, 선생.

가증스럽게도 이제야 실토를 하시는군.

노리는 게 특별히 없었으니 뭘 노렸는지는 말 못하겠지만, 의심 많은 선생을 위해 내가 누군지는 말하겠소. 날씨가 추운데 일단 차 안으로 듭시다. 나야 산에서 살아 추운지 어쩐지 감각도 무디지만, 선생은 지금 떨고 있지 않소이까?

먼저 말하시오. 당신은 대체 누구요?

선생의 어법대로 말하자면 나도…… 작가요.

작가요? 소설가? 나는 사내를 좀더 또렷이 보기 위해 반문하며 눈을 부릅떴다. 그것은 뜻밖의 대답이었다. 처음부터 선생과 꼭 동행할 의도가 있었던 건 아니었소, 라고 사내는 덧붙여 말했다. 다만…… 선생이 안쓰러웠소. 글쓰기를 중단한다고 해놓고도 정작 아무것도 버리지 못하는 선생이, 스스로 이르되 임종사를 써 던지고 왔다면서도 정작 죽지 못해 고통받는 선생이 말이오. 선생은 지금 불난 집火宅에 있는 거요. 나에 대해 함부로 말하지 마시오. 내 어찌 선생에 대해 함부로 말하겠소이까. 부처를 안다고 부처를 찾나요? 부정하시지만, 선생은 불멸의 빛을 찾아 해인사에 왔어요. 구체적으로 선생이 찾는 것의 형상이 꼭 부처 아닐지라도 그저 부처로 상징되는 것들, 진애塵埃 티끌만큼도 없는 저 맑은 본령의 빛, 불생불멸의 진여眞如. 그렇고말고요. 불에 데고 시간에 먹혀 아우성치면서…… 그래도 선생은 흰 소가 끄는 수레를 타고 싶은 게지요. 문학, 소설, 어쩌고 하지만 문제는 거기 있지 않아요. 선생이 해인사에 온 게 우연일 수 없음은 선생 자신도 잘 알 거요. 흰 소가 끄는 수레의 이미지가 내 안으로 파고들었다. 수천 억겁, 불멸의 별들을 오가는 수레가 있다면, 아마도 빠르지도 느리지도 않을 터, 그 수레에선 빛과 어둠이 한가지일 것이다. 그런데도 선생이 한사코 아니다, 모른다, 부정하는 건 집착 때문이오. 부처가 별거요? 본래시불本來是佛이라 하지 않소? 천주가 별거요? 하느님의 천막이 사람과 함께 있다 하지 않았소? 선생은 부활을 꿈꾸고자 하지만, 해인사를 찾아 나서는 본래의 자기를 가로막고 아니다, 모른다, 참으로 죽지 않으니, 부활이든 불멸이든 다 허깨비일밖에요. 비유컨대, 불멸이 있다면 그건 흰 소가 끄는 수레에 실려 있소. 사내는 그 대목에서 한숨을 쉬었다. 나도 그동안 사만여 매나 글을 썼소, 라고 사내는 말했다. 반격의 찬스를 잡은 내 귀가 번쩍 트였다. 희곡도, 수

필도, 소설도 썼소.

거짓말!

나는 소리쳤다.

거짓말이야.

사만여 매라면 내가 데뷔 이후 쓴 것들의 총량과 흡사했다. 시골 어디 살면서, 작가라는 직함만 걸어놓고 그 이름의 세속적 호사나 즐기며 사는 작가 아닌 작가라면 모르되, 사만여 매나 쓴 동갑내기 작가를 내가 모를 리 없었다.

선생이 의심하는 것도 압니다. 그럴 수밖에요.

사내는 사이를 두었다가 이윽고 덧붙여 말했다.

쓰긴 썼지만, 세상에 발표를 한 적은 없었거든요.

설산의 연봉들이 수십 자尺씩 내게서 물러앉는 느낌을 그 순간 나는 받았다. 아, 이 사내는 지금 우주적인 농담을 내게 걸어오는 것이다, 라고 나는 생각했다. 나의 직관은 이미 사내의 말이 거짓이 아님을 꿰뚫고 있었다. 나는 질주의 고통, 질주의 열정으로 지난 스물 몇 해 쓰고 또 썼으며, 쓰는 대로 발표했으며, 발표하는 대로 득달같이 책을 펴냈다. 출판사들은 묵어서 스스로 잊었던 원고까지 찾아냈다. 돌아보면, 정말 대단한 열정으로 썼지요, 라고 사내가 나를 대신해 말하고 있었다. 눈만 뜨면요, 써야 할 말들이, 선생 표현을 따르자면, 형형색색 수천의 나비떼처럼 날아오르는 거였어요. 나는 달려갔지요. 세상은 온갖 삶의 물집들로 가득차 있고요, 그 물집들 터뜨리는 게 글쓰기라고 생각하면서 밤마다 썼죠. 밤마다. 탈고한 원고들이 한 뼘으로 두 뼘으로 자라는 것이 내 유일한 기쁨이었답니다. 서가의 가장 밝은 자리에 새로 출판한 잉크 냄새 가시지 않은 내 소설책이 꽂히는 순간이야말로 기쁨의 절정이었다. 사내의 원고가 한 뼘으로 자랄 때, 내 서가의 책들도 한 뼘으로 자랐을 것이다. 실패한 작품이라고 느끼는 소설은, 진실이 아니라고 느끼는 소설은, 버리고 싶은 소설은 바로 실패했기 때문, 진실이 아니기 때문, 버리고 싶기 때문에 책을 펴낸다고 나는 말했다. 실패하지 않는다면, 그 어떤 그리움이 남아서 쓰고 또 쓰겠느냐면서. 그만 가십시다, 선생. 사내가 돌아서서 차문을 열었다. 고개 너머 첫번째 동네에서 난 내릴 거외다. 사내의 말이 다 끝나기도 전에 그의 등덜미 물어뜯듯, 마침내 내가 왜장쳐 물었다.

왜, 어째서…… 발표하지 않았소?

……사멸이 두려웠소.

사내는 안으로 들어가 앉아 이윽고 차문을 조용히 닫았다. 신풍령 정상을 넘어서부터는 전라북도 무주군이었다. 덕유산 향적봉과 서북향으로 이마를 맞대고 우뚝 선 적상산의 핏빛 가을 단풍이 눈에 뵈는 듯했다. 사멸의 종환들을 온몸에 짊어지고 아버지가 그렸던 무희의 속살이 그 빛깔이었다. 가파르게 치켜오른 험준한 연봉들이 사방을 가려 친 적상산 아래 외진 마을에서 나는 스물하나, 스물둘의 푸르러야 할 시간들을 보냈다. 가장 외로웠으면서 가장 피 뜨거웠던, 분열하는 청춘의 광기를 유폐시켰던 곳, 저 떨리는 글쓰기의 제단 밑에 무릎 꿇어 평생 그 성찬을 받아먹자고 자신과 약속했던 곳, 내 글쓰기 삶의 자궁. 내가 만약 작가로서 죽어야 한다면, 바로 그 적상산, 어느 궁벽진 골에서 새로 산 도루코 양날의 면도칼, 눈감지 말고 똑똑히 새겨보며, 일도양단一刀兩斷, 한 번의 칼질로 대동맥 동강내는, 가미카제의 황홀한 오르가슴, 그 산화散花의. 차는 1단 기어가 들어간 채 저 스스로 움직이듯 움직였다. 쌓인 눈이 바퀴에 눌리는 소리가 싸싸싸싸 하고 났다. 어머니, 언제 저 별들이 다 기울까요. 뜨거운 것이 목젖을 치고 올라와, 나는 어금니 질끈 물고서, 꽃각시만큼 단아해 보였던 어머니 주검을 향해 말했다. 사멸은 참혹하거나 슬프지 않아요. 어머니가 아니라 바로 사내가 먼 목소리로 화답했다. 이승을 떠난 지 수십 년도 더 된 할아버지 할머니의 산소를 이장한 적이 있었다. 아버지가 한지를 접어들고 흙속에서 하나씩 둘씩 할아버지의 유골 편을 찾아올렸다. 아침 햇빛 아래 드러난 할아버지 유골은 모든 게 진토되어 뼛골의 각角도 사라진 것이, 그 하나하나, 부드러운 원형의 분통 같았다. 나는 심지어 개도 자살하는 걸 보았었소. 사내의 목소리는 여전히 꿈인 양 멀었다. 이름이야 뭐 시골에서 부르는 대로 워리, 하고 불렀지요. 워리, 하고요. 내가 태어날 때부텀 늙은 개였대요. 근데 이놈이 글쎄, 더 늙어 죽을 때가 되니까 동구 밖 저수지 수문 꼭대기로 기어올라가더니 열 길 넘는 물속으로 풍덩 뛰어들어 죽습디다. 어리석은 개였지요. 그걸 보고 나서 사멸에의 공포감에 오래 결박당해 있던 나도 그렇지만요. 무지했던 탓이지요. 집착이 죽으면, 그저 자유롭지요. 병풍처럼 단애로 둘러쳐진 적상산정 분지 안의 안국사安國寺는 양수발전소가 생겨 옮겨졌다고 들었다. 피 뜨거운 자기 분열과 그리움 때문에 그곳에 부초해 있을 때는 매일이다시피 가파른 산길 이십 리 안국사까지 오르내렸다. 절 앞의 연못은 언제나 음습했지만 연꽃 다투어 피고, 전각들은 퇴락할 대로 퇴락했지만 노스님 한 분, 눈빛 맑고 허리 곧았다. 창의唱衣라는 말을 나는 처음 그 노스님한테 들었다. 스님이 죽어 티끌로 떠나가면 이승에 남기느니 겨우 가사 장삼과 목탁 염주와 바리때 한 벌. 그나마도 사십구재가 되면 태워 없애거나 경매에 부친다는 것이다. 스님일지라도 행여 이승에 집착심을 남겨놓을까봐 바리때 한 벌조차 주인의 명패를 분명히 바꿔놓는 창의. 안국사 노스님의 다비식엔 사람마저 거의 없어 쓸쓸하기 짝이 없었다. 이제 그곳을 떠나 대처로 흐른 지 스물여덟

해, 어머니 자궁도 때가 되면 짚불 꺼지듯 주저앉는데, 눈 쌓인 적상산 깊은 골에 내가 젊고 순결한 피로 쌓았던 그 무엇이 남아, 상기도 나를 불러 이리 가는가. 당신 이러다가 죽으면 소설이 무슨 소용 있어? 아내의 풍화된 젖가슴 사이로 내 메마른 얼굴은 자꾸 쓸려들어가고, 당신 그러다 죽겠어, 가미카제 결단으로 임종사 써 던지고 왔지만, 임종은 멀고, 한밤중 눈 덮인 산맥에서 만난 산인 하나, 내 곁에 내 주인인 듯 앉아 이르기를, 죽으라고, 쉰 살에 꿈꾸는 불멸에의 꿈조차 망집妄執이니 망집의 잔인한 사슬에서 자유로워지라고, 이승의 초성도 아니고 저승의 초성도 아닌 목소리로 이윽고, 말의 아퀴를 짓는다.

비참한 건 사멸이라는 말, 그 허깨비 관념뿐이오.

내 손에 끌려나온 도루코 면도칼이 차창 밖으로 떨어졌다.

4

여기가 어디일까.

눈을 떴을 때 나는 먼저 푹신한 요 위에 내 몸이 뉘어 있음을 알았다. 방바닥은 따끈했고, 전신은 이미 땀에 젖어 있었다. 체크 문양의 천장 벽지를 따라 시선을 내려뜨리자 시화詩畫 한 점이 표구된 나무 액자가 보였다.

괴목리 이군 집이로구나.

내가 예전에 머물렀던 적상산 아래 동네는 행정구역상으로 무주군 적상면 괴목리였다. 시화의 액자로 보건대, 향리鄕里에서 벌을 치며 유유자적으로 사는 시인이자 제자인 이군 집 안방이 틀림없었다. 신풍령 고개를 넘어온 기억이 전생에서 겪은 듯 까마득히 멀었다. 그런데, 어떻게 예까지 왔는지, 어떻게 이 자리에 누워 잠을 자게 됐는지, 이상하게도 기억이 전무했다. 사내가 내린 건 신풍령을 넘어와 첫 동네, 상오정 어귀였다. 저 동네를 상오정이라 하지요. 까마득히 멀었지만, 상오정이라는 동네 이름까지 어쨌든 기억에 남아 있었다. 이어 흐르는 것은 낡은 흑백사진 같은 몇 개의 의미 없는 삽화, 가령 스키 대여소라고 쓰인 불켜진 입간판, 낯익으면서도 낯선 마을들, 도로 위로 휘어 자란 노송, 떨어져내리는 설편雪片들 정도. 거창 쪽에서 왔으니 구천동 상공리를 지나 설천을 거쳐 무주 읍내로 돌아 들어왔을 터, 그 길의 풍경이야 아무리 눈이 뒤덮고 밤이 깊어도 내가 몰라봤을 리 없었다. 게다가 이군 집에 온 것, 이군 내외를 만난 것, 여기 잠자리에 든 것, 모두 지워져 보이지 않으니 이상했다. 대취해도 필름이 끊어지는 법 없는 내가 아닌가. 문밖에서 낮게 도란거리는 소리가 났다. 고등학교 다니는 남매 모두 외지로 학교를 보냈다고 들었으니, 집안엔 이군 내외만이 있을 터였다.

어머, 선생님 일어나셨네.

이군 내자內子의 청량한 목소리였다.

나는 무심코 방문을 열고 나오다가 이내 눈을 질끈 감아버렸다. 아침녘인가보았다. 거실 창으로 들어오는 눈에 반사된 햇빛이 그렇게 강렬할 수 없었다. 투명한 내 내부로 들어온 햇빛이 혈관을 타고 재빨리 퍼져나가는 걸 나는 느꼈다. 내가 언제, 어떻게 여길 왔어?라고 나는 물었고, 저희가 묻고 싶은걸요, 이군의 내자가 대답했다. 이틀이나 주무셨어요. 어제그저께 새벽에 오셨으니까요. 중간에 한 번 미음을 잡수셨는데 그것도 생각 안 나세요? 응, 생각 안 나. 미음까지 내가 받아먹었어? 그저께 여기 들어오실 땐 열이 좀 있으셨어요. 막 여명이 틀 무렵이었어요. 문소리 때문에 나가보니까 선생님이 말없이 서 계셨어요. 말씀드리기 죄송하지만 꼭 혼백이 나간 분같이…… 열이 있으셔서 해열제만 드리고, 그러더니 눕자마자 주무시는 것이었어요.

적상산의 눈 덮인 봉우리가 헙, 숨이 막히게 가까웠다.

산은 그 산이지만 세월과 더불어 괴목리도 많이 변해서 마을 아래 계곡은 양수발전소 댐을 막아 저수지가 됐고, 안국사 있던 자리 또한 인공 호수로 둔갑했다고 했다. 산 아래 댐에서 물을 동력으로 적상산정까지 올렸다가 다시 일시에 떨어뜨려 발전을 하는 원리였다. 안국사는 이전해 새로 지었는데요, 도로가 절 앞까지 났어요. 경사가 급해서 지금은 도저히 차로 못 가구요. 대웅전 기와지붕과 용마루의 이곳저곳을 뚫고 자라던 잡초, 이끼 낀 서까래, 푸실푸실 삭아 떨어져내리던 벽의 탱화들. 그리고 내게 창의 의식에 대해 설명해주던 등 곧은 노스님은 그 자취도 없을 것이었다.

오시면서 무슨 일 있으셨어요?

일은 무슨 일. 그저…… 꿈을 꾸었던 게지.

내가 이곳에 머물렀던 1960년대 후반, 이곳은 전기도 들어오지 않던 곳이었다. 겨울이 유난히 길고 눈은 겨우내 내렸다. 산이 워낙 깊어서 날이 추워지면 온갖 짐승들이 동네 주변까지 내려오므로 밤마실을 혼자 다니는 건 금기 중 하나였다. 덕유산과 적상산 사이의 좁은 하늘에 어둠은 늘 점령군보다 빨리 오고, 눈 속에 묻힌 겨울 숲은, 어쩌다 바람 소리, 어쩌다 짐승 소리, 대부분은 무량겁無量劫의 침묵. 산과 어둠과 자연의 침묵에 눌려 저녁상 물리고 나면 사람들은 서로서로 안쓰러이 돌아누워 잠들고, 천지간에 혼자 깨어 앉은 스물한 살의 내 가슴은 지옥불로 타고, 그 소외, 그 그리움, 하나로 모아서 생전 처음, 나는 글을 썼다. 내가 처음으로 쓴 소설 아닌 소설의 제목은 「이 음산한 빛의 잔해殘骸」였다. 나는 이군네 마당에 서서 쏟아질 듯한 적상산 정수리를 올려다보았다. 가슴 떨면서, 글을 쓰니, 이 유배지에서일망정 소원감疏遠感을 내물리칠 수 있구나, 유배의 사슬을 창자 씹어 끊듯 끊어내면서, 갱지에 붉은 줄 가로세로 그어진 이백 자 원고지 또박또박 채워 밤마다 쓸 때, 그때에도 하숙집 뒷문 열면 헙, 가슴으로 쓸려내려왔던 적상산이었다. 글을 쓰는 것만이 적상산을 발아래 쓰러뜨릴 유일한 통로, 결코 썩지 않을 새 동아줄이라고 나는 그 시절 믿었다. 광채와 어둠에 대해 나는 썼다. 빛의 잔해에 대해. 스물한 살의 그때에도 나는 빛나는 것들의 사멸에 대한 병든 오르가슴과 만나고 있었던가보았다.

나는 대체 어떻게 생겨먹은 위인인가.

삼십여 년 저쪽의 나 자신과 만나면서 나는 묻지 않을 수 없었다. 대처로 흘러나가 질주의 빠른 속도, 두 계단, 세 계단씩 한꺼번에 밟고 오르내리며 기쓰고 걸었지만, 지금 적상산과 마주서서 나는 내 관념 속의 허깨비 같은 먼길을 우회했을 뿐, 「이 음산한 빛의 잔해」에서 한 발자국도 제대로 나아가지 못했음을 깨닫지 않을 수 없었다. 적상산이야 예나 이제나 그대로지요, 라고 어느 틈에 내 곁에 와 서 있던 이군이 말했다. 그래, 스물한 살 시절엔 눈이 암만 쌓였어도 두세 시간이면 안국사까지 올라갔었는데, 이젠 그럴 수 없겠지? 쓸쓸히 내가 대답했다. 내 무릎 관절의 힘은 빠지고, 머리는 반백에 주름살은 늘었으나, 적상산 거기 있듯,

삼십여 년 저쪽의 나와 쉰 살의 내가 한 뼘도 떨어지지 않은 자리, 빛과 빛의 잔해 사이, 망집의 거미줄에 묶여 함께 있었다. 비참한 건 사멸이라는 말, 그 허깨비 관념뿐이지요. 사내의 마지막 말이 들렸다. 허깨비 관념으로 꿈꾸고 허깨비 관념으로 달리고 허깨비 관념으로 이루었다 믿는 저 도로徒勞의 시간들. 저도 선생님, 요즘은 신문을 이렇게 멀리 두고 읽어요. 이군은 내 쓸쓸함을 재빨리 눈치채고 위로해 말했다. 몇이지, 나이가? 마흔 넘겼지요, 이제. 시 한 편 쓰는 것도 전 같지 않아요. 자극이 없어선지 써도 그만 안 써도 그만, 그런 기분이구요. 어쩌다 낮잠에 빠지면 다 저녁때까지 내처 자요. 삼십 분만 자도 그렇게 개운해지더니 요즘은 자고 또 자도 어깨가 무겁고요. 선생님께선 그동안 정말이지 열심히 쓰시고, 열정을 다해 사셨어요. 선생님 흉내내기 어려워요. 좀 쉬세요. 내 근황을 이군도 소상히 아는 눈치였다.

써도 그만 안 써도 그만, 그게 젤 좋아. 그래야지.

나는 한참 만에 말했고 이군은 아무 대답도 하지 않았다.

당신, 청소하다가 죽겠수. 어쩌다가 내가 집안 청소라도 해주고 있으면 아내가 하는 말. 하루하루, 매사에서, 그 일이 끝나고 나서 힘이 남겨져 있으면 나는 죄스럽고 불안했다. 한가로운 시간들의 무위한 사고思考보다 질풍노도처럼 일해서 쓰러지고자 하는 것이 내 삶의 속도를 늘 결정지었다. 이군으로서는 모든 걸

걸고 젖 먹던 힘까지 모조리 쏟아부어야 절창의 시가 나오지 않겠느냐는, 지난번 내가 했던 말들을 지금 상기하고 있을 터였다. 이 양반, 정말 변했네. 그는 그렇게 느낄 것이다. 그러나, 변한 것은 없었다. 저 혼자서는 자신을 증명하지 못하는 시간이라는 것이 제 존재증명을 위해 나의 초상에 가로세로 골을 만들고 나의 머리에 백색의 물을 들여놓은 것뿐이었다. 양봉은 어떤가? 날이 갈수록, 이라고 대답하며 이군이 헛웃음을 웃었다. 날이 갈수록 이 깊은 골에도 꽃이 주나봐요. 꿀이 영 신통치 않아요. 도시 근교엔 관이나 무슨무슨 단체에서 꽃나무 자꾸 심어 꽃이 늘어나는데 이 산골은 꽃이 준다니 아이로니컬했다. 안성에서부터 구천동으로 굴이 뚫렸어요. 동계올림픽 준비로 구천동이 요즘 하루가 다르게 변해요. 내년 봄엔 읍내로 돌지 않고 구천동까지 곧장 가게 될 거예요. 괴목리가 천지개벽하네그려. 그러니 꽃이 줄밖에. 시간은 저의 존재증명을 위해 모든 사물에다 사멸의 옷을 입힌다. 나는 내외의 만류를 무릅쓰고 곧 행장을 꾸려 차에 올랐다. 내외가 동구 밖까지 나와주었다.

차에 웬 물뿌리개예요?

이군의 내자가 고개를 갸웃, 물었다.

뒷좌석에 파란색 물뿌리개가 쓰러져 있었다. 3학년 1반이라고 쓰인 검은 글씨가 보였다. 꿈인 듯도 한데, 사내를 만나 함께 신풍령을 넘은 것이 꿈은 아니었구나 싶었다. 나는 그냥 웃으면서, 물뿌리개 아닌 다른 걸 이군에게 불쑥 내밀었다. 얼마 전 아내가 사 온 미제 칼슘 영양제였다. 판토텐산칼슘이 십 밀리그램, 인산일수소칼슘이 어쩜, 육백하고도 구십오 밀리그램이나 들어 있대요. 나이들면 뼛골이 파삭파삭, 애들 과자같이 된대요, 여보. 하루 한 알씩 꼭 잡수셔야 돼요. 아내는 어렵게 돋보기까지 쓰고 설명서를 읽으며 호들갑을 떨었다.

하루 한 알 먹으라구. 자네들도 아마 몇 년 안에 시작될 거야.

뭐가 시작되느냐는 반문은 하지 않았다. 나는 정겨운 이군 내외를 동구 밖에 남기고 곧 마을을 떠났다. 눈은 하루가 다르게 침침해지고, 머리칼은 수북이 빠져 베갯머리에 쌓이고, 모든 내장들이 시시때때 이통을 부리고, 먹어도 속은 언제나 허당이고, 발은 자주 접질려 넘어질 뻔 넘어질 뻔하고, 좀 전에 산 차표 온 주머니 뒤져 찾고, 라이터, 우산, 가방, 심지어 겉저고리도 아무데나 두고 오고, 글을 써도 행갈이 자주 하고, 쓴 말 또 쓰고, 읽던 책 두고 새 책 들고, 겨우 머리말 읽고 나서 끝을 아는 듯해 그만 버리고, 거리에서 듣는 뱃노래로 눈시울 붉히고, 죽은 어머니한테 자꾸 미안하고, 자식이 안쓰럽고, 낡은 의자가 좋고, 암, 심장병, 폐결핵, 간장병에 걸린 것 같고, 나날이 홀로이고, 잠은 깊지 못하고, 쑤욱, 소리도 없이, 걸림쇠도 없이 쑤욱쑤욱, 뭔가 빠져나가지만 아랫배엔 죽은 살들이 차오르고. 쑤욱, 쑤욱, 쑤욱, 빠져나가지만.

사내가 등을 뵌 채 걷고 있었다.

녹다 만 눈들이 다시 얼어 신풍령 넘어올 때보다 길은 오히려 미끄러웠다. 옛날엔 걸어다녔던 구절양장九折羊腸 같던 폭 좁은 자갈길이 이제 포장된 어엿한 2차선 도로. 새로 생겨난 양수발전소 곁을 지나치자 곧 적상산이 차의 뒤창으로 밀려나기 시작했다. 어째서 이 길로 들어왔던 기억이 전혀 없을까. 심지어 무주 읍내를 지나쳐온 기억도 없었다. 사내와 이별하고부터, 그렇다면 나는 혼백이 나간 상태로, 괴목리, 이군 집까지 차를 몰아 들어왔단 말일까. 사내의 멀어져가는 굽은 등이 자꾸 보였다. 철 늦은 바바리코트, 뜯어져 있는 허리춤의 천 고리. 상오정이라는 동네에서 사내가 내렸을 때 보았던 것도 같고, 이틀이나 깊이 잠자며 반복해 꾸었던 꿈인 것도 같았다. 잘 가시오, 라고 사내는 말했다. 상오정 어귀에 외등이 하나 켜져 있었다. 사내는 뒤도 돌아보지 않고, 걷지도 않는 것처럼, 빠른 것도 아니고 느린 것도 아닌 속도로, 마을 고샅길 끝의 어둠 속을 향해 걸어갔다.

무주 읍내, 설천을 지나면 구천동까지는 금방이었다.

스키 리조트가 가까워지자 승용차들이 줄을 잇고 달렸다. 스키 관련 가게들과 음식점 간판들이 즐비하게 서 있었다. 이틀 전

밤에 이 리조트 앞을 지나왔던 기억은 전무했다. 거창까지 신풍령 고갯길은 열렸나요? 구천동 가게에서 내가 물었고, 그러믄요, 스키장에서 어제오늘 제설 작업을 다 끝냈는걸요, 가게 주인이 말했다. 상오정이란 동네까진 여기서 얼마나 됩니까. 상오정이라면…… 십 리 길이 조금 넘을걸요, 아마 스키 리조트에서 염화칼슘을 뿌렸는지 고갯길은 급격히 녹아 흐르고 있었다. 전신이 전에 없이 쾌적했다. 아무리 오래 자고 나도 속내 어디든 암종으로 눌린 듯 찌뿌드드했던 게 전혀 없었다. 머릿속 또한 맑게 걷혀 신묘한 세례라도 받은 느낌이었다. 상오정까진 무주 구천동 삼거리에서 불과 십여 분 거리.

그래. 여기야. 그가 저쪽으로 걸어 사라졌지.

나는 상오정 마을 어귀의 외등 아래 차를 세웠다. 길은 외등에서부터 마을 안쪽을 향해 약간 오른편으로 틀어져 있었다. 잘 가시오, 라며 사내가 차를 내린 건 외등 아래 바로 여기. 그러나 마을 초입, 구멍가게 늙수그레한 주인은 심드렁, 고개를 저었다. 그럴 만한 사람은 없는 것 같소만. 가게에 딸린 침침한 방에선 마을의 중늙은이 서넛, 고스톱을 치고 있었다. 성씨가 뭐고 이름이 뭐요, 찾는 사람이? 스스로 마을 이장이라고 말한 중늙은이가 화투장을 재빨리 섞으며 반문했다. 글쎄, 그걸 잘…… 하면서 나는 한숨을 쉬었다. 당신은 도대체 누구냐고 왜장쳐 물었으면서도 이름은 고사하고 성씨조차 들은 바 없으니, 한심했다. 어쨌든, 이 동네 사람은 아닌 것 같소. 우선 올해 쉰 살 되는 사람이 없고, 뭣이냐, 소설? 좌우간 글을 쓸 만큼 식자가 든 사람도 없다 그 말이오. 혹시 예서 걸어갈 만한 다른 동네나 외딴집은 없나요? 없대두요. 여기 있는 이 양반들, 다 예가 고향이오만, 외딴집 있다는 얘긴 들은 적이 없소이다. 뭘 잘못 알고 오신 게지. 그렇다면 이틀 전 한밤에 내 차를 내려 마을 안길로 사라진 사내는 유령이었단 말인가. 혹시 민박한 손님 중에 그 연배의 사람이 없을까요. 나는 끈질기게 물었다. 고스톱 패들이 두세두세 말을 주고받더니, 역시 이장이 단정적으로 없소, 했다. 보슈, 몇 가구 안 되는 동네 아니오? 우리도 민박 손님이나 낚아볼까 하고 동네 어귀로 나와 앉았는데. 집집마다, 민박 든 손님, 손바닥같이 알아요. 며칠 동안 빼잿길도 끊어지고 그래서 민박 손님이라곤 이 사람네 사랑방에 든 젊은 부부뿐이오. 우리 동넨 구천동이 꽉 차고 나서야 손님이 들지요. 손가락에 장을 지져도 좋아요. 그곳 상오정에서 신풍령 너머의 물안실까지 팔 킬로 사이엔 동네는커녕 외딴집 하나 없었다.

내가 면도칼을 버린 데는 어디쯤일까.

나는 신풍령 정상을 천천히 넘어갔다.

설산의 연봉들은 햇빛 아래 부셨지만 사내와 내가 마주섰던 자리쯤엔 다른 승용차가 멈춰져 있었다. 물안실 동네를 지나자 곧 개명마을의 옥계정이 보였다. 무주 읍내에서 땜질해 고친 라디에이터를 부쉈던 개명마을 표지석과 느티나무와 농담 걸고 싶은 우스꽝스러운 돌부처를 돌아 나는 분교장으로 들어갔다. 교실까지 일부러 찾아들어갈 필요는 없었다. 나는 까치 두 마리 각각 다른 방향을 보고 있는 자연보호상 밑에 물뿌리개를 가만히 놓아두었다. 경삿길에서 나와 사내가 함께 미끄러졌던 자취도 물론 남아 있지 않았다. 나는 계곡 쪽 허공으로 헛손질을 한번 해보았다. 초신성으로 타오르던 누나의 사멸은 갑자기 왔고, 꽃나무도 물이 부실하면 다른 꽃나무보다 더 서둘러 꽃을 피우고, 그리고 열매 맺지요, 사내가 말했다. 저어기, 저 별이 더 빛나 뵈면 이 누나가 별빛보다 더 눈부신 빛에 싸여…… 무대 위에서 노래 부르고 있는 줄 알아. 사내의 손이 틀니처럼, 내 손에 짝 맞아 들어가던 느낌을 나는 잊을 수 없었다. 비유컨대, 불멸이 있다면 그건 흰 소가 끄는 수레에 실려 있소. 사내의 목소리, 사내의 무심한 눈빛이 그리웠다.

나는 올 때 들렀던 거창의 설렁탕집에 또 들렀다.

사내가 힘 안 들이고 밀쳐놓았던 노란색 철제 바리케이드를 찾아보려 했지만 철제 노란색 바리케이드는 이미 흔적 없이 치워져 있었다. 비만한 설렁탕집 안주인은 다행히 나를 알아보지 못했다. 나는 꼼꼼히 지도를 보았다. 서울 집엔 아직도 '입산'의 진위를 확인하려는 사람들의 호기심이 이어지고 있을 터였다. 겨울이 지나면 올게. 매일매일 결코 떠나지도 못하면서, 그러나 하루에도 열 번씩 떠나려고 집을 나설 때마다 아내에게 내가 한 말이 그것이었다. 겨울이 지나려면 아직도 달포나 남아 있었다. 서로 가면 서해, 동으로 가면 동해, 남으로 가면 남해, 갈 길은 산지사방 열려 있었다. 어디 가시는 길이시우? 설렁탕집 여주인이 물었고, 글쎄요, 나는 말끝을 길게 끌며 돈을 치렀다. 찻길의 쌓인 눈들이 녹고 있었다. 나는 천변을 따라가다 88고속도로를 알리는 표지판을 따라 우회전했다. 그때, 길 건너편의 골목으로 철 늦은 바바리코트 하나 막 돌아서 들어가는 것이 눈에 들어왔다. 그 사내야, 라고 나는 한순간 단정했다. 차를 도로변에 붙여 세울 겨를도 없었다. 비상등 스위치를 눌러 길 한가운데 차를 세운 채 나는 뛰어서 도로를 건넜다. 바바리코트의 사내는 골목 끝의 전당포 문을 밀고 있었다. 이봐요. 나는 질주하며 소리쳤다. 전당포 안으로 한 발을 들이민 바바리코트 사내가 돌아보면서 나 말유, 했다. 깡말랐으나 안경까지 낀 젊은 남자였다.

해인사 절 어귀의 고사목이 떠올랐다.

나는 차로 돌아와 곧 방향을 해인사 쪽으로 잡았다.

올 때처럼 88고속도로를 타고 동쪽으로 직진하다가 해인사 인터체인지를 나오자 절은 금방이었다. 나는 주차장에 차를 세우고, 짐짓 보폭을 넓지 않게 그리려고 노력하면서 천천히 걸어올라갔다. 고사목이 가까워질수록 괜히 가슴이 두근거렸다. 해인사는 신라 애장왕 3년 순응, 이정 두 분 스님이 창건했다. 애장왕은 신라 제40대 임금으로 서기 800년, 불과 열세 살의 나이로 왕위에 올라 숙부 언승彦昇의 섭정을 받았다. 조사祖師 순응은, 「가야산해인사고적伽倻山海印寺古籍」에 실린 최치원의 기록에 따르면, 신림神琳에게 법을 배우고 대력초년大曆初年인 서기 766년 당唐으로 건너가, 마른나무에 의탁하여 몸을 잊고 고승이 거처하는 산을 찾아 두루 도를 깨쳤다고 했다. 고사목 앞에 모여선 한 떼의 소년소녀들에게 목도리를 야무지게 묶은 한 보살이 해인사 창건의 설화를 이야기하고 있는 중이었다. 이정 선사가 해인사 터를 닦으니 수많은 제자들이 구름같이 몰려들었는데요, 어느 날, 선사께서 갑자기 세상을 뜨신 거예요. 보살의 목소리는 초롱초롱해서 하오의 맑고 곧은 햇빛과 잘 어울렸다. 비참한 건 사멸이라는 말, 그 허깨비 관념뿐이오. 나는 햇빛 속에서 사내의 말을 들었다. 고사목은 사멸의 징표지만 조금도 비참해 보이지 않았다. 석비군과 길상탑과 원경왕사비元景王師碑 앞을 나는 지나갔다. 천지의 정기를 지녔다고 전해지는 이곳에 정작 해인사를 창건, 개산한 것은 순응 선사의 뒤를 이은 이정 선백禪伯이었다. 사내는 어디에도 없었다. 나는 그러나 일주문 앞에서 휙 고개를 돌려보았다. 해인사 창건의 설화를 다 들은 소년소녀들이 우르르 내 곁을 지나 일주문을 넘어 들어갔다. 아직껏 설화雪花를 매단 키 큰 나무들 너머는 정밀했다. 그 겨울 숲 어디에서 날아오는 정결하지만 차갑지만은 않은, 자애로운 듯하지만 소심란의 항인 듯 흐르는 세필의 섬광, 그 시선의 내쏘임. 이제 서둘 게 아무것도 없었다. 상상력의 지표면을 차고 날던 형형색색 수백 수천의 나비떼들, 그리고 지금 나비떼조차 날지 않는 도로徒勞의 빈 뜰은, 기실 내가 오늘 짊어지고 있는 짐이 아니었다. 나비떼고 뭐고, 당신 그러다가 죽으면 소설이 무슨 소용 있어? 아내는 말했다. 아버지가 눈을 감은 것은 불과 쉰여섯. 마지막 아버지가 얻은 병명은 간암이었다. 말기의 아버지는 극단의 고통 속에 살았다. 고통 없이 죽는 약이 없냐고, 아버지는 이따금 충혈된 눈 부릅뜨고 내게 물었다. 배우지 못한 게 평생 한이었지, 라고 말한 적도 있었다. 뭐 하나 해놓은 것 없어, 그것이 원통하구나. 사내가 내게 가르쳐준 것의 하나는 내가 지금 가위눌리면서 짐 지고 있는 것들이 글쓰기, 그 유일한 사랑에의 침식과 사멸 때문이 아니라, 그보다 더 원형적인 것, 원통한 아버지가 만났던, 가출한 어머니가 만났던, 노래 부르는 누나가 만났던, 사멸이라는 말의 허깨비 관념, 혹은 존재의 무위無爲. 나는 느릿느릿 걸어서 대적광전 앞으로 갔다. 안팎으로 두리기둥을 배치한 팔작지붕의 이층 전각 내부는 그 단청이 화려했다. 화엄경에 나타나는 최고의 부처 비로자나불이 불전 중앙에서 보는 듯 안 보는 듯 나를 보았다. 감로甘露의 문이 활짝 열려 있다고, 비로자나불이 말했다. 아니오. 나는 강하게 부정했다. 나는 느리지도 빠르지도 않게, 속도감이 없이, 시간의 강을 타고 흐르듯, 그러면서도 단정했던 사내의 걸음걸이를 생각했다. 사내는 천천히 어둠 속으로 사라지고 있었다. 내가 생애를 걸어 지금 가닿고 싶은 것이 있다면 그 걸음걸이였다. 참으로 죽어 망집을 버린다면, 선생은 반드시 내가 될 수 있소. 사내의 말이 똑바로 들렸다. 그의 걸음걸이는 장경각에서 장구한 침식과 마모의 표정으로 시간을 존재증명 해주고 있는 고려대장경판의 사멸보다 결코 느리지 않고, 법보전法寶殿에 혼자 엎드려 앉은 젊은 비구의 원망願望에 찬 독경 속도보다 결코 빠르지 않다. 가히 신의 창을 향해 걸어가는 관조의. 나는 고려대장경판이 보존된 장경각을 돌아 해행당解行堂, 퇴설당堆雪堂, 선열당禪悅堂을 모두 기웃거리고 나서 대적광전 뒤쪽으로 다시 나왔다. 고사목 앞에 모여서 해인사 창건 설화를 듣던 소년소녀들이 대적광전 뒷문에 그려진 불화佛畫를 보고 있었다. 이 수레는 흰 소가 끌고 있지요? 목도리 야무지게 맨 보살의 여전히 초롱초롱한 목소리. 흰 소라는 말에 내 귀가 번쩍 트였다. 내가 재미있는 얘기 하나 해주겠어요. 부유한 장자長者가 있었어요. 그의 집은 널찍했으나 너무 오래되어 기둥뿌리는 썩고 흙벽도 다 떨어졌더래요. 소년소녀들은 이미 딴청을 부리기 시작하고, 목도리 야무지게 맨 보살의 말은 나 혼자 듣고 있었다. 어느 날, 이라고 목도리 야무지게 맨 보살은 말을 이었다. 어느 날 불이 나서 집 전체가 불길에 싸였는데요, 그 장자의 자녀들 여럿이 불타고 있는 집안에서 철없이 놀고 있는 거예요. 얘들아, 집이 타고 있어. 안 나오면 모두 타죽는다아. 장자가 밖에서 소리쳤지만 철없는, 불이 뭔지도 모르는 애들이라 놀이에 빠져서 나올 생각을 안 했대요. 큰일났지요. 장자는 그제서야 다른 수를 생각해내고 애들에게 이렇게 외쳤다고 그래요. 얘들아, 여기 재미있는 것이 있단다. 소가 끄는 수레, 양이 끄는 수레, 사슴이 끄는 수레도 있으니, 너희를 모두 태워주마. 그제서야 애들이 불난 집에서 나왔고, 장자는 애들에게 진짜 흰 소가 끄는 수레를 선물했다는 얘기예요. 비유컨대, 불멸이 있다면 그건 흰 소가 끄는 수레에 실려 있을 거요. 사내의 말이 가슴으로 파고들었다. 여기서 불난 집은 뭘 말하는지 여러분도 알 거예요. 목도리 야무지게 맨 보살은 병의 고통 때문에 오히려 자살을 생각했던 아버지를 알고 있나보았다. 그래요, 라고 보살은 덧붙였다. 불난 집은 바로 이 세상, 생로병사와 온갖 욕심으로 타고 있는 이 세상을 말하는 거구요. 이 이야기에서 수레를 준비하고 애들을 구하는 장자는 바로 부처님이에요. 애들은 우리들 자신이구요. 우리 불교에선 참된 단 한 가지의 가르침, 단 한 가지의 깨달음이 흰 소가 끄는 수레에 담겨 있다고 말해요. 여러분도 모두 그 수레에 타기 바라요.

5

3월이었고, 어머니 제삿날이었다. 세 분 누나들이 거실에 모여 앉아 나물을 다듬으며 어머니의 옛이야기로 꽃을 피울 때, 나는 안방에서 방문을 열어둔 채 붓을 들어 한지에 글씨를 쓰고 있었다. 서체도 필법도 없이, 그저 마음이나 정갈히 하자면서 아침저녁 들어보는 붓이었다. 화광동진和光同塵이라고 나는 썼다. 무위자연을 가르쳤던 도가의 교훈 중 하나로 벌써 여러 날째 이것만 쓰고 있는데 획 하나도 뜻대로 길을 가주지 않았다. 그냥 제 발로 찾아들어왔던 늙은 황구 있었잖냐, 왜? 큰누님 목소리였다. 화광동진, 자신의 광채를 부드럽게 하라. 나는 먹을 찍으며 속으로 중얼거렸다. 재가 부뚜막에서 떨어져 짚불 아궁이에 탈 뻔한 걸 물어냈었지, 왜? 둘째누님의 말. 나는 다시 화和 자를 쓰고 나서 멈칫했다. 누님들의 말 속에서 '재'는 방문 너머의 나를 가리

키고 있었다. 그 황구 아녔음 재 머리통이 홀랑 탔을 겨, 아마. 큰누님은 나보다 열여덟 살이나 위니 칠순에 가까웠다. 걔도 그 늙은 개를 끔찍이 좋아해서 어린것이 글쎄, 개밥그릇에 밥이 없으면 저도 안 먹는 겨. 고향집을 떠날 때까지 내 기억으로 우리집에서 개를 기른 적은 없었다.

나는 슬그머니 붓을 놓고 나왔다.

얼레, 지 말하니까 나오시네. 셋째누님이 말했다. 우리집에 개 기른 적 없었잖아? 내가 물었고, 아이구우, 야한테 말했다간 엄니한테 혼쭐이 날 텐데, 라고 둘째누님이 토를 달았다. 야도 인제 나이가 쉰인데 별소리 다 하네. 셋째누님. 영철이 엄니 너 알지? 영철 어머니는 무당이었다. 나는 몸이 약해서 걸핏하면 경기로 쓰러졌고, 홍역을 치를 때는 죽은 것과 진배없는 고비를 여러 번 넘겼다고 들었다. 막내로 얻은 천금 같은 외아들, 행여 염라대왕이 잡아갈까봐 어머니는 아예 영철이 어머니를 내 수양어머니 삼았다. 영철 엄니가 굿을 하는 참에 글쎄, 최영 장군 귀신인가 뭣이 나와가지고 점괘를 내놓는데, 황구가 너를 해코지하러 들어온 잡귀라 그거였어. 어디서 살던 놈인지도 모르는 것이 들어와 가지고 한 이태 됐던가. 식구들하고 정이 들 대로 든 다음이었지. 그래도 어쩌겠냐. 차마 잡아먹을 수는 없고, 그날 당장으로 황구를 내쫓을밖에. 그런데 세상에, 이놈이 없어져줘야 말이지. 동구 밖까지 부지깽이로 두들겨 패서 쫓아도 금방 돌아와 삽짝 흔드는 데야 방도가 없는 거라. 그때 이미 늙어서 걷는 것도 신통찮고, 털도 다 빠지고, 흉물스럽긴 흉물스러웠지 뭐. 헐수할수없으니까 엄니가 동네 청년들한테 잡아먹어라 허락을 했어. 허어, 그런데 이놈이 참 영물였어. 막상 동네 청년들이 잡아먹자 뎀비니까 들판길로 내빼더니 그날부텀 흔적없이 사라지고 안 와. 다행이다 했지. 너야 뭐, 어린것이 왜 그렇게 엄마 찾듯 그놈을 찾아쌓는지 울고불고함서 찾아쌓지만. 갑자기 가슴이 불안하게 두근거리기 시작했다. 누님들도 이제 중늙은이를 모두 넘겨 하나같이 돋보기를 꺼내 쓰고서 나물을 다듬는 중이었다. 그다음은 어떻게 됐어? 내가 물었다. 두어 달 지났던가, 하고 큰누님은 한숨을 쉬었다. 내가 널 아장아장 걸려서 밭에 가느라 동구 밖 수문까지 왔는데 아, 수문에 그놈이 돌아와 있는 거여. 수문은 왜정 때 축조한 것으로 그 높이가 지상에서 사오 미터 이상 됐다. 둘째누님, 셋째누님 얼굴에도 그 대목에서부터 침울한 기색이 돌았다. 생긴 건 다 죽게 생겼더라. 제대로 서 있지도 못해 자꾸 앞발을 굽히며 주저앉는 꼴이 살아봤자 열흘 안짝, 그랬을 거여. 그래도 우리를 보더니 꼬리를 치고, 잔뜩 목쉰 소리로 짖는 것이 짐승이지만 목이 탁 맥히더라구. 어린 네가 그 녀석한테 달려나가려는 걸 내가 잡았지. 널 안 잡고 그 짐승과 상봉을 시켰다간 엄니한테 맞아 죽을 거니깐. 네가 내 품안에서 울고불고 버둥거리고…… 그러자, 이상한 일이 벌어졌어. 큰누님의 말을 더이상 들을 필요도 없었다. 오랫동안 시간의 부식토 밑에 가려져 있던, 썩지 않는 그 무엇, 햇빛 속으로 꺼내들어 쓱싹 닦아냈을 때처럼, 하나의 삽화가 바로 어제 경험한 것보다 훨씬 명징하게 내 눈앞에 떠올라 보이는 것이었다. 늙은 개는 쇠진할 대로 쇠진하여 아주 느리게, 쓰러지지 않으려고 안간힘을 쓰면서, 수문 꼭대기로 올라갔다. 나는 심지어 개도 자살하는 걸 보았었소. 사내가 말했다. 사멸의 공포에 대한 필사적인 저항, 아니면 음산한 빛의 잔해. 꼭대기에 올라간 늙은 개는 울부짖지도 않고 다만 한 번 이편을 바라보았다. 초신성의 흰 광채가 개의 눈에서 번쩍했다. 그것이야말로 내 무의식의 어둠 속에 평생 잠복해 있으면서 시시때때, 생살을 갈가리 찢으며 퉁겨올라와 나를 혹은 쓰러뜨리고 혹은 일으켜세우던, 가미카제의, 직진 강하의, 통렬한 산화를 향한, 오르가슴, 잔인한 오르가슴, 그 섬광의.

늙은 개는 단번에 수문의 콘크리트 모서리를 차고 날았다.

수천수만의 나비떼가 날아오르는가. 개의 사지는 창공으로 비상하는 듯하다가 곧장 하강의 직선을 긋고 열 길 물속으로 쑤셔박혔다. 독한 놈이었다. 허우적거릴 것도 없이 늙은 개는 죽어서야 떠올랐다. 그 개 이름이 뭐였어, 라고 셋째누님이 묻고 있었다. 이름은 무슨 이름, 그냥 워리 하고 불렀지 뭐. 큰누님은 다 다듬은 나물 바구니를 들고 일어섰다. 아내는 이층 창고로 쓰는 방에 있었다. 나는 층계를 두 계단씩 밟고서 이층으로 올라갔다. 옛날, 내가 젊을 때 입던 바바리코트 다 버렸어? 떨리는 목소리로 나는 물었고, 아내는, 두어 개쯤 어디 걸려 있을걸요, 했다. 오래전에 입던 내 바바리코트의 허리띠를 받쳐주는 천 고리 중 오른편의 것은 위가 뜯겨 있었다. 뜯긴 천 고리 끝이 물끄러미 나를 바라보았다.

6

4월에, 나는 용인 굴암산 아래의 작은 시골집과 이백여 평 텃밭을 장만했다. 집 걱정은 마시구요, 나물 먹고 물 마시고, 그렇게 지내세요. 아내는 말했다. 감자 씨를 땅에 묻은 건 4월 16일, 상추, 아욱, 쑥갓, 시금치 씨를 파종한 것은 그 다음날인 4월 17일. 나는 열아홉 가지를 혹은 씨앗으로 혹은 모종으로 심었다. 첫 감자꽃이 핀 것은 6월 초사흗날. 나는 감자꽃에 입을 맞춰줬다. 힌두교에선 일생을 네 주기로 나누어 산다. 젊은 날엔 학생기學生期로 주경야독 배우고 익히며, 철이 들면 가주기家住期로 결혼해 식솔을 위해 밤낮없이 일하고, 자식이 성년이 되면 임주기林住期로 모든 걸 물려준 뒤, 먼 숲에 들어가 나물 먹고 물 마시고 팔을 베고 누웠으니 대장부 살림살이 이만하면 족하도다, 자연과 더불어 살고, 죽음이 가까우면 유행기流行期로 성지순례를 다니다가 홀로 정갈하게 쓰러져 죽는다. 힌두의 신들은 스님들처럼 혼자 사는 법도 없다. 젖통이 완전한 반원으로 솟아오른 섹시한 마누라들을 여럿 거느린다. 고추모를 이백여 주나 심은 건 5월 13일, 첫 열매를 내가 본 것은 6월 8일. 비료도 농약도 주지 않으나 제각기 제 열매 영락없이 찾아 맺으니 일할 것도 없다. 나는 역시 절의 중도 되기 싫고 일요일마다 성당에 가기도 싫다. 종교를 가져야 한다면 힌두교도가 되고 싶다. 젖통 큰 여러 아내와 사는 힌두의 신들이 부럽다.

그래도, 여전히, 나는 자꾸 글을 쓰고 싶으니…… 눈물겹다.

一

제비나비의 꿈

—흰 소가 끄는 수레 2

그건 박이야. 바가지 박. 표주박은 아니고, 재래종이지. 머잖아 꽃이 피기 시작할걸. 지붕으로 올라가게 줄을 매줘야겠구나. 추석쯤 되면 박이 보름달만해질 게다. 박꽃은 밤에만 펴. 휘영청 달 밝은 밤에 만개한 박꽃을 보고 있으면 왜 그리 꿈꾸는 것 같았는지 원. 어렸을 때 얘기다. 네 할머니는 고향집 초가지붕에 해마다 박을 올리곤 했거든. 박꽃은 밤마다 하얗게 피어나고, 논강평야 너른 들을 지나온 바람은 가만가만 박꽃마다 건들고 가고, 먼 데 가까운 데 소쩍새는 솥적다솥적다 울고, 잠 못 이루는 젊은 누님은 들고 앉은 수틀 속 학의 날개에 수바늘을 박아넣다가 들 가운데 지나는 서울행 열차 소리를 듣다가 소리 죽여 한숨쉬고. 그 시절은 그랬단다. 내가 큰애 너보다도 더 젊었을 때. 스무 살 된 아들하고 이렇게 나란히 밭매기를 할 날이 있으리라곤 꿈에서라도 상상 못했던. 아, 아니다, 얘야. 그렇게 우듬지만 쥐어뜯어놓으면 안 돼. 이놈들 잡초가 얼마나 번식력이 왕성하다구. 우듬지만 뜯어놓으면 일주일도 못 가 더욱 웃자라고 말지. 감자 뿌리 좀 실하게 내리라고 복합비료를 뿌려봤더니 지난번 비에 양분이 죄다 고랑으로만 흘러내렸나봐. 거둥길 닦아놓으니까 깍쟁이가 먼저 지나간다고 잡풀들이 먼저 살판났구나. 이러엏게, 옳지, 호미로 이렇게 깊이 긁으며 뿌리째 뽑아야 한다. 뿌리는 위로 가도록 뒤집어놓으렴. ……그래, 잘한다. 햇빛이 따갑지? 여름 햇빛보다 요즘 햇빛이 더 힘있어. 저 끝까지, 너하고 나하고 두 이랑만 매자꾸나.

감자 씨 심은 게 언제였더라.

가만있자, 오늘로 꼭 한 달 스무날이 됐는갑다. 4월 열엿새 씨를 묻었지. 남들보다 파종이 일주일쯤 늦었어. 감자, 고추를 주로 심었지만 밭 꼴이 이래 봬도 하나하나 살펴보면 싹이 난 게 스무 가지나 된다. 콩 심은 데 콩 나고 팥 심은 데 팥 난다는 거야 왜 몰랐겠느냐만 심은 자리마다 각각 다른 싹이 올라올 때…… 정말 오관이 다 서늘하더라. 너랑 네 동생들 태어날 때도 그랬지. 세상에 갓 태어난 너 보러 갈 적에, 생전 안 매는 넥타이까지 매고…… 떨렸어. 첫애였으니까 더욱 그랬던가봐.

담배 한 대씩 피우고 할까?

네 라이터 있음 불 좀 붙여다오. 이마에 땀 좀 훔치고. 너도 옛다, 한 대 피워. 괜찮아, 인석아. 보는 이도 없는데 어떠냐. 난 그런 거 가리지 않아. 어른들하고 있음 젊은 애들 그놈의 담배 때문에 자리를 뜨는 거야. 그러니 어른들은 외롭지. 민망하면 이렇게 피차 등 돌려대고 앉아 한 대씩 피우자. 신록이 하루가 다르게 짙어지는구나. 서울 집의 라일락꽃 한창 지고 있겠다.

애비가 밉냐?

어젯밤에야…… 네 얘기를 들었다. 네가 며칠째 학교에 안 가고 밥도 잘 안 먹고 제 방에만 쑤셔박혀 있다는 거. 저 혼자 짊어지고 가기엔 너무나 힘든, 맷돌 같은 뭔가를 네가 지고 있는 것 같다면서, 엄마가 울먹이더라. 네 엄마도 요즘 힘들지. 너희들 뒷바라지만 이십여 년이니 지칠 만하고, 여자 나이 사십대 후반 갱년기 무게 또한 짐 져야 하고, 그리고 뭣보다 내가 집 떠나 용인 변방 이 산속에 홀로 묻혀 사니, 내 외로운 짐도 나눠 지는 기분일 게다. 뻐꾸기가 울어쌓는구나. 저건 박새 소리고. 쯔쯔베쯔쯔베 하는. 너한테 다잡아…… 사연을 물어보진 않으마. 어젯밤부터 네가 여기 도착한 아까까지 참 시간이 길더라. 네가 안쓰러워 금방이라도 서울로 쫓아올라가고 싶었다만 참았다. 널 볼 면목도 안 서는 것 같고.

……알아. 네 맘 알고말고.

암튼, 네 스스로 나를 찾아 내려온 거 참말 고맙다. 네가 저 마을을 지나 이쪽 편 코스모스 심어놓은 굽잇길로 들어섰을 때 치잉 하고…… 현弦 하나 내 속에서 울더구나. 네 생각을 하며 망연자실 그 길을 내다보고 있을 때였어.

……새들이 바빠 뵈지?

참새가 아냐. 찌르레기야. 저쪽 동편 산비탈에 큰 느티나무 뵈잖니. 그쪽에서 날아오는 거야. 새들도 길이 있어. 저 느티나무에서 계단식 논 가로질러 우리집 뒤란의 전나무숲으로, 전나무숲에서 네가 들어온 길을 우회해 마을 북편의 바위 언덕으로, 다시 동구 밖 은행나무로. 그게 여기 사는 새떼들의 하이웨이야. 어떤 젊은 시인은 찌르레기 소리를 듣고 쌀 씻어 안치는 소리라고 표현했더라만, 내 귀엔 큐리릿큐리릿 하는 게 아주 이른 봄날 해빙으로 갈라지는 얼음장 사이를 스치는 개울물 소리 같아. 외딴집이지만 가만히 보면 분주한 삶이 여기에는 꽉 차 있다. 혼자 있다고 사람이 외로운 건 아냐. 내가 지금 여기에서 외롭다면, 여기가 외진 곳이어서 그런 게 아니라 아직껏 외지지 않은 세계를 다 버리지 못해서야. 너도 알다시피, 아직도 작가라고 불리는 내가 글쓰기를 완전 중단하고 이곳에 온 게 벌써 반년이다. 사실은 나도 잘 모른다. 쉰 살의 무게를 짊어지고…… 내가 지금 어디로 가려고 하는지. 쓰고 있지 않지만, 뭔가 부자연스러워. 이십여 년 넘게 유일무이한, 목매달아 죽어도 좋은 나무, 뭐 그런 거였지, 글쓰기는. 다른 길은 생각조차 하지 못했어. 밤낮으로 쓰고 또 썼던 그 관성은 상기도 내 가슴과 팔목에 시퍼렇게 살아 있는 거라. 외롭다면 그거야. 그 삶의 관성.

저, 저놈. 봤니, 방금 상추밭 사이로 기어들어간 놈.

멧새야, 멧새. 빰이 붉어서 붉은빰멧새라고 해. 저놈들은 때로 작물의 뿌리까지 쪼아먹어. 어떤 때는 쫀 삐지 쫀 삐지, 또 어떤 때는 쯔우 쫀 쵸쵸 삐이, 하고 울지. 너하고 나란히 김을 매니까 정말 좋구나. 이런 시간을 진즉부터 갖고 싶었는데.

……아니. 맘 아프지 않아, 지금은.

네가 저 길을 따라 걸어들어올 때, 난 보았다. 네가 외로워하고 있다고 느꼈어. 하지만 이제 너도 스무 살. 혼자 짐 져가는 날들의 시작이야. 등이 휠 것 같은 삶의 무게여, 하는 애비가 잘 부르는 노랫말 한 구절처럼. 잠, 잠깐. 고 풀, 고건 그냥 두어라. 꽃망울까지 맺었구나. 며느리밥풀꽃이야. 머잖아 피겠네. 시어머니 구박을 견디다못해 죽은 며느리 원혼이 깃들인 꽃이라더라. 아까 박 얘기를 했었다만, 제주도 무속 신화에 이런 스토리가 나와. 천지왕이 있었는데, 곧 태어날 두 아들에게 박씨 두 개만 남겨주고 하늘로 먼저 올라갔다는 거야. 두 아들은 자라서 박씨를 심었고, 박은 싹을 틔워 봄, 여름, 가을 넝쿨넝쿨 하늘로 올라갔지. 그제서야 아들들은 천지왕의 뜻을 알았다는구나. 박이 다 자라면 하늘로 올라오라는. 박 넝쿨을 타고 아들들은 아버지 천지왕을 쫓아갔대. 네가 아지랑이 핀 저 길에 접어든 순간에, 이상하지, 그 설화가 떠오르지 뭐냐. 네 등에 짐 져 있는 맷돌 같은 것, 그것이 무리 속에서의 고독이라는 걸 나는 거의 본능적으로 알아차렸고, 그러자 하늘과 땅 사이를 질기게 잇고 있는 그 이야기 속의 박 넝쿨이 난데없이 떠올랐지 뭐냐. 나와 너 사이를 잇고 있는 넝쿨이기도 한 것. 통시적이라고나 할까. 아니면 선험적? 우리 고향은 본래, 네가 알듯이, 논산훈련소 근처지만, 할아버지까지만 올라가도, 그러니까 네겐 증조부, 증조부님은 스물넷까지 경북 김천군 능소면에서 살았어. 누대에 걸쳐 그곳이 고향이었다. 유생儒生의 끝물이셨지. 네 할아버지는 일자무식으로 장돌뱅이 삶을 사셨지만 그건 증조부님이 당신 한 때문에 식자識字 든 게 오히려 짐이라며 일부러 가르치지 않아 그리된 것일 뿐, 증조부님 그 양반은 달랐어. 그 양반은 이른바 지식인이셨지. 고향 등지고 낯선 타관으로 흘러들어왔으니 끈 떨어진 뒤웅박이라, 살림살이가 생쥐 볼가심할 것도 없었으나 당신 스스로 족보를 유려한 서체에 담아 남기셨단다. 과거시험이 있는 시대였으면 장원급제를 했을지도 몰라. 언젠가 네게 보여줬던 그것이 바로 네 증조부가 직접 써서 남긴 족보야.

옳거니. 이건 체꽃이구나.

오랜만에 본다, 체꽃을. 밀가루에 섞어 반죽을 해 튀겨먹으면 맛이 향긋하지. 고향집 뒤란으로 나가면 이게 많았어. 놔두자, 이놈도. 요즘은 우리 산천일망정 토종 풀이나 토종 산나물이 예전 같지 않아. 농약 때문에만 그런 게 아냐. 외래종 풀 때문에 우리 것들 힘을 못 쓰거든. 봐라, 요 민들레하고 질경이도 이것들 땜에 기가 잔뜩 죽어 있잖니.

증조부님이 김천군 능소면에 살 때 얘기야.

증조부님 본디 고향은 밀양 박씨 씨족 부락이었다는 게야. 왜놈들이 들어오기 전까진 한통속으로 살았지 뭐. 그런데 왜놈들이 들어오고, 세상인심이 흉흉해지고 하니까 어찌어찌 파를 따지게 됐던가봐. 규정공파가 대부분이었고 소수의 국당파와 이오당파가 끼여 살았던가봐. 파派라는 말이 경우에 따라선 좀 잔인하고 횡포한 말이니. 평소엔 이 파 저 파 섞인 듯 보이다가도 뭔가 일이 생겨 무리를 짓게 되면 내 편이냐, 아니냐, 혹독한 가름의 잣대가 되거든. 같은 밀양 박씨라 해도 홀로 파가 다르니 증조부님은 사사건건, 군중 속의 고독, 그런 것과 부딪쳤을 게야. 증조부님 스물넷, 그해 봄이었다더라. 고조부님이 운명하셨어. 마을 뒤엔 씨족들의 선산이 있었는데, 누대에 걸쳐 공평하게 사용해온 관행과 달리, 왜놈들이 들어오고 나서부터 다수의 규정공파가 소수의 다른 파를 괄시하기 시작했던가봐. 규정공파는 양지바른 곳에 묘를 쓰고 다른 파는 북향이나 뭐 이런 데 아니면 묘를 쓰지 못하게 막고 한 거지. 다수의 횡포니 물리적으로 맞서 볼 수도 없고. 선친의 시신을 뉘어놓고도 묏자리 하나 못 잡는 젊은 증조부의 심정이 어땠겠냐. 아니 이게 뭐 묏자리만의 문제겠냐. 증조부님은 다수의 무리 안에 들 수 없는 자가 만나야 되는 살집 저미는 그 무엇, 압박, 상처, 고독을 뼈저리게 느꼈겠지. 이렇게 밀려나면서 살 바에야 차라리 가미카제가 되자, 라고 증조부님은 맘먹었던 것 같아. 1910년대니, 세상도 얼마나 어지러웠는지 알 만해. 맑고 꼿꼿이 살고 싶었던 피 뜨거운 젊은 유생 증조부님의 쨍쨍한 눈빛이 떠오를 것 같구나. 무리에서 버려진 아웃사이더로 느끼는 절박한 고독감도. 증조부님은 남사당패를 은밀히 그 옆 마을로 불러들였대. 햇빛 밝고 꽃은 피는 호시절에 날라리젓대 앞세운 사당패 들어왔으니 물 본 기러기, 꽃 본 나비, 온 마을 사람이 솔가해서 사당패 구경을 떠났겠지. 바로 그때를 기다려 증조부님은 홀로 선산의 한가운데 양지바른 곳, 용혈龍血의 맥을 탁 짚어 선친의 유해를 앉히셨던 게야. 대담한 반역이었지. 사당패 구경이 끝나고 돌아온 다수의 규정공파들이 어떻게 했을지는 불문가지 아니겠냐. 온갖 횡포가 너의 증조부에게 행해졌을 거야. 왜정 때도 한번 묘를 쓰고 나면 누구든 허락 없이 파낼 수는 없었어. 증조부를 끌어다가 쓴 묘를 파내라 닦달도 하고 멍석말림도 하고 했지만 너의 증조부는 그 모든 수모를 견디었다. 그러나 그렇다고 다수의 무리가 그 핍박을 멈추겠냐. 잔인한 핍박은 계속되고, 증조부로선 묘를 다시 파내느냐, 아니면 고향을 떠나느냐의 기로에 서게 됐던 모양이야. 증조부는 후자를 선택했어. 묘를 다시 파내는 건 완전한 굴복이었으니까. 너의 증조부님이 결국 향리를 떠나 충청도 변방, 지금의 논산시로 이주해온 것이 그 때문이었다. 누대에 걸쳐 피붙이로, 이웃으로 살던 사람들을 등지고 고향을 떠날 때, 그때의 증조부를 상상해보면, 내 머릿속에서 할아버님은 다리를 절고 있어. 그분은 물론 절름발이가 아녔지만 내 상상 속에서 그분은 다리를 절며 절며, 황톳길을 걷고 있다. 굽히지 않는 자들이 걷는 길이 그렇지 않겠냐. 무리를 등지고 나면 그렇다. 유랑의 시작이야.

갈증이 나는구나.

집안에 들어가 냉장고 열어보면 주스가 있을 게다. 가져오렴. 잠깐! 네 어깨에 나비가 앉았어. 그 녀석 참 호사스럽기도 하다. 호랑나비가 아냐. 호랑나비는 저쪽, 저놈이 호랑나비고, 고놈은 흰줄표범나비라고 불러. 예서 봄을 보내면서 나비며 풀이며, 어린 시절에 보고 오래 잊었던 동무들 많이 만났다. 절로 자연 공부가 돼. 고 녀석들은 암컷이 태어나자마자 수컷들이 여럿 몰려들어 교미부터 해. 고것들 사랑법은 무리 대 혼자지. 다른 나비들하고 달라.

벌써 밭의 삼분지 일은 맸구나.

안 해본 일일 테니 너는 힘들 게다만. 네가 함께하지 않았으면 아마 저만큼까지나 맸을까 말까 했을 텐데. 아니 벌써 집안으로 들어가고 말았을걸. 나야, 게으른 농부지. 여기 산속에 내려와 있다고 어찌 마음이 명경지수 같겠니. 명경지수 같아질 날을 꿈꾸며 이렇게 혼자 지낸다만, 글쎄, 유난히 욕심 많고 빠른 직진으로 걸어온 걸음걸이인지라 그런 날이 내게도 오긴 올는지 원.

……혹시 애비한테 막 대들고 싶진 않니?

아버지는 누구냐고. 무엇 때문이든 글쓰기를 중단했으면 했지, 이 궁벽진 곳에 내려와 감자밭, 고추밭이나 가꾸며 혼자 사는 건 비겁하지 않느냐고 말이다. 아버지는 과연 진실한 작가였냐고. 무엇으로부터 도망치고 싶은 거냐고. 허헛. 그래. 그런 생각이라면, 내가 너한테서 직관으로 꿰뚫어보았던 고독을 너도 나한테서 본 것일 게야. 작가에게, 더구나 삼백예순다섯 날 밤낮없이 오직 글쓰기 하나로 산 나 같은, 언필칭 직업 작가에게 글쓰기의 완전 중단이라는 건, 천박하게 비유컨대 장사꾼이 부도내고 도망다니는 것하고 같아. 이 땅에서 직업 작가라는 것은 말이야, 식솔의 먹이를 문학에 걸었다는 그 이유 하나만으로도 오욕汚辱의 짐을 져야 해. 특히 애비가 가장 많이 썼던 1970년대 말, 1980년대는 더욱 그랬어. 그 뒤틀어진 불행한 연대에 난 글 써서 밥 먹고 살았다. 너희 셋, 벌어먹이는 재주가 그것밖에 없었으니 선택의 여지도 없었고. 베스트셀러를 내면 너희들 생활은 그만큼 안정되지만 그러나 내게는 내 갈비뼈처럼 느끼던 믿는 친구 한 명이 내게서 떨어져 다른 무리에 합류하는 걸 봐야 해. 세상인심이 그렇거든.

네가 이번에 경험한 상처도 그런 것 아니더냐.

그래. 네가 겪은 일을 대강 알고 있어. 아니, 네 엄마한테 들은 게 아니다. 네 대학에 김상만 교수라고, 그렇지, 지금은 글쓰기를 안 하고 있다만 그 양반 젊을 때 좋은 단편을 많이 썼지. 그 양반이 전화를 했더구나, 어젯밤에. 너희들 교양 국어를 담당한 그 젊은 강사가 바로 당신의 제자라고 하면서. 어떻게 어떻게 하다 수업중에 네가 겪은 일을 전해 들었겠지. 더구나 너는 여러 날째 학교에 나오지 않고.

……안다, 얘야.

네가 시방 말하고 싶은 건 그 강사 때문에 상처받은 게 아니다, 그 말이지? 아무렴. 자신의 강의를 받고 있는 네가 내 아들이라는 걸 그 강사가 알았다면 어법은 좀 달라졌겠지만, 그러나 그 강사는 그걸 알았든 몰랐든, 그렇게 말할 수 있다고 본다. 젊은 강사잖니. 문학의 해석은 해석자의 주체에 따라 필연적으로 주관성을 가질 수밖에 없어. 작가로서 유명하다는 게 뭔지 아니? 글을 쓸 때마다 내 몸이 발가벗겨져 시청 앞 광장을 가득 메운 군중 속으로 내던져지는 기분이야. 난 매번 그게 두렵고 또 그 긴장 속에서 오르가슴을 느꼈다. 독자가 많든 적든 작가는 결코 무리 속으로 완전히 편입될 수는 없어. 작가는 예컨대 창 이편에 앉아 있다. 어떤 무리와 지향점을 모아 동행하고자 해도, 또 동행한다고 스스로 느끼고 있더라도, 어쨌든 그의 서재는 무리에서 떨어진 곳에 위치하기 마련이야. 무리에서 떨어지지 않으면 무리를 볼 수 없거든. 나도 무리에, 그것이 무엇을 지향하는 무리이든 간에, 무리에 편입되길 간절히 바란 적이 아주 많았다. 애비가 작가로 살았던 그 연대는 더더욱 그랬어. 세상은 편가르기에 분주했고, 홀로 떨어져 있으면 무리의 쇠바퀴에 깔려 죽고 말 것 같은 분위기였거든. 어떤 땐 또다른 나 자신에게 이르곤 했었지. 제발 무리에 편입되어 나아감에 있어 자신을 방해하지 말아다오, 하고. 난 자주 갈팡질팡했어. 그러나 무리에 편입되는 것은 무리와 싸우는 것보다 어려웠다. 이편이든 저편이든 마찬가지였어. 집단은 집단으로서의 죄악이 있거든. 나는 작가야. 작가는 어떠한 이데올로기를 지향하든, 이른바 집단과 일정한 거리를 두어야 한다고 생각했다. 굴종보다 유랑을 선택한 증조부의 피가 왜 내게도 흐르지 않겠니.

어렸을 때였어.

우리 동네는 강씨들이 많이 살았는데, 강참봉이라 불리던 어른이 동네 대소사를 모두 관장, 좌지우지했다. 그 강참봉의 손자가 내 또래야. 대장이었지. 아침이면 동구 밖 수문에 마을의 애들이 모조리 모여 집단으로 등교해. 강참봉 손자의 율법이지. 우리들은 때로 발을 맞추고 때로 노래를 부르며 들길 건너 학교로 가곤 했어. 훈련소가 가까운 마을이어선지 매일 아침 제식훈련 받는 식의 풍경이 벌어지곤 했는데, 문제는 구령을 맞춰 발을 떼는 거야. 다른 애들과 달리 나는 자주 발을 맞추지 못했다. 절름발이처럼. 그렇다고 대장한테 꼭 반항하고 싶은 건 아녔어. 난 소심한 소년이었다. 나도 발을 잘 맞춰서 대장한테 먹을 것도 얻어먹고, 뭣보다 소외받지 않고 지내고 싶었다고. 하나, 하면 오른발, 두울, 하면 왼발이야. 그런데 이상도 하지. 하나, 하면 오른발을 내밀어야 한다는 걸 알고 있는데도 어떤 순간 왼발이 내밀어지는 거야. 하나, 할 때 오른발을 내밀어야 한다는 건 이를테면 머리로 아는 일인데, 하나, 할 때 내 가슴은 왼발을 내밀고 싶어지는 것이었어. 머리로는 아는 것을 가슴 어디에서 듣지 않으니 갈팡질팡할밖에. 하나에서 왼발을 내밀면, 강참봉 손주, 우리들의 대장은 냉큼 내게 벌을 내리는 거야. 넌 새까, 둑길로 돌아가. 학교까지 들길로 가면 이 킬로미터쯤 됐지만 둑길로 가면 삼 킬로가 넘었어. 나는 사흘이 멀다 하고 혼자 멀리멀리 돌아가는 둑길로 등교해야 했다. 무리들은 들 가운데에서 함성을 지르며 함께, 함께 나가고, 나 혼자 청죽 같은 햇빛 아래, 활처럼 휘어진 둑길을 가는 거야. 아웃사이더가 가는 길이 그렇다. 학교에 당도하면 이미 수업은 시작돼 운동장은 하얗게 비어 있어. 그 운동장을 혼자 가로지를 때 느꼈던 공포감이 잊히지 않는구나. 수억 광년 떨어진 우주의 어느 허공을 홀로 걷는 것 같은 공포감.

……그래. 주스 한 잔 더 다오.

물레새야, 저놈들은. 새들도 너나없이 무리 져 다녀. 어쩌다 혼자 다니는 놈들은 대개 무리에서 이탈한 건데, 무리에서 이탈한 놈은 오래 못 살아. 지트 지이, 하고 우는 게 재밌지? 생긴 건 날렵한데 목소리는 자못 바리톤이야. 햇빛도 아까보다는 힘이 떨어진 것 같구나. 개미떼가 어디 이사하나보다. 그냥 놔둬라. 그놈들 행렬을 그리 끊어놔봤자 잠시뿐이야. 이내 다시 열을 짓거든. 생명 있는 것들이 다 그래. 네 뒤로 노랗게 꽃 핀 것, 그게 씀바귀야. 씀바귀나물은 너도 먹어봤을걸. 하다못해 저런 것들도 무리 져 앉아 있잖니. 나비는 나비대로 벌레는 벌레대로 풀은 풀대로 무리 져 살아. 아카시아나무가 있으면 아카시아가 곁에서 또 나지. 그 녀석들, 생장이 워낙 왕성하니까 자라는 데 양분이 남달리 필요한지라 저희들끼리 일종의 그물망 같은 걸 형성해서 독성을 내보낸다는 거야. 그럼 그 일대에선 잡풀도 잘 자라지 못해.

……고등학교 때, 기차 통학을 했구나.

황등이라는 역이 있었어. 큰 채석장이 있는 곳이지. 황등돌 하면 지금도 알아준다더라. 그 황등에서 돌장사 하는 아버지 둔 여학생이 있었다. 아이쿠, 벌이다. 그냥 가만히 있어. 벌은 쫓으려고 하면 달려들어 쏜다고. 가만히 있으면 인간에겐 먹을 것 없으니까 결국 제 갈 데로 갈 게다. 무슨 얘기를 하다가 말았지, 내가? 그래. 그 돌집 여학생. 그 여학생은 체격에 비해 머리통하고 가슴이 유난히 컸어. 어깨는 단단히 벌어져 있었지. 키는 작고 머리와 가슴은 기형적으로 큰데다 어깨까지 벌어졌으니까 어딘지 모르게 남자 같아. 그리 못생긴 것도 아니었는데 말이야. 애들은 그 여학생을 쑥돌이라고 불렀어. 어떤 녀석이 날 보고 그래. 쑥돌 가슴이 진짜 쑥돌이라는 거야. 지나치다가 미친 체하고 그 여학생 가슴에 부딪쳐봤대. 그랬더니 쑥돌에 부딪친 것보다 더 아프더라고 엄살이 대단해. 우리들은 열차 안에서 그 여학생만 보면 손가락질하고 웃었지. 쑥돌을 둥글게 깎아 가슴에 넣고 다닌다면서. 그 여학생이 좋아하는 내 친구가 있었다. 잘생긴 놈이었어. 지금은 미국에서 살고 있다만. 자연 통학하는 여학생 사이에서 인기가 좋았고, 인기 좋으니 자만심이 대단했어. 어떤 날 쑥돌이, 아니다, 그 여학생이 그 녀석 가방 속에 편지를 끼워넣은 시집 한 권을 붐비는 차 속에서 쓰윽 집어넣었대. 그 시절은 가운데가 열린 비닐책가방들을 들고 다녔으니까 편지를 써서 좋아하는 상대방 가방에 집어넣곤 했었거든. 상사병에 걸리면 그 시절 여학생도 다 그만한 용기는 냈다. 근데 그 자식이 글쎄, 장난기가 발동했었나봐. 기차 속에서 시집을 꺼내들고 큰 소리로 왜장치기를, 이거 누가 여기 넣었어, 한 거야. 여학생이 홍당무가 돼서 쩔쩔맬 수밖에. 모두 웃었지. 웃는 순간, 기차 속의 모든 사람은, 남학생이고 여학생이고 할 것 없이 무리가 되는 거라. 쑥돌 네가 내 가방에 이거 넣었니, 하고 그 녀석은 말했어, 그리고 덧붙이기를, 난 시집을 읽기보다 네 가슴에 정말 쑥돌이, 둥글게 깎은 쑥돌이 들어 있는지 알고 싶어, 했거든. 비열한 자만심으로 꽉 찬 망나니였지. 기차 속은 요란했다. 의자며 열차벽이며, 아무데나 두들기면서 애들은 웃었어. 여학생들까지. 어른들까지 모두 한패가 돼서. 기차에 탄 모든 사람들이 자신을 손가락질하며 웃을 때, 여학생은…… 달려나갔다. 그리고, 끔찍한 일이 벌어졌어. 달리는 열차에서 그 여학생이 뛰어내린 거야. 즉사했다고 들었다. 왜 뛰어내렸을까…… 오랫동안 나는 그 여학생이 수치심을, 혹은 모멸감을 이기지 못해 그랬다고 생각했는데, 어느 날 홀연히 깨달았다. 공포감을 이기지 못했던 거야. 모든 이들이 손뼉치고 웃을 때, 그 무리 속에서 혼자였던 그녀가 만난 건 공포감이었다고 나는 생각한다. 내가 강참봉 손자의 무리에서 쫓겨나 혼자 빈 운동장을 걸어들어갈 때처럼.

……그래. 큰애야.

네 친구들도 웃었겠지. 그 녀석들 하나하나 얼굴이 떠오른다. 규식이, 현우, 상민이, 종수, 기환이…… 이름까지. 고등학교 시절 공부에 계속 억압받다가 대학 들어가면 일시에 사방팔방이 탁 트이는 기분이고, 그러니 1학년 1학기는 너나없이 신열에 들뜨기 마련이야. 학문보다 고등학교 때 배웠어야 할 사람 관계, 그 오묘한 엇갈림과 마주침의 나날을 경험하느라 밤낮이 없는 게 당연해. 낮에 강의 함께 듣고, 저녁에 술 함께 마시고, 그래도 헤어지기 싫고, 할말이 남아 소주병 몰래 숨겨가지고 우르르 자정 넘어 우리집으로 들이닥치던 고 녀석들. 넌 그중에서도 총아寵兒였어. 생긴 것 반듯하지, 제가 나아갈 길 분명히 알지, 말 잘하고 글 잘 쓰지, 유명한 애비 두었지, 누구보다 잘나가는 애라고 느꼈을 게야. 그 젊은 문학 강사에게 갑자기 내 이름 석 자 들이대면서, 네 친구 중 누군가가 어떻게 생각하느냐고 물었을 때, 한 줄로 나란히 앉은 네 친구들 속에 이상한 침묵이 흘렀다고 들었다. 그건

네 엄마가 한 얘기였어. 이상한 침묵 말이다. 아주 순간적인. 그리고 그 젊은 강사가 카랑카랑한 목소리로 한 유명 작가를 비판하기 시작했을 때, 네 친구들 사이에서 솟아나오는 키킥, 후훗, 히힛, 하는 달뜬 웃음소리…… 열차 속에서 그 돌집 여학생을 둘러싸고 웃던 그들처럼, 은밀하고도 암묵적으로 한패거리가 되어 내는 집단의 고소한 웃음소리를 난 알고 있다. 총아 같았던 너, 보기에 자기들보다 좋은 환경을 갖고 있던 너야. 부러워했던 그 무엇이 망가지는 걸 보는 희열도 있단다. 그들의 웃음소리는 그러니 정말 고소했겠지. 고소한 쾌감이 친구들 사이에 공유되는 순간, 너는…… 완전히 혼자였을 거야. 네가 믿었던 것, 눈부신 청춘의 새날, 대학 생활과 함께 온 빛나는 동행同行, 그 우정이 가짜라는 게 낱낱이 드러나고…… 네 편은 없고…… 믿었던 것들이 무너지는 걸 보고…… 그것은 죽창처럼 내리꽂히는 햇빛 속 텅 빈 운동장을 무리에서 버려진 채 홀로 걸어야 했던 어린 시절의 내가 걷던 길과 같았을 게다. 공포의 길이지.

유학을 가고 싶단 말이냐.

유학도 좋지. 좋고말고. 외래종 때문에 우리 풀, 우리 나무 불탄 북어껍질 오그라들듯 하는 건 안타깝지만 유학이야 다르지. 유학 간다고 코쟁이가 되는 것도 아니고. 하지만 충동적으로, 그냥 이 땅이 싫어져서, 이 땅의 사람들한테 정나미 떨어져서, 불현듯 떠나겠다, 유학 가는 건 반대다. 그건 옳지 않아. 내게 그것이 여태껏 가장 짐 지기 힘든 것 중 하나인 것처럼, 네게도 세계와의, 또 무리와의 불화는 두고두고 고통스러운 짐이 될 것이다. 그건 확실해. 네 증조부로부터 너까지 결국 한 박 넝쿨로 달리는구나. 작가로서 불같이 일하던 시절, 한 달에 오백여 매씩을 쓴 적도 많았다. 온몸에 물집이 생길 만큼 걸었어. 길을 확연히 알고 갔던 건 아니야. 고백하지만, 난 무리에 들진 못했다. 아까도 말했다시피, 난 너무 서툴러서 무리로 가는 길을 찾지 못했어. 다행히 나는 작가가 되었다. 무리와 일체감이 없어도 존재증명이 가능한. 그런데 어떤 날인가 유명해지고 나자, 내가 작가 아무개라는 그 유명한 이름으로, 또 소문으로, 나와 상관없이, 내 지향과 아무 관계없이, 먼 데, 그 이름이 떠돌고 있음을 알았다. 내 참모습은 이것입니다. 나는 이것을 찾아 새벽마다 밤마다 떠납니다. 그렇게 아무리 소리쳐봐도 사람들은 듣지 않았어. 그들은 무리 져서 작가 아무개를 이렇다, 단정하는 거야. 소문은 불어나고, 그리고 단단한 각질이 돼. 내가 뭘 입고 나와도, 어떤 악기의 어떤 음계를 짚어내도 그들은 알았대. 내 연주는 듣지 않고, 그들은 나를 나보다 더 잘 안다는 투로 말하거든, 네 학교의 그 젊은 강사처럼. 수십 권의 소설을 썼지만 헛거야. 그들은 한 문장으로 정리하고 말아. 칭찬하는 자도 비난하는 자도 마찬가지지. 밀란 쿤데라의 『불멸』이라는 소설을 읽다보면 불멸은 소송이라는 말이 나와. 베토벤의 불멸은 베토벤의 음악에 관련된 소송, 베토벤 개인의 과장된 신화와 관련된 스캔들에 의해 베토벤과 먼, 조작된 베토벤으로 불멸의 광휘 속에 갇힌다는 거야. 불멸이 아니라 소멸도 마찬가지. 가령 〈애마부인〉이라는 영화 시리즈물에 출연한 여배우는, 유방이 크다, 라는 문장으로 정리돼. 그녀의 탁월한 연기에 의해 유방이 크게 보였다고 해도 소용없어. 수십 년이 지나서 그녀의 젖이 오그라들어 흔적만 남아도 그녀는 여전히 유방이 큰 여자야. 오그라들면 가짜 젖을 만들어 달아야 해. 군중들은 그렇지 않음 화를 내고, 소수 엘리트는 그렇지 않음 자신의 오류를 들킬까봐 그들이 스스로 젖을 만들어 달아매.

그러나 큰애야.

그보다 더 큰 절망이 있단다. 사람들이 안다고 느끼는 작가 아무개와 실제 아무개 사이보다 더욱 멀고 깊은 단절은 말, 언어, 그것과 작가인 나의 거리야. 열화와 같이 쓸 때, 나의 언어들이 내 진실과 내 속임수까지 알뜰히 반영한다고 난 느꼈다. 그건 행복한 교감이었어. 나는 부나비처럼 어휘들과 문장들 속으로 날아들어가고, 어휘들은 내 맹장, 실핏줄, 십이지장 할 것 없이 끌어안고서, 원고지 공간마다 불꽃으로 터지는 경험이지. 그보다 더 화려한 오르가슴은 없다고 난 지금도 믿는다. 그런데 어느 날, 밤새워 쓰고 난 어느 새벽녘, 일체감으로 내가 썼다고 믿었던 말, 문장들이…… 갑자기 뚱, 낯선 얼굴을 하고 있는 걸 보았다. 이리 보아도 내 맹장이 아니고 내 실핏줄, 내 십이지장이 아냐. 생전 첨 보는 시치미 딱 뗀, 개발에 편자 같은 안 어울리는 얼굴, 그 어휘와 문장들을 보게 되면, 그럼, 모든 게 짚불 꺼지듯 해. 마침내 내가 여태껏 쓴 글들이 본래의 나와 멀리 동떨어져 놓여 있다는 걸 자각하게 되지. 그땐 정말 참을 수 없더구나. 죽을 것 같았어. 사람들이 알고 있는 소문으로서의 작가 아무개도 내가 아니고, 내가 쓴 문장들도 내가 아니라면, 도대체 나는 어디에 있는가. 소문도 나에겐 무리이고, 어휘와 문장들도 나에겐 집단이야. 저기 씀바귀 무리같이. 박새 무리같이. 아카시아 무리같이. 천지간에 모든 살아 있는 것이 무리 지어 있는데 나 혼자 떨어져 그 무리와 언제나 불화로 만난다면, 이 노릇 어찌하겠니. 글쓰기는 아닐망정 어차피 예술의 길로 가겠다고 너도 갈 바를 정한 터, 무리와 너와의 관계, 그 뭇뭇과 그 각각, 질기게 함께, 그리고 오래갈 것이다. 피한다고 해서 그걸 뿌리치진 못한다고 나는 생각한다. 나는 소설로, 너는 연극 연출로 세상과 맞선다고 시작했으니, 우리 부자, 그 숙명을 벗어날 수는 없을 게다. 그래서 천형天刑이란 말도 있지 않냐.

그 수건 좀 주렴. 땀이 많이 나는구나.

……새마을운동으로 지붕 개량 사업이 한창일 때 면서기가 이장 앞세워 가가호호 다니면서 언제까지 지붕을 슬레이트로 개량하겠다, 각서를 받은 적이 있어. 물론 오래전 얘기지. 네 할아버진 끝내 각서 쓰기를 거부했다. 그때야 새마을운동이라면 뿔 달린 용왕이라, 아무도 거부할 수 없었지. 거부하면 농자금은 물론이고 이것저것 수혜받을 일도 달아날 뿐 아니라, 무엇보다 마을 사람들한테 따돌림 받기 십상이야. 한 집이라도 지붕 개량이 안 돼 있으면 마을 전체의 점수가 깎이는 판이니까. 할아버진 그래도 막무가내였다. 슬레이트가 좋은 놈은 슬레이트 지붕 얹고 초가가 좋으면 초가지붕 얹고 살면 그뿐이라는 거였어. 초가지붕 밑에서 살 자유도 없느냐, 네 할아버지가 그러니까, 젊은 면서기 놈이 단번에 눈이 세모꼴 돼가지고, 자유가 없다니 그럼 지금 독재다 그 말이오, 하잖겠니. 독재라고 말만 해도 촌에선 잡아 족치는 빌미가 되던 세상이었지. 면서기 가고 나니 네 할아버지가 날 불러. 넌 나보다 공부를 많이 하고 살 텐데, 배운다는 것이 뭣이냐. 할아버지가 다짜고짜 내게 이렇게 묻잖겠니. 공부 많이 한 사람은 이럴 때, 지붕 개량을 하겠소, 하고 도장을 찍는 사람이냐, 아니면 끝까지 안 찍겠소, 하는 사람이냐, 하고 말이야. 내가 눈치껏 대답한다는 것이 도장 안 찍겠소, 하는 사람이다 했

지. 느이 할아버지 눈빛이 지금도 선하구나. 찢어질 것처럼 흘기던 그 광채 나는 눈빛. 썩을 놈. 할아버진 그 한마디로 끙 돌아앉더라. 지금 생각해도 알 듯 말 듯이야. 네 할아버지는 내게 어떤 대답을 기대했을까. 어느 쪽이 됐든 내 소신대로 하는 것이 정답이라 여기셨을까.

허어, 내 정신머리 좀 봐라.

밭이랑이 많이 남아 있는데 말품에 정신 뺏기고 이리 앉아 있다니. 좀 재게 나가볼거나. 질경이들이 많구나. 이놈들 마차가 다니는 길에서도 잘 자란다고 해서 차전초車前草라고까지 불리지. 하이코오, 이쁘다. 요 잡초 사이로 핀 이 꽃 좀 보렴. 가만있자, 옳거니, 이게 아마 금붓꽃이지. 약용으로 많이 써. 고향에 살 때 뒷집 애가 일없이 자주 토혈을 하는데 그 집 엄마가 금붓꽃을 찾아댕겨쌓던 기억이 난다. 샛노란 게 차암 새침하게도 폈구나. 질경이 역시 예전엔 나물로 먹었어. 줄기까지 따서 고추장에 버무려 먹고, 떡도 만들어 먹고. 배부쟁이라고도 불렀는데. 암, 예전에야 웬만하면 다 먹었지. 민들레도 먹고 제비꽃도 먹고 나리와 원추리도 먹고 심지어 돼지나 먹이는 솜양지꽃도 먹고.

유학은…… 좀 두고 차츰 생각해보자.

나이가 먹는지 자꾸자꾸 여기, 용인 양지면 '한터산방'에 숨어 있으면서도, 그동안 관계 맺고 살아온 사람들한테 미안한 것, 안

타까운 것, 안쓰러운 것, 그런 게 늘어나. 너와 네 동생들한테도 그래. 특히 큰애 널 키울 땐 온통 내 시선이 세상으로만 달려가고 있었지. 꼼꼼히 널 들여다보지도 못하고. 네 뺨을 발작적으로 친 적도 있었어. 내 중심으로만 생각하고. 그런 게 노상 마음 아프다. 설명 없이 뺨을 얻어맞았으니 아무리 어리지만 네가 얼마나 모멸감을 느꼈을까 싶어. 그 시절은 일하는 게 최고의 가치였다. 사랑도 일하듯, 내 방식대로만 했을 뿐. 이날 입때까지 애빈 도대체 사랑하는 방법을 찾지 못한 것 같구나. 어떻게 사람과 사람 사이에 길을 내고 향기를 실어나르는가.

……박새들이 오늘은 유난히 분주하게 나는구나.

얼씨구, 곤줄박이까지. 곤줄박이로는 새점을 친다. 쓰쓰 쁘, 하기도 하고 지금처럼 삐이, 삐이, 삐이, 하기도 해. 지금도 공원 같은 데 가면 새점을 치는 사람이 있을까 몰라. 땀 좀 닦으렴. 해가 그래도 많이 기울었지? 막둥이 고놈이 엊그젠 제 어미한테 막 대들더라지 뭐냐. 나이키 운동화를 새로 사달랬나봐. 엄마가 보니까 신고 있는 운동화도 성하거든. 게다가 글써서 먹고살았는데 글 안 쓰니 심리적으로 좀 몰리는 것도 있었을 테고. 엄마는 차근차근 설명한 거야. 비감悲感이 섞인 어조였겠지. 몇 달쯤 쉬는 게 아니라 네 아빤 어쩜 오래 글쓰기를 쉴는지 모른다고. 아빠가 남은 꿈을 찾아 나설 때까지 우리가 절약하는 살림살이로 아빠를 도와야 한다고. 막둥이 그 녀석 대거리하기를, 다른 아빠들은 새벽같이 나가 온종일 일하는데 우리 아빠는 온종일 일하는 것도 아니면서 왜 쓰고 있던 연재소설까지 끊느냐, 아빠는 아빠 생각만 하냐.

……알아.

네 맘도 알고 막둥이 고놈 맘도 알아. 고놈도 요즘 엄마 아빠 분위기에 눌려 스트레스를 받았던 게지. 제 본심과 달리 배차기로 해본 말이겠지. 그래도, 괜히, 막둥이랑 너희들한테 미안하기도 하고 부끄럽기도 하고, 나도 뭐, 글쓰는 거 말고 달리 돈벌이할 일 없나 두리번거려지고 그런다. 식당이나 하고 살까, 카페라도 해볼까 뭐 그런 생각.

저런. 제비나비가 왔네.

엉겅퀴꽃을 좋아하는 놈인데 저쪽 엉겅퀴밭은 놔두고 어찌 예까지 왔나. 그것도 혼자. 산책 나가보면 어떤 날 아침에 이삼십 마리씩 저 녀석들이 떼 지어 계곡 주변 모래땅에 앉아 물 먹는 걸 본다. 저 녀석들을 보면 검은색이 화려한 색깔이구나 싶어. 떼로 모여 앉아 큰 날개를 흔들어대는 모습, 참말 이쁘지. 우리 집 문갑에 수놓아진 나비 있지? 그게 바로 제비나비야. 저 녀석, 이제야 제가 혼자 된 줄 알았나보다. 제 무리를 찾아 떠나는구나. 무리를 못 찾으면 천수天壽를 다 못 누려. 긴꼬리제비나비도 있고 산제비나비도 있고 사향 냄새 나는 사향제비나비도 있어. 애벌레에서 여러 번 탈피 과정을 거치고 또 어둡고 답답한 번데기 시절을 이겨내야 저런 나비가 나와. 모든 나비가 다 그래. 적게는 두세 번, 많게는 대여섯 번 이상 허물을 벗는 경우도 있어.

얘. 거기 감자꽃 따주렴.

응, 꽃을 따줘야 열매가 실하거든. 꽃이 피어 있음 양분이 꽃으로 가느라 뿌리에 저장할 새가 없지. 긴꼬리나비는 말이다, 처음 애벌레로 알에서 태어날 때 새똥 같은 모습을 해. 살아남기 위해 새똥처럼 위장하는 거지. 더럽고 징그러워. 애벌레는 여름과 가을의 긴 시간 동안 음습한 나뭇잎 그늘에 숨어살며 몇 차례 허물을 벗는다. 제 거죽을 벗겨내는 일인데 나비 애벌레라고 왜 고통스럽지 않겠니. 죽음 같을 거야, 탈피한다는 거. 여름엔 녹색이 되고, 가을이 오면 허물을 또 벗어 밤색 조끼를 두른 것처럼 변해. 긴꼬리나비의 애벌레에서 가장 웃기는 건 몸체에 비해 흉포하게 생겨먹은 눈과 흰 눈썹이야. 어릿광대의 치장처럼 과장되고 허구적인 느낌을 주는. 괴상망측하지. 한데, 그 모습은 진실이 아냐. 그 과장된 눈과 눈썹은 보호색을 둘러쓴 가짜 눈과 가짜 눈썹이거든. 진짜 눈은 머리 아래쪽에 숨겨져 있어. 적이 나타나면 숨긴 눈으로 잽싸게 보고 뿔을 내뻗어 메스꺼운 냄새를 풍겨. 탈피를 거듭하며 음습한 어둠의 삶을 살다가 가을이 깊어지면 때를 알고 번데기가 돼 나뭇가지에 매달리지. 겨울의 추위를 견뎌야 하는 거야. 긴꼬리나비는 나비 중에서 가장 미인으로 꼽혀. 검정 비단옷을 두르고 날씬한 꼬리를 길게 늘어뜨린 긴꼬리나비는 정말이지 화려하고 우아한, 그 어떤 영혼의 결정結晶 같아. 봄이 오면 번데기의 감옥 문을 열고 바로 그 녀석이 나와 눈부신 햇빛 속을 자랑스럽게 날아가는 거야. 프시케psyche라는 말 들어봤니. 그리스어로 영혼이란 뜻인데, 나비라는 뜻도 갖고 있단다. 길고 고통스러운 어둠의 시간을 꿈꾸며 인내하고 나서 마침내 그 무명無明을 일시에 무너뜨리는 나비의 비상은…… 참된 영혼의 각성 같아 보여.

이제, 얼마 남지 않았구나.

예끼 이놈들. 저리 가지 못해!

청설모야. 뻔뻔스러워져서 요즘 아예 대낮에 여기까지 내려오는구나. 저쪽, 옥수숫대 쓰러져 있는 것 좀 봐라. 저놈들 짓이야. 저놈들 특히 옥수수를 좋아해서 대를 갉아 쓰러뜨려놓고 이제 막 알이 나오는 걸 남김없이 갉아먹어요. 잠자리에 누우면 벽 너머에서 밤새 옥수수 잎들이 부스럭부스럭 소리를 내. 청설모 일가족이 무리 져 내려오는 건데 막을 길이 없어. 하기야 이 궁벽진 곳, 밤이 깊으면 얼마나 적막한지 벽 뒤에서 청설모가 잔치를 벌이는 것이 노상 싫은 것도 아니고.

하이고요, 허리야.

아까처럼 네 젊은 등에 좀 기대자. 이리 앉으니 옳지, 편하구나. 담배 한 대 빼다오. 박새와 찌르레기가 오늘따라 더 유난을 떠네. 박새하고 쇠박새는 똑같은 과에 똑같은 텃새지만 알고 보면 서로 경쟁 관계야. 좋아하는 먹이가 같거든. 그런데 어떤 책에서 보니까 요놈들 참 의뭉하더라. 먹이가 풍부한 여름철엔 박새 쇠박새 할 것 없이 나뭇잎에 붙은 벌레들을 함께 잡아먹어. 먹이가 많으니까 함께 먹어도 굶주릴 것 없지. 하지만 먹이가 귀해지는 가을이 오면 사정이 다르거든. 쌈박질이 나. 사람 같았으면 힘 좋은 자는 먹고 힘없는 자는 굶고 그랬겠지. 자연의 법칙은 달라. 관찰해본 결과, 쇠박새의 경우 가을엔 주로 까치박달나무나 새우나무의 종자를 많이 먹고, 박새의 경우는 종자가 아닌 나무줄기 표면에 붙은 벌레를 잡아먹더라는 거야. 공존해갈 규칙이 자연 생겨난 거지. 쌈박질할 이유가 없어. 새든지 나비든지 곤충이든지 나무든지 간에 저들이 무리를 짓는 건 다른 것을 고립시키거나 다른 것의 그 무엇을 뺏기 위해서가 아냐. 구태여 말하자면 방어 개념이라고 할까. 찌르레기 무리 좀 봐라. 저기 서편 하늘. 가을이 되면 저놈들 무리가 점점 많아져. 겨울을 나려고 서로서로 의지해 모여들거든. 박새는 저희들끼리뿐만 아니라 쇠박새, 진박새, 오목눈이, 동고비, 심지어 오색딱따구리와 쇠딱따구리하고도 혼합 집단을 만들어 살아. 그래도 큰 문제없어. 암놈 쇠딱따구리보고 쑥돌 깎아 가슴에 집어넣었다고 터무니없는 공론에 하하 호호 함께 웃는 법도 없고, 내 편이 아니니 나가라 마라, 말하는 법도 없고.

인석, 손아귀 힘이 보통 아니네.

애비가 많이 말랐지? 난 네가 살아갈 시간이 많아 안쓰러운데 넌 내가 살아갈 시간이 많지 않아 안쓰러운 모양이구나. ……그래그래, 바로 거기. 목하고 어깨하고 이어지는 데, 거기 좀 주물러라. 아주…… 씨원하다. 간밤엔 못난 애비 땜에 네가 상처받았다고 여겨 잠을 이루지 못했는데, 정작 만나보니까 맘이 탁 놓인다. 네가 행여 작가로서의 애비에 대해 아무런 확신도 갖지 못하게 된다면, 날 의심한다면 어떡하나, 그게 젤 마음 아프더라. 본질적으로야 물론 부끄럽기 짝 없는 것들을 썼다만. 네 둘째고모 생각이 나. 기죽지 말어라, 잉. 그 양반이 그랬어. 내가 고등학교 입학하고 나서 이맘때쯤이었어.

됐다, 얘야. 어깨가 부드러워진 것 같다.

글쓰기 중단했더니 멀리 홀로 있어도, 가족들은 더 가까워지는 느낌이 들어. 내가 다닌 고등학교는 그 일대에선 제법 명문이었는데, 교문에서부터 한 오륙십 미터 진입로 좌우에 히말라야시더가 도열하듯 서 있었다. 히말라야시더 그놈들…… 그땐 참

젊었지. 네 둘째고모가 젊은 히말라야시더 뒤에 있었어. 벌써 삼십 년이 넘었구나. 누가 면회 온 사람이 있다기에 진입로로 뛰어나왔는데 아무도 없지 뭐냐. 둘레둘레할밖에. 그제야 누가 히말라야시더 뒤에서 내 이름을 불러. 오늘만큼이나 봄 햇볕 쨍쨍한 정오쯤이었지. 썩은 생선 냄새가 먼저 휘황한 신록빛 히말라야시더 뒤에서부터 삐쭉삐쭉 나오고, 때 전 몸뻬, 검정 고무신 나오고, 숯검정 같은 얼굴, 머리에 함지박 인 누님이 마침내 나오고. 역마살 뻗친 매형이 어린것 경기驚氣하듯이 홀연히 집 나간 지 이태, 올망졸망한 어린것 셋이나 둔 생과부 누님은 새벽마다 강경포로 나가 새우젓갈 떼어 머리에 이고, 새우젓 사려엇, 고샅마다 동네마다 다리품 오지게 팔며 새우젓 사려엇, 행상으로 나돌 때였구나. 누님의 몸을 가리듯 서 있던 젊은 히말라야시더 신록빛 가지 끝에 챙강챙강 부딪쳐 튕겨나가던 고 희디흰 햇빛, 눈에 선하다. 큰애 너도 알다시피, 네 둘째고모, 우리 둘째누님, 성깔이 얼마나 뚝별스럽냐. 심술 났다 하면 진상進上 가는 송아지 배때기 차고도 남을 양반이지. 그런데 별일이지. 그날만은 꼭 관청에 붙잡혀 온 촌닭처럼 겁먹은 눈알 디룩데룩 굴리면서 다짜고짜로 내 손에 뭔가 잽싸게 쥐여주면서 그래. 왕사발 깨지는 평소 언성은 온데간데없는 낮은 쉰 소리 한 문장, 절대 기죽지 말어라, 잉. 냅다 돌아서 가는 거야. 내 손에 쥐여진 것은 손목시계였다. 누님은 고등학교 들어간 세상천지 하나밖에 없는 남동생, 손목시계 없는 게 기죽는 빌미 될까봐 어찌어찌 그거 하나 사들고 강경 · 이리 간, 백여 리 길을 단숨에 달려왔던 거야. 내가 누님을 뒤따라가며 누니임, 했지. 콧날이 시큰해졌거든. 그런데 아따 그 양반, 따라오는 내 편으로 한순간 홱 돌아섰는데, 두 눈에서 불이 번쩍하더라. 썩을 놈, 하고 독살스러운 말투의 욕지거리가 날아왔어. 썩을 놈, 동무들이 보면 워쩔려고 미친년 달래 캐듯 따라오길 따라오냐. 아나, 이놈아. 새우젓 장수 누님 뒀다고 동네방네 나발을 불고 다녀라, 잉.

……거기 지네 조심해라.

그냥 놔둬. 제 갈 데로 갈 거야. 산괴불주머니가 여기 다 나네. 역시 군생群生하는 풀인데 바람에 날려온 모양이구나, 풀씨가. 캐버려라. 독성이 있어서 못 먹는 풀이야. 난 물론…… 누님 말과 달리, 나발을 불고 다니진 않았다. 새우젓 장수 누님 둔 것이 부끄러워서가 아니라 아무도 친구가 없었기 때문이었어. 우리 고등학교 입학생의 구십 프로는 같은 울타리 안에 있는 같은 재단의 중학교 출신이었어. 그들은…… 이미 그 울타리 안에서 중학 삼 년을 생활했것다, 너나없이 동창이것다, 명문 중학 출신이라는 자부심 높것다, 위세가 대단했다. 다른 변방에서 왔거나 그 중학만 못한 여타 중학 출신의 소수는 미운 오리 새끼 신세를 면

하지 못했지. 두들겨맞기 일쑤고 바보 취급 당하기 십상이라. 그 텃새, 말도 못해. 교문 앞에 등교 때마다 늘어서 있는 학생부 선배들이 호크가 열렸네, 모자 삐뚤어지게 썼네, 잡아 족치는 것도 모두 변방 중학 출신뿐이야. 사람이란 약한 자를 편들기 마련이라는 말은 조작된 이데올로기라는 것을 그때 알았지. 히말라야시더 사이의 곧은 진입로를 다 지나면 왼편으로 붉은 벽돌의 본관 건물이 서 있고, 오른편, 교사校舍 있는 데보다 쑥 내려선 곳에 드넓은 운동장이 있었어. 교사 쪽 길을 턱 가로막고 선 코브라의 모습이 상기도 또렷이 떠오르는구나. 박달나무 몽둥이를 이렇게 들고. 코브라가 직접 박달나무 몽둥이를 깎는 걸 본 적이 있다. 체육 선생이야. 툭 튀어나온 약간 벗어진 머리는 햇빛에 그을려 반질반질 윤이 나고, 입술이 얇은데다가 하관이 뾰족한 게 인상부터 몰강스러웠지. 담임 심부름으로 공작실에 갔었는데, 거기에서 코브라가 박달나무 몽둥이를 깎고 있더라구. 감동적일 만큼 단아한 표정이었어. 내가 공작실에 들어온 것조차 전혀 의식하지 못하는. 아마 시스티나 성당 벽에 〈최후의 심판〉을 그리고 있는 미켈란젤로의 표정이 그랬을 거야. 목표가 될 만한 학생을 발견하면 코브라처럼 목이 쭉 늘어나듯 곧추서던 머리통도 그땐 조용히 내려앉아 있었어. 암튼 코브라는 아침마다 박달나무 몽둥이를 짚고 서서 본관으로 이어지는 길 한가운데 사뭇 강직하게 버티고 서 있는 거야. 우리 학교 학생들은 전교생 누구나 지켜야 하는 율법이 하나 있었다. 코브라가 만든 율법. 진입로가 끝나면 본관 건물까진 금방이지만 아무도 직진할 순 없어. 마지막 히말라야시더에서 우회전해 운동장의 긴 북편 담장을 따라 걸어야 해. 중간쯤 가면 넓이뛰기 하는 모래밭이 있고, 그걸 지나 북쪽 담장 끝에서 직각으로 꺾어 나가면 운동장 서편 가운데, 철봉대와 평행봉들이 서 있지. 모래밭에 닿으면 멀리뛰기를 한 번씩 해. 그리고 철봉대 평행봉에 닿으면 턱걸이든 평행봉 체조든, 각자 기구를 이용해 운동을 하는 거야. 누구든 등교할 때는 이 순서를 밟아야 해. 그러고 나서 비로소 운동장 한가운데를 직진해 가로질러 교실로 들어가지. ㄷ자를 엎어놓은 것 같은 이 등교 라인을 이탈할 사람은 아무도 없었다. 왜냐하면 ㄷ자의 획이 열려진 곳에 박달나무 몽둥이가 있었으니까. 뭐, 말처럼 체력 단련이 되는 것도 아냐. 돌아가라고 해서 돌아갈 뿐 너나없이 눈 가리고 아웅 하듯 철봉대에 매달리는 시늉만 하는데 체력 단련이 되겠니. 코브라는 체력 단련이 된다고 믿었을까. 아니, 그도 안 믿었을 거라고 난 확신해. 코브라는 어쩌면 오십 미터만 걸으면 교실로 들어갈 수 있는 우리들을 이백여 미터 이상 돌아가게 하는, 그 쾌감을 즐겼을 거라고 봐. 코브라의 존재증명. 코브라가 있으므로 그 존재증명을 위해 우리는 새벽마다 파블로프의 개가 됐던 거라구. 물론 우리는 불만이 많았지. 같은 재단의 언필칭 명문 중학 출신의 무리들은 더욱 그랬고. 개네들은 잘난 저희들끼리 모여 밤낮으로 궁리했어. 코브라를 어떻게 처단할 것인가, 하는. 얘들아. 마침내 한 녀석이 탕, 탕, 탕, 칠판을 두들기고 나서더군. 얘들아, 내일 아침엔 우리 모두 교문 앞에 모여서 등교하는 거야. 한꺼번에 가다가 코브라, 코브라 앞에까지 가면 있지, 일제히 우우우 하면서 교실로 그냥 밀고 들어가자 그 말야. 한두 명이 아니니까 코브라도 어쩔 수 없을걸. 다른 반 애들도 각자 끌어모아봐. 아이들은 함성과 함께 박수를 쳤어. 칠판을 탕, 탕, 탕, 두들긴 그애, 잘생기고, 완력도 좋고, 아버지가 우리 학교 재단 이사 중 한 분이고. 근사한 애였지. 눈빛 마주치면 괜히 이편에서 기부터 죽는. 내가 멍, 멍, 짖을게. 바로 내가 말이야. 그애는 자못 비장한 목소리로 선언했어. 멍, 멍, 멍, 그게 신호야. 우린 파블로프의 개니까. 내가 너희들 속에서 멍, 멍, 하면 일제히, 일제히 교실을 향해 뛰라구. 코브라의 목을 납작하게 해줘야 해! 그애는 목소리까지 정말 멋있었다. 둘째누님, 네 둘째 고모가 내게 손목시계를 주고 간 그날 오후의 일이다. 나는 책상 밑에서…… 손목시계만 만지작만지작 하고 있었지. 절대 기죽지 말아라, 잉. 손목시계가 내게 말했지만 나는 절로 기가 죽었어. 그애는 멍, 멍, 멍, 짖고, 애들은 우와우와 함성을 내지르고,

나는 윤달 만난 회양목같이 오그라들고. 정말이지 엄두가 나지 않더라. 박달나무는 자작나무과에 속한 교목喬木이야. 목질이 워낙 단단해서 차바퀴로 쓰던 시절도 있었고, 조각 재료, 기계 설비, 빗 따위 만들 때 쓰지. 그날 밤…… 나는 꿈을 꾸었구나. 코브라가 든 박달나무 몽둥이가 순식간에 하늘을 가릴 만큼 자라나는 꿈이었다. 회흑색의 거대한 나무줄기는 지평선의 끝과 끝에 닿고, 톱니를 두른 나뭇잎들이 겹겹이 차양을 쳐서 세상은 칠흑처럼 어두운데, 갈색의 박달나무, 바가지만한 암꽃 수꽃이 뚝뚝 떨어져 내 정수리를 강타하는 꿈을. 차라리 여느 때보다 훨씬 일찍 등교해버릴까, 아예 한 시간쯤 지각해버릴까. 나는 갖가지 궁리를 했는데, 정작 교문 앞에 당도했을 때의 내 몸은 이미 아이들의 이상한 침묵 한가운데 놓여 있더구나. 외지 중학교 출신 학생은 나밖에 없는 것 같았다. 우리들은 무리 져서 교문 안으로 들어갔어. 박달나무 몽둥이를 짚은 코브라가 거기, 교사 쪽 마지막 히말라야시더 앞에 서서 운동장의 북쪽 담장과 서쪽 담장을 따라 움직이는 엎어놓은 디귿자형의 긴 행렬을 감시하고 있었다. 멍멍, 하고 파블로프의 개가 멍, 멍, 멍, 짖어야 할 순간이 빠르게 다가왔지. 소리는 그러나…… 들리지 않았어. 개 짖는 소리는 고사하고 다른 그 어떤 소리도. 그것은 절대의, 수만 광년 너머의 우주에서나 만날 수 있는 침묵이었다. 나는 고개를 숙이고 있었지. 팔목에 찬 손목시계가 언뜻 드러나 보였어. 그리고 청량한 아침 햇빛 한 점, 손목시계 표면에 부딪쳤다가 이내 포악하게 내 눈을 찔러왔다. 이 두 눈을 말야. 그 순간, 나는…… 걸었다. 운동장을 향해서가 아니라 본관 건물 쪽으로 곧장.

……손목시계 때문이었을까.

아냐. 지금도 나는 확신해. 멍, 멍, 멍, 멍. 나는 개가 짖는 소리를…… 내 안에서 들었어. 손목시계의 금속 표면에 부딪쳤던 햇빛 한 점이 내 눈을 포악하게 찔러왔을 때, 누가, 재단 이사의 아들인 그애인지 다른 애인지는 몰라도 암튼, 무리 중의 누가, 내게 약속된 신호를 보낸다고 나는 상상했어. 멍, 멍, 멍, 하고. 애들은 아무도 짖지 않았다고 말했는데 그러나 나는 들었어. 그래. 아무도 멍, 멍, 멍, 짖지 않았어. 약속을 했지만 막상 박달나무 몽둥이를 든 코브라 앞에 서자 오금이 저려 멍, 멍, 멍을 할 수 없었던 거야. 그러나 내 귀엔 그 소리가 들렸다니까. 내 안에서 들리는 그 소리. 나는 당연히, 오직 나 혼자, 그 소리에 따라 전진했다. 약속한 길이고 반역의 길이었어. 박달나무 몽둥이가 나를 곧 가로막았어. 이미 나와 달리, 코브라가 무서워 운동장 쪽으로 방향을 잡은 무리들이, 내게서 멀리 떨어진 채 나를 보고 있었대. 그러나 나는 내 안에서 울려나오는 멍, 멍, 멍에 따라 한 발자국, 또 한 발자국, 확실하게 걸었다. 박달나무 몽둥이가 내 오금에 떨어지기 전까지. 나는 단 한 번의 매질에 태질 당한 개구리처럼 쓰러졌고, 오르가슴과도 같은 그 어떤…… 고통의 쾌감을 그때, 경험했다. 고통스러웠지만 황홀한 오르가슴 같은.

제비나비가…… 저기, 토마토밭에 또 왔네.

아마도 제 무리를 찾지 못한 모양이야. 화려한 날개를 맘껏 펴고 난다만, 저놈, 제 무리를 잃은 공포감에 지금 우왕좌왕하는 게 확실해. 살아 있는 것에겐 본원적으로…… 두 가지 고독이 있어. 하나는 생로병사로 이어지는 존재의 유한성에 대한 선험적 고독일 것이고 또다른 하나는 바로 저것, 무리에서 떨어진 제비나비의 공포가 만나는 고독이야. 변방의 이 외딴집에서도 비 내리는 한밤중, 혹은 새들의 날갯짓 소리가 분주한 신새벽, 저기 사람 사는 세상의…… 무리를 나는 본다. 저 무리로 가는 길을 낼 수 있을까. 이 또한 선험적인 거야. 면면히 가계家系를 따라 이어 내려오는. 그렇게 생각하면 절망이 와. 그 길은 문학의 길이기도 할진대. 나는 애야, 이것을 이기고 싶다. 설령 무리 안에 들었다고 해도 그래. 들었다고 생각하는 순간, 무리와 나 사이에 뭔가 투명하지만 완강한 강화유리 같은 게 끼어드는 걸 느끼거든. 이것의 정체는 무엇인가. 어떤 땐 무섭고 어떤 땐 안타깝고 어떤 땐 절박한.

제비나비가…… 이번엔 마을 쪽으로 내려가는구나.

마을로 가면 제 무리와는 아마도 더 멀어질 텐데 걱정이다. 저렇게 두서없이 헤매다가 지치면 꽃그늘 뒤에서 숨어 있는 왕사마귀 밥이 되기 십상이야. 뭐, 영웅? 코브라의 박달나무 몽둥이에 기함할 만큼 맞고 났으면 그 대가로 아이들 사이에선 내가 영웅이 됐겠다 그 말이니? 그럼, 그렇게 상상할 수 있겠지. 내 비록 천성은 심약하다 할망정 어찌됐든 홀로 박달나무 몽둥이의 횡포한 강압에 맞섰으니, 애들이 젊은 히말라야시더만큼이나 날 우러러보고, 닭이 천이면 봉이 한 마리구나, 영웅 대접, 봉황 대접받을 만하고말고. 하지만 얘야. 비참한 것은 박달나무 몽둥이가 내 무릎을 꺾던 그 순간이 아녔어. 그후부터, 박달나무 몽둥이에 사정없이 두들겨맞고 난 그후부터, 아무도, 영웅은커녕 심지어 내 옆자리 짝꿍까지, 미운 오리 새끼 같은 처지의 변방 중학 출신 애들까지, 나한테 일절 말을 걸어오지 않을 때…… 나는 참말 비참하고 고독했다. 모두 나를 회피할 때. 그 일로 인해 내가 무리로부터 오히려 버림받는 운명에 놓이게 됐다는 걸 깨닫는 데는 오랜 시간이 필요 없었어. 저 새끼 땜에 일을 망쳤어. 병신 새끼. 완전히 미친 새끼야. 재단 이사 아들은 말했고, 무리는 거기 동의했지. 동의하지 않으면 자신들의 비겁함을 인정해야 하니까. 내가 지나가면 애들은 내 등뒤에 곧잘 손가락으로 동그라미를 그려 보였어. 저 새끼, 또라이야! 그들은 암묵적으로 만장

일치 합의한 셈이지. 또라이라고. 그들 자신의 비겁함을 감추려면 나를 또라이로 만들어야 하니까. 그것이 내 고독이었다. 세계가, 무리가, 나만을 동그라미 안에 가두는 것. 원 밖으로 나가려고 하면 할수록 또라이, 또라이, 또라이, 피켓은 늘고, 그러니 원은 좁아질밖에. 악을 쓰고, 몸부림치고, 애원하고, 무릎 꿇고, 어떻게 하든, 원은 점점 좁아져 마침내 사지가 결박된 상태가 되는 거야. 포악한 고독이지. 더 자라서…… 첫 직장이나 다름없었던 강경의 모 여학교에서 떠난 이유도 그거였다. 그때 나는 스물여섯이었고, 네 엄마와 연애중이었어.

주스 남은 것 있지? 그거 한 잔 더 다오.

찌르레기랑 박새들이 어째 잠잠하구나. 그럼 그렇지. 저 비닐하우스 뒤편을 보렴. 활상滑翔으로 미끄러지듯 비행하는 저놈, 새매야. 가슴팍이 불그레한 게 붉은배새매가 틀림없다. 개구리를 좋아하지만 박새나 오목눈이 같은 꼬마 새들도 즐겨 잡아먹어. 자연 속에서의 먹이사슬은 거의 기하학적이야. 풀잎이나 나뭇잎은 메뚜기, 나비 애벌레 등 초식 곤충이 먹고, 초식 곤충은 2차 소비자라 할 수 있는 사마귀, 잠자리 등 육식 곤충이 먹고, 육식 곤충은 박새나 찌르레기 같은 꼬마 새들이 먹고, 꼬마 새들은 수리나 매가 먹는다. 도식적으로 나타내면 피라미드가 돼. 그물망같이 엮이는 이 자연의 먹이사슬은 사람이 관여하지 않는 한 반듯하게 균형을 유지한다. 새매 저 녀석, 뭘 먹을까 궁리가 한창이구나.

참. 강경 떠나던 때 얘기를 하다 말았지.

난 강사였어. 중등학교에는 전임 강사 제도가 있었다. 지금으로선 기간제 교사 뭐 그런 것. 신분 보장은 안 되고 월급은 정식 교사의 삼분지 이 수준이었어. 물론 교사자격증이 있어야 되고. 강경이야 나한테 고향이나 다름없잖니. 연줄도 좀 있었고, 또 그 학교 당시의 교장 선생님, 별명이 불도저였는데 도내 교육계에선 영향력이 큰 분이었고, 그래서 이렇게 저렇게 한 일 년 지나면 다음해 정식 교사가 되는 건 따놓은 당상이라 여겼다. 한데, 이 불도저 교장 선생, 천성이 그랬는지 당신의 영향력에 대한 과신이었는지 횡포가 이만저만이 아닌 거라. 선생들을 완전히 장군이 졸병 다루듯, 지주가 머슴 다루듯 했어. 교장 앞에선 쉰 살이 넘은 선생님일지라도 숨도 제대로 못 쉬었다. 군사 독재 시절의 이야기야. 강사인 나는 물론 담임에 수업도 다 해. 보충 수업이 있어서 하루 꼬박 여섯 시간 이상 수업을 맡아야 했지. 보충수업은 정규 수업 후에 일테면 과외처럼 하는 수업인데, 보충 수업비를 받아. 문제는 보충 수업비야. 원래 규정대로 하면 보충수업비는 전액을 수업 시간 수에 따라 교사들에게 분배하도록 되어 있어. 딴 데 전용하면 안 돼. 그 무렵이야 교사들도 가난했지. 온종일 목쉬게 강의하고, 학교 새마을운동이다 뭐다 온갖 잡무에 시달리고, 교장의 사병私兵인 양 쓸데없는 실적 전시에 밤낮 없고, 그래도 월급은 언 발에 오줌 누기야. 특히 사십대 이상 된 교사들은 새끼가 크니 허구한 날 안팎곱사등이 흉년에 윤달일밖에. 사정이 이러한데, 보충 수업비 쓰임새가 오리무중이었어. 교사들이 수당으로 지급받는 보충 수업비 전액을 합해봤자 걷어들이는 돈의 반도 안 됐거든. 전액을 수당으로 지급하라는 규정을 무시하고 교장이 반 이상 전용하는 거야. 해명도 없어. 교사들은 누렇게 뜬 얼굴로 점심식사 때마다 라면을 먹을까 떡라면을 먹을까 그걸 고민해. 그런데도 정작 아무도 교장에게 보충 수업비 전용의 해명조차 요구하지 못하는 거야. 어느 새벽…… 그래, 우리는 교장 요구대로 정해진 출근 시간보다 한 시간 일찍 나와야 했으니까 새벽이지. 직원회의가 열렸다. 직원회의라야 살얼음판 같은 긴장된 침묵 속에서 교장의 일방적인 훈시 명령을 듣는 거였지만. 교장은 탁자를 치며 말했어. 무릇 교사란 무엇이냐, 라고. 뭐긴 뭐겠니, 천직天職이다 그 말이지. 그 양반 허구한 날 하는 얘기야. 하늘이 내린 직분이니 그 직분을 수행함에 있어 먼저 헌신하고자 하는 신념이 있어야 하고, 다음은 성실 근면으로 사표師表를 보여야 하며, 하는 식이야. 처음 듣는다면 자못 감동적으로 들릴 만한 연설은 대개 헌신에서 헌신으로 끝나. 대가를 바라지 말고 헌신할 신념 체계를 갖추라는 것, 그것이 아니면 오늘 당장 사표를 쓰라는 것. 자못 포효하는 목소리로 그가 교사들을 잡도리하는 그날의 소재는 보충 수업이었다. 정규 수업이 아니라고 해서 보충 수업 시간을 얼렁뚱땅 넘기려는 선생이 많다는 거였어. 더구나, 하고 그는 소리쳤지. 더구나, 보충 수업은 보충 수업 수당을 받는다 그 말이오. 그런 대가가 없어도 당연지사 가르치고 또 가르쳐야 하는 것이 우리 선생들의 직분인즉, 수당까지 받아먹으면서 어영부영 시간이나 때우려들고…… 선생 놈들이 밤새워 술이나 처먹고. 그는 흥분했던 거야. 내가 상기도 기억하는 건 '선생 놈들'이란 말과 '처먹고'란 말이다. 흥분하면 다른 때도 곧잘 '선생 놈들'이란 말을 그는 썼다. 다혈질이었어. 그 순간 멍, 멍, 멍, 하고 개가 짖었을까. 파블로프의 개가. 모르겠다. 뭔가…… 아주 단단한 청죽 같은 것이 내 전신을 직립으로 꿰어 세우는 듯한 느낌이었다. 저절로, 스스로 막을 길 없이, 내 몸이 곧게, 곧게 일으켜졌으니까. 무슨 말을 서두로 삼았는지는 생각나지 않아. 암튼, 나는 보충 수업비에 대해 전 교사들이 의문을 갖고 있다고 큰 소리로 교장에게 말했어. 의지라기보다 그 역시 저절로 말이 나왔다. 멍, 하나에 한마디, 또 멍, 하나에 또 한마디. 교장은 얼굴이 벌게져서 살기 띤 눈빛을 쏘아 보내며 들고 있던 펜대를 교무실 바닥으로 집어던지더군. 저놈 뭐야, 라고 그는 소리쳤다. 감히 어디 대고…… 저 버르장머리없는 놈, 뭐야!라고. 그 시절은 잉크를 찍어서 사용하는 펜을 썼어. 책상마다 놓여 있었지, 잉크를 따라놓고 쓰는 유리그릇이. 구멍이 두 개 패어 있는데 한 구멍엔 붉은 잉크, 다른 구멍엔 푸른 잉크, 그랬다. 교감과 교무주임이 황급히 일어섰고, 옆자리 선생이 날 주저앉히기 위해 내 어깨를 잡더라. 그게 화근이었어. 반동反動은…… 내 본질일까. 내가 집어던진 잉크 그릇이 단호하게 날아가 교감 책상에 맞았다. 사방으로 붉은 잉크, 푸른 잉크가 튀었지. 새로 다려 입은 교장의 새하얀 와이셔츠에도.

새매가 어느새 갔구나.

개구리 한 마리쯤 잡아챘을까. 아님 박새나 찌르레기가 먹혔는지. 봐라, 새매 떠나고 나니까 저놈들, 꼬마 새들, 한참 짓이 났구나. 요즘은…… 붉은배새매가 한창 알을 품을 시기야. 스무날쯤 품고 있으면 아기 새매가 탄생해. 아니다. 매사냥 하는 건 새매가 아니고 그냥 매야. 텃새지. 붉은배새매는 숲에다 집을 짓지만 매는 주로 해안 암벽 같은 데 살아. 수컷이 먹이를 사냥해오면 암컷인 어미가 이를 잘게 찢어 새끼에게 준다. 먹여주지 않고 공중에서부터 새끼들 있는 데로 떨어뜨려줘. 새끼들은 자연 먹이를 더 먹기 위해 저희들끼리 경쟁해야 하지. 또 어떤 먹이는 집밖으로도 떨어지니까, 받아먹으려면 모험을 감수할 수밖에 없어. 집밖으로 떨어지는 먹이를 받아먹다 암벽에서 떨어지는 놈도 생긴다. 다리가 부러지고 그러지. 그런데, 이 다리가 부러진 놈이야말로 어른이 되면 제일 사납고 억센 매가 된다는 게 재밌어. 이런 놈을 낙상매라고 불러. 낙상매는 매사냥에선 최고 진상품으로 친다. 요즘은 매 보기 정말 쉽지 않아.

허헛, 또 영웅 얘기냐.

물론 그 당장에 학교를 그만둔 것은 아냐. 그만둘 이유도 없었고. 교장은 그날 나를 따로 불러서 오히려 내년에 정식 교사가 되게 보장해주마, 어쩌고저쩌고 회유하더라. 보충 수업비 때문에 시끄러워지면 그 양반 입장만 난처해질 테니까. 다음달부터 보충 수업비 수당도 좋아졌지. 먹고살 대책도 없으면서, 그러나 내가 끝내 그만둔 것은…… 동료 교사들 때문이었어. 그들 역시 일제히 내게 등을 돌리고 말더라고. 사고 이후 아무도 날 가까이하려 하지 않았어. 코브라의 박달나무 몽둥이에 두들겨맞고 나서 또라이가 됐듯, 이번에도 나는 고립되었다. 그들은 나와 가까이하는 게, 내 편이 되는 게, 곧 교장에겐 적으로 취급될 거라는 사실을 잘 알고 있었거든. 박달나무 몽둥이 사건보다 훨씬 더 복잡하지. 이해까지 얽혀 있으니까 말이야. 사람이란 혼자 있으면 무섭고, 무리가 되면 몰강스럽고 멍청해져. 그들은 행여 내 편이라고 찍힐까봐 전전긍긍하면서 역시 암묵적으로 맺어져 교장 대신 나를 하나의 고립된 원 속에 가두는 거야. 케플러의 법칙이라는 게 있어. 우주의 모든 행성은 타원을 그리고 돈다는 거야. 타원은 초점이 두 개야. 어떻게 좁아들어도 남는 면이 있다구. 그러나 무리로부터 버림받아 혼자 갇히는 원은 초점이 한 개뿐이다. 좁아들면 살아날 방법이 없어. 그래서 학교를 그만두고 강경을 떠났다. 그곳에 있으면 있을수록 나를 고립시킨 원은 점점 더 좁아질 테니까. 서울로 와서 여러 직업을 전전했지. 어디를 가든 그 원의 함정이 나를 기다리고 있더라만.

혼자 된 제비나비, 끝내 안 오는구나.

어이구우, 씨원타. 두 이랑이나마 이리 깨끗이 매놓으니 이제 밭 꼴이 난다. 네 덕분에 우리 감자밭이 호사하는 거지. 벌써 황혼인데, 오늘은 이만 하고 저녁이나 해서 함께 먹자. 삼겹살이 좀 있을 게야. 상추 뽑아서 쌈 싸 먹고, 또 아욱국 좀 끓여주랴? 허헛, 인석. 혼자 살면서 늘어난 게 음식 솜씨뿐인데 날 못 믿겠니. 아욱국만은 네 엄마 못지않아. 상추든 아욱이든 쑥갓이든 밭에서 금방 뽑아 먹으면 향기가 달라. 여기도 씀바귀가 많구나. 씀바귀, 체꽃, 고사리, 하다못해 민들레, 질경이도 있는데 뽑아서 좀 무쳐먹을 걸 그랬구나. 쯔쯔삐 쯔쯔삐, 박새들 노랫소리 참 낭랑하네. 어떠니. 찌르레기하고 박새, 지저귀는 새소리가 이제 구별되니? 새소리, 노래가 아냐. 우리는 노래라고 하지만 개네들은 어떤 땐 짝을 부르고 어떤 땐 무리를 부르고, 경계하고 사랑하고 울부짖고…… 말하자면 언어지. 새의 언어. 박새란 놈 쯔쯔삐 하고 울다가 쥬쥬 치이, 하고 울다가 그래. 쥬쥬 치이, 하는 건 적이 나타나거나 했을 때의 경계의 뜻을 담고 있어. 그들의 언어는 리얼해서 말과 말한 놈 사이에 간격이 없어. 까마귀나 딱따구리 같은 건 소리다운 소리를 못 낸대. 그런 놈들은 그 대신 날개 소리를 크게 내거나 나무를 두들겨 신호를 보내.

뭐 서울?

서울에선 어떤 무리가 또 나를 원 안에 가두려 하더냐, 그 말이냐. 헛, 아무래도 너하고 밤을 새워야겠구나. 처음 올라와…… 어떤 신문사 입사 시험을 봤어, 1971년이던가 그래. 자신은 없었지만 암튼 좀 쉽겠다 싶은 데로 원서를 냈구나. 내 영어 실력은 형편없었다만 워낙 독서량이 많아 기사 작성, 국어, 논문, 상식, 이런 다수의 과목은 일류대학 출신한테 절대 뒤지지 않았어. 정부가 주인인 신문이었는데 천만다행으로 필기시험은 합격했지 뭐니. 면접날이 다가왔다. 날은 야멸치게 추웠는데, 연애하던 네 엄마의 배웅을 받고 신문사로 갔지. 네 외가에서 날 탐탁하게 생각하지 않아 사랑하는 여자하고 같이 살기 위해서라도 어엿한 직장을 어떠하든 잡아야 했어. 면접이라서 사지 멀쩡한가 뭐 이런 것만 보는 줄 알았는데 그렇지가 않더라. 이것도 필기시험처럼 과목별 코스가 있더라고. 영어 코스에 들어가면 면접관이 『타임』지같이 생긴 걸 툭 던져주고 몇 페이지 윗줄부터 읽고 해석해 봐요, 이런 식이야. 그러니 면접도 하루 온종일 걸릴 수밖에. 마지막 코스인 사장실 문 앞에 도착했을 땐 날이 저물 무렵이었어. 광화문이 어디 있는지도 잘 모르는 촌놈에다가, 앞뒤 모두 일류 대학 출신인데다가, 코스를 낱낱이 돌면서 아무래도 떨어졌구나 하는 예감과 이미 만난데다가, 기죽지 말아라, 잉, 네 둘째고모 그 한마디 골백번 생각했다만, 그래도 사장실 앞에 당도하니까 몸은 주저앉고 싶을 만큼 지치고 마음은 응달의 승앗대처럼 야코가 팍 죽어 있는 거야. 더구나 사장실 문 앞에서 잘 씻은 팥알같이 뵈는 젊은 비서가 말하길, 사장실 안으로 들어가면 백묵으로 동그라미 두 개를 바닥에 그려놨은즉, 그 동그라미 찾아 발을 딛고 서라는 대목에선 그냥 돌아서 도망치고 싶었다. 차례가 와서 마침내 사장실 안으로 들어갔구나. 정부의 신문이니 사장도 뭐 그 끄나풀쯤 되는 사람이었어. 생전 처음 보는 붉은 카펫이 쫘악 깔려 있더라. 그것도 요즘 같은 촘촘히 실이 짜인 카펫이 아니라 털이 부스스 하늘로 곧추선 그런 카펫이야. 더 기가 죽을 밖에. 하도 긴장해서 다른 건 전혀 생각나지 않고 다만 좀 전에 비서가 문밖에서 해준 말, 백묵으로 그린 동그라미 두 개를 밟고 서시오, 그 말만이 귓속에 쾅쾅 울리는 기분이었다. 동그라미 두

개를 밟고 서시오. 마치 동그라미를 빨리 찾아 밟고 서면 합격, 동그라미를 빨리 찾지 못하면 불합격, 그리 느낀 것 같아. 나는 눈에 쌍으로 헤드라이트를 켜고 찾았지. 둘레둘레, 이리 한 발자국 저리 한 발자국, 그렇게. 생각 좀 해보렴, 큰애야. 털이 부스스 선 카펫에다가 백묵으로 동그라미를 그리면 그 동그라미 선이라는 게 어디 선명하겠니. 더구나 앞서 면접을 본 사람들이 여러 번 밟고 섰다 나갔으니 백묵 선은 더 흐릿할밖에 없지. 난 얼른 그것을 찾지 못해 정말 초조하고 불안했어. 우왕좌왕하다가 간신히 백묵의 자취를 찾아 서서 비로소 고개를 똑바로 들었더니 이번엔 눈앞에 있어야 할 면접관이 뵈지 않는 거라. 설 자리를 잘못 찾았나 하고, 가슴이 철렁해지더라. 바로 그때 사장의 말소리가 들리는 거야. 천상天上에서. 헛, 왜 천상이냐고? 그때의 그 신문 사장실은 그랬어. 교실 넓이는 됨직한 사장실이 반으로 나뉘어 있는데, 집무 책상이 있는 자리는 다른 자리보다 일 미터쯤 더 높은 단으로 되어 있었거든. 결재 받으러 직원이 사장실에 들면 단 아래에서 먼저 차려 자세로 인사하고 절도 있게 다섯 계단쯤 올라가 사장 책상에 결재서류를 펴놓는 거야. 군대식이지. 나는 물론 보기 좋게 낙방했다. 그러나 낙방한 건 고통스럽지 않았어. 그보다, 그날부터 자주 천상에서, 단 위에서 내려다보듯, 나 자신의 모습이 아주 객관적으로, 아주 막힘없이, 아주 낱낱이 내 눈에 보이는 것, 그것이 고통이었구나. 붉은 카펫 위에서 얼굴은 시커멓고 눈은 쑥 들어간 한 깡마른 젊은이가, 빌려 입은 것처럼 안 맞는 낡은 양복에 어색하게 넥타이를 잡아맨 한 촌스러운 젊은이가, 잔솔밭에서 바늘 찾기로, 쌍심지 두 눈에 켜고, 설 자리를 초조하게 찾아 갈밭 매는, 어릿광대 같은 나 자신, 그 극단의 희화戲畫. 그것이 떠오르면 잠자다가도 나는 벌떡 일어나 수치심과 모멸감을 견뎌내기 위해 발가벗고 물구나무를 서곤 했었다. 그리고 결심하고 결심했지. 어느 누구든, 그 무엇이든, 다시는 내게 동그라미를 그려놓고 그 안에 서라고 요구하지 못하게 하겠다고. 그것이 작가의 길이 아니겠냐고. 아니 그렇게 살 바에야 차라리 앉은 채 굶어죽겠다고.

자, 우물로 가서 상추부터 씻자.

한 장씩, 흐르는 물로 씻어라. 농약 안 쳤으니 먼지만 씻어내면 돼. 새들도 모두 제집에 들고…… 적막하지? 저기 놀빛 좀 보려무나. 여기 저물녘은 이래. 동쪽의 저 산은 굴암산이야. 휘어져간 저 길 따라 올라가면 암자 하나 있고, 그 사이 풍화된 무덤들로 이어지는 소롯길이 갈려나간다. 네 증조부모와 할아버지, 할머니 산소가 저 굴암산과 연접한 두어 개 산을 넘은 곳, 거기 있어. 이 집터를 산 게 그 때문이야. 밤 깊어 이 집에 홀로 누워 있으면 꼭 할아버지, 할머니와 아버지, 어머니의 등뼈에 등을 대고 누운 기분이 들거든.

여기, 철제 의자에 잠깐 앉아보렴.

이 의자, 낯익지 않니. 화곡동 살 때, 우리 식구 숫자대로 다섯 개를 샀는데 지금은 이거 하나 남았구나. 이맘때면 곧잘 애비는 지금 너처럼, 그렇게 앉는다. 이제 곧 어두워질 게야. 어둠은 장강長江처럼 천천히 흐르다가 갑자기 깊어져. 보려무나. 하늘엔 암갈색 놀빛이 남았는데 산으로 가는 길은 벌써 보이지 않잖니. 마을 외등에 불이 켜지는구나. 더 어둠이 깊어지면 있지, 마을 집들은 오히려 밝아 보여. 외등 불빛에 용마루 선들이 선연히 드러나기 때문이기도 하지만 창마다 켜지는 불빛들 때문이야. 불빛은 어둠이 깊을수록 더 가깝거든. 요즘은 날씨가 얼마나 좋으냐. 망연자실 앉아 있음 바람조차 늑골 사이로 통과해가는 것 같아져. 그럼 혼잣말로 나는 자신에 물어봐. 천명天命의 나이에, 상기도 그리운 무엇이 남아, 너는 여기, 날 저문 외딴집에 남아 있느냐. 굴암산과 달리 서쪽의 저 마을은…… 무리와 세상으로 나가는 통로야. 도시로 가는 길이 마을 앞에서 시작되니까. 가만히 숨죽여 보고 있으면 저 불빛 하나하나마다, 그 아래의 식탁에 둘러앉은 사람들의 어른거리는 그림자가 뵌다. 네 할머니는 굉장히 히스테리컬했어. 이제 생각해보면 외로워 그러셨던 것 같아. 장돌뱅이 아버지는 먼길로 떠돌고, 말만한 네 딸들 하나같이 성깔 뚝별스럽고, 척박한 삶과 버린 꿈 사이에서 고단한 일상을 나날이 견디어야 했으니 어머니는 얼마나 외로웠을까 싶다. 집안은 그래서 허구한 날 불화가 그칠 날 없었다. 학교에서 돌아오다 보면 매양 울타리 너머에선 어머니와 누님들 악다구니 소리가 들려. 감수성 예민했던 나는 차마 집안에 들어가지 못하고, 바람 찬 밤, 고샅으로 나앉은 굴뚝 토방에 앉아서 집안이 잠잠해질 때까지 기다리는 거야. 그때 알았지. 어둠은 장강처럼 천천히 흐르다가 갑자기 깊어진다는 것을. 이윽고 맞은편 철이네 집 불은 켜지고, 어쩌다 밥사발에 숟가락 부딪는 소리, 도란거리는 소리, 나지막하게 합쳐지는 웃음소리 들리고…… 그러나 어린 소년이었던 나는 문밖 어둠 속에 혼자 있다. 단란한 철이네는 내가 소속된 곳이 아니니 갈 수 없고, 내가 소속된 내 집은 불화로 가득 차 있으니 갈 수 없었지. 그 사이, 위험한 벼랑에서 어린 나는 시간이 지나는 것을 본다. 내 최초의 세계 인식은 그 자리, 그리고 불화였어.

그것이다.

부랑浮浪의, 내 문학의 시작이야.

어둠에 묻힌 산은 그 형체가 이미 사실의 바다를 떠나 있어. 저기 저 굴암산 좀 봐. 저것은 이승이래도 이승이 아냐. 초월적인 그 무엇이지. 그러나 불 켜진 마을의 방들은 다르다. 저곳엔 상처의 한숨과 함께 다른 것들이 섞여 있다. 철이네 집 밝은 창호지 불빛에 어른거리던 것. 혹은 온갖 살아 있는 것들 섞여 사는 내 텃밭 같은. 어떤 때 나는 산으로 가고 싶고, 어떤 때 나는 마을로 가고 싶어. 그러나 나는 아무데로도 가지 못하고 여기 부초해 있다. 고향집 굴뚝의 그 토방에서 할 걸음도 더 나가지 못한 것 같을 때가 많다. 망집의 사슬 끊지 못했으니 산으로 들 수 없고 무리와의 향기로운 길 열지 못했으니 마을로 갈 수도 없고. 부랑은 선험적인 것일까. 나는 찾고 싶어. 내 몸 어딘가, 작은창자 안쪽이나 좌심방 우심실이나 작은골 큰골 사이나 실핏줄이나, 그런 데 숨겨져 있을 부랑의 연원淵源. 그러다보면…… 회한에 목메며 마침내 깨닫는 것 하나 있단다. 하나, 라는 구령에 오른발 아닌 왼발을 내민 것, 박달나무 몽둥이를 향해 멍, 멍, 멍, 직진해 걸어갔던 것, 그런 것들은 후회 없다. 내가 증오하는 건 나에게 명령하는 집단의 신호야. 무리 안에 들진 않을 거야. 그리 살아왔으니 그것은 내 길이 아니라고 믿는다. 약해 뵈지만 그렇게 생각할 때 나는 나의 내부엔 강인한 그 무엇이 도사리고 있는 걸 봐.

하지만.

그렇지만……

그럼에도 불구하고…… 아니다, 애야. 너는 나보다 나을 거야. 나는 널 믿어. 믿고말고. 말할 날이 또 오겠지. 별이 많이 났구나. 그만 들어가자, 큰애야. 제비나비는 있지, 네 번 허물을 벗어. 아무래도 아까 무리에서 떨어져 혼자 마을 쪽으로 내려간 그 제비나비가 잊히지 않는구나. 상추 담아들고 일어서거라. 삼겹살이 얼마나 남았는지 원.

아버지.

잠든 아버지 모습을 한참이나 내려다보았어요.

잠들어 있으면서도 아버지는 슬픈, 외로운 표정을 짓고 계셨어요. 아마도 마을 쪽을 향해 혼자 날아간, 무리에서 떨어진 제비나비의 꿈을 꾸고 계신가봐요. 언젠가, 제가 아주 어렸을 때, 아마도 설악산 오색약수터에서였을 거예요. 사람들이 약수를 받아먹기 위해 길게 줄을 서 있었는데요, 술에 취했는지 어땠는지, 우락부락한 청년 몇몇이 드러내놓고 새치기했던 일이 기억나요. 아버지가 참지 못하시고 줄을 서라고, 새치기는 잘못이라고 말씀하셨어요. 청년들은 곱지 않은 눈빛을 하고 자신들은 줄을 섰다가 잠깐 가게 다녀온 것이라고 뻔한 거짓말을 했어요. 그래도 아버지가 믿지 않으니까 청년들은 한술 더 떠서 새치기 당한 어떤 중년 남자에게, 또 어떤 여자에게 거칠게 묻는 것이었어요. 그랬죠, 아저씨? 우리가 분명히 줄을 섰었죠, 아주머니? 아저씨,

아주머니는 물론 거기 줄을 서 있던 모든 사람들이 청년들의 눈빛을 피하면서, 두려웠기 때문에 암묵적으로, 청년들의 말을 인정했어요. 아버지가 갑자기 미친 듯 소리를 지르기 시작한 게 그때부터였어요. 아니오! 당신들은 무서워서 거짓말하고 있소! 아버진 그런 내용의 말을 쏟아놓고 있었지만 워낙 흥분해 소리치는 것이어서 제대로 말이 이어지지 않았던 것 같아요. 죄송한 표현이지만, 아버지는 그때 정말 미친 사람 같았지요. 청년들은 결국 기가 질렸는지 어땠는지 슬금슬금 꽁무니를 뺐고요, 우리 또한 약수 마실 걸 포기하고 물러나왔어요. 그때의 아버지는 차암 젊으셨구나, 하는 생각, 잠든 모습 보면서 했어요. 그때의 아버지가 왜 발작하듯 하셨는지 이제 알아요.

마을에서 첫닭이 우네요, 아버지.

밤새 깨어 있으면서, 아버지가 그랬듯, 저도 어둠 속에 앉아 동창의 캄캄한 굴암산과 서창의 밝은 마을을 번갈아 내다보았어요. 아버지는 무엇을 말씀하려다 마셨을까. 어둠으로 부드럽게 가려진 저 초월적인 산과 불 밝은 저 무리의 마을 사이, 이곳에서 아버지가 밤마다 만나는 고독, 밤마다 만나는 회한은 무엇일까. 오색약수터에서의 아버지 모습이 더 선명해지는 새벽이에요. 박달나무 몽둥이 앞으로 걸어가던, 교장을 향해 잉크병을 던지던 젊은 아버지 모습도요. 무리와의 잔인한 충돌에서부터 언제나 용수철처럼 튕겨져나왔던 아버지를 저는 사랑해요. 아버지는 그때마다 저들에게 엑스 표를 치신 거지요. 내 친구들에게 제가 엑스 표를 쳤듯이요. 비겁하고 몰강스럽고 멍청한 무리에게 달려가 가미카제처럼 산화하고 싶었던 아버지 젊은 날과 글쓰기를 중단한 채 지금 제 곁에 쓸쓸히 잠든 쉰 살의 아버지를 저는 봐요. 그 거리도 말이에요.

저는, 깨달았어요.

아버지는 이렇게 묻고 싶으신 거예요. 왜 끝내, 남은 사람들과 약수를 나누어 마시면서 소리지를 수밖에 없었던 이유를 설명하려 하지 않고 서둘러 등돌려 떠났던가, 하고요. 증조부님은 왜, 그 마을에서 떠나지 않고 끝까지 저들 잘못된 무리와 싸우면서 견뎌낼 수는 없었을까. 새마을운동 지붕 개량 사업이 마무리될 때쯤, 고향을 떠나 강경 읍내로 이사한 할아버지의 결정은 최선이었는가. 아버지 당신 스스로, 왜 강경의 그 여학교를 서둘러 등졌던가, 하고요. 떠나고 떠나다보면, 부랑은 끝이 없겠지요. 부랑은 악한 자의 것일는지 몰라요.

예, 아버지.

아버지가 저 우물가에서 마지막으로 제게 하려던 말이 무엇인지 알 것 같아요. 두 주먹 불끈 쥐고 그 무리들 이기겠다, 싸우듯 사셨지만, 아버지는 그것이 과연 진정한 싸움이었던가, 참된 용기였던가, 돌아보고 계신 거지요. 좀더 깊이, 좀더 끈질기게, 그 무리 속에 붙박여 있으면서, 그러나 결코 굴복하진 말고, 북 치고 나오는 자신을 지혜롭게 열고, 더 나아가 무리를 열고, 그리하여 더불어 소통하는 향기로운 길 찾아내라는, 침묵 뒤로 아버지가 남기신 말, 저는 이렇게 깨어서 듣고 있어요. 죽음 같은 탈피의 순간에 제 목숨을 몇 번씩 걸고도 모자라, 어둠의 관 속에 거꾸로 매달려 긴 혹한을 견딘다는 제비나비, 신생의 봄날, 잔인한 무명無明 일시에 무너뜨리고 날아가는 프시케, 그 영혼의 아름다운 각성을 배우라는 아버지의 말요.

유학 가겠다는 제 말을 취소할게요.

제 허물, 아버지, 용서해주세요. 저는 오늘부터 학교로 돌아가 제게 상처를 준 무리와 다시 만날 거예요. 동이 트려는지 새소리 들려요, 아버지. 좀 슬픈 얼굴을 하고 계시지만, 아버지의 감은 눈가에, 한 작가로서, 새로 꾸는 꿈들이 보이는 느낌이에요. 허물을 벗고 또 벗을지언정, 저기 세상과 여기 쉰 살의 아버지 사이, 아니 저기 불 켜진 마을과 캄캄한 굴암산 사이에 길을 내고 싶은 광휘의, 향기로운 길, 그 먼 꿈 말예요. 쉰 살에 꿈꾸는 아버지의 꿈이 얼마나 젊은지 눈물이 날 것 같아요. 아버지가 저를 믿듯이, 저 또한 아버지를 믿어요. 아버지는 반드시 소문으로서의 아버지와 본디의 아버지, 또 아버지가 쓰는 문장들이 합치되는 행복한 날들을 반드시 만나게 되실 거예요.

하늘이 밝아지기 시작했어요.

집에 들러 교재를 챙기고 1교시 수업에 늦지 않게 가려면 지금 출발해야 해요. 저는 훌륭한 연출가가 될 거예요. 제 연극이, 제비나비처럼, 무리와 저 사이에 향기로운 소통의 길 열고 비상하는 걸 아버지께 보여드릴 날, 꿈꿀 수 있어 참으로 행복해요. 제가 일등 관객으로 아버지 모실 날을 기다려주세요.

박새 소리 들려요.

큐리릿큐리릿, 쌀 씻어 안치는 찌르레기 우는 소리도요. 남은 국은 국그릇에 담아 랩으로 싸서 밥솥 안에 밥그릇과 함께 넣어 뒀어요. 따로 데우지 않아도 따뜻할 거예요. 고추밭이랑 토마토, 가지, 오이 심은 곳은 풀 매지 말고 그냥 놔두세요. 다음 일요일에 애들 데려와 함께 매어드릴게요. 규식이, 현우, 상민이, 종수, 기환이, 걔들하고요.

아버지.

一

골방
—흰 소가 끄는 수레 3

1

낡은 책장 뒤로 감춰진, 혹은 바람 속의 진애塵埃로 떠돌던 신화의 파편들을 끈질기게 채집해, 달의 상징성과 여성의 본원本源을 결합시켜, 인간 영혼의 밑바닥에 잠복한 심리적 원형을 떠오르게 하는 저서들로 유명한 에스터 하딩Esther Harding은, 그녀의 명저 『사랑의 이해』에서 달은 '은혜로운 존재'라고 썼다. 많은 원시 종족들은 거의 신앙처럼 달이 씨앗을 싹트게 하며 초목을 자라게 한다고 믿었다고 했다. 그녀는 만약 달이 없다면, 이라고 썼다. 만약 달이 없다면 짐승들은 새끼를 배지 못할 것이고 여성들은 아기를 낳을 수 없을 것이라고. 달이 여성들의 자궁 속에 생명의 씨앗을 쏘아 보낸다고 여겼던 원시 종족들의 신화에 대해 그녀, 에스터 하딩은 또한 이렇게 썼다. ……나이지리아인들은 아기를 갖기 위해 남편은 필요 없다고 생각한다…… 남성 기능은 여성의 처녀막을 찢어 여성의 몸속으로 달빛이 들어갈 수 있도록 통로를 넓혀주는 것에 불과하다고 생각하는 종족도 있다……고. 월경에 대한 금기는 신성하다는 뜻과 불길하다는 두 가지 뜻……이라고, 그녀, 에스터 하딩은 여성들에게 아기를 가져다주기 위해 달이 지상에 달새를 보낸다는 신화에 대해서도 썼다. 달빛을 받으면 꺼져 있는 여인의 배가 통통해져서 속이 가득찰 것이라고.

2

막둥이 방을 큰애 방으로 바꾸어줄까봐요, 라고 아내가 말했다. 아내는 서울 세검정 집에 있고, 나는 용인 변방 굴암산의 서쪽 자락 외딴 오두막에 혼자 있었다. 창 때문에요. 아내는 덧붙였다. 나는 수화기를 바꿔 쥐면서 오두막 동창에 들어와 앉은 잎 떨어진 감나무와 빈 텃밭과 암회색 숲을 물끄러미 바라보았다. 글쎄, 어떤 전문가가 텔레비전에 나와서 그러는데요, 창이 너무 넓으면 애들이 산만해진대요. 더구나 막둥이 방은 동쪽, 남쪽이 온통 창이니 방이 얼마나 밝은지 몰라요. 주의 집중이 안 될 만하지요.

빈 텃밭의 밭둑엔 억새풀들이 바람에 흔들리고 있었다.

막둥이 방 밑으로 수맥이 흐르고 있어 문제라든가, 막둥이 방의 방위가 잘못 놓여 액막이라도 해야 된다 하는 것보다는 설득력이 있는 논리였다. 그러지 뭐, 라고 내가 대답할 때 억새풀의 풀씨들이 훅, 흩날렸다. 날이 저물고 있었다. 그런데 애가 말을 안 들어요. 저는 제 방이 좋다는 거예요. 당신이 한번 올라와 애 좀 설득해줘요. 새 몇 마리가 동편 숲에서부터 날아와 자맥질하듯 빈 텃밭에 내려앉았다. 가을걷이 끝난 참깨밭에서 녀석들이 저녁식사를 할 요량인가보았다. 오종쫑 오종쫑 뛰어다니는 녀석들 중 어떤 놈은 창 앞 감나무 밑에까지 다가왔다. 어허, 쑥새네. 나는 혼잣말을 했다. 뺨이 까맣고 눈썹 선이 하얀 게 영락없이 겨울 철새인 쑥새였다. 뭐라구요, 라고 아내가 냉큼 반문했다. 나는 행여 어린 쑥새들이 놀라 달아날까봐 소리를 한껏 낮추어 대답했다. 알았어. 내일이라도 올라가볼게.

나는 수화기를 내려놓았다.

시베리아나 캄차카에서 여름을 보냈을 녀석들이 벌써 여기와 있는 걸 보면 이제 곧 겨울이 본격적으로 들이닥칠 모양이었다. 부엉이, 큰고니, 쇠기러기, 두루미, 황새도 오겠지. 그렇게 크고 사나운 새들 틈에 끼여 작은 쑥새들이 캄차카에서 예까지, 수천 리 머나먼 여정을 날아왔다는 게 믿어지지 않았다. 작은 철새들은 이동할 때 주로 밤시간만 이용한대요, 라고 말한 건 여름에 여기 와서 하룻밤 자고 간 막둥이였다. 큰 철새들이 떼 지어 낮에 이동하니까 작은 꼬마 철새들은 잡아먹히지 않으려고 낮엔 숲이나 밭에 내려앉아 먹이를 구하고 큰 새들이 잠든 한밤중, 밤새워 고단한 여행을 한다는 것이었다. 우리 막둥이도 그러면 쑥새나 콩새같이 꼬마 철새인 게로구나, 밤에만 이동하는 걸 보면. 나는 웃었고 막둥이는 아무 대꾸도 하지 않았다. 막둥이는 곧잘 제어미가 잠든 한밤중에 살짝 집을 나갔다가 새벽에 들어온다고 했다. 몽유병에 걸린 애 같아요, 글쎄. 아내는 한숨을 쉬었다. 이제 고등학교 1학년을 거의 다 보낸 막둥이가 자율학습까지 끝내고 집에 돌아오는 시각은 보통 열시 반쯤이었다. 잠은 그럼 언제 자느냐고 들이댄 내 질문은 우문이었다. 학교에서 자지요, 라고 아내는 말했다. 수업 시간에도 자고 자율학습 시간에도 자고 버스 속에서도 잔다고 했다. 쑥새란 놈들은 잠도 자지 않고 캄차카에서 예까지 날아온 그 고통스러운 여정을 기억하기나 할까. 수많은 큰 새들한테 잡아먹히지 않을까 불안함에 떨며, 낯선 땅 낯선 하늘의 어둠 속을 뚫고 달려온 쑥새들의 분주한 저녁식사를 나는 망연히 내다보았다. 놀빛이 암갈색으로 잦아들고 있었다. 나는 밥솥의 플러그를 꽂았다. 놀빛이 잦아들면 이내 어둠, 쑥새들이 참깨밭을 떠날 때쯤 아마 쌀이 끓어 밥이 될 터였다. 여기 오래 있으면 적적해서 괜한 사람도 골병들겠어요, 라고 아내가 말한 것도 여름이었다. 어둠이 굴암산 깊은 골에서부터 천천히, 그러나 단호하게 산기슭으로 내려왔다. 쑥새들이 굴암산 쪽으로 날아가고, 곧 밥솥의 밥이 끓는 소리가 났다. 글쓰기를 중단하고 이 외딴집 '한터산방'에서 산 지도 어언 십 개월이 지나 있었다. 얼마나 적막한, 절상의 봄, 여름, 가을이었던가. 돌아보면 막둥이보다 더 산만하게, 쑥새들이 지나쳐온 밤으로의 여로보다 더 불안하게, 뭔가에 등 떠밀려 달려온, 분열의 세월이었다.

나도 여보, 방 좀 바꿔주구려.

아내에게 이윽고 혼잣말로 나는 말했다.

3

세상에, 이게 뭔 일이라냐, 라고 어머니는 소리쳤다. 어머니는 내가 열네 살 때까지 살았던 고향집 아랫방에 앉아 있었다. 아니 앉아 있다기보다 잠자리에 들었다가 뭔가에 놀라서 소스라쳐 상체를 일으켜세운 형국이었다. 이부자리 위의 어머니는 붉은 내의 바람에 두 손으로 눈을 가린 채 사시나무 떨듯 했다. 하이코오, 천지개벽여, 천지개벽. 이상도 하지, 멀리 둘러보면 하늘도 땅도 캄캄한 한밤중인데, 사방에서 벽과 천장을 투사한 빛다발이 어머니를 중심으로 쏟아져들어오고 있었다. 무슨 일이 났는지는 알 수 없었다. 검버섯이 잔뜩 핀 마른 목에 툭툭 불거져나온 어머니의 핏줄이 이내 지글지글 끓어오를 것 같았다. 어머니, 이불을 뒤집어쓰세요. 나는 본능적으로 소리치다가 잠을 깼다. 동창 앞에 앉아서 책을 읽던 중 잠이 들었던가보았다. 서탁 위에 펼쳐놓인 책장 위로 침 묻은 내 입술 자국이 일부 찍혀 있었다.

그것 참 묘한 꿈도 다 있구나.

밤이 깊었지만 창밖, 굴암산 숲은 푸르스름한 양수에 감싸인 듯 보였다. 달이 휘영청 밝았다. 어머니 돌아가신 지 이제 꼭 이십 년. 굴암산 너머, 멀지 않은 산자락 한 굽이에 묻힌 어머니의 주검은 지금 희디흰 백골로 풍화했을 터, 백골인 어머니가 한밤중 내게 무슨 주술을 보내는 것일까. 나는 읽다 만 책을 당겨 들었다. 불교의 역사를 서술한 책이었는데 진도는 아직 석가세존이 태어나기 천여 년 전쯤에 머물러 있었다. 아리안족이 인도에 침입해 정착, 자연현상을 지배하는 힘을 신격화해서 법률신과 창조신 등 다신교를 성립한 건 대략 기원전 1200년경에서 800년 사이에 이루어졌다고 그 책은 말하고 있었다. 우주의 초월적인 원리 '브라흐마'와 여기 실존으로 놓인 나 '아트만'의 합일을 원했던, 그리하여 무거운 제의를 통해 깃털보다 가벼운 삶을 꿈꾸었던 고대 인도인들이 가졌던 사유 체계 속에서 제일 고통스러운 개념의 하나는 윤회였다. 그들에게 죽음은 생의 끝이 아니었다. 범아일여梵我一如를 통해 삶의 유한성을 극복해야만 윤회의 사슬은 끊어지고 영원한 해탈에 이를 수 있다는 것이었다. 석가세존이 태어난 것보다 적어도 천 년 이상 거슬러올라간 그 옛날에, 이미 인도인들 세계관 속에 굳게 자리잡았던 이런 식의 소박한 윤회설에 나는 매료되었다. 사람은 사후에 달로 간다 했다. 달에서 비를 통해 다시 땅으로 내려오고, 땅으로 내려와 곡식과 채소의 뿌리를 통해 음식물이 되며, 음식물은 정자精子를 통해 최후의 모태로 들어가 마침내 끝없이 다시 태어나는 것이 윤회였다.

나는 책장을 덮었다.

달은 중천에 떠 있었다. 사람은 사후에 화장되어 달로 가고……라고, 나는 덮은 책장 안쪽의 한 구절을 입속으로 중얼거렸다. 갑자기, 막둥이가 보고 싶어졌다. 그것은 뜻밖의 그리움이었다. 사람은 사후에 화장되어 달로 가고, 백골의 어머니는 달로 가고…… 어머니가 보고 싶은데, 어머니가 보고 싶은 게 아니라 고등학교 다니는, 팔팔한 힘을 부릴 데 없어 달도 없는 한밤에

몽유병자처럼 곧잘 돌아다닌다는 막둥이가 보고 싶었다. 시계는 막 자정을 넘기고 있었다. 찻길이 붐비지 않을 터이니 곧 출발하면 한 시간 이내 세검정 집에 닿을 터였다. 일주일 만의 귀가였다. 나는 설거지통 옆에 쌓아둔 빈 음식 그릇들을 서둘러 가방에 쑤셔넣었다. 일주일 전에 가지고 온 반찬은 겨우 김치 몇 쪽이 남았을 뿐이었다. 도대체 당신 뭣 먹고 살아요, 라고 아내는 곧잘 수화기 저쪽에서 눈시울을 붉혔다. 밥해서 김치하고 먹지. 내가 대답하면 세상에, 하고 아내는 한숨을 쉬었다. 세상에 이게 무슨 꼴이우. 당신이 마누라가 없수, 돈이 없수, 집이 없수? 젊어 이래 그만큼 열심히 일해왔으면 이제 편히 좀 발 뻗고 쉬어도 좋은 나이가 쉰 살이런만, 그 궁벽진 산속 오두막에서 쌀 씻고 빨래하고, 김치 한 가지에 삼세끼 먹는 둥 마는 둥, 아무리 작가라고 해도 그렇지, 왜 당신이 벌받듯 살아야 하는지 알다가도 모르겠수. 작가가 무슨 형벌이우? 작가가 특별히 형벌로서의 삶을 살아야 하는 건 아니지만, 형벌로서의 삶을 면제받을 수는 없다는 걸 아내는 모르고 있었다. 형벌은 삶 자체였다. 살아 있는 모든 것은 살아 있는 무게만큼의 형벌을 지고 산다는 걸 나는 작가 노릇을 그만둔 뒤에 더 선연히 깨달았다. 작가이기 때문에 여기 있는 것이 아니라 살아 있으므로, 그 형벌의 연원을 물 맑은 눈빛으로 보고자 나는 여기 있었다. 그것은 고통이 아니라 오히려 쓸쓸한 삶의 본원에 다가가 이웃고 참된 아트만의 정체를 꿰뚫고 싶은, 그리움을 따라가는 쓸쓸한 희열 속 깊은 도정이었다. 내가 작가 노릇을 그만두지 않았다면, 그리하여 궁벽진 굴암산 산자락 흘러와, 저기 저 캄차카에서 날아온 쑥새, 콩새들과 아침저녁 마주치지 않았다면, 나는 아마 지금껏 내가 끝없이 분열하며 피 흘리는 것이 작가라는 이름 때문이라고 생각하고 있었을 것이었다. 화택의 세상에서 작가는 불타는 어린애들을 구하는 '흰 소가 끄는 수레'의 그 장자長者인가, 아니면 불구덩이 속에서 이리 뛰고 저리 뛰는 몽매한 어린아이인가.

한때 나를 괴롭혔던 이런 화두는 이제 중요하지 않았다.

작가라는 이름의 허상을 치우고 보면 분명히 나는 한낱 불타는 아비지옥의 어린아이 같은 것이 정한 이치인바, 작가라는 이름은 고苦의 소멸에 결단코 기여할 수 없고, 이치가 그러하니 작가라는 이름으로 쓰는 언설言說들이 정견正見, 정사유正思惟, 정어正語, 정업正業이지 못하며, 참된 의미에서 정명正命일 수도, 정정진正精進일 수도, 정념正念일 수도, 정정正定일 수도 없었다. 궁벽진 환경이 홀로 사는 내게 가르쳐준 것은 작가라는 이름의 우상에 갇혀 산 나를 풀어놔라 하는 것이지만, 풀어져 자유롭게 흘러갈 그리운 그곳이 어디냐 하는 점은 여전히 오리무중이었다.

밤새들이 꾹꾹 꾸르르 울고 있었다.

나는 세탁할 옷을 담은 가방과 빈 음식통을 잔뜩 담은 가방을 어깨에 메고 서서 현관문을 잠갔다. 내가 다시 돌아올 때까지 빈 오두막은 어쩌다 바람, 어쩌다 겨울새, 어쩌다 집 없는 들고양이나 지나쳐갈 것이었다. 굴암산엔 안개가 흘렀고, 달은 이제 막 한 무리의 구름떼를 비켜나가고 있는 중이었으며, 바람은 차가웠다. 어디 골 깊은 산에 들어가 엎디어 있으시오. 만신인 강신무 김여사의 말이 불현듯 떠올랐다. 꼭 감옥에 갇힌 형국이구려. 사주 짚을 것도 없이 다짜고짜 김여사가 그렇게 말할 때, 나는 이미 이곳의 오두막을 구해놓은 뒤였다. 글쓰기를 중단하기 보름쯤 전의 일이었다. 그때까지만 해도 내가 고통받는 내적 분열의 단초가 작가라는 이름 때문인 줄 알았고, 그래서 이곳을 다만 새로운 길을 떠나기 위한 부화지孵化池쯤으로 인식하고 있었다. 김여사는 덧붙여 이르기를, 산속에 엎디어 있되 스스로 힘써 거기를 박차고 나오려 하지 말고 스스로 좋아서 거기 있게 될 때까지 기다려야 운세의 형틀이 풀린다고 했다. 나는 물론 그 점괘엔 고개를 가로저었다. 글쓰기를 중단하려던 그 무렵만 해도 내가 여전히 작가라는 이름의, 저 무겁고 고단한 갑옷을 벗지 못하고 있었기 때문이다. 그러나 겨울이 가고, 굴암산 여기저기 야생화들이 종환처럼 부풀어올라 산지사방 터지는 봄이 또 가고, 숲이 한 응어리로 깊어지는 여름이 왔을 때, 나는 깨달았다. 내가 형틀로 짐 지고 있는 것이 사실은 작가라는 이름의 갑옷과는 본질적으로 다른 구좌라는 것을. 그때에도 많은 동료, 혹은 후배 작가들이 멋진 투구에 갑옷 떨쳐입고서 마상에 올라앉아 기세 좋게 광장으로 나아가고 있었다. 내가 그 광장으로 나아가려 할 때 보지 못했던 것들을 나는 새삼 보았다. 어떤 이는 참여의 삼지창을 들고, 어떤 이는 순수의 환도를 들고, 어떤 이는 역사의 장검을 들고, 또 어떤 이는 짐짓 창을 등뒤로 감추기도 하고, 그러면서도 거의 운명처럼, 각개약진의 보폭으로 우상의 광휘를 향해 몰려가는 그 선연한 형상에 나는 전율했다. 그것은 내가 작가로 살았던 스물 몇 해의 잔인한 자화상이었다. 그런 자화상을 만나 밤새 소리 죽여 운 적도 있었다. 어머니, 라고 나는 가끔 소리쳐 불렀다. 내가 그리운 곳은 광장이 아니었다. 부드러운 양수에 둘러싸인 채 구부러지는 쪽으로 몸을 구부리고, 배꼽으로 숨쉬며, 눈은 닫고 귀는 여는, 옳다고도 그르다고도 말하지 않는 무기無記의 자궁 속, 깊고 깊은 골방이 그리웠다. 어머니는 내가 머물러 있는 오두막에서 산등성이 두엇 넘은 곳에 백골이 되어 누워 있었다. 나는 자주 숲 사이, 길 없는 길을 넘어 어머니에게 가곤 했다. 돌에 걸려 넘어지고 가시나무 가지에 생살이 찢기면서 자궁 속보다 더 어두운 산을 넘어가다보면 나 자신 영락없이 무엇인가에 씐 몽유병자였다. 몽유병에 걸린 애 같아요, 글쎄. 아내의 말이 귓가에 남아 있었다. 막둥이는 골 깊은 곳에 제 어미가 있는 것도 아닌데 집을 등지고 밤이면 어디 떠돌다 오는 것일까. 나는 오두막 앞을 출발해 산자락을 따라 비포장도로 좁은 길로 차를 몰았다. 곧 마을이 다가왔다. 컹컹컹컹, 마을 집집마다에서 차 소리에 개들이 짖기 시작했다. 백미러를 통해 나의 오두막 '한터산방' 쪽을 일별했으나 오두막은 이미 푸른 달빛에 둘러싸여 어슴푸레한 윤곽뿐이었다. 사람은 사후에 화장되어 달로 가고, 라고 나는 중얼거렸다. 달빛이 나를 사로잡았다. 달에서 비雨로, 비에서 풍요로운 곡식과 채소들로, 정자精子로, 내 상상 속의 이미지는 재빨리 전이되었다. 씨앗을 싹트게 하고 곡식과 초목을 키우는, 정자의 힘찬 율동과 내쏘임을 조율하는 생명의 시원始源인 달이, 굴암산 정수리로 가고 있었다. 여성으로 하여금 아기를 배게 하는 게 달이라고 믿었던 고대인들의 상상력을 나는 생각했다. 달이 없다면, 저 푸르스름한, 차갑고도 따뜻한 양수의 섬광이 없다면, 북남미 인디언들, 아프리카의 흑인들, 중앙아시아 톈산산맥 아래의 원시 종족, 그린란드의 고대인들이 믿었듯이, 과연 저 푸르스름한 빛이 없다면, 짐승들은 새끼를 배지 못하고 어머니들은 아이를 낳을 수 없을 것인가.

나는 액셀을 나도 모르게 더욱 깊이 밟았다.

마을을 빠져나오자 개천을 따라 활처럼 휘어진 포장도로였다.

달빛이 길 좌우에 선 버드나무 실가지를 타고 포장도로에 질펀히 흘러내리고 있었다. 어머니의 해체된, 옥양목처럼 새하얀 백골이 달빛을 받아 하나하나 복원되는 것 같은 느낌에 나는 전율했다. 어머니를 에워싸던 꿈속의 그 광채는 그럼 달빛이었을까 하고, 나는 좀 전에 오두막에서 꾸었던 짧은 꿈의 파편들을 떠올렸다. 그리고 그 사이로 창 때문에요, 라던 아내의 말이 들렸다. 용인 톨게이트가 다가왔다. 톨게이트 앞은 삼거리였다. 직진하면 어머니 계신 묘원의 진입로와 만날 것이고 좌회전하면 서울로 가는 고속도로였다. 창이 너무 넓으면 애들이 산만해진대요, 라고 아내는 계속 말했다. 꿈속의 어머니는 햇빛인지 달빛인지 빛다발에 싸여 사시나무처럼 떨고 있었다. 나는 잠시 아내의 말과 어머니의 주술 사이에서 망설였다. 어머니, 하고 부르면서, 나는 핸들을 왼편으로 감았다.

막둥이의 방은 이층 동남간東南間에 위치해 있었다.

북한산 본간本幹에서 빠져나온 북악의 아기자기한 산세를 한눈에 조망하려고 남향과 동향을 이어 드넓은 코너 창을 뚫어놨으니 그 명도明度로 치면 문밖과 다름없었다. 아침부터 오후 늦게까지 햇빛이 들었고, 햇빛은 시시때때 향向과 각角을 바꾸면서 침대 아래 책상 밑까지 닿았다. 그러나 볕 좋은 겨울 한낮에도 막둥이 방엔 커튼이 빈틈없이 쳐져 있었다는 사실을 나는 비로소 상기했다. 하긴 숨을 데가 전혀 없는 방이었다. 어찌 그 생각을 하지 못했던가. 물론 북동쪽에 위치한 큰애 방이라고 해서 창이 없는 건 아니지만 동쪽 창뿐이니 훨씬 더 안정감이 있었다. 여름에 입대한 큰애가 제대하기까진 앞으로 이 년여, 오직 입시에 매달려야 할 고등학교 2, 3학년 시기를 앞둔 막둥이 방을 바꿔주기엔 시간적으로도 안성맞춤이었다.

고속도로는 휑하니 열려 있었다.

차의 속력이 금방 백에서 백이십 킬로미터까지 올라갔다. 이런 속력이라면 세검정 집까지 한시 반까진 닿을 수 있었다. 아내는 아마 잠들었을 터였다. 오늘 때맞추어 야행을 할 계획이 아니라면 막둥이도 잠들어 있어야 할 시각이었다. 글쓰기를 그만둔 지난해 연말부터, 아니 글쓰기에 대한 극도의 회의에 싸여 있던 그 이전부터 내 내면의 분열을 짊어져가는 데 급급해 막둥이도, 아내도 깊이 들여다본 적이 거의 없었다는 것에 불현듯 생각이 미쳤다. 문학 합네, 작가입네, 하는 걸 가족에게 이기적으로 굴어도 되는 면죄부처럼 여긴 것이 어디 한두 번이었을까마는, 돌아보니 최근 일이 년 동안은 그게 극에 달했었다는 느낌이 들었다. 전보다 훨씬 초췌해진 아내의 얼굴에 드리운 그림자와 전보다 훨씬 말수가 적어진 막둥이의 우울한 표정들을 나는 떠올렸다. 그 모든 것들을 그냥 스치듯이 보고 만 건 전적으로 내 잘못이었다. 그사이 막둥이가 크게 어긋난 건 아닐까.

막둥이는 새벽 한시 이십분, 잠을 자고 있진 않았다.

세검정 주택가 비탈길을 지나 우리집 외관이 한눈에 올려다보이는 골목 어귀로 차의 머리를 막 들이밀었을 때, 나는 검은 그림자 하나가 이층 베란다에서부터 아래층 뜰로, 베란다에 닿을 듯이 솟아올라간 모과나무 메마른 줄기를 타고 거의 곡예사처럼 미끄러져내리는 걸 보았다. 창마다 모두 불이 꺼져 있었지만 투명한 달빛 때문에 나는 문제의 그림자가 푸르른 열일곱 살, 막둥이라는 걸 단번에 알아차렸다. 나는 본능적으로 차의 시동과 라이트를 껐다. 막둥이가 이내 담장 위로 나타났다. 건물의 위치가 골목보다 훨씬 높기 때문에 밖에서 보는 담장은 축대를 겸해 거의 삼사 미터나 되었다. 그러나 막둥이는 아주 익숙한 솜씨로 담장 밖의 전신주에 상반신의 일부를 의지하여 주르르 미끄러져 내렸다. 백팔십의 키에 육십오 킬로그램. 군살 하나 없는 균형잡힌 몸매와 반듯하게 벌어진 어깨, 쭉 찢어져 올라간 눈과 깨끗한 선으로 마무리된 콧날, 그리고 아침 햇빛처럼 어딘지 모르게 힘이 넘치는 야성의 분위기를 막둥이는 갖고 있었다. 검은 진에 딱 붙는 검은 재킷과 검은 운동모를 그는 쓰고 있었다. 담장을 타고 내리는 몸놀림이 너무 유연하고 너무 민첩해서 차라리 막둥이는 아름다워 보였다. 나는 숨을 죽였다. 대문 앞엔 아내가 사용하는 아반떼 승용차가 몸을 웅크리고 있었다. 막둥이는 당연히 성큼성큼 걸어서 내 차 앞으로 다가오리라고 나는 생각했다. 그러나 놀랍게도 그는 아반떼 승용차의 문을 열고 안으로 사라졌다. 부르릉, 아반떼의 시동이 걸리더니 곧 야생 동물의 눈과도 같은 미등의 불이 켜지고, 후진 기어 신호등이 들어왔다. 아내는 막둥이의 야행성에 대해서만 말했지 자동차에 관해선 한마디도 하지 않았다. 십 몇 년 전 운전면허를 딸 때, 차의 시동만 걸면 번번이 가슴이 두근거리고 눈이 충혈되는 듯해서, 몇 차례나 주행에 실패하곤 했던 기억들이 내 머릿속을 스쳐지나갔다.

우리집은 막다른 집이었다.

막둥이의 아반떼가 나를 향해 부드럽게 후진해오다 한순간 멈추었다. 그제야 막둥이는 불을 끄고 서 있는 내 차를 발견한 모양이었다. 쉰 살의 아버지와 열일곱 살 아들은, 어둡고 광활한 습지에서, 마치 우주 저쪽에서 오는 미세한 신호를 포착하려는 듯이 눈, 귀, 입, 감각의 안테나 있는 대로 열고, 그러나 사실의 잔인한 장부를 결코 버리는 일 없이, 작은 징후들에 의지해 출구를 찾아 나가야 하는 작가의 길에서, 각각 다른 차의 어둠 속에 싸여 한동안 미동도 하지 않았다. 달빛이 차의 표피에서 숨가쁘게 미끄럼을 타고 있었다.

4

나는 조포粗暴한 질주 때문에 물집투성이 천만千萬 삶들이 결집한 불가사리 같은 수도 서울의 양지바른 노른자위 땅에 단단하고 실팍한, 창이 넓은 집 하나를 오래전부터 짓고 싶었다. 그것은 내가 열다섯에 가출해 영등포역 지저분한 대합실에서 나흘 밤과 한낮을 굶주리며 보내다가 다시 귀향 열차를 도둑으로 타고 내려갈 때, 이미 나 자신과 암묵적으로 맺은 약속이었다. 나는 열다섯 되던 그해 봄에 이미 내 삶이, 어디에서 무엇으로 살든 끝없는 부랑의 연속선상에 놓이게 되리라는 걸 거의 동물적으로 인지하고 있었다. 가난하거나 외로운 처지 때문이 아니었다. 그보다 훨씬 더 원형적인 그 무엇 때문에 내 삶의 관성이 부랑의 어두운 길에 놓여지리라고 나는 예감했다. 폭력적 불길이 내 안에서 화냥기처럼 솟구치고 있었다. 심지어 나는 살인도 할 수 있을 것 같았다. 십대 때는 두 번이나 수면제 다량 복용으로 위세척을 했고 대학 때는 도루코 면도날로 대동맥을 내리쳤다. 젊은 날의 나는 언제나 살의 때문에 전신이 풍뎅이처럼 부풀어 올라 있었다. 그러면서도 그 살의를 멈출 수 있기를 나는 때때로 너무도 절박하게 꿈꾸었으며, 그럴 때면 내가 설계해 내 손으로 지을 창 넓고, 튼튼한 집 하나가 떠올랐다. 언젠가, 집을 지어야지. 언젠가, 내 부랑의, 저 잔인한 살의를 영원히 잠재우기 위해 집을 지어야지, 라고 생각했다. 부랑은 끝이 없었다. 아이가 셋이나 내 정충으로 태어나고, 유명 작가가 되고, 인세 수입이 하루가 다르게 늘어나도 부랑은 내가 지닌 살의처럼, 말미잘처럼 내 늑골 사이에 흡착해 있었다. 1980년 봄에는 더러운 안양천변에서 동맥을 자르고 자살을 기도한 일이 있었다. 세 아이의 아빠였으며, '인기 작가'라고 불리던 시절이었다. 내 책은 출간할 때마다 날개 돋친 듯 팔렸지만 나는 조금도 행복해지지 않았다. 무엇보다 내가 사는 시대에 강력한 적개심을 품고 있었고, 나의 본체와 상관없이 세상에 떠도는 내 이름과 너무도 먼 거리를 나날이 느꼈으며, 급기야 내 문장들과도 불화했다. 살의는 그후로도 결코 나를 떠나지 않았다.

나는 내 안의 살의를 이기려고 계속 꿈꾸었다.

작지만 큰 꿈이었다. 세검정 남향받이 전망 좋은 땅에 내 집을 지으려고 말뚝을 탁 박은 건 내 나이 마흔세 살 때였다. 창을 넓게 해주세요. 나는 설계사에게 말했다. 집이란 벽이 필요한 거외다. 그림이라도 한 점 걸 데는 남겨두셔야 하지 않겠소? 설계사는 웃었다. 상관없다고, 나는 말했다. 어떤 방 어떤 공간도 햇빛이 꽉 들도록 해야 된다고, 밝고 투명해야 된다고 나는 몇 번씩이나 다짐을 두었다. 마흔세 해 동안을 흘러다닌 저 음습하고 어두운 방들이 있었으니 내가 내 삶의 제단에 바칠 걸 다 바쳤다고 나는 생각했다. 집 짓는 데는 반년이 걸렸다. 장마철이면 매일매일 한밤중 아내 몰래 내 집을 짓는 그 현장으로 갔다. 내 집터가, 내 집의 골조가 캄캄한 한밤중 저 혼자 비에 맞고 있다고 생각하면 참을 수가 없었다. 집터만한 우산이 있으면, 하고 나는 바랐다. 북향의 부엌까지도 각角을 주어 동쪽에서 햇빛이 깊숙이 들어오게 되는 것을 확인하고 나는 환호작약했다. 부랑이란 말로 요약되는 내 영혼의 음습한 자학과 비극 지향도 이제 끝장이었다. 무엇보다 내 정자의 씨를 아내의 자궁에 박아 세상에 나오게 된 큰애와 딸과 막둥이가 성장기를 보내게 될 집이었다. 너희들은 밝게 살아야 돼. 너희들은 절대로 자신에게 살의를 품어선 안 돼. 나는 아이들 방에 벽돌이 쌓여 올라가는 걸 보면서 속으로 말하고 또 말했다. 너희들은 아비가 살았던 살의의 골방에 접근도 해선 안 된다, 좋은 세상에서 햇빛같이 살아야 된다, 라고. 그렇게…… 나는 조포한 질주 때문에 물집투성이의 천만 삶들이 들고 나는 양지바른 땅에 실팍하고 창 넓은 집 하나를 지어 아내와 세 아이에게 바쳤다. 그것은 삶에 대한 거의 맹목적인 살의를 끝장내겠다는 선언적 의미 이외에, 아이들에 대한 내 방식대로의 사랑이었다.

그러나 모든 게 소용없었다.

글쓰기에 대한 나의 신념 체계가 조금씩, 그리고 급격히 흔들리면서부터, 내가 쓴 소설들의 명징한 구조들을 스스로 들여다보게 될 때부터 나는 자주 몸서리를 쳤다. 부랑의 양식을 삶의 전범典範으로 든 나의 실용적 무기는 정직성이었다. 나는 내가, 내 문장들이, 깊고 드넓은 진실의 심해深海에 이르지 못할망정, 최소한 나의 오욕汚辱 덩어리 내장까지도, 쟁반에 담아낸 게처럼, 여지없이 찢어발겨 햇빛 아래 내놓을 수 있게 할 것이라고 믿었다. 감각의 안테나는 언제나 기름칠이 반지르르했고 감수성의 칼날은 예리하게 갈려 있었다. 나는 부랑의 양식과 정직성의 환도를 들고 세상 속으로 쾌속 항진했다. 사십대 초반에 이를 때까지만 해도 내겐 본질적인 회의가 거의 없었다. 벌거벗고 있었으므로 오히려 부끄럽지 않았고, 가끔 황홀한 오르가슴에 젖었다. 그러던 어느 날, 가슴 한쪽이 썰물을 만나 메마른 모래밭이 되어 수면 위로 부상하는 걸 느끼게 됐을 때쯤, 나는 천천히 내가 지어놓은 다양한 소설의 집들을 들여다보았다. 그것은 방마다 창이 넓은, 남향집이었다. 마치 창을 내기 위하여, 햇빛을 내실로 끌어들이기 위하여 여태 젊은 목숨을 다 바쳐 집을 지어온 것 같았다. 외부에서도 내부에서도 모든 게 명징하고 투명하게 보였다. 독자들은 삶의 관성을 잊고 발바닥 물집들을 하나씩 뜯어내려면 어디 다른 처소, 예컨대 스탠드가 있을 뿐인 골방 같은, 또 다른 별채를 얻어야 할 것이었다. 글쓰기를 멈추고부터는 더욱 더 뚜렷이 그 명징한 방들이 보였다. 간결한 문체, 칼날 같은 감수성, 이라고 어떤 평론가는 내 소설에 대해 썼다. 나는 엿 먹어라, 하고 싶었다. 나는 왜, 내 소설의 집 속에 어두운 골방을 숨겨두지 못하는가. 대답은 나의 내장 어느 은밀한, 습하고 어두운 골방에 겨울 뱀처럼 똬리 틀고 있을 터였다. 방마다 창을 내려는 것은 원심력의 지향이며, 그것은 결국 골방 안으로 들려는, 운명적 구심력에 대한 공포감의 반작용이라는 걸 깨달은 것은 봄이었다. 야생화들이 굴암산 이곳저곳에서 종환처럼 부풀어올랐다가 산지사방 터지는 그 봄에, 나는 그래서 부랑이라는 이름의 전범을 놓아버렸다. 정직성은 부식해 한낱 나뭇가지만도 못한 칼일 뿐이었다. 아, 나는 골방이 두려운가, 그리운가. 나는 가끔 생각했다.

짐승의 눈을 닮은 아반떼는 여전히 꼼작도 하지 않았다.

5

그냥 아무데나 가요, 라고 막둥이는 대답했다. 아반떼는 논산에서 강경으로 이어지는 들녘 한가운데를 고속 질주하고 있었다. 달이 구름 속으로 들어갔는지, 들녘은 어슴푸레했다. 아무데나 가다니, 우리 동네 말이냐. 막둥이가 피식 웃었다. 운전대를 잡은 막둥이의 프로필은 조상彫像 같았다. 차를 몰고, 아주 먼 데까지도 가는 모양이구나. 신촌이나 동숭동, 그런 곳에 나가보는 거니?

언젠가.

막둥이가 대답했다.

강을 따라 팔당까지 갔다 온 적도 있어요.

나는 놀라서 아무 대꾸도 하지 않았다. 열일곱 살의 무면허 운전자가 무제한의 속도에 몸을 맡겨놓고 내다보는 심야의 강변 풍경은 어땠을까. 길이 좋은 곳에선 액셀을 끝까지 다 밟아버려요. 시속 백오십 킬로미터를 넘으니까 차의 앞대가리가 흥분했는지 버르르르 떨리더라고요. 말과 미소 뒤에 숨겨놓은 막둥이의 교활한 함정 같은 걸 나는 보았다. 적개심까지는 아닐지 모르지만 막둥이는 암튼, 나를 해치려고 하고 있었다. 그것은 내가 아반떼의 운전석 옆자리에 옮겨 타면서, 나의 놀람을 애써 감추고, 네가 운전을 할 수 있는 줄은 정말 몰랐구나, 라고 첫마디를 건넨 세검정 집 골목 어귀에서부터였다. 어디 아들이 운전하는 차 좀 타보자. 내가 그렇게 말하자마자 막둥이는 거의 발작하듯, 그리고 익숙하게 운전해 집 앞의 막다른 골목을 빠져나와 이내 큰길로 나갔다. 성산대교, 강변로, 그리고 제3한강교를 지나자 곧 고속도로였다. 지금은 세시 삼십분. 집 앞에서 논산을 지나 예까지 오는 데 불과 두 시간이 조금 더 걸렸을 뿐이었다.

아까도 봤다. 앞대가리 부르르 떨리는 거.

한참 만에 나는 말했다. 속력이 빨라 아반떼의 앞머리가 부르르 떨릴 때마다 막둥이의 얼굴엔 번번이 미소가 떠올랐다. 그 미소 뒤엔 당신은 떨릴걸, 하는 경멸과 어차피 여기까지 오자 한 건 당신이니까, 하는 반발이 뒤섞여 있었다. 도대체 언제부터 녀석과 나는 이처럼 어긋나기 시작했을까. 저 앞에서 좌회전해라, 라고 나는 말했다. 강경 읍내를 저만큼 앞두고 차는 왼쪽으로 돌았다. 고향집은 그곳에서부터 팔 킬로, 광활한 논강 벌판을 서남쪽으로 휘돌아져 흐르는 둑길 끝에 있었다. 금강 지천이 둑길을 따라 흘렀다. 때마침 달이 구름 밖으로 일부분 나왔기 때문에 실뱀처럼 구불구불한 지천의 수면은 아주 창백해 보였다. 막둥이는 중학교 들어가면서부터 유난히 내게 씨름이나 팔씨름 같은, 힘겨루기를 졸랐다. 나한테 지고 난 녀석의 눈빛엔 자주 범상하지 않은, 이상한 광채가 번뜩였다. 재가요, 글쎄. 아내는 어느 날 말했다. 당신한테 팔씨름 지고 난 뒤엔 뜰로 나가서 팔굽혀펴기를 백 번씩이나 한대요. 딴 건 유난하지 않은 애가, 당신을 힘으로 이기는 것엔 왜 그렇게 집념이 강하대요? 그는 먹성이 좋았고, 먹성이 좋은 만큼 발육도 좋아서 팔씨름만은 중학교 1학년 겨울방학 때 결국 나를 꺾었다. 안간힘을 쓰던 내 팔을 거실 바닥에 단호히 자빠뜨리고 나서 나의 눈을 똑바로 쏘아보던 그의, 야성적으로 찢어져 올라간 눈매가 오래도록 잊히지 않았다. 하이코오 인석, 인제 다 컸네. 어떠냐. 애비를 이기고 나니까 속이 후련하냐. 내 말에 그는 아무 대꾸도 없이 이층으로 올라가버렸다. 기쁜 내색은 아니었다. 그렇다고 패배한 나를 연민으로 보는, 그런 표정은 더더욱 아니었다. 한순간 눈빛에 번득이던 강한 내쏘임. 이층을 향해 뚜벅뚜벅 올라가던 그의 뒷모습에서 나는 뜻밖에도 선험적이라고나 할까, 에덴을 등지고 걸어나가는 카인의 그것과 같은, 피어린 고독의 이미지를 보았다. 하지만 그때 그의 나이 불과 열넷의 소년이었다. 나는 곧 그 이미지를 잊어버렸고, 그쯤부터 작가로서 내 갈등은 나날이 깊어졌으며, 그는 그대로 자율학습이다 과외다 새벽에 나가고 밤늦게 돌아왔으므로, 피차 깊이 만날 일 없이 관계는 일상화되었다. 무심코 내던졌다가 다시 주워 담는 몇 마디 말 때문에 중학교에서 고등학교에 이르는 그 예민한 시기의 그가 자못 갈팡질팡 방황하는가보다 여긴 적은 더러 있었지만, 사춘기 아닌가, 나는 대수롭게 여기지 않고 지냈다. 더구나 그는 내가 기억하는 어린 시절에 줄곧 우등할 만큼 머리도 좋았고, 학교에서 큰 말썽을 저질러 오라 가라 한 적도 없었다. 때때로 남달리 대담한 구석이 있는 줄은 알았지만 이제 겨우 열일곱의 그가 시속 백오십 킬로로 고속도로를 질주해 와 아주 오랜만의, 때아닌 내 귀향길에 운전자로서 동반해 주리라곤 물론 꿈에도 상상하지 않았다. 비포장인 둑길은 요철이 심했지만 그는 계속해서 액셀을 힘있게 밟았다.

오줌 좀 싸고 가자, 얘야.

차가 섰고, 차문을 열고 나오다가 나 또한 멈칫 섰다. 구름에 상반신이 걸쳐져 있던 만월이 그 순간 완전히 제 모습을 드러냈으며, 그리하여 먼 데 가까운 데 풍경들은 명도를 한껏 높여 한 뼘씩 다가들었고, 차의 엔진을 꺼버리고 났으니 갑작스러운 적요였다. 구부러진 둑길과 광활한 들판과 잠자는 잡풀과 뱀 같은 개천이 문득 두 뼘씩, 세 뼘씩 다가와 금방 둑길이 들판 되고, 들판이 잡풀 되고, 잡풀이 뱀 되고, 둑길, 들판, 잡풀, 뱀, 그리고 엎드린 들 가운데의 마을들까지, 구분 없이 무한 경계로 섞여 흐르는 것에 나는 떨었다. 차 밖으로 나와 달빛 아래 서는 일순간, 내 전신이 일시에 녹아 흐를 것만 같았다. 막둥이는 나보다 앞서 나와 벌써 바지 지퍼를 열고 있었다. 나는 간신히 어지럼증을 억누르고 그와 일 미터쯤 떨어져 나란히 섰다. 내 오줌 줄기가 찔끔찔끔하다가 유약한 곡선으로 방향을 잡았을 때, 그의 오줌 줄기는 그보다 빨리 달빛을 하얗게 찢으며 둑의 경사면에 날아가 박히고 있었다. 힐끗 돌아보는 내 눈에 그의 페니스 끝이 잡혀들었다. 그의 그것은 눈을 부릅뜨고 대지를 향해 날아가는 창날처럼, 수평이었다.

굉장한 달빛이구나.

내가 짐짓, 꿈꾸듯 말했다.

원시 종족들은 있지, 남자가 없이도 아이를 밸 수 있다고 여겼단다. 달빛에 닿기만 해도 아이가 들어선다고 믿었거든. 남자란 다만 처녀막을 찢어 달빛이 몸 깊숙이…… 골방에 직진으로 들어갈 수 있게 도와줄 뿐이라는 거야. 배가 납작하게 주저앉아 있던 여인들이 달빛과 한번 만나기만 하면 뱃속이 하루가 다를 만큼 통통하게 속이 차서 이윽고…… 만월과 같아지는 거지. 오늘 같은 밤엔 수많은 여인의 골방에 싹이 들어박힐 거라고. 정말 굉장하잖니?

뭐가요? 달빛, 아니면 여자요?

막둥이는 하품을 하며 심드렁하게 반문했다.

내가 바지를 추스르고 있는데 그는 여태껏 오줌 줄기를 쏟아내고 있었다. 바람은 불지 않았으나 냉기는 싸늘했다. 나는 막둥이보다 앞질러 재빨리 차의 운전석에 앉았다. 그와의 이 무위한 갈등과 대결 국면을 끝내고 싶기도 했지만, 포장도로와 달리 거기부터는 섬세한 운전 기교가 필요했기 때문이었다. 그는 내가 핸들을 붙잡고 앉은 걸 보고도 아무 반발 없이 차를 돌아 조수석에 올라탔다. 전방에 보이는 다리만 돌아나가면 멀긴 하겠지만 곧 고향 마을이 보일 것이었다. 어머니는 열일곱에 시집와서 나중 강경 읍내로 이사하기까지, 골방과 다름없는 두 칸짜리 일자초가一字草家였던 고향집에서, 사십 년 남짓 살면서, 딸 일곱, 아들 둘을 낳아 그중에서 딸 넷과 아들 하나만을 건졌다. 내 위로 다섯번째 얻은 형은 홍역을 앓다 죽었다고 했다. 어머니는 마흔하나에 나를 낳았는데, 사진으로 보건대, 깡마른 체구와 깊은 눈자위와 덕지덕지 앉은 검버섯 때문에 그때 이미 노파의 형상을 하고 있었다. 아홉 명의 새끼를 배고 낳는 동안에 어머니의 자궁은 아마도 오래된 모시 적삼처럼 헐거워졌을 것이다. 그래도 어머니는 아들을 얻기 위해 석불의 코를 갈아 마시고, 속옷 끈에 사시사철 나무 도끼를 매고 살았으며, 줄줄이 남자애만 낳은 용철 엄마 개짐을 훔치려다 망신을 당하기도 했을 뿐 아니라, 산치성, 절 치성, 집 치성, 뒤란의 칠성님, 부엌의 조왕님, 우물의 용왕님, 그리고 삼신할매에게 지극 정성을 다했다고 했다. 아들을 낳기 위한 소망은 평생을 통한 고통스러운 어머니의 삶과 덧대어져 원망怨望이 되고 원념怨念이 되었다. 나이 마흔에 내가 들어섰을 때, 어머니는 당신의 생애에서 마지막 기회가 왔다는 걸 알아차렸을 것이었다. 원망과 원념은 어머니의 신경을 갈가리 찢어놓았다. 우주의 음기가 똘똘 뭉친 만월의 기운을 빨아들여 이미 피폐해진 자궁의 생명력을 되살리고, 그 안에 고추 달린 사내의 씨앗을 틔우고자, 어머니는 한편으로는 불안과 공포를 견디며, 또 한편으로는 달의 신과 정면 승부를 위해 생명줄을 걸다시피 달힘 마시기吸月精를 했다. 달을 향해 서서 깊이 숨을 마시고 천천히 숨을 토해내면 달의 힘을 내 안으로 들일 수 있다고 해서 생긴 풍습이었다. 초열흘부터 만월이 되는 보름까지 매일 밤, 보다 신신한 달의 힘을 마시기 위해, 집에서 시오리 길이 넘는 고내곡재까지 악써 왕복하는 어머니의 모습은 거의 원귀寃鬼와 같았을 터였다.

마침내 고향 마을이 차창에 들어왔다.

북향으로 드넓은 들판을 두고 사방 어디든 아무런 바람막이 하나 없이 정하니 열린 곳에, 키 낮은 집들이 올망졸망 모여 있는 모습은 달빛 아래 놓고 보아도 전혀 고즈넉한 맛이 나지 않았다. 바람도 햇빛 한 점도 가릴 수 없는, 가난한 사슬에 대대로 묶인, 이 집 저 사철 악다구니 소리 드잡이 소리가 들리던 척박한 곳으로, 나는 고향 마을을 기억했다.

저기…… 저어기, 마을 좀 보렴.

나는 막둥이에게 턱짓을 해 보였다.

애비 고향이구나. 중학교 1학년 때까지 산.

저 오늘 학교 가야 돼요. 일곱시까지요. 막둥이는 내가 느끼는 감회 따위엔 전혀 관심이 없었다. 둑길은 아주 요철이 심해서 한동안 차가 제멋대로 키질을 했다. 논산, 강경으로 우회하지 않고 연무鍊武 톨게이트를 나와 황화皇華를 거쳐 고향집에 이르는, 보다 번듯한 길이 있다는 걸 알고 있었지만, 굳이 요즘은 달구지나 어쩌다 지나곤 하는 이 둑길로 차를 몰아 들어온 것은, 이 길이야말로 내가 고향집에 살던 시절엔 외부로 나가는 유일한 통로였기 때문이었다. 강경 장날마다 이십 리 짱짱한 둑길에 하얗게 이어지던 장꾼들의 행렬을 나는 상기했다. 읍내에서 장사하던 아버지가 닷새 만에 한 번씩 자전거를 타고 왔다가 또 자전거를 타고 나가던 길도 이 길이었고, 둘째누나가 돈 벌러 가고 셋째누나가 시집으로 떠나던 길도 이 길이었고, 그리고 오매불망, 노래 한 소절로 세상을 뒤흔들고 싶어하던 막내누나가, 두고봐, 속삭여 말하고, 서울 가서 저 별처럼 될 거야, 속삭여 말하고, 한밤중 가수의 꿈을 좇아 나락값을 훔쳐 달아났던 길도 이 길이었다. 시시때때 대처를 향해 기차가 지나가고, 사시사철 바람은 불어오고, 떠나고 싶었던 열망과 신열을 삭이지 못해 용써 달려보곤 했던 바로 그 길을, 나는 지금, 쉰 살의 나이로, 내게 날을 세우고 있는 열일곱 막둥이 아들과 함께 가고 있었다.

저곳에 대체 뭐가 있어요, 아버지.

이번엔 그가 먼저 물었다.

글쎄. 내가 태어난 집이 남아 있을는지 모르겠구나. 내가 말했고, 좋아요? 그가 대뜸 반문했다. 뭐가 말이냐? 아부지 태어난 집요. 그야, 방 두 칸짜리 흙집이었지. 그런데 뭣하러 거길 가는 거예요? 그는 오금을 탁 박았다. 지금 돌아가도 학교 등교 시간을 맞출지 어쩔지 모르겠어요. 길도 나쁘고, 그만 돌아가요. 차가 수문水門 옆을 지나갔다. 마을은 이제 지척이었다. 잔해만 남은 수문의 녹슨 철 구조 위에도 달빛이 질편히 흘러내리고 있었다. 저를 벌주기 위해서 이러신다면 차라리 돌아가 종아리를 치세요. 그가 덧붙여 말하고 있었다. 벌판 끝에 지나는 밤열차의 불빛이 얼핏 백미러에 담겼다. 두들겨 패시라고요. 발길질을 하셔도 좋아요. 우리 학교 선생들은 등굣길 교문 앞에서도 발길질을 하니까요.

너도 발길질을 당해봤니?

저한테 발길질을 했으면 발목을 부러뜨려놨을 거예요. 저는 걸릴 것이 있는 날은 교문으로 들어가지 않아요. 담장을 넘어가지요. 공부 스트레스를 많이 받는 게로구나. 공부라구요, 라고 반문할 때, 그의 얼굴에 역시 교활한 미소가 떠올랐다. 제 성적표를 그럼 아버지는 안 보신 거예요? 그가 묻고 있었다. 지난번 성적 말예요. 하마 같은 종수 자식 땜에 꼴찌를 놓치다니.

자동차가 부르르릉, 비명을 지르다 멈췄다.

깊이 팬 곳에 바퀴의 한쪽이 내려앉으면서 하체 일부가 바닥에 닿았나보았다. 네가 내려서 차 좀 밀어야겠다, 라고 나는 딴소리를 했다. 꼴찌를 하지 못해 그는 아주 분하다는 표정을 하고 있었다. 이 정도였던가. 나는 수심 가득한 아내의 모습들을 두서없이 회상했다. 내가 분열하는 번뇌를 짊어지고 있는 것이 안타까워 아내는 짐짓 막둥이의 문제를 내게 감추고 있었던 모양이었다. 언제나 우등만 해오던 아이가 꼴찌까지 내려갔다면, 그것이 막둥이의 의도적인 지향이었다고 해도, 아내는 견디기 힘든 고통을 경험했을 것이었다. 앞으로는 차를 밀지 않겠어요. 우리, 돌아가요.

그는 조수석에 앉은 채 꼼짝도 하지 않았다.

차문을 열고 나가자 기다렸다는 듯 수은과도 같은 희디흰 달빛이 몰려들었다. 달은 그사이 많이 기울어 멀리, 윤곽만 어슴푸레 보이는 미륵산 가까이 흘러가 있었다. 산영山影이 드리워 있는 둑길의 서편엔 운무가 엷게 피어났고, 달빛만 요요한 동북방의 벌판은 둑길에서 지평선까지 운무도 없이, 그러나 풍경의 세밀한 것들이 하나의 이미지로 경계 없이 어우러져 있었다. 달빛은 빛이면서 빛이 아니었다. 지척의 고향 마을과 지평선 가까운 먼 마을이나 한통속 같았다. 그 명암과 원근에 별 차이가 없었다. 들판 전체가 차라리 거대한 어머니의 자궁 속 같았다. 나는 차의 상태를 살필 생각도 안 하고 망연자실 손을 내려뜨리고 서 있었다.

바퀴가 빠진 것만이 아녜요. 펑크 났어요.

그의 말에 비로소 나는 차를 보았다. 과연 바퀴 한쪽이 푹 꺼져 있었다. 스페어타이어로 바꿔야 할 터인데, 그걸 바꾸기 위해서라도 일단 차를 움푹 팬 곳에서 빠져나오도록 해야 할 터였다. 그럼 내가 밀 테니 네가 핸들 좀 잡아주겠니, 라고 나는 말했다. 그의 입술이 옆으로 살짝 꼬리를 틀어 올라갔다. 내가 힘써 밀어봤지만 차는 꿈쩍도 하지 않았다.

차라리 이렇게 하자꾸나.

마을 쪽을 일별하고 내가 말했다.

걷는 거야. 둑을 버리고 저기, 논을 가로지르면 마을까진 금방이야. 애비 고향집에 다녀와서 바퀴를 갈고 출발하는 게 좋겠어. 달빛을 받으며…… 들길을 건너…… 너하고 함께 그 집을 보고 싶다.

전 관심 없어요. 혼자 다녀오세요.

예까지 와서 그리 심통 부릴 거 뭐 있냐. 화가 나진 않았다. 예전의 나 같으면 벌써 그에게 화를 내었으련만, 어린놈이 어디 차를 몰고 다니느냐, 도대체 한밤중 학생이 무엇을 하고 다니느냐, 악써 소리쳤으련만, 그에게 놀랄 일이 집 앞 골목에서 딱 만났을 때부터 줄줄이 딸려나오고 있는데도 놀라기는커녕 화조차 나지 않는 게 신기했다. 화가 나기보다 나는 오히려 연민을 느꼈다. 어디에서부터 어떻게 어긋나기 시작했는지 모르지만 미상불 그가 자꾸 이통을 부리는 것이 쓸쓸하고 안쓰러웠다. 모든 게 다…… 달빛 때문이야. 엎드린 고향집을 눈으로 더듬으며 나는 생각했다. 용인의 오두막에서 자정 넘어 세검정 집으로 달려간 것부터 그랬다. 꿈을 통해 내게 전한 어머니의 주술이 아마도 나를 달빛 속으로 끌어낸 모양이었다. 삼사 미터가 되는 담장을 밤짐승처럼 민첩하게 그가 타고 내리는 걸 발견했을 때만 해도 나는 구체적으로 예까지 올 생각은 하지 않았다. 세검정 집에서 성산대교, 성산대교에서 강변로로, 제3한강교로, 고속도로 입구로, 고속도로에서 다시 남쪽으로, 남쪽으로 내려온 것도 내 의지가 아니었던 것 같았다. 그래. 달빛을 따라온 것이야. 나는 중얼거렸다. 차갑고도 따뜻한, 어둡고도 밝은, 빈 듯 꽉 찬 달빛이 나를 유인한 게 틀림없었다. 그에 대한 나의 관용도 따져보면 나의 너그러움 때문이 아니라 달빛 때문인 것 같았다. 어린 그가 야밤에 차를 몰고 다닌다는 것도, 그의 성적이 급전직하했다는 것도, 그가 날 짐짓 불손하게 대하는 것도, 달빛 속에서는 전혀 사실적으로 느껴지지 않았다. 본래의 막둥이, 그가 아닌 그의 다른 허깨비가 교묘하게 연출해낸 프로그램인지도 몰랐다.

따라오너라, 얘야.

나는 부드럽게 그에게 말했다. 둑길의 경사면에는 달빛의 은색 비단이 깔려 있었다. 나는 미끄럼을 타듯 둑을 타고 내려와 고향집을 향해 곧장 걷기 시작했다. 그가 차문을 열고 나와 나를 뒤쫓아오지 않더라도 할 수 없었다. 논이 바싹 말라 있어서 나는 논두렁을 버리고 직진했다. 띄엄띄엄 짚단들이 쌓여 있었다. 하나의 기억이 그때 달빛에 흠뻑 젖은 짚단 더미 속에서 솟아나왔다.

그래. 골방이야……

나는 혼잣소리를 했다. 내가 다닌 초등학교는 마을에서 들 건너 이 킬로쯤 떨어진 북동간北東間에 있었다. 가을이 깊어지면 어느 곳엔 짚단 더미, 어느 곳엔 볏단 더미가 쌓여 있었다. 불화는 내가 만난 최초의 세계였다. 아무 희망도 없이 논 다섯 마지기와 함께 피폐한 고향집에 버려져 있다시피 했던 고단한 어머니의 삶을 떠올리면, 신경줄이 갈래갈래 찢어진 예민한 어머니와 떠나고 싶어도 어디든 떠날 수 없었던 네 분 누나가 한통속으로 빚어내는 불화의 연속이 하나 이상할 것 없었다. 누나와 누나끼리,

누나와 어머니가, 어머니와 이웃 사이의 삿대질, 욕설, 저주, 드잡이도 그랬다.

미친바람이 어머니와 누나들을 분열시켰던 건 아닐까.

어머니는 마흔하나에 얻은 귀한 외아들 나를 맹목적으로 사랑했지만 나는 매일매일 결단코 집에 들어가고 싶지 않았다. 속이 뒤집혀 머리를 질끈 끈으로 동여매고 누워 있다가도 내가 들어가면 어머니는 앙상한 팔로 나를 당겨 안았는데, 그런 때 내 온몸에 돋던 소름을 나는 기억했다. 언젠가, 하굣길에 나는 들 가운데의 짚단 더미 속으로 기어들어간 일이 있었다. 안쪽으로 깊이 들어가 누워 빈틈마다 짚단을 끄집어당겨놓자 따뜻하고 아늑한, 짚단 속 방이 되었다. 곁을 스쳐지나가는 친구들조차 내가 그 짚단 더미 속에 있다는 걸 알지 못한다는 게 너무도 좋았다. 어머니의 품보다 훨씬 따뜻했다. 나는 자주 부드러운 어둠에 둘러싸인 짚단 속 그 골방에서 잠들었고, 그곳에서 자주 바람 소리를 들었다. 그날은 너무 오래 잠들어 있었던지 밖으로 나오자 온 세상이 캄캄했다. 별은 보이지 않았고, 바람은 씽씽 불었고, 마을의 불빛은 까마득히 멀었으며, 그나마 내가 사는 마을인지 다른 마을인지도 알 수 없었다. 나는 와락 무서워져서 다시 짚단 속으로 기어들어갔다. 비가 왔던 것일까. 비몽사몽중 내 온몸이 젖는 걸 나는 느꼈다. 엄마, 추워. 나는 사지를 잔뜩 오그리고 역시 꿈인 듯 생시인 듯 중얼거렸다. 무섭진 않았다. 비비적비비적, 나는 더욱더 깊은 곳으로 들어갔다. 여덟, 아니면 아홉 살이었을 것이다. 혼몽중인데도 나는 아주 오래전부터 그곳에서 살아온 것 같은 편안함을 느꼈다. 사람들이 고열로 혼절해 있는 나를 짚단 속에서 끄집어낸 것은 하루가 지난 오후였다. 초등학교 다 마칠 때까지 이따금, 아무도 몰래, 그 짚단 더미 속에서 잠자곤 했던 버릇이 생긴 건 그날 이후였다.

갑자기 내달리는 발소리가 등뒤에서 났다.

발소리는 삽시간에 내 목덜미를 잡아챌 듯 다가들었고, 옆을 후리고 지나 곧 앞으로 나갔다. 막둥이였다. 막둥이는 마른 논을 직진으로 가로질러 뛰다가 마을에서 얼마 떨어져 있지 않은 짚단 더미 그늘로 쓱 사라졌다. 저 녀석 아무래도 몹시 외로운 게야. 나를 팔씨름에서 이기고 말없이 이층으로 올라가버리던 날에 보았던 그의 뒷모습이 떠올랐다. 야생 동물 같았지만, 그의 뒷모습에서, 달의 처녀막이라도 찢어발기고 싶은 듯한 원망을 나는 보았다. 그에게 혹 숨긴 상처가 있을까. 나는 싫어요, 아버지. 내가 짚단 더미에 가까이 다가가자 그가 말했다. 걸어서라도 지금 당장, 돌아가겠어요. 그가 내 앞을 가로막고 섰으므로 나도 잠시 멈춰 서지 않을 수가 없었다. 읍내까지 설령 걸어나가도 이 밤에 타고 갈 기차는 없을 게야. 나는 짐짓 무심한 목소리로 대답했다. 애비가 태어난 곳인데 여기까지 와서 그 집을 안 보고 가면 언제 와보겠니. 얼른 갔다 나오면 등교 시간까진 그럭저럭 댈 수 있을 거야.

학교로 가진 않겠어요.

무엇 때문에 이러냐. 성적 때문이니. 아니면 친구들하고 문제가 있는 거니. 그까짓 대학, 가기 어려우면 포기하자꾸나. 엄마를 생각해봐. 오늘에야 확실히 알았다만, 엄마는 너 때문에……

엄마 얘긴 하지도 마세요. 그가 내 말허리를 함부로 잘랐다. 아버지가 엄마의 뭘 알아요? 누나와 나의 뭘 알아요? 그냥…… 용인에서 새떼나 보고 사시잖아요.

인석아!

몸안에 꽉 찼다고 느낀 달빛이 한순간 썰물처럼 빠져나가는 느낌이 들었다. 나는 작가였고 동시에 남편이며 아버지였다. 데뷔 이래 이십여 년, 쓰고 또 썼던 결과로서의 현실적인 부가가치를 내가 스스로 희희낙락 누린 적은 한 번도 없었다. 그런 것들의 부가가치가 있다면 내 몫이 아니라 아이들의 몫이라고 생각한 적이 많았다. 최고의 아버지는 아니었지만, 어둡고 고독했던 나의 어린 날들을 생각해, 작가로서의 고단한 관성에 밀려 질주할 때조차 아버지의 노릇을 내친 적은 없었다고 나는 생각했다. 이제 초로初老의 쉰 살. 작가의 길도 생활인의 길도 잠시 등지고 앉아, 저기 저 어둠 속 어딘가, 향기롭고 그리운 새길 하나 없을까 엎디어 있지만, 그런다고 막둥이한테 이런 비난을 들을 이유는 없었다.

애비한테…… 말버릇이 그게 뭐냐.

화가 나서 말소리가 떨렸다. 애비가 용인에 있다고 해서 네게 못해준 게 뭐냐. 달빛을 등지고 선 그의 눈은 또렷이 보이지 않았으나 내 눈엔 아마 광채가 서렸을 터였다. 아주 못하는 소리가 없구나. 뭐, 새떼나 보고 살아? 네 녀석은 도대체 뭘 보고 사는데? 어린 게 차를 몰고 나가 어디서 뭘 보는데? 잘못한 게 있으면 솔직히 사내답게 잘못했습니다 하면 될 걸 가지고, 예까지 와서 소가지를 부려? 나는 그의 어깨를 밀치며 앞으로 나갔다. 마을에서 컹컹컹 하고 개가 짖고 있었다. 따라오든, 너 혼자 갈 데로 가든, 네 녀석 맘대로 해봐.

아버진 왜…… 왜…… 저를 없애라 했어요?

낮고 뾰족한 한마디가 목덜미로 날아와 박혔다.

가슴이 철렁해 나는 한 발을 내민 채 고개만 홱 돌렸다. 홍두깨같이 내민 이 말은 무엇인가. 내 감각의 안테나가 곤두서고 있었다. 그는 정면으로 달빛을 받으면서 나를 노려보고 있었다. 그의 눈에 순간 하나의 섬광이 번쩍 지나가는 걸 나는 놓치지 않고 보았다.

대답해주세요. 단지 가난해서요?

그가 다시 내게 단검을 들이댔다.

무슨 말이냐, 그게?

무슨 말인지 아버지는 알 거예요. 내 무릎에서 일시에 힘이 빠져나가는 걸 나는 느꼈다.

없애버렷. 아버지의 말소리가 들려요. 그의 눈가에 마침내 이슬이 맺히는 걸 나는 느끼고 보았다. 아, 아냐, 얘야. 나는 다급하게 말했다. 목소리가 떨려 나왔다. 누가 무슨 말을 하든? 엄마가? 어린 마음에 네가…… 뭘 오, 오해하고…… 있는 것 같구나. 엄마가 너를 가졌을 때 너를 지우라고 말, 말한 일은 있다만. 나는 떨리는 손으로 그의 팔을 잡았고, 그가 냉큼 그것을 뿌리쳤다. 필요 없어요, 라고 그가 싸늘하게 씹어뱉었다. 설명은…… 나도 할 수 있어요. 그때는 너무 가난했었다고, 형과 누나가 있으니 나까지 낳아 먹이고 가르칠 자신이 없었다고. 아버지는 작가였으니까요. 애가 셋이나 되면, 작가로서의 아버지 꿈이 더 많이 방해받을 거라고 생각했던 것이겠지요. 작가로서의 꿈을 위해 뱃속의 나를 죽이려고 한 거예요, 아버지는. 너무나 기습적이고 잔인한 공격이었다. 그와 나 사이의 단애가 너무 넓고 깊어 어디에 어떻게 다리를 놓을지 알 수 없었다. 나아갈 길이 보이지 않았으므로 차라리 화가 나기 시작했다. 이런 앙갚음이 세상에 어디 있단 말인가. 엄마한테 화내실 건 없어요, 라고 그는 덧붙여 말했다. 나는 엄마한테 듣지 않았어요. 그렇지만…… 오래전부터…… 누구한테 들어본 기억도 없는데…… 내가 엄마 뱃속에 들어 있었을 때부터 아버지가…… 저를 싫어한다는 걸 알고 있었다고요. 그냥 저절로 느껴졌어요. 아버지 말을 듣지 않고 한사코 나를 낳고자 했던 엄마를 미워했었던 것도 알고 있어요. 없애버려, 하고 소리치는 아버지의 말이 늘 들리는 느낌이에요. 없애버려, 없애버려!

그만!

나는 소리쳤다.

그의 말을 듣는 게 너무 고통스러워 차라리 고막을 터뜨려 귀머거리가 되고 싶었다. 이게 도대체 무슨 일이란 말인가. 널 미워한 적 없었어, 라고 나는 계속 소리쳤다. 그의 지적은 너무도 부당했다. 얘야, 널 사랑해. 정말이야! 그러나 그는 진격을 멈추지 않았다. 그것도 알아요, 라고 그가 맞받아 소리치고 있었다. 다 안다고요, 아버지. 그런데도 어떤 순간 제 맘이…… 주체할 수 없게 돼요. 중학생이 되고 나선 더 그랬어요. 아버지를 보면…… 갑자기…… 없애버려, 없애버려, 그런 말이 막 들려 미칠 것 같다고요! 아버진 그때…… 오로지 작가로서 유명해지고 싶었죠? 뱃속의 저는 전혀 아버지 안중에 없었던 게 사실이잖아요!

아니다, 얘야. 절대로 그렇지 않아!

나는 필사적으로 고개를 저었다.

아버진 글쓰기 때문에 나를 죽이려 했던 거라고요! 그가 내 가슴에 무참히 비수를 박았다. 내 손바닥이 달빛을 찢고 날아가 그의 뺨에 감긴 건 다음 순간이었다. 나쁜 놈, 이라고 나는 절규하듯 외쳤다. 아무 말이나 내뱉으면 다 말인 줄 아냐. 이 나쁜 놈! 이어 다른 손바닥이 또 날아가 그의 뺨에 또 감겼다. 이 모든 프로그램이 달빛이 만든 주술이라면, 이런 식의 음흉하고 교활한 음모엔 절대로 굴복할 수 없었다. 이것이 선험적이고 운명적으로 내게 찾아온 어떤 앙갚음이라고 하더라도 그랬다. 작가로서의 내 꿈이 그렇게 사악했던 건 아니었다. 이것은 조작된 저주였다.

아버지를…… 미워하진 않아요……

그가 소리치고 뒤돌아서 달려가기 시작했다.

이리 안 와, 이놈! 그의 뜀박질을 따라잡기에, 쉰 살의 내 손발은 역부족이었다. 그는 달빛을 직선으로 가르면서 벌판 한가운데로 달려가고 있었다. 아까와 달리 둑 너머에서 피어오른 안개떼가 벌판의 일부를 잡아먹고 있는 중이었다. 그의 모습이 안개 속으로 자맥질해 들어가고 있었다. 고향 마을에선 개떼가 맹렬히 짖었다. 다리가 후들거려 짚단 더미 자락에 나는 털썩 주저앉았다. 없애버렷. 내가 말했던가. 그랬을는지도 몰랐다. 막둥이가 제 어미의 뱃속에 들어선 것은 아마도 1977년 이맘때쯤이었을 것이었다. 포악한 유신헌법이 깊어져 숨소리도 내기 어려웠던, 근로자의 육십여 퍼센트가 생계비에 못 미치는 육만 원 미만의 월급을 받고도 말로나마 따져 물을 수 없었던, 개인의 숨은 꿈들은 빈사의 상태였던 그해 늦가을, 연탄가스에 몇 번씩 목줄을 뺏길 뻔했던 불광동 어둡고 작은 방에서 절망과 울분으로 날려보냈던 달빛 한 점이 아내의 자궁 속에 박혀 똬리 틀고 앉은 건 운명이었다. 없애버려. 나는 말했다. 아내는 돌아앉아 눈물을 훔치곤 했다. 난 수술 못해요, 라고 아내가 말할 때, 어떤 날은 밥상을 주먹으로 치고, 또 어떤 날은 죄 없는 벽에 재떨이를 날려보냈다. 없애버려. 없애버려. 수술하기엔 너무 늦어버린 다음에도, 나는 걸핏하면 눈 부라리고 없애버려, 끊임없이 심통을 부린 게 사실이었다. 돈 떨어져 연탄조차 들여놓을 수 없을 때, 밤새 코피까지 쏟으며 써낸 원고를 들고 잡지사에 찾아갔다가 편집자에게 수모를 당하고 돌아왔을 때, 단칸방에 뉜 세 아이가 울어대어 그나마 쓸 수도 없을 때, 나는 아이들을 원망했다. 나는 너무 가난했고, 생명에의 참된 사랑을 알지 못했으며, 세상을 잔뜩 미워하고 있었다. 그리고 무엇보다 나는 철이 없었다. 우주가 얼마나 넓은지, 부리로 알을 쪼아 깨뜨리고 나오는 어린 새가 얼마나 고통스러운지, 쑥새나 콩새들이 왜 머나먼 길을 떠나 시베리아와 우리 땅을 왕래하는지, 문학이 어디에 바쳐져야 하는지, 창 넓은 방과 골방의 차이는 무엇인지, 소설의 집에선 어떻게 창을 내는지 나는 몰랐다. 세상은 광포했다, 세상이 미쳐 있었으므로 나 또한 미쳐 있었다. 나는 나를 위해 작가로만 살고 싶었고, 작가로만 불리기 바랐으며, 작가로 죽고 싶었다. 작가라는 이름의 양탄자에 실려 천지에 떠돌게 될 내 모습은, 호사가 아니라, 출세가 아니라, 나에게 있어 그것은 일종의 산화였다. 없애버렷! 고백하거니와, 그 말은 나에게 하는 말이었다. 나를 죽이지 못해 내가 안달하던 시절이었으니까.

나는 달빛 아래 엎드린 고향 마을을 보았다.

개들이 이 집 저 집에서 악을 썼다. 나는 두 주먹 불끈 쥐고 고향집을 노려보았다. 나를 물어뜯어 불구로 만든 야수가 발톱과 송곳니를 숨기고 그곳에서 나를 기다리고 있다고 느꼈다. 오냐, 라고 나는 속으로 말했다. 오냐, 네 정체를, 네 심장을 꿰뚫어주마. 떨리진 않았다. 망설이지도 않았다. 나는 고향집 그늘 속으로 내 시선의 화살을 계속 쏘아 보냈다. 놈이 거기 있었다. 평생 동안 어둡고 습한 내장 어디에 달라붙어 내 살의를 부추기고, 부랑을 획책하며, 그러면서도 꽃뱀처럼 고혹적 자태로 나를 끌어당기던 야수이며 천사인, 따뜻하고 차가운, 어둠이며 빛인, 그 선험적인.

나는 힘있게 걸어 고향집으로 갔다.

6

나는 과연 그 모든 것을 직접 듣고 만지고 보고 느꼈는가. 아니면 자라면서 어머니와 누나들에게 들은 것을 오랜 세월 동안 내 직관과 상상력으로 짜맞추다가 마침내, 그것들의 원형적 자궁, 고향집에서 하나의 구체적 삽화로 완성해낸 것인가. 어머니와 누나들을 통해 내가 분명히 들어 알고 있었던 것은, 출산의 고통이 시작됐을 때, 또는 그보다 훨씬 전, 내 명줄의 씨가 은밀한 달빛에 실려 어머니 자궁 속에 들어가 박혔을 때부터, 확고부동한 결심 하나를 어머니가 굳혀놓고 있었다는 사실이었다. 평생 동안 가난과 격정의 가시에 찔리고 찔리면서 출구 없는 나날을 흘러와 온몸에 옹이가 꽉 박힌 어머니의 삶을 생각하면, 아니 아들 하나 얻기 위해서 치러낸 고통에 찬 어머니의 도정道程을 생각하면, 이제 마지막 찬스라고 단정했을 때, 어머니의 원망과 원념이 어떻게 나타났는지는 충분히 짐작할 수 있는 일이었다.

끽소리도 내지 마라들.

어머니는 뽀드득 이를 갈며 선언했다.

지지배면 엎어놔버릴 것인즉.

나는 고향집에 와 있었다. 아직 여명은 터오지 않았고, 설핏 기울긴 했지만 달빛은 여전히 요요하고 원융圓融했다. 갓난애가 어둠 속에서도 어머니의 젖꼭지를 찾아 물듯이, 오랜만의 귀향임에도 불구하고 나는 마치 엊그제 다녀갔던 사람처럼 고샅을 따라 들어와 정확히 고향집 앞에 섰는데, 집이 없었다. 불과 두 평쯤 됐을까, 창 하나 없이 좁아터진 아랫방과, 아랫방보다도 작은 윗방과, 맨바닥의 부엌이 일자형으로 붙어 있던 흙집을 누군가 마침내 찢어발겨 해체했는가보았다. 부서진 흙벽의 일부와 서까래들이 온전한 집터 한편에 쌓여 있는 것으로 보아 내 고향집이 결딴난 것은 극히 최근의 일인 것 같았다. 어머니의 꿈이 내게 전한 주술은 이것이었을까. 나는 두 눈 부릅뜨고 담장의 그늘이 아까보다 길어진 집터를 더듬으며 저기가 윗방, 여기가 아랫방, 하고 중얼거렸다. 그래 맞아. 여기야. 여기가 아랫방이었어. 나는 내가 태어난 바로 그곳, 아랫방 아랫목에 쭈그려앉았다. 그때까지만 해도 감회에 젖어 있긴 했지만 내 오관五官은 가지런했다. 나는 담배를 입에 물고 성냥을 그었다. 그곳의 무엇이 나를 불러왔는지 알 수 없었다. 세상은 불화로 가득차 있다는 최초의 세계 인식을 내게 심어준 고향집이 사라졌다고 해서 새삼 애틋할 것도 없는 일이었다. 그러나 켜졌던 성냥불이 바람 한 점

없는데 툭 꺼지면서, 달빛인가 물인가, 달빛에 잠겨 툭 꺼지면서, 내 오관의 바늘들이 처음엔 미세하게, 그리고 이내 큰 파장으로 급격히 떨리기 시작했다.

오살할 것, 불은 왜 끄고 지랄이랴.

표독한 말소리가 내게 들렸다. 나는 벌떡 일어섰다. 물었던 담배를 바닥으로 떨어뜨린 내 양손이 절로 모아졌다. 어디에서 들려오는 소리인가. 야수이면서 천사인, 어둠이면서 빛인 그 무엇이 난폭하게, 재빨리, 시간의 얼레를 거꾸로 감고 있었다. 십 년, 이십 년, 삼십, 사십, 오십 년…… 거의 무의지적으로 나는 다시 주저앉았다. 타임머신을 탄 듯 내 몸이 과거 속으로 끌려들어가는 걸 나는 선연히 느꼈다. 양팔과 다리는 엑스 자로 엇갈려 굽혀지고, 허리를 활처럼 오그라뜨리고, 이윽고 나는 오십 년 전 그날, 음陰 8월 스무나흘, 세상에 불가항력으로 내던져지기 직전의, 어머니 자궁 속으로 들어간 것이었다. 참으로 불가사의한 경험이 아닐 수 없었다.

이미 개구기開口期였다.

시시각각 다급해지고 있는 어머니의 심장 박동 소리를 나는 자궁 속에서 들었다. 발작은 더욱더 빈번해지고 내가 열 달이나 살았던 골방 속의 내압內壓은 초를 다투어 높아지고 있었다. 어머니는 그렇지만 비명 한 번 지르는 법 없이 고통을 견디어내는 중이었다. 찍소리도 하지 마라들. 뽀드득 이를 갈면서 물어뜯듯이 말하는 낮고 앙칼진 어머니의 목소리가 자궁 속의 핏덩어리인 내 귀에 분명 들렸다.

찍소리도 내지 마라들. 지지배면 엎어놔버릴 것인즉.

어린 두 누나는 윗방에, 열여덟, 열여섯의 큰누나, 둘째누나는 아랫방 어머니의 사타구니 곁에 무릎 꿇고 있었다. 심야였고, 달빛도 별빛도 없었다. 황량한 늦가을의 벌판을 달려온 바람이 간헐적으로 문풍지에 목매달며 파르르르 떨 때마다 그을음이 많이 나는 등잔불이 자지러질 듯 너울거렸다. 어머니는 문고리에 묶인 삼신끈을 양손으로 잡고 있었다. 내 어린 영혼이 어머니의 자궁 속, 그 골방과 골방 밖을 자유로이 드나들고 있었던 것일까. 오그린 몸은 아직 골방 안에 있는데 너울대는 등잔불빛의 명암에 따라 모든 것이 똑똑히 보였다. 찍소리도 내지 마라들. 누나들은 찍소리도 내지 않았다. 유난히 심약했던 셋째누나가 막내누나를 부둥켜안고서도 공포감을 참지 못해 짧은 비명 소리를 한 번 냈을 뿐이었다. 어떤 찢어죽일 년이 소리를 내냐, 소리를! 어머니가 즉각 오금을 박았다. 불탄 쇠가죽처럼 검고 질긴 피부, 튕겨져나올 듯 곤두선 핏줄, 솟은 광대뼈, 산발한 머리, 등잔불빛을 받아 섬뜩한 광채로 흐르는 눈, 눈빛. 어머니는 사람의 형상이라기보다 차라리 악귀 그 자체였다.

자궁 속의 나는 어머니의 살의殺意를 알았다.

골방 밖으로 내 작은 몸이 내던져지는 순간 피 젖은 이불에 엎어져 내가 살해될 것이라는 사실은 아주 명확했다. 자궁 내압은 높아지고 그 충격으로 나의 외피를 싸고 있던 난막卵膜이 자궁벽으로부터 떨어져나오는 걸 나는 느꼈다. 그럴수록 나는 밖으로 밀려나가지 않기 위해 용을 썼다. 엄마, 살려주세요. 나는 소리 없이 소리쳤다. 그러나 발작은 더욱 가속되고 어머니의 심장 소리는 천만 군마軍馬처럼 나를 지쳐 들어오고 있었다. 어디에서 검은 개가 짖고 있는가. 컹컹컹컹. 나는 필사적으로, 본능적으로, 안쪽, 골방 안쪽으로 숨으려고 버둥거렸다. 컹컹컹컹컹. 개들은 끈질기게 짖고 있었다. 지지배면 엎어놔버릴 것인즉. 어머니가 또 말했다. 어머니로선 그것이 진통을 견디는 비명인가보았다. 오랫동안 나를 부드럽게 안아 뉘던 양수가, 나의 먹이이고 숨이었던 양수가 격류로 요동치며 한순간 내 머리를 이미 열린 골방의 문지방에 탁 박았다. 이제 절망이었다. 난막을 움켜잡으려 했으나 소용없었다. 난막도 양수도 더이상 내 편이 아니었다. 컹컹컹컹컹. 골방을 포위하듯 둘러싼 어머니의 전신이 심하게 경련했다. 전양수前羊水가 터지면서 곧이어 만출기晩出期가 왔다. 폭풍 같은 마지막 단계의 내압이 내 몸을 발작적으로 밀어내고 있었다. 둘째누나가 참을 수 없다는 듯 으읍, 신음 소리를 냈다. 아가리를 찢어놓을 년, 이라고 어머니가 역시 냉큼 비명을 내뱉었다. 불가항력적 파장에 밀려 내 머리가 골방 아래쪽의 열린 통로로 내려가고 있었다. 컹컹, 하고 개 짖어대는 소리 사이로 뽀드득, 뽀드득, 어머니가 이를 가는 소리가 계속 들렸다. 아무리 나가지 않으려고 발버둥쳐도 소용없었다. 마침내 살기 가득한 광채가 내 정수리에 와 박히는 걸 나는 느꼈다. 등잔불빛에 내 정수리가 드러난 것이었다. 엄마 어떡해. 큰누님의 낮은 울부짖음이 들렸다. 세상의 광채는 표독스럽기 그지없었다. 문고리에 묶인 삼신끈과 삼신끈을 잡은 어머니 손목의 핏줄이 한순간 팽팽히 곤두섰다. 낡은 삼베 개짐에 아들에의 원념을 실어 이미 몇 달 전부터 여러 번 어머니가 황소 오줌을 묻혀놓은 삼신끈이었다. 어머니는 눈을 감지 않았다. 충혈된 두 눈 더욱 부릅뜨고 읍, 어머니가 악써 어금니를 물었을 때, 골방 안쪽의 거친 내압이 나를 던지듯 밀어냈다. 머리가 음렬陰裂 사이를 완전히 빠져나오고부터는 모든 게 재빨리 진행되었다. 나의 완벽한 절망이 내 사지의 힘을 모조리 뽑아내 몸통의 만출을 오히려 도운 결과였다.

뭐, 뭣이냐!

숨을 몰아쉬며 어머니가 물었다. 큰누나가 벌벌 떨면서 피투성이의 연약한 내 몸을 잡았다. 내 몸은 상한 쥐처럼 작고 더러웠다. 아 뭣하고 있어, 이 썩을 년아. 어머니가 악쓰면서 상반신을 일으켰다. 내 몸을 간신히 잡은 큰누나의 손이 떨면서 이불 위로 올라갔다. 등잔불 좀 가차이 대봐라잉. 어머니의 목소리는 너무 긴장하여 유릿조각같이 갈라져 있었다. 둘째누나가 등잔을 내 사타구니 쪽으로 옮겨오는데, 갑자기 문풍지가 격정적으로 떨면서, 훅 하고 불이 꺼졌다. 오살할 년, 왜 불은 끄고 지랄이랴! 성냥을 찾아 불을 켜는 동안 칠흑 같은 어둠 속엔 어머니의 거친 숨소리뿐이었다. 고, 고추예요, 엄마. 큰누나가 먼저 소리쳤다. 너울거리는 등잔불빛이 피를 잔뜩 묻히고 웅크려 있는 내 생명줄, 고추 끝에서 타고 있었다. 됐다, 라고 어머니는 비로소 말했다. 잔혹한 싸움 끝에 승리의 월계관을 거머쥔 만족스러운 미소는 떠오르지 않았다. 어머니는 오히려 처참한 눈빛이었다. 됐다. 나가서 솥뚜껑 소리 꽝꽝, 옆집 정순네한테 들릴 만큼 꽝꽝 내면서, 밥하고 미역국 끓이라, 잉! 작은애 넌 가위하고 솜 가져오고! 셋째누나, 막내누나가 비로소 울음을 터뜨렸다. 근데 엄, 엄마. 애가 왜 안 울어요? 큰누나의 다급한 목소리였다. 어머니의 상반신이 다시 발작적으로 들렸다. 애를 줘봐! 어머니는 누나에게서 건네받은 내 발목을 모질게 거머쥐고 탁, 엉덩이를 손바닥으로 쳤다. 내가 얼마나 격심한 공포감에 잠겨 소리조차 내지 못하고 있는지 어머니는 본능적으로 알아차렸을 터였다. 탁, 탁, 탁. 어머니의 손매는 모질었다. 나는 비명을 지르기 시작했고, 둘째누나의 손에 가위 하나 들려 있는 걸 그때 보았다. 가위는 한쪽이 반쯤 부러진 것이었다.

지지배면 엎어놔버릴 것인즉.

어머니의 살기 찬 말소리가 고향집 터 곳곳에서 쏟아져나오는 느낌이었다. 만약 동네 개들의 소리에 옆집 사내가 나오지 않았다면 내 고향집의 허물어진 빈터에서 그것의 주술에 걸려 이번엔 쉰 살의 내가 죽어 넘어졌을지 몰랐다. 거기 누구 있소, 하면서 한 사내의 그림자가 다가왔다. 나는 식은땀으로 젖은 몸을 바닥에서부터 일으켰다. 이게 무슨 꼴인가. 오십이지천명五十而知天命이라 했거늘, 야행으로 돌아온 고향 집터에서 식은땀이나 흘리고 엎드려 있다가 고향 사람과 부딪치게 되다니. 미상불 한밤중의 야행이 애초 그랬던 것처럼, 여기까지 온 것 역시 달빛의 요사한 술법 때문인 것 같았다. 사내가 비추는 플래시 불빛이 얼굴에 닿았다. 어머니 자궁 속에서 밀려나오다가 등잔불의 횡포한 불빛에 최초로 부딪쳤을 때처럼, 나는 땀에 젖은 아미를 숙인 채 속수무책 플래시 불빛을 받았다. 대체, 누구요? 사내가 거칠게 묻고 있었다. 나는 대답을 할 수가 없었다. 여기 있는…… 나는 과연 누구인가.

달은 어느새 기울었고 곧 여명이 터올 시각이었다.

7

아내는 식탁 의자에 앉아 여성 잡지를 뒤적거리고 있고, 나는 거실 소파에 비스듬히 기대 신문을 펼쳐들고 있었다. 그러나 아내는 여성 잡지를 보고 있지 않았고 나 또한 신문을 읽고 있지 않았다. 딸이 귀가하지 않은지라 집엔 아내와 나 둘뿐이었다. 아내는 참을성이 대단한 여자였다. 내가 특별히 훼방 놓지 않는다면 저대로 앉아서 아내는 또 밤을 새울 것이었다. 아버지를 미워하진 않아요, 라고 소리치면서 벌판 끝을 향해 달려가던 막둥이의 등판에 쏟아지던 달빛을 나는 생각하고 있었다. 그 달빛은 정말 원융圓融했을까. 사물을 가르는 게 아니라 원근도 명암도 없이 사물을 완전히 융합하는 것. 모자란 것이 차올라 만삭滿朔이 되고 나면 찬 것들은 다시 기우나니, 그때는 만월, 지금은 바로 하현下弦이었다.

아무래도 신고를 해야 할까봐요.

갑자기 아내가 여성 잡지를 소리내어 덮었다. 나는 들고 있던 신문을 내리고 그녀답지 않게 적막의 균형을 먼저 깨뜨리고 나선 아내를 뜨악하게 바라보았다. 벌써 닷새가 지나가요, 라고 아내는 덧붙였다. 수중에 가진 돈도 얼마 없었을 거예요. 대관절 얘가 어디 있는 걸까요? 아내의 눈가에 이윽고 눈물이 핑 돌았다. 막둥이가 그날 이후 여태 돌아오기는커녕 전화 한 통화 없으니 아내로서는 전화통만 지키고 앉아 있을 수가 없는 모양이었다. 아내에 대한 연민이 나를 사로잡았다. 내가 없애버렷, 하던 시절에 아이를 없애지 않으려고 받았던 수모는 물론이고, 유난히 예민한 세 아이, 남달리 격정적이고 변덕스러운 내 뜻을 받느라 흰머리만 늘어나는 아내였다. 무기無記의 자비로운 자궁이 되어 네 식구의 격정을 말없이 받아온 아내지만, 아내라고 해서 홀로 젊어져가는 고독이 없는 건 아닐 터였다. 나는 다가가 아내의 손을 잡았다. 오늘밤만 기다려보자고. 오늘밤에도 이 녀석 연락 없으면 내일 아침 신고할게. 아내가 내 어깨에 얼굴을 내려놓고 울기 시작했다. 드넓은 거실의 창 한편에 활대를 엎어놓은 듯한 하현달이 떠 있었다. 걔 친구 집도 일일이 모두 가봤는데, 라고 아내는 말했다. 아니야. 나는 고개를 가로저었다. 그 녀석 서울에 있진 않을 거야. 두고봐. 제 가슴속 불길이 사그라들면 아주 건강히 돌아올 거라고. 일주일을 넘기지 않을 거야. 손가락에 장이라도 지질 수 있어. 아내를 위로하기 위해 마음에 없는 말을 하는 것은 아니었다. 먼 곳을 떠돌고 있겠으나, 나는 막둥이가 곧 돌아오리라는 걸 굳게 믿고 있었다. 아버지를 미워하진 않아요. 마지막 달빛을 등지고 달려갈 때 막둥이가 했던 말은 진심이었음이 틀림없었다. 나 또한 어머니를 미워하진 않았으니까. 그리고 그보다 더욱 확고한 믿음의 근거는, 자동차였다. 그날, 동이 트고 나서 다시 벌판 가로질러 차로 돌아왔을 때, 펑크로 주저앉아 있던 아반떼의 바퀴가 스페어타이어로 바뀌어 끼워져 있었다. 안개 속 어느 지점을 달리다 말고 그는 멈춰 서서 싸우듯이 고향집으로 달려가고 있는 나를 아마 돌아보았을지 몰랐다. 맷돌 같은 그 무엇을 짐 져온 내 굽은 등을 그가 보았을까. 과연 무엇을 그는 내 굽고 마른 등에서 보았을까. 확실한 것은 늙어가는 아비를 생각해 그가 무릎 꿇고 앉아 타이어를 교환해놓고 떠났다는 사실이었다. 윗도리를 벗어젖히고 달빛을 온몸으로 받으면서 원념을 씻어내려는 장인匠人처럼 힘써 타이어를 교환하고 있는 그의 자태는 내 상상 속에서 참으로 아름다웠다.

전화벨이 그때 울리기 시작했다.

아내는 화들짝 놀라면서 식탁 위의 전화기와 나를 번갈아 바라보았다. 막둥이야, 라고 말하는 아내의 표정에 떠오른 직관을 나는 보았다. 아내는 식탁의 전화기를 나는 거실의 전화기를 동시에 들었다. 여보세요, 여보세요, 아내가 두 번 불렀을 때 그가…… 엄마, 했다. 엄마, 저예요. 조심성이 깃들인 목소리였지만 예감대로 어조는 단아하고 맑았다. 여기 부산인데요, 며칠만 더 있다가 돌아갈게요. 아내는 울음을 참기 위해 호흡을 고르면서 돈은 있느냐고 간신히 물었다. 걱정 마세요. 그의 목소리가 소넌답게 씩씩해졌다. 돈 벌어요, 저. 저 힘세잖아요. 부두에서 알바하고 있는데요, 달빛 받고 있는 바다가 아주 근사해요. 아버지랑, 아버지 고향에 갈 때의 달빛만은 못해도요. 전화가 끊어졌다.

불현듯 한쪽 날이 부러진 가위 하나가 떠올랐다.

큰누님, 둘째누님에게 내 탯줄을 자른 가위가 한쪽 날이 부러졌던 것이라고 내가 말하자, 누나들은 미간을 찌푸리고 한참이나 있다가 무릎을 쳤다. 그래, 맞아. 근데 네가 어떻게 그걸 아냐. 신기하구나. 누나들은 말했고, 봤으니까 알지, 하고 나는 웃었다. 세상에 나오면서 내가 그걸 직접 다 봤다고. 정말이야! 하현달 빛이 비스듬히 거실 안으로 미끄러져 들어왔다. 내 뭐랬어? 나는 아내를 끌어당겼다. 등짐을 잔뜩 지고 불끈 일어서는 막둥이의 일어선 핏줄들이 보이는 듯했다. 달빛은 긴 소파의 끝에 앉은 아내의 발등까지 올라왔고, 추녀끝에 달아맨 풍경이 딸랑딸랑 맑은 소리를 냈다. 내가 삼베 개짐으로 된 삼신끈과, 등잔불과, 한쪽 날이 부러진 가위를 보았듯이, 오살할 년, 왜 불은 끄고 지랄이랴, 어머니의 표독한 말을 어머니 뱃속에서 들었듯이, 막둥이 녀석도 제 어미 자궁 속에서 없애버려, 나의 말을 정말 들었던 것일까. 당신이랑 보았던 달빛에 대해서 걔가 말한 것을 들었죠, 하고 아내가 말했다. 못 들었는데. 나는 도리질을 했다. 태평한 자식, 겨우 달빛 타령이나 하고. 이 녀석 들어오기만 했다봐라! 내가 짐짓 말했고, 아내가 고개를 가로저었다. 작가라는 양반이 참말 말귀도 못 알아듣네. 달빛 얘긴 개가 당신을 좋아하고 있어 한 소리예요. 나는 갑자기 신신한 그 무엇이 나의 내부로 강하게 뚫고 들어오는 느낌을 받았다.

달빛일까, 아니면 풍경을 흔들고 가는 바람의 원형일까.

나는 어머니, 어머니, 라고 발음하고 싶은 욕구를 느꼈다. 이 상야릇한 심리적 전이가 내 내부의 골 깊은 뜰에서 진행되고 있었다. 아내의 발등과 발가락들 사이로 달빛의 푸른 양수가 풍성히 흘러들고 있는 걸 나는 뚫어져라 보았다. 그것은 정결하기 이를 데 없는 심해어의 지느러미 같았다. 그래, 역시 달빛이야. 달빛의 정령들이 힘차게 체내로 들어와 쾌속 질주로 확산되면서 내 전신의 세포들을 젊은 날의 그것처럼 푸르게 깨워 일으켜세우는 걸 나는 느꼈다. 그것은 뜻밖에도 통렬한 성욕이었다. 말귀 못 알아듣는 작가인 줄 이제야 알았나! 허드렛말 앞세우고 나는 이내 아내를 거칠게 거실 바닥으로 끌어내렸다. 아내는 폭이 넓은 긴 치마를 입고 있었다. 어머, 이이가 미쳤나봐. 아내의 주먹이 내 어깨를 두들겼지만 독이 오른 내 욕구를 잠재울 수는 없었다. 긴 치마가 위로 젖혀져 올라갔다. 미, 미쳤어. 당신……커……커튼도 안 치고…… 미쳤어, 정말! 커튼을 젖히듯 아내의 팬티를 단번에 끌어내렸을 때 나는 헙, 숨을 막았다. 무성한 음모에 뒤덮인, 한없이 어둡고 한없이 깊고 한없이 부드러운 아, 그리운 골방이 거기 있었다. 엄마, 라고 나는 입속으로 소리질렀다. 이이가…… 하면서, 아내는 깨드득 웃었다. 나야, 엄마. 안아줘, 엄마! 나는 계속 소리없이 말했다. 멀고먼 풍진의 세상을 굽은 등, 깡마른 다리로 걸어와, 시시때때 찢어져 절규하는 피젖은 시간 사이로 걸어와, 마침내 나는 쓸쓸하고도 요요姚姚한, 슬프고도 원융한 나의 신부에게 당도해 있었다. 나의 그것은 청대처럼 꼿꼿하게 일어서 진저리를 쳤다.

눈물이…… 목울대로 먼저 넘어왔다.

8

마을 이장이 오두막 앞을 지나고 있었다. 이장님, 굴이 어디쯤 있나요, 라고 내가 물었다. 날씨가 쌀쌀했지만 볕이 워낙 좋아서 읽던 책을 들고 마당의 평상에 막 나와 앉은 직후였다. 글쎄요. 이장은 손차양으로 햇빛을 가리며 굴암산 중턱을 바라보았다.

글쎄요, 동제洞祭를 안 지낸 지 오래돼서요.

깎은 알밤처럼 똑 떨어진 삼각구도로 꽤 잘생긴 산이었다. 굴암산窟岩山이라는 이름이 산허리쯤 어디, 속내를 짐작할 수 없는

굴에서 유래했다는 건 이미 알고 있었다. 1980년대 중반까지만 해도 마을 집집마다 추렴을 해서 굴 앞에서 동제를 올렸다고 했다. 동제를 안 지내면 동티난다던데요, 하고 내가 말했다. 웬걸요. 동제야 안 지내도 시시때때 고사는 지냅지요. 우리 동네 고사는 다 굴 쪽으로 향向을 잡아 올리니까 일테면 제祭야 늘 올리고 있는 셈이지요. 근데 굴은 왜 찾으세요? 이장이 반문하고, 내가 한번 들어가보게요, 나는 웃었다. 하이고, 아서요. 이장은 단번에 손사랫짓을 했다. 굴 앞에서 솔가지로 불을 때면 다음날 성남 쪽 어떤 산에서 연기가 나온다는걸요. 수십 리지요. 여기 살면서 이장님은 한 번도 그 안에 들어갈 생각을 안 하셨습니까. 이장은 손사래를 쳤다. 웬걸요. 한 십 년 됐나 모르겠네. 젊은 청년들하고 큰맘먹고 들어가봤는데요, 글쎄, 처음 십여 미터쯤은 사람 하나 구부리고 들어가기가 어려워 용을 썼더니만, 얼마 가니까 휑하니 넓어지더라고요. 장정 서른 명은 넉넉히 앉을 수 있겠습디다. 사방이 바위로 막혀서 틈새가 없었는데 거참 묘하지, 아주 어둡진 않데요. 그러나 거기부턴 정말 애 하나 지나가기도 어려울 만큼 좁아져 그냥 되돌아 나왔어요. 초로의 이장은 새삼스레 아쉽다는 표정을 했다. 꽉 막힌 듯하지만 아주 어둡진 않고, 열린 듯도 하지만 아주 밝지도 않은, 부드러운 빛이면서 부드러운 어둠인, 짚단 더미 속, 내 유년의 달콤한 잠이 누워 있던 골방이 생각났다. 굴 안이 어떻던가요, 라고 잠시 사이를 두었다가 내가 또 물었다. 복더위였는데 거기 들어가니까, 그저 서늘하데요. 이장의 눈빛에 온화한 기색이 지나갔다.

겨울에 들어가면 따뜻하겠네요.

내가 덧붙여 물었다. 이장은 비닐하우스에 가는 중이었다. 암요. 그렇겠지요. 고개를 크게 끄덕이며 이장이 대답했다. 안녕히 가세요. 내 눈이 다시 읽던 책으로 갔다. 에스터 하딩은, 달의 여신을 섬기는 원시 종족들은 그들 시대가 황폐해지는 게 풍요의 본질적 정령이 이 세계에서 도망치기 때문이라 믿었다고 썼다. 현대의 고통조차, 그것이 정치적인 것이든 사회적인 것이든 최종적으로 인간 원형의 문제에서 비롯되고 있다는 말이었다. 그녀, 에스터 하딩은 그녀의 명저 『사랑의 이해』에서 또 이렇게 썼다. 소아시아인의 왕은 누이와 딸과 관계맺음으로써 아프로디테와 아도니스, 그 결합의 신화를 재창조했던 것이라고. 아들이 성년에 이르렀을 때 그는 어머니의 사랑이나 근심에 반反해서 희생되는 것이 아니라 어머니의 동의를 얻어서, 그리고 어머니가 내린 명령에 의해서 희생된다, 라고. 그리고 그녀 에스터 하딩은 놀랄 만한 통찰력을 가지고 덧붙여 이렇게 썼다. ……어머니는 이중의 특징을 가지고 있다. 밝은…… 관대한 어머니지만, 어두운 면모를 가진 그녀는 무섭고 잔인하며 아들의 유아적 의존을 참지 못한다…… 아들을 죽여서, 오시리스가 상자 속에 갇혔던 것처럼 나무상자 속에다가 가두어놓게 된다…… 진정한 삶을 살기 위해서는 아들을 희생시킴으로써만……이라고. 그 대목을 읽을 때 무엇인가가, 내 머리를 강타했다. 그것은 이제까지 내가 오관으로 만지고 확인한 원형적 결론과는 다른 직관이었다.

나는 발작적으로 책을 집어던지고 일어섰다.

신월新月, 발아發芽, 에로스, 그리고 검은 달, 죽음, 파괴 따위의 낱말들이 두서없이 떠올랐다. 차고 기울고, 차면 생육生育, 기울면 사멸이었다. 오늘은 초하루, 달도 뜨지 않는 죽음의 삭朔이었다. 달은 죽어 어둠에 묻혔으니 내 살과 뼈를 녹일 수도, 내 영혼의 심지를 뽑을 수도 없을 터였다.

전신이 탱탱히 부풀어오르는 것을 나는 느꼈다.

뜻밖의 분노였다. 모든 것이 알고 보면 교묘하게 짜인 만월의 속임수가 아니던가. 안아줘. 안아줘, 엄마. 목메어 무릎 꿇었던 나 자신의 모습은 치욕스럽기 그지없었다. 나는 무엇에 무릎 꿇었던가. 그것은 화해가 아니라 저 만월의, 살아 있는 자궁의 교묘한 속임수에 따른 굴종이 아니었던가. 어둠도 아니고 빛도 아닌, 어둠이고 빛인, 수줍은 색시처럼 얼굴을 가린, 거기, 음모陰毛 너머, 골방의, 교활한 속임수. 나는 굴암산 중턱, 숲 뒤로 숨은 굴을 눈 부릅뜨고 노려보았다. 네가 거기 있구나. 곡괭이 하나 찾아들고 나는 다시 전사戰士처럼 앞으로 나갔다. 이제 나를 놓아다오. 강렬한 살의가 나를 사로잡고 있었다.

햇빛 밝은 정오였다.

—

바이칼 그 높고 깊은

—흰 소가 끄는 수레 4

편지 하나

사랑하는 하나.

동아리 엠티 잘 다녀왔니. 오늘 돌아온댔으니까 아마 지금쯤 집에 당도해 있겠지. 널 못 보고 떠나와 마음에 걸린다. 요즘 나날이 더욱 깊어지던, 그렇지만 이상한 광채에 싸여 있는 듯한 네 눈빛이 내 앞에 있구나.

비행기는 몽고의 대초원을 지난다.

김포공항을 떠난 지 세 시간, 동시베리아의 관문이라 알려진 이르쿠츠크까진 불과 한 시간 남짓 비행시간을 남겨두고 있을 뿐이다. 놀랍지 않니, 불과 네 시간 만에 이르쿠츠크까지 날아갈 수 있다는 게. 이광수 선생이 쓴 러브스토리 『유정』을 혹 읽어보았는지 모르겠다. 이룰 수 없는 사랑의 내밀한 격정을 그린 그 소설의 여주인공이 한 달여에 걸쳐 죽음 무릅쓰고 임을 쫓아갔던 만주, 송화강, 아무르 강, 대흥안령산맥, 그리고 이르쿠츠크에 이르는 머나먼 동토의 길이 떠오른다. 오늘 이렇게 빨리 갈 수 있는 것은 중국 내륙과 몽고를 곧장 가로지르는 직항로를 따라왔기 때문이야. 무역업자들이 빌린 전세 비행기의 빈자리 하나를 얻어 탄 게 행운이었구나. 중국은 아직껏 우리 여객기의 영공 통과를 공식적으로 막아놓고 있으니까. 말하자면 이르쿠츠크까지 직항로로 날아가는 최초의 비행기라는 거야. 이 KE 9515기가.

내 좌석은 A42.

창밖 햇빛은 투명하고 힘차다.

몽고의 대평원은 뒤로 스러지고 어느새 갈색의 연봉들과 눈 덮인 고산들이 다가든다. 저기 저 산맥 너머 어디쯤 정결하고 수줍은 새색시 같은 얼굴로, 그래, 꿈에도 그리운 바이칼, 그 물 맑은 호수가 있겠지. 호면 해발 사백오십오 미터, 깊이가 최저 천육백이십 미터나 된다는. 세계에서 가장 높고 가장 낮은.

축하한다, 네 생일.

여행 일정표를 들여다보다가 네 생일이 불과 사흘밖에 남지 않았다는 걸 알았어. 스튜어디스 언니가 서울로 돌아가 부쳐준댔으니 아마도 네 생일에 받아볼 수 있을 것이다. 비행기 안에서 파는 몇 가지 면세품 중에서 고른 귀걸이 선물 세트를 함께 보낸다. 귀를 뚫은 사람이 쓰는 귀걸이 선물 세트와 귀를 뚫지 않은 사람이 쓰는 귀걸이 선물 세트 중 무엇을 살까 망설이고 있는데 어떤 여자 손님이 그러는 거야. 안 뚫었어도 다 뚫기 마련이에요. 스무 살쯤 된 처녀라면 무조건 귀를 뚫은 사람용으로 사세요.

그래, 하나야.

너도 귀를 뚫겠지, 이제 성숙한 처녀니까. 네가 스무 살이라는 게 꿈같구나. 삼 킬로 몸무게로 네가 세상에 나올 때 나는 재직중이던 여자중학교에서 살어리 살어리랏다, 청산에 살어리랏다, 「청산별곡」을 강의하고 있었어. 가난하던 시절이었지. 출근할 때마다 오백 원씩 네 엄마한테 하루 일당을 받곤 했던. 오백 원이면 담배 한 갑, 구내식당 점심값, 그리고 버스비를 제하면 꼭 십 원이 남는 돈이었구나. 네 엄마는 주면서 미안해 딴 데 보고 나는 받으면서 미안해 딴 데 보는 금쪽같은 오백 원. 하지만 엄마 뱃속에 네 생명의 심지가 박혔을 때 나는 이미 하나, 하나라고 네 이름을 지어놓았어. 오백 원을 지갑에 넣어 안주머니에 간직하고 투명한 아침 햇빛 속으로 걸어나올 때, 불광동 언덕배기, 너는 아마 기억조차 못할 그 작은 옛집을 걸어나올 때, 매양 눈물이 날 것 같아지면서, 때가 오면 너와 함께, 청산에 살어리랐다, 어디로 어떻게 흐르든, 청산 하나 품고 살리라 꿈꾸었어, 아빠는. 가난했지만 비참하지도, 황야를 품고 살지도 않았다. 저 아래, 내 가슴 깊은 곳, 맑은 우물은 넘치고, 햇빛도 만지고 바람도 만지면서, 그러엄, 그렇고말고, 청산 하나 드높이 세워 기대고 살았지. 나는 구내식당에서 백반 대신 라면을 먹었어. 네가 엄마의 자궁을 조금씩 조금씩 채워갈 때 내 안주머니엔 백반값, 라면값의 차액이 역시 조금씩 조금씩 채워지고. 예쁜 공주님을 얻으셨어요. 전화통에 울리던 간호사의 목소리가 상기도 생생하다. 나는 안주머니에 차곡차곡 쌓인 백반값, 라면값의 차액을 통틀어서 세상의 모든 햇빛 같은, 장미꽃 바구니를 샀다. 물아래 옥돌, 순결하고 순결한 네게 바치려고. 너는 단번에 장미꽃 바구니의 아름다움을 알아보았어. 악을 쓰고 울던 네가, 장미꽃 바구니를 신생아실 유리창에 들이댔더니 뚝, 울음을 그쳤거든. 너는 아름다운 것을 태어날 때부터 알아보았던 거야. 그리고 지금 넌 바람 속 스무 살.

아무래도 재, 무슨 일이 있나봐요.

네 엄마가 말하더라. 전에 없이 말수 없어지고, 신새벽 돌아오기 일쑤고, 나날이 눈은 깊어지고, 그리하여 그 어떤 불가사의한 자력에 끌려가듯, 이제 곧 만나고 말 상처를 향해, 두려움 가득 차서, 그러나 채찍 휘둘러 자신의 정수리 후려치면서 급속히 끌려들어가는, 네 내면의 한편을 엄마는 본 게지. 내가 보았듯이.

물아래 옥돌 같은 딸, 하나야.

아빠는 지금 바이칼로 간다.

아주 오래전부터 그리웠던 그 바이칼에, 이제 글쓰기조차 완전 중단하고 이 년여, 아직 내 가슴은 황야지만, 그래도 싸르락 싸르락, 잃어버린 청산의 새살이 돋아나올 애틋한 예감의 비늘 속깊이 품고서, 시린 물로 이마 씻으러, 그래, 시베리아 대삼림 가운데 물 맑은 영혼의 심지로 박혀 있는 바이칼, 그를 만나러 홀로 간다. 바이칼에 혼자 갑니까. 멀고먼 여로를 혼자 떠나온 내가 아무래도 수상쩍어 뵈는지 묻고 또 묻던 B42석의 비대한 남자 손님이 마침내 코를 고는구나. 제국주의적 상혼으로 무장한 그는 알까. 세계에서 가장 높고 가장 낮은 바이칼이, 아직껏 다 용서하지 못한, 그래서 필연코 용서해야 할 내 인생을 손짓해 부르고 있다는 것을. 내가 용서하지 않는다면 나의 인생은 언제까지나 치마 뒤집어쓴 심청이처럼 불쌍할 것이다. 곧 이르쿠츠크에 도착할 모양이다. 안전벨트를 매라는 신호등에 불이 들어와 있구나.

오, 저 아래, 바이칼이 보인다.

편지 둘

여기는 이르쿠츠크 인투리스트호텔 703호.

밤 열시가 됐지만 겨우 황혼이다. 백야白夜가 다가오고 있기 때문이다. 창 너머, 앙가라 강의 수면이 황금 비늘을 수천수만 매달고 있다. 강안을 쫓아 활처럼 휘어져 흐르는 시베리아 횡단 철도가 보인다. 모스크바에서 극동의 블라디보스토크에 이르는 장장 구천이백칠십구 킬로의.

하나야. 오후엔 앙가라 강을 따라 걸었어.

바이칼 호는 수백 군데 크고 작은 강줄기를 빨아들여 그 깊은 속을 채우면서 인색하게도 물을 흘려보내는 출구는 단 하나, 앙가라 강뿐이다. 앙가라 강을 따라 흘러나간 바이칼 물은 곧 길이 오천 킬로가 넘는 대 예니세이와 합류, 광대한 시베리아 중서부를 힘있게 관통하여 마침내 북극해에 닿는다. 옛날에, 젊어선 씩씩하고 지혜로웠으되 이제 늙어 처연한 몰골로 변해버린 '바이칼'이라는 이름의 추장이 살았다고 한다. 늙어 그나마 의지할 곳은 아름답게 성장한 '앙가라'라는 딸 하나뿐이었는데, 앙가라는 젊은 무사 '예니세이'를 만나 사랑에 빠져 결국은 늙은 아비의 반대에도 불구하고 예니세이를 따라 늙은 아비를 떠났다는 것이다. 그래서 지금도 바이칼 물은 앙가라를 통해 예니세이로 흘러 떠나면서 저 잔인한 시간의 흐름이 가져오는 필연적인 소외와 고절孤絶의 슬픔을 말해주고 있다. 이곳은 지금 민들레꽃과 사과꽃이 한창이야. 딸에게마저 버림받고 고절한 말년을 살았을 바이칼 추장의 영혼일까. 강을 따라 도열한 사과나무 아래엔 노란 민들레꽃이 무리 져, 무리 져 피어 있다.

민들레꽃 사이로 걸어서, 나는 한 수도원으로 간다.

즈나멘스키 수도원은 아주 오래된 장엄한 회색 건물로서 산책로로 유명한 가가린 거리의 북쪽 끝에 위치해 있다. 데카브리스트 무장봉기로 유배당한 귀족 장교들을 사랑했던 여인들의 유해가 묻힌 곳이야. 시대의 전면에서 살았던 귀족 장교들의 이상과 열정이 묻힌 곳이기도 하고. 농노제 폐지를 부르짖었던 데카브리스트 무장봉기는 1825년 12월, 유난히 군대식의 압제와 복종을 좋아해, 짐은 인간 생활 전체를 군무軍務로 간주한다, 라고까지 선언한 바 있는 니콜라이 1세의 즉위 직후에 일어났다. 비밀결사 조직으로서, 인간다운 삶의 조건을 모든 억압받는 민중에게 나누려 했던 봉기의 주체 세력은 남방 결사, 북방 결사, 통일 슬라브 결사 등으로 갈등과 분열을 거듭하던 중, 황제 알렉산드르 1세가 사망해 일시 공위空位가 생겼을 때, 세밀한 준비 없이 갑자기 봉기했다가 새 황제 니콜라이 1세에게 간단히 진압되고 말았지. 러시아 농노제도는 영주의 마음대로 농노들을 매각, 증여, 저당할 수 있었을 뿐 아니라 무제한 징벌이 가능했다는 점에서 유례가 없는 비인간적 제도였다. 진보는 언제나 우발적인 것이 아니라 필연이라고 나는 믿는다. 개인적인 삶으로 보면 부러울 것 없이 호의호식할 수 있었던 젊은 귀족 장교들이 농노제의 사슬을 끊어내고자 했던 것도 역사의 한 필연이었음에는 틀림없다. 이상은 높고 열정은 앞섰으나 그들은 참된 힘의 결집에 대한 지혜로운 전술은 확보하지 못했던 모양이다. 어떤 혁명도 비단장갑으로는 이룰 수가 없다는 스탈린의 말을 알지 못했던 게지. 봉기는 간단히 진압되어 니콜라이 황제의 특별 법정에서 오백칠십구 명이 재판을 받았고, 그중 다섯 명이 교수형, 백이십일 명이 시베리아 유형에 처해졌다. 이르쿠츠크는 그때 시베리아 유형지의 하나였다. 여러 명의 젊고 아름다운 여인들도 스스로 귀족 신분을 버리고 이상주의자였던 임을 따라 페테르부르크에서부터 이르쿠츠크까지 만릿길을 함께 왔다. 그들은 미개한 시베리아에 문명의 불씨를 지핀 개척자들이기도 했어. 머나먼 이곳에서 죽은 청년 장교들과 부인들이 묻힌 곳이 바로 여기 즈나멘스키 수도원이란다. 자작나무 그늘에 놓인 석관들과 석비를 나는 오래오래 내려다보았구나. 더듬더듬, 러시아어의 음운체계를 영어로 바꾸어 석비를 읽었더니, 어떤 것은 니키타 투르베스코이, 또 어떤 것은 블라디미르라고 씌어 있어. 블라디미르

1838~1839, 라고. 유배되고 십삼 년 만에 동토의 유배지에서 낳은 아들이 엄마 곁에 묻힌 거지. 예카테리나 백작 부인, 이라는 대리석 석관에 새긴 이름도 보였다. 유배된 남편을 따라, 남편을 따라가지 않으면 아무런 신분상의 불이익도 없을 것이라는 회유를 뿌리치고 잔혹한 동토의 만릿길을 떠나올 때, 영화롭던 가문, 드높은 신분을 쓰다 만 골무처럼 버렸을 부인이지만 그 석관에는 영화롭던 시절의 스냅사진처럼, 백작 부인이라 새겨져 있구나.

요컨대, 무슨 얘길 하시려는 거예요?

네가 뾰로통하게 입술 내밀어 말하는 소리 들릴 것 같다. 하지만 걱정하지 마렴. 네가 신념 따라 가는 길 가로막고 서서 에비이, 하진 않으마. 돌아가라고, 아버지라는 권위의 망토 걸치고서 소리지르지도 않으마. 네가 가는 길은 어디까지나 네 신념과 네 속깊은 그리움이 주인이어야지 아빠가 주인일 수는 없으니까.

어떤 날 나는 보았지.

작년 가을이던가. 추적추적 비가 오던 저녁 무렵이었다. 우연히 네 방에 들렀다가 여러 권의 노트와 책들이 꽂혀 있는 네 책장 서랍에서 꺼내본 검은 표지의 스크랩북. 총학생회 해오름식 전야제의 선전지가 스크랩북의 맨 첫 장에 끼워져 있더라. 등록금 투쟁의 승리를 확신하며. 민족 기본권 수호를 위한 통일학도 총궐기투쟁결의문. 법청학련 남측본부산하 구국의 횃불, 서총련 조국통일위원회. 전민항쟁의 불바람. 민족통일의 큰길을 여는 애국대오. 두꺼운 스크랩북엔 그런저런 선전지들이 날짜별로 거의 완벽하게 정리되어 있어 나는 단번에 너의 젊은 열정과 사랑이 어떤 길을 향해 가고 있는지 가슴 서늘히 느낄 수 있었구나. 너는 밤이 깊어도 돌아오지 않고, 돌아오지 않는 네가 그리워 너의 대학으로 엄마 몰래 갔었단다. 우산도 미처 갖고 가지 않아 학생회관 중앙 현관을 걸어들어갈 때 내 몸은 온통 비로 젖어 있었어.

너는, 하나야…… 그곳에 있었어.

학생회관 중앙홀의 대형 게시판 앞이었지. 나는 대자보를 붙이고 있는 너의 가녀린 어깨를 보았다. 민중의 핏값으로 정권을 공고히 하는 아, 문민정부여. 네가 붙이는 대자보의 큰 글씨가 아직도 선연하다. 때마침 다른 일이 생겨 네 동료들이 어디로 몰려갔던 것일까. 빗소리에 포위된 천장 높은 그 중앙홀 너른 곳에 너는 오직 혼자였다. 먼지 낀 형광등 불빛이 네 성긴 머리칼에 내려앉고, 혼자서 대자보를 붙이자니, 대자보의 한쪽을 붙이면 한쪽이 떨어지고, 또다른 한쪽을 붙이면 또다른 한쪽이 떨어지고, 가녀린 네 손이 몇 번씩 게시판 꼭대기에 벌서듯 올라갈 때, 나는 다가서서 그 대자보를 너와 함께 붙여야 한다고 생각했다. 그 대자보의 내용에 흔쾌히 동의해서가 아니라, 이제 겨우 새내기 일 년을 다 보내지 못한 네 뒷모습이 너무 외로워 보였기 때문이다. 너는 쓸쓸하고 쓸쓸해서 차라리 버림받은 소녀가 외로운 기도를 올리고 있는 것 같았어. 늘 잊을 수 없는 정경의 하나는 바로 그것이다. 네가 운동권으로 편입되어간 것은 내게 조금도 새삼스럽지 않아. 너는 본디부터 너 자신의 희로애락에 대해선 말이 없는 대신 주변 친구들의 불행한 환경에 대해선 문 닫아걸고 울었던 애니까. 모두가 더불어 사는 길에 대한 관심이 유난히 많았던 애니까. 그렇지만, 그날의 네 뒷모습은 내게 연민의 깊은 그늘 하나 심어놨구나. 한 떼의 네 또래 아이들이 우르르 이층에서 내려오는 걸 보고 나는 돌아서 홀로 집에 돌아왔다. 너는 새벽에 귀가해 잠들었고, 나는 지쳐 잠든 네 모습을 몰래 지켜보았지. 쓸쓸한, 그러나 달려가는 불火의 냄새가 네 몸에서 나더라.

그리운 하나야.

이제 비로소 어둠이 깃든다. 밤 열한시. 한국과 러시아의 무역업자들이 외교적으로 웃고 실리적으로 배 맞추는 파티도 끝났는지 사위가 이젠 조용하다. 앙가라 강을 거슬러 불어오는 밤바람도 서늘하구나. 강안의 민들레들도 잠들었을까. 꽃이 지면 정수리의 순백색 관모冠毛가 삿갓 모양 뻗어 섰다가 바람 따라 산지사방 날아가, 또 나고, 또 자라는, 천 번이 넘는 외침外侵과 혹독한 압제를 견디면서 오늘까지 살아남은 우리 민족의 혼을 닮은 야생의 꽃 민들레.

나는 내일 아침 이곳 이르쿠츠크를 떠난다.

어떤 고기古記에 이르기를, 바이칼 호 부근이 본디 우리 민족의 시원始源이라 했거니와, 여길 떠나 마침내 그리운 바이칼에 닿으면, 좌左변덕 우右질투, 여지껏 망집의 사슬 다 벗어내지 못하고 아비지옥의 화택에 살고 있는 내 본체가 하마 보일까.

잘 자거라, 혁명을 꿈꾸는 어린 전사야.

편지 셋

하나야.

비 내리는 어느 저녁에 나는 우리집 정원의 후미진 서편 자귀나무 밑에 앉아 있었다. 아빠가 언젠가 울 너머 빈터에서 주워 온 버린 목재들로 짜놓은 자귀나무 밑 그 의자에. 이른 저녁이었어. 자귀나무는 벌써 함초롬히 잎을 접었고, 물안개는 마당을 채운 소나무, 살구나무, 감나무, 석류나무, 자귀나무 사이로 흘러다녔으며, 내가 들고 있는 검정 우산 위로, 바람이 불면, 자귀나무 잎이 머금고 있던 빗물이 후드득후드득 떨어졌다. 우산에 떨어지는 빗방울 소리가 참 좋았다. 나는 어린 짐승처럼 가만히 웅크리고 다만 앉아 있었지. 아무런 사념도 없었어. 몸의 무게를 느낄 수 없고 마음의 그 자취를 찾을 수 없는.

아무데든 가고 싶은 대로 가.

누가 말하는 소리에 나는 잠을 깨듯 고개를 돌렸다. 네 엄마가 설거지를 끝내고 나를 찾아 나와 옆에 앉아 있더라. 바이칼에 가고 싶어. 그것은 전혀 무의식중에 나온 대답이었구나. 아무데든 가고 싶은 대로 가라는 네 엄마의 말도 그러했을 거야. 웅크리고 앉은 내 모습이 허깨비 같아 보였던 게지. 떠나고 싶어도 차마 떠나지 못했던 비 젖은 허수아비. 난 바이칼을 미리 생각하고 있었던 게 아냐. 바이칼이란 말이 뱉어지고 나서야 그곳이 시베리아의 호수라는 걸 떠올렸으니까. 알아, 라고 네 엄마가 역시 조용히 대답했어. 알아. 정임을 못 잊은 최석이가 죽음을 무릅쓰고 찾아갔던 곳. 처녀 때의 네 엄마한테서 빌려 읽은 책 중에 이광수 선생의 『유정』이라는 소설이 있었다는 걸 나는 비로소 상기했다. 어리고 순결한 처녀 '정임'을 향한 사랑의 격정과 숙명적인 금기 체계 사이에서 온몸 찢기다시피 하고 시베리아를 횡단, 눈 덮인 바이칼로 찾아가던 '최석'의 애달픈 말년을 엄마와 나는 동시에 떠올리고 있었다. 눈 덮인 시베리아의 인정 없는 삼림지대로 한정 없이 헤매다가 기운이 진하는 곳에서 이 목숨 바치고 싶소……라던 그의 독백도.

여기는 바로 그 바이칼이다.

초승달 같은 바이칼 호의 한가운데, 초승달의 눈처럼 찍혀 있는 올혼 섬은 사람이 사는 유일한 섬이다. 이르쿠츠크를 떠난 버스가 다섯 시간을 달려 민둥산 고개 하나 훌쩍 넘고 나자 발아래 깔린 푸른 비단의 물결이 보였다. 길이 육백삼십육 킬로, 최대 폭 칠십구 킬로나 되는 거대한 호수지만 지도에서 보았던 초승달 모양 때문일까, 바이칼이 보여준 첫인상은 아미를 내리깔고 맞은 수줍은 신부의 느낌 그것이었어. 선착장이 있는 작은 호반 마을 메레예스에서 배를 타고 올혼 섬 북쪽 마을, 여기 후지르에 왔다. 인구 천여 명이 고기잡이로 생계를 꾸려가며 모여 사는 후지르에 오면 너는 무엇보다 그들 중에서 우리와 닮은 사람이 너무도 많다는 점에 놀랄 것이다. 우리와 똑같은 피부색, 우리와 똑같은 웃음, 우리와 똑같은 눈빛, 바로 몽골계의 부랴트족이다. 칭기즈칸이 광대한 유라시아 일대를 제패하기 훨씬 전부터 그들은 바이칼 호 주변 땅의 주인으로 살았다. 원래는 몽고 일대에 사는 하르하 부족의 생활양식을 그대로 이어받은 유목민이었지. 골 깊은 얼굴과 심술을 감춘 듯한 눈매의 노파 얼굴에서 나는 돌아가신 너의 할머니를 만났어. 보퉁이를 들고 배의 이물에 기대서 있는 처녀의 뒷모습은 또 어쩜 너하고 그렇게도 닮았는지. 생김생김이라는 게 수백 마디 말보다 더 진한가봐요, 라고 이르쿠츠크에서부터 나와 동행한 이민형 사장은 말하더라. 이민형 사장은 삼 년 전에 이르쿠츠크에 들어와 햄버거 가게로 사업을 시작, 지금은 인투리스트호텔 내의 나이트클럽과 한국 식당을 운영하는 분이야. 내가 바이칼 가는 길 물었더니, 자신도 마침 생선 구입처에 볼일이 있다면서 선뜻 동행해 나선 거란다. 사업을 하다보면 관청에 갈 일이 많은데요, 들어가면 눈으로 먼저 부랴트족을 찾아요. 부랴트족을 만나 얘기하면 안 될 일도 잘되는 경우가 많거든요. 보세요. 저 사람들하고 마주앉으면 뭐든지 얘기 보따리가 확 풀릴 거 같지 않으냐구요. 아주 오래전, 천제한님天帝桓因이 밝은 빛으로 온 우주를 비추고 큰 권화權化로 만물을 낳았다는 시절, 우리의 선대가 고기에 있는 대로 이곳 바이칼 동쪽에 애초 살았다 하면, 그 모습 또한 오늘의 부랴트족을 닮지 않았을까.

그리운 내 딸 하나.

바이칼의 아침은 댓잎처럼 푸르다.

이민형 사장에게 바이칼 생선을 대주는 삼십칠 세의 성실한 러시아 총각 니키타 파르진스키의 통나무집은 후지르 마을 서쪽 깎아지른 절벽 위에 있다. 딱딱한 나무 침대와 진흙을 발라 만든 러시아식 벽난로와 바이칼 호가 내다뵈는 작은 창이 있는 그 집의 서쪽 끝 방에서 나는 간밤에 거의 잠을 이루지 못했어. 밤이 되니 날씨가 서늘해져 벽난로에다가 통나무를 많이 쟁여넣은 게 화근이었다. 방안이 내내 한증막 같았지 뭐냐. 새벽녘에야 잠깐 잠이 들었는데, 꿈을 꾸었구나. 네가 한아름도 더 되는 커다란 유리병에 시너와 석유를 섞어 부어 쟁이는 꿈이었어. 꿈속이었지만 네가 세상에서 제일 큰 화염병을 만들고 있다는 걸 나는 알아차렸지. 마치 장인匠人처럼, 넌 그 일에 열중해 있었다. 그렇게 큰 화염병을 과연 누가 던지겠느냐고 내가 말했던 것 같아. 너는 미소를 지으면서 대답했어. 그는요, 아빠. 키가 기린보다 크고, 어깨 넓이는 하마보다 넓으며, 팔 근육이 사자의 그것보다 더 날렵하고 강인한걸요. 나는 그래서 네가 젊은 무사 예니세이와 사랑에 빠졌다는 걸 알았단다. 앙가라 처녀가 늙은 아비였던 바이칼 추장의 반대를 무릅쓰고 따라간 젊은 예니세이.

그것은 쓸쓸하고 슬픈 꿈이었어.

네가 내 곁을 떠날 것이기 때문이 아니라, 네가 화염병의 끓는 불속에 있게 될 거라는 예감 때문이 아니라, 너를 말릴 수 없었기 때문이다. 폭력은 안 된다는 식의 상투적인 말조차 할 수 없는 나는 네 아빠인가, 아니면 작가인가. 거대한 화염병을 만드는 너를 돕고 싶은 나와, 그래선 안 된다고 너를 가로막고 싶은 나 사이에서 나는 엉거주춤 서 있었단다. 보아라, 애야. 내 쉰 살의 발밑에 지금, 지난날, 청춘의 이름으로 혐오해 마지않던 관념의 성긴 바람이 부는구나. 관념적이란 말은 정말 싫다. 예전에도 그랬고 지금도 그래. 하지만 어느 사이, 관념의 그물망이 내 안에 문 장식의 곱때처럼 끼어 있다는 걸 나는 본다. 여명 터오는 시간이구나. 나는 서늘한 새벽바람 속을 걸어 호수가 한눈에 내려다뵈는 절벽 위로 가서 보았단다. 댓잎보다 푸르른 바이칼의 아침.

해가 떠오를 때까지 거기 있었어.

여명이 터오는 바이칼 수면은 짙푸르렀고, 바람은 빠르지도 느리지도 않게 불었고, 절벽 끝의 노송 아래, 민들레꽃들이 맑게 씻긴 아침의 영혼으로 고개를 쳐들고 있었다. 인위적인 가필의 흔적이 전혀 없는 그곳의 아침은 관념화되기 이전의 인간처럼 조용하고 힘이 있어 보이더라. 나는 무엇을 찾아 작가로 살았으며 또 무엇이 그리워 이 어두운 날들의 길을 찾아 떠나려 하는가, 하고 생각했어. 수만 년에 걸쳐 여러 단계 침강沈降하면서 제 깊은 속을 채워온 바이칼, 살아 있는 온갖 것들의 관성이 뿜어내는 독기를 다 빨아들이고도 투명도 사십 미터가 넘는 정한수 이만 삼천 세제곱킬로를 담고 있는 바이칼. 이곳은 여름엔 섭씨 삼십 도를 웃돌고 겨울 또한 섭씨 영하 삼십 도를 웃돈다. 겨울엔 호수 전체가 깊이 얼어 모든 배들은 닻을 내리고 트랙터, 트럭, 버스, 승용차, 달구지가 수면 위로 자유롭게 왕래해. 하지만 그것은 수심 십여 미터 혹은 이십여 미터까지에 영향을 줄 뿐이다. 홍수가 져서 삼백여 개의 하천이 범람해 흘러들고 또 흘러나가는 것도 그래. 최대 풍속 사십 미터가 넘는 '싸르마'가 불어와 오 미터 이상의 파도가 치는 날도 마찬가지야. 그것들의 영향을 받는 것은 바이칼의 표피에 불과하다. 바이칼 호수의 수심 이백 미터 아래에 저장된 물은 천 년, 이천 년이 지나도 바뀌지 않아. 고사서古史書의 하나인 『삼성기三聖記』에 기술되었듯이, 역사가 시작되기 이전, 우리의 원조 천제한님이 파나류산波奈留山 밑에 한님의 나라를 세운바, 그 나라가 천해天海 동쪽의 땅이라 한다면, 천해는 북해北海의 이기異記이고 북해는 바이칼의 이기이니, 우리 민족이 역사 이전에 마시고 씻었던 물의 일부가 아직껏 바이칼 수심 이백 미터 아래에 증류수보다 더 맑은 영혼으로 살아남아 있다는 말이 돼. 여름 한철 수면 온도가 섭씨 이십 도까지 상승하는 바이칼이지만, 수심 이백 미터 아래에 이르면, 그곳에서 천육백여 미터 바닥까지 영구 불변의 섭씨 일 도가 된다. 여름과 겨울이 없고 홍수와 가뭄이 없고 흐름과 막힘이 없는, 시간의 흐름도 없는, 부동不動의 심해.

나는 눈시울 뜨거워져 바이칼을 바로 보지 못한다.

불생불멸不生不滅의 진여眞如라 했던가. 법이 법의 자리에 머무나니是法住浩位 세간상 이대로 상주불멸이니라世間相常住라는 말이

절로 떠오른다. 내가 감히 꿈꾸는, 흰 소가 끄는 수레들이 여기 바이칼 수심 이백 미터 지점에 황홀하게 모여드는 것을 나는 보고 있어. 모든 색신色身과 물질과 육체의 속박을 벗어난 무색천無色天이 바로 여기, 바이칼 수심 이백 미터 아래에 있구나. 아빤 작가보다 도사가 되시는 게 좋겠어요. 너의 빈정거리는 말이 들릴 듯하다. 옳거니. 색계에도 이르지 못할 내게 언감생심, 무색천의 나라가 무슨 소용이겠냐. 유일한 사랑이라 믿었던 글쓰기를 멈추었는데도 부활에의 탐욕을 다 깨뜨려버리지 못하고 혹은 깜깜 절벽, 혹은 불구덩이 속을 더듬거리지 않느냐고, 그래, 눈 시린 바이칼이 지금 내게 들이대어 묻는구나. 네가 젊어져 가고자 하는 언필칭 운동의 길이 겨울엔 얼어터지고 여름엔 풀려 넘치는 바이칼의 수면에 있고, 내가 가고자 하는 언필칭 문학의 길이 바이칼 수면의 변화무쌍한 분열상을 구조로 꿰뚫어보는 수면 아래에 있을진대, 항차 수심 이백 미터, 그곳에 흰 소가 끄는 수레가 있다 하더라도, 허깨비 관념이에요, 홀로 타고 가는 흰 소가 끄는 수레가 무슨 소용이에요, 라고 너는 말하고, 어차피 거기 이를 수 없을 바에야 수면 위로 올라와 빙점의 가름을 눈에 불 켜고 보세요, 너는 또 말하고.

그리하여 하나야.

눈시울 붉히며 내가 마침내 품에 받아 안는 것은 겨우 바이칼의 해돋이다. 수만의 황금색 물비늘이 바이칼 수면에 일제히 매달리는 것을 나는 보았다. 그것은 세상의, 운동의, 문학의 모든 아침이다. 나는 이 현상의 모든 아침을 기실 얼마나 사랑하는가. 그래. 불타는 사랑을 억압해서 만나야 할 흰 소가 끄는 수레가 있다면 그까짓 거, 깻박치고 말지. 나는 양팔을 높이 들어 바이칼의 모든 아침을 받아 안는다. 갑자기 수천수만, 형형색색 날아드는 나의 나비떼가 보이는 기분이다. 해가 떠오를수록 그 높이에 따라 황금색 물비늘이 순백으로 뒤집힐 때 나는 떨면서 내 가슴 엑스 자로 껴안는다. 사랑을 하고 싶어 환장할 지경이다.

이제 다시…… 밤이다, 하나야.

니키타 파르진스키가 바이칼의 대표적 물고기인 오물리를 구워와 이민형 사장하고 보드카를 한잔 나누어 마신 뒤지만 취기가 오르진 않는구나. 백야의 끝물이어서 창 너머, 후지르 마을의 서쪽 초원 지대는 아직도 여명처럼 어슴푸레해. 아마 삼십 분쯤 지나면 전등불이 꺼질 거야. 이곳은 발전기를 돌려 각자 전기를 쓰기 때문에 열한시 반이면 불을 끄거든. 니키타 파르진스키가 귀한 손님이 오셨다며 그나마 소등 시간을 늘린 결과가 그래. 가난한 더 많은 집들은 발전기를 살 수 없어 전기를 쓰지 못해. 하긴 전기가 들어온다고 해도 밤이 깊을 때까지 그것을 사용할 사람은 없을 거야. 오랫동안 자연의 법칙에만 순응해 살아온 이곳 사람들은 저물녘만 되면 모두 집안에 들어가 나오지 않아. 나와도 갈 데가 없거든. 볍석대는 카페도 없고 외지인을 위한 호텔도 전무하니까. 밤은 고사하고 한낮에도 인적이 드물어 마을 전체가 뭐랄까, 빈 무덤같이 느껴진다. 통나무집 사이로 난 마을 안길엔 하릴없는 개떼만 어슬렁어슬렁할 뿐이야. 이곳에선 시간이 정지되어 있다. 이곳에 도착해 맑은 햇빛, 부드러운 바람, 빛나는 바이칼의 물빛에 감동하는 것은 전적으로 내가 나그네이기 때문이다. 러시아 전역이 개방과 개혁의 물결을 타고 급변하고 있어도 아직 이곳까진 영향을 미치지 않는 듯하다. 이곳 사람들은 이곳에서 나고, 자라고, 살고, 죽어 묻힌다. 젊은이는 대처로 떠나고, 갈 데 없어 남은 사람들은 평생 이르쿠츠크 한번 못 가는 늙은이가 대부분이야. 변화를 모르니 희망이 있을 리 없고 소유 개념이 확립되어 있지 않으니 경쟁에 따른 부자가 있을 리 없어. 골 깊은 주름살과 처진 저들의 눈매엔 단지 수천 년 전부터 흘러온 자연의 세월만이 유장하게 흐른다.

어제, 부두에 내렸을 때였구나.

짐을 들고 경사진 길을 따라 마을로 들어가는데 털로 짠 벙거지를 쓴 한 늙수그레한 남자가 마을 사람들 사이에서 유독 내 시선을 끌었다. 분명히 한겨울에나 사용할 털모자를 쓴 남자의 이마에서는 번질거리며 땀이 흐르고 있었어. 아니 그보다 더 인상적인 것은 그가 한 발을 턱 올려놓고 있는 오토바이. 낡아서 이미 진즉에 내다버렸음직한 오토바이였으나, 부릉, 부르릉, 그가 액셀을 밟는 대로 그것은 진저리를 치며 비명을 내질렀다. 우리가 다가서자 오토바이의 비명 소리는 거의 찢어질 것처럼 높아졌다. 먼지 낀 꾀죄죄한 옷차림과, 땟국물로 번질거리는 검붉은 얼굴과, 부러진 자리를 테이프로 덕지덕지 붙인 굵은 뿔테의 도수 높은 안경을 낀 남자는, 차림과 달리 오토바이에 걸어앉은 그 자세만은 아주 꼿꼿하고 당당해 차라리 희극적으로 보였어. 마치 노새를 탄 돈키호테처럼. 남자는 내가 다가서자 재빨리 뭐라고 말하는 것이었다. 아무 감정도 깃들여 있지 않은 듯한 텅 빈 눈빛으로, 남자는 그러나 뭔가 내게 질문을 하고 있는 것 같았어.

루리 차 혼쟨?

남자의 발음이 어제는 귀에 제대로 들어오지 않았었지. 니키타 파르진스키가 손을 잡아끌었기 때문에 내가 남자의 말을 듣고 눈빛을 본 것은 한순간뿐이었다. 남자가 하는 말을 정확히 들은 것은 오늘 아침, 산책을 나갔다가 니키타 파르진스키의 집으로 혼자 돌아올 때였구나. 초원을 맨발로 가로질러 돌아오는데 바로 선착장 쪽으로 난 길로부터 부르릉, 그 오토바이가 나타났다. 소리는 요란하지만 도무지 속력이 나지 않는 오토바이야. 남자는 오토바이를 탄 채 내 곁으로 다가와 어제처럼, 여전히 텅 빈 눈빛으로, 하지만 어제와 달리 오토바이 엔진을 끄고 나서, 뚝 끊어진 그 아침의 정적 속에서 루리 차 혼쨈, 이라고 말했어. 부랴트족이었고, 주름살투성이에 갑각류의 표피 같은 얼굴 피부를 갖고 있었지만, 포즈는 뜻밖에도 아주 정중했다. 미상불 그건 러시아 말이 아닌 것 같았어. 나는 어찌할 바를 몰라 가만히 있었는데, 잠시 후 부르릉, 오토바이 엔진을 다시 걸며 차찬 뿌아헌, 하고 그는 덧붙였다. 절벽 위의 초원을 가로질러 경사진 길로 사라졌다가 마을 안쪽 길에 다시 나타난 오토바이 남자를 나는 계속 보았어. 니키타 파르진스키의 집이 있는 절벽 초원 지대는 좀 높았기 때문에 그의 오토바이를 한눈에 내려다볼 수 있었지. 남자는 마을의 북쪽 끝을 돌아 오물리 저장 창고 앞을 지나더니 다시 동쪽 언덕 아래의 선착장으로 내려갔고, 그리고 다시 절벽 위의 초원 지대로 나왔다. 남자의 오토바이는 말하자면 마을의 큰길을 따라 한 바퀴를 크게 돈 것이었어. 남자가 다시 나타났을 때 나는 니키타 파르진스키 집의 자작나무 울타리 근처에 와 있었다. 남자가 나를 또 보았고, 나 또한 남자를 보았지.

루리 차 혼쨈?

남자는 내게 정중하게 다시 말했어.

나는 겸연쩍게 웃으면서 즈드라스트부이체, 라고 인사했다.

안녕하십니까, 라는 러시아 말이야. 그러자 남자는 내 말은 전혀 듣지 않았다는 듯 한번 더, 루리 차 혼짼, 하는 거야. 나는 당신 말뜻을 알 수 없어요, 하고 내가 고개를 저었지.

차찬 뿌아헌.

남자는 다시 오토바이 엔진을 걸고, 그리고 내 곁을 떠났다. 내 반응에 대해 섭섭해하는 기색은 조금도 없었어. 마을 안길에 뽀얗게 먼지가 피어올랐고, 요란한 오토바이 엔진 소리가 작은 마을을 통째로 흔들었지만 개 몇 마리 겨우 오토바이 뒤를 몇 발자국 뒤쫓아가다 심드렁해진 표정으로 그만두는 게 보였다. 변화라곤 없는 세월의 곱때가 켜켜이 쌓인 마을 사람들을 남자는 깨우고 싶어하는 듯했지만, 오토바이 엔진 소리는 아무래도 역부족이었다. 나는 아침식사 때 니키타 파르진스키에게 그 남자가 누구냐고 물었어. 또라이래요, 라고 이민형 사장이 니키타의 말을 통역해주었다. 전엔 오물리 공장에서 일했는데요, 그냥 상대할 것 없대요. 나는 '루리 차 혼짼'이 무슨 뜻이냐고 또 물었지. 모른다는데요. 아마도 부랴트족의 말인가보네요. '차찬 뿌아헌'이라는 말에도 니키타는 고개를 저을 뿐이었어. 부랴트인들도 부랴트족의 본래 말을 아는 사람이 없대요. 그들이 그들 종족의 말을 잊은 지 아주 오래됐답니다. 왜 안 그렇겠어요, 사회주의국가 소련 인민으로 평생 살아온 사람들인데요. 이민형 사장이 말했다. 하긴 내가 이르쿠츠크에서 만난 우리 민족 사람들도 소수의 노인들을 제외하고 우리말을 아는 사람이 거의 없었다. 혁명 이후, 소련 공산당 정부가 수십 개가 넘는 타민족을 하나로 통합해 다스리기 위해 끊임없이 민족주의 운동을 경계해온 결과 때문이라 했다. 오토바이 남자는 아침 시간에만 내 앞에 나타난 게 아니야. 기다리고 있었다는 듯, 그는 온종일, 우리 일행이 집밖으로 나오기만 하면 오토바이를 타고 달려와 말하는 것이었다. 루리 차 혼잰? 그리고 이어서 차찬 뿌아헌, 이라고. 나는 그가 마을을 똑같은 코스로 돌고, 돌고, 또 돌고 한다는 걸 알아차렸다. 다람쥐가 쳇바퀴를 돌리듯이. 나를 향해 있을 때조차 나를 보는 게 아니라 나를 관통해 어떤 먼 다른 세상을 보는 것 같은, 그 무심한 눈빛은 변함없었어. 니키타의 말처럼 그가 '또라이'라고 할지라도, 내가 그 남자에 대해 주목하는 것은 그가 이곳 사람들의 닫힌 삶을 극적으로 드러내 보여주는 하나의 상징으로 보였기 때문이다. 그가 하는 말이 무슨 뜻인지는 모르지만 그가 아주 먼, 이곳이 아닌 다른 어떤 곳, 이를테면 '이어도'를 그리워하고 있음엔 틀림없어. 어쩌면 그는, 저토록 맑고 아름다운 외피를 갖고 있는, 그러나 세계에서 가장 깊은, 불변의 섭씨 일 도, 천육백이십 미터의, 그 무색계를 그리워하는 게 아닐까.

이제 날이 완전히 저물었구나.

전기가 나가고, 나는 초에 불을 밝힌다. 스무 개의 초에 불을 밝혔을 네 생일이 떠오른다. 내가 보낸 선물과 편지는 또 받았는지. 고집 센 네가 과연 그 귀걸이를 걸 수 있게 귀를 뚫을 것인지는 의문이다. 귀를 뚫지 않아도 사용할 수 있는 귀걸이 선물 세트를 사 보낼걸 그랬나 싶고. 아주 가끔, 나는 네가 한낮의 햇빛을 정면으로 받으며 운동장 한가운데 서 있는 모습을 회상해보곤 해. 중학교 2학년 가을이던가. 엄마가 전해준 것에 따르면 햇빛 유난히 따가웠던 날 정오쯤이었다. 네가 다니던 중학교는 전통적으로 3교시 직후에 전교생이 운동장으로 나와 맨손체조를 하도록 되어 있었어. 구태여 열을 지을 것도 없이 자유스럽게 흩어져 경쾌한 리듬과 구령에 맞춰 맨손체조를 하는 너와 네 친구들 모습을 나도 본 적이 있는데, 아름답더라. 그 가을 어느 날의 맨손체조도 그러했을 것이다. 너는 친구들 사이에 섞여 맨손체조를 했고, 세면장으로 가 손을 씻었고, 그리고 교실로 들어갔겠지. 이미 들어와 있던 친구들이 이곳저곳에서 불평하는 소리를 들었을 때, 교실 문지방을 넘어가기도 전에 너는 단번에 무슨 일이 벌어졌는지 알아차렸다. 네가 다니던 여학교는 교장의 지시에 의해서 한 달에 한 번씩, 불시에 학생들의 가방과 기타 소지품을 검사하도록 되어 있었어. 불량 만화는 압수되었고, 담배가 나오면 처벌당했으며, 심지어 돈을 많이 소지한 것만 발각돼도

학생과에 불려가 조사를 받아야만 했지. 학생과의 그 소지품 검사가 바로 그날 중간 체조 시간에도 이루어졌던 거야. 한정된 시간에 재빨리 소지품 검사를 하려니 검사 후 상태가 양호했을 리 만무하다. 손지갑이 꺼내져 팽개쳐 있기도 하고 가방 속의 생리대가 의자와 교실 바닥에 함부로 나뒹굴어 놓여 있기도 했겠지. 네 가방 안쪽 수납 공간에 넣어놨던 생리대가 누군가의 손에 끌려나와 의자에 나뒹굴어 있는 걸 너는 그날 보았다. 그것은 학생을 인격적인 개체로 보지 않는 아주 비민주적 악습이었지. 네가 얼마나 치욕감을 느꼈는지는 충분히 짐작할 만해. 더구나 너는 그때 전교 학생회장이었으며, 학생회장 자격으로 이미 학생과에 여러 번, 소지품 검사를 중지해달라고 간청해놓은 상태였어. 너는 분노로 떨면서 곧장 교무실 학생주임에게 혼자 갔다고 들었다. 선생님, 우리들을 하나의 인격체로 대해주세요. 너는 말했을 것이다. 학생주임은 압수한 불량 서적들과 사복과 화장품과 담배꽁초 따위들을 검색해보고 있다가 주먹으로 책상을 쾅 내려쳤다. 뭐가 어째! 이걸 보고도 그런 말이 나오니. 유난히 악명 높았던 학생주임이 얼마나 펄펄 뛰었는지 상상해보는 건 쉬운 일이야. 아주 극소수의 학생이 그럴 뿐예요, 라고 너는 말하고 너의 불손한 대거리에 더욱 화가 난 학생주임이 책상 위의 불량 만화책을 들어 네 머리를 탁 때렸다. 화가 났다 하면 여학생들의 귀빰부터 올려치곤 하던 학생주임으로선 그래도 학생회장인 너를 대접하느라 그 정도였을 게야. 수업 시작을 알리는 차임벨 소리가 그때 들렸다. 건방진 소리 말고, 가서 수업이나 받아, 라고 학생주임은 소리쳤고 너는 교무실을 나왔지. 그렇지만 너는 교실로 가는 대신 죽창 같은 햇빛이 쨍쨍 내리꽂히는 운동장으로 걸어나갔다고 했다.

햇빛 속으로 혼자 걸어나갈 때 너는 얼마나 외로웠을까.

교실의 학생들은 수업이 막 시작될 때쯤 어떤 여학생이 조회대 앞, 하얀 운동장 한가운데, 혼자서 일광日光을 정면으로 떠받들고 있는 걸 보았다. 학생회장이야, 라고 아이들은 속삭였겠지. 학생회장이 소지품 검사에 항의해 스트라이크하는 거야, 라고. 얼마나 시간이 흘렀을까. 교사校舍의 서편 출구에서 두서너 명의 여학생이 달려나와 네 곁에 나란히 섰고, 또 얼마나 시간이 흘렀을까, 이번엔 교사의 동편 출구에서 몇몇 여학생이 달려나와 네 등뒤에 섰고, 그리고 이윽고 떼 지어 다른 많은 학생들이 와, 와, 와, 함성을 지르며 쏟아져나오기 시작하는 게 내 눈에도 환히 보인다. 그것은 네가 최초로, 잘못된 제도와 정면으로 싸워 이기는 순간이었다. 소지품 검사는 그날 이후 중단됐으니까. 네 엄마와 나는 이 이야기를 얼마 후 네 친구들을 통해 간접적으로 전해 들었어. 내가 그 사건의 전말에 대해 네게 물었을 때, 아무 일도 아니에요, 정작 너는 소박하게 웃으며 그 한마디를 했을 뿐이었어. 그렇다고 네가 특별히 과묵한 타입이라는 건 아니야. 너는 말수가 적은 편이지만 논리적으로 명쾌하게 정리되지 않을 때, 혹은 사물에 대해 호기심이 극대화될 때, 평소보다 말이 많아지곤 해. 국민학교 때는 왜 그리 내게 묻는 것이 많았던지. 국민학교 3학년, 아니 4학년 때던가, 내게 쫓아와 묻기를 케이비에스KBS는 왜 케이비에스냐고 물었어. 난 당황했지. 영어로 된 약자로서 방송국 이름이다, 하니까 대뜸 네가 또 묻는 거야. 무엇의 약자냐면서, 그것을 꼼꼼히 써달래. 너는 그때 재미 삼아 영어 알파벳을 익히고 있었어. 난감했지. 나는 영어 잘 모르잖니. 더구나 본딧말을 생각해내서 정확히 써주기엔 역부족일밖에. 다음날 영어 잘하는 친구에게 써달래서 너를 불렀더니 너는 이미 알고 있었어. 엄마한테 들은 바로는 네가 온종일 여기저기 묻고 다니더란다. 케이비에스가 무엇의 약자냐고 말이야. 네 오빠와 네 남동생이 감성적인 타입이라고 한다면 너는 논리적이고 이지적인 타입이야. 현상과 본질을 하나의 축으로 꿰어 해석하려는 너의 근원적 욕구가 너를 학생운동의 대열에 동참시켰다고 나는 믿는다. 데모하는 학생들에 대한 텔레비전 뉴스를 보면서, 학생운동에 어떤 확신을 갖고 있느냐, 네게 넌지시 물은 적이 있었어. 너는 말하기를, 그 확신을 찾아보려고 애쓰고 있는 중이에요, 했다.

그때 나는 네가 현상과 본질, 주관과 객관 사이의 불확실하고 고통스러운 통로에 있다는 걸 알았구나. 그곳은 어둡고 습한 곳이다. 너는 알을 다 깨지 못한, 단지 부리로 힘들게 쪼고 있는 어둠의 통로에 웅크리고 있는 앳된 처녀이다. 하지만 하나야, 본질적 구조를 끝내보고자 하는 너의 욕구가 클진대, 네가 비록 어릴지라도 어느 쪽으로 나아가든 조만간 네가 확신을 갖고 걸어갈 길을 찾아내게 되리라고 나는 믿고 있다. 내가 걱정하는 것은 너의 본체가 아니라, 다만 너의 본체를 가릴지 모르는, 또는 너의 투명하고 곧은 사유를 송두리째 흔들지 모르는 다른 요소는 없는가 하는 점이다.

그를 따라 함께 분신한다면 얼마나 행복할까.

어느 날 저녁, 네가 무심히 전화기 옆에 펼쳐놓았던 수첩의 한 쪽에서 우연히 읽고 만 메모를 나는 지금 상기하고 있다. 너의 그 메모를 상기하면 언제나 이렇게 가슴이 철렁 내려앉는다. 네가 열꽃 같은 죽음에 대해 발언하고 있기 때문이기도 하지만 그보다 앞서 내 딸이 사랑에 빠졌다는 걸 알아차렸기 때문이야. 사랑은 고통스러운 혼란이지. 그것은 오직 한 사람을 통해 세계와 우주를 축약해보는 고유명사이려니와, 애당초 사랑의 주체와 상대가 붙박이로 있는 게 아니므로 극단의 혼란일 수밖에 없다. 한쪽 눈으로 사랑을 보고 다른 한쪽 눈으로 이념을 본다면 좋으련만, 너는 여린 스무 살, 그 사랑과 이념을 양립해 혼란을 이겨가기엔 너무 어린 나이라는 게 아빠의 걱정이다. 나는 네 메모 속에 적힌바, '그'가 누구인지 모른다. 짐작하거니와, 그는 아마도 합일과 분열을 거듭해 경험하고 있는 지금의 네 길을 비추는 등명불燈明佛 같은 존재일 것이고, 네가 이념이라고 믿고 있는 것들의 심지일 것이다. 네 가슴에 심지로 박혀 있는 그의 타는 불이 내 눈에 보인다. 만약 그가 불꽃으로 타오르다가 꺼지면 너도 불꽃으로 타오르다가 꺼지고, 만약 그가 이념의 높은 제단을 오르기 위해 디딤 자리가 필요하다 하면 너는 기꺼이 엎드려 그의 두 발을 위해 등을 내주겠지. 그가 사랑의 더운 가슴으로 어두운 현상과 밝은 본질 사이를 힘있게 걸어간다면 상관없으려니와, 그가 싸움꾼 되어 적개심의 창날 높이 들어 저기 어둠 속, 산화散花를 위한 가미카제, 그 황홀한 오르가슴을 통한 불멸을 감히 꿈꾼다면 어쩔 것인가. 왜 떠시는 거예요, 아빠? 너는 말하겠지. 아빠는 불멸이 두려운 거군요. 나이든 어른들이 꿈꾸는 불멸이 있다면 어떤 건지 한번 제게 보여주세요. 홀로 신선이 되는 건가요? 불멸의 꿈이 설마 나쁘다고 말씀하시려는 건 아니겠죠.

하나야.

작년인가, 자율학습으로 밤늦게야 돌아오는 입시생 너를 보고 싶어 밤 아홉시쯤 네가 다니던 여학교로 찾아간 날이 있었어. 아빠가 막 원고 쓰기를 중단하고, 용인 굴암산 아래 외딴집에 머물며 감자, 토마토, 옥수수, 고구마, 수박, 상추, 고추, 오이 따위나 돌보고 살 때였다. 일주일이나 열흘에 한 번쯤 네 엄마가 만들어 주는 밑반찬을 가지러 겨우 집에 잠깐씩 들르곤 하던, 평생 내가 유일한 확신으로 타고 온 글쓰기의 마차에서 대책 없이 뛰어내려와 나날이 외롭고 스산하던 그 무렵, 나는 불현듯 정든 산꼭대기, 네가 다니던 여학교의 어두운 계단을 올라가 교실 창밖에 붙어 서 너를 보았다. 어떤 아이들은 지쳐 잠들었고, 어떤 아이들은 책을 펴놓고 있었는데, 입시생의 자율학습 끝물이라, 형광등 불빛 아래의 네 친구들 모습은 지칠 대로 지쳐 젊은 생기는커녕 그야말로 생체 실험을 기다리는 희망 없는 인간 군상으로 보였어. 교실 한가운데 넌 앉아 있었지. 나는 창 가까이 다가가 너를 보았다. 수학 문제를 푸는 것일까. 너는 연필을 들고 집중해 참고서 위에 뭔가를 쓰고 있더라. 단발로 단정히 자른 머리, 흰 칼라, 꼿꼿이 앉은 자세가, 놀랍게도, 교실 전체의 지치고 닳아빠진 분위기와 달리 조용하지만 아주 신신했다. 너 홀로 맑고 드높았다고 할까. 매일 밤 불과 네댓 시간씩 자고 꼭두새벽부터 한밤까지 오직 교실에 붙잡혀 사는 너의 모습이, 혼자 새벽 정기를 받고 앉은 듯 힘있어 뵈는 것에 나는 큰 위로와 감동을 느꼈다.

함께 학교를 나와서 혹 배가 고프지 않으냐고 물었을 때, 너는 이렇게 대답했지. 아빠, 냉면하고 소주를 먹고 싶어요. 너는 소주를 석 잔이나 단숨에 마셨어. 맛있어요, 아빠. 남들은 소주가 쓰다는데 저한텐 왜 달죠, 라고 말하던 너의 밝은 목소리가 지금도 들린다. 냉면 가닥을 집어올리는 네 손가락질도 힘차고 얼굴 또한 환한 기색 가득했다. 힘들 때인데 아주 씩씩해 뵈니 다행이구나, 내가 말하니까 너는 젓가락에 냉면 가닥을 돌돌 말면서, 공부가 재밌어요, 돌돌 말아올린 냉면 가닥 한입에 넣으면서, 다른 애들은 초조해서 스트레스 받는다는데, 전 바보인가봐요, 하고 말했다. 재미있는 공부 하니까 행복한걸요, 고3이 한 이 년쯤 됐으면 좋겠어요, 하고. 세상으로부터 버림받은 것처럼 매일매일 내 앙상한 늑골 사이로 황량하게 쓸고 가는 바람 소리나 들으면서 지냈던 그 무렵의 나를 그날의 네 모습이 구했다면 과장일까. 나는 굴암산 외딴집에서 잠 못 이루는 밤마다 스스로 등불처럼 밝았던 네 모습을 반복해 눈앞에 그렸단다. 네 모습을 떠올리면, 무력증에 빠진 내 삭신들이 새롭게 짜맞춰지는 소리 들리고, 사위가 어둘망정, 싸움꾼의 적개심이 아니라 밝고 곧은 사랑으로 찾아가야 할 길, 내 나머지 인생의 그리움을 좇아 신발끈 고쳐 매고 나아가자는 생각이 절로 떠올랐어. 사실이다, 애야. 그것은 내게 천만 군마를 얻은 것과 같은 힘이 되었어. 힘은 관념에서 나오지도 않고, 오래 살고 경험한 세월에서 나오지도 않고, 싸움꾼의 용맹스러운 창에서 나오지도 않고, 다만 유순한 희망에서 나온다는 걸 내게 가르쳐준 하나.

보고 싶은 하나.

이제 아주 밤이 깊구나.

창 너머 어슴푸레한 바이칼 위로 수많은 별이 쏟아져내린다. 서쪽으로 길게, 별 하나 지는구나. 『유정』의 남자 주인공 최석이 얼어붙은 시베리아를 횡단해와 마침내 병들고 황폐해진 제 육신과 영혼을 고절한 통나무집에 뉘면서 기도했던바, 내 남은 생애를 바이칼처럼 외롭고 깨끗하게 하소서, 그 육성이 들릴 듯한 밤이다. 이광수 선생은 바이칼에 정말 와봤던 것일까.

그래, 하나. 네 맘을 안다.

작가로서 올곧게 지조를 지키지 못하고 끝내 친일파로 돌아서 스스로 이름을 욕되게 했던 이광수에게 선생이라는 존칭을 꼭꼭 붙이는 내게 네가 무슨 말로 오금을 박을는지 상상하는 건 어려운 일이 아니다. 하지만 나는 그에게 선생이라 붙이지 않을 수 없다. 그의 친일을 용서해서가 아니라 그가 어쨌든 어둠의 역사 속을 고단하게 흘러 살면서도 문화적으로 척박했던 이 땅의 황무지를 갈아 뒤엎어 새로운 소설 문학의 씨앗을 뿌린 선배 작가이므로. 얼마나 나는 약한 사람인고. 제 마음을 제가 지배하지 못하는 사람인고. 이광수 선생은 쓰고 있다. 그가 만주를 유랑할 때 이 바이칼에 정말 들렀다면, 그리하여 바이칼 수심 이백 미터, 변함없는 섭씨 일 도, 그 불멸의 순수를 정말 보았다면 그는 어쩜 민족적 자존을 끝까지 지켜낼 힘을 얻진 않았을까. 그가 『유정』의 주인공 최석의 입을 통해 고독하고 깨끗하게 살게 하소서, 바이칼의 별들에게 기도했던 대로.

하나야.

고독한 건 가장 높은 것이고 깨끗한 건 가장 낮은 것이다. 보아라, 고독한 별은 저리도 높고 깨끗한 물은 바이칼 심해, 저리도 낮지 않으냐. 이제 아빠는 불멸을 감히 탐하진 않거니와, 그래도 네가 불타는 아비阿鼻의 거리에서 꿈꾸듯이, 나 또한 세상 속으로 돌아가 보다 높고 보다 낮은, 보다 고독하고 보다 깨끗한 나의 사랑을 꿈꾸고 있다. 꿈에서일망정 바이칼 물밑 천육백이십 미터, 그 단단하고도 부드러운 고요 속에 아미 내리깔고 농염하게 누워 있는 내 신부를 보고 싶구나. 사멸의 예감은 어느덧 익숙하여 마치 친구 같다. 내일은 니키타 파르진스키를 졸라 올혼 섬의 북단까지 가볼 예정이다. 전인미답의 땅이 부르는 소리 들린다. 그 땅은 하마 별과 맞닿아 있을까, 해저와 맞닿아 있을까.

안녕. 오늘은 이만 촛불 불어 끈다.

편지 넷

바이칼이 비에 젖고 있다.

정오까지만 해도 햇빛이 그리 맑더니 정오를 넘기면서 갑자기 사방에서 파죽지세로 먹구름이 몰려들고 이윽고 비가 내린다. 정오라면 그의 주검을 건져올린 시각이지. 어쩌면 아침 햇빛 속을 박차고 날아간 그의 영혼이 지금 바이칼을 떠나고 있는 것인지도 몰라. 비 젖은 안개구름 망토처럼 두르고. 그, 그 남자, 낡고 요란한 오토바이 높이 올라앉아 하루에도 수십 번씩 이곳, 켜켜이 쌓인 적막을 흔들어 깨우려는 듯, 후지르 마을을 돌고 돌던.

사랑하는 하나.

어젠 섬의 북단까지 갔었구나.

북단까지는 후지르 마을에서 약 삼십여 킬로미터 정도. 문명국의 도로에선 승용차로 십 분이면 도착할 곳이지만 이곳에선 낡은 일 톤 트럭으로 두 시간이 걸린다. 니키타 파르진스키가 외국인 손님을 위해서라는 이유를 달고 간신히 빌려온 일 톤 트럭은 후지르 마을의 유일한 공장인 오물리 저장공장이 소유한 두 대의 트럭 중 한 대이다. 섬 전체에 차가 두 대뿐이니 이곳에서 차를 탈 수 있는 권리는 본디 사냥감이 풍부한 곳이라는 뜻을 가진 바이칼의 무진장한 어족 자원 오물리뿐이지. 육질이 아주 연하고 향긋한 물고기란다. 길은 특별히 따로 없어. 산이 없는 해안을 따라 반은 모래층이 단단한 백사장, 또 반은 모래흙으로 뒤덮인 야산으로 가는 거야. 몇 번씩 모래밭에 빠지기도 하고 빽빽한 소나무숲에 막혀 돌아나오기도 했지만, 넘어질 듯이 가파르게 까불면서도 트럭은 어쨌든 올혼 섬의 북단 허보이까지 우리를 데려다주었다.

한 반쯤 갔을 때였던가.

요철 심한 비탈길을 내려가던 중에 트럭의 시동이 꺼진 적이 있었어. 니키타 파르진스키는 물론 이민형 사장과 나도 엔진 구조에 대해선 별로 아는 바가 없기 때문에 아무리 키를 돌려보아도 다시 시동이 걸리지 않는 트럭 앞에서 망연자실할밖에. 바로 그때, 소나무숲 사이로 그가 나타났다. 여전히 털벙거지를 뒤집어쓴 오토바이 탄 중늙은이 남자가. 그제야 우리는 그가 후지르에서부터 우리의 트럭을 뒤따라왔다는 것을 알았지.

니키타 파르진스키가 그를 손짓해 불렀어.

그는 머뭇머뭇 다가오더니, 전에 없이 민첩해진 동작으로 트럭의 보닛을 열었다. 니키타 파르진스키가 또 빠르게 말했어. 꾸다라는 낱말이 섞여 들렸다. 꾸다는 어디라는 뜻이니까 아마도 니키타는 어디가 문제냐고 그에게 묻고 있는 것 같았어. 그는 그러나 말이 전혀 없이 트럭을 고치기 시작했다. 놀라웠던 것은 그의 재빠르고 치밀한 손동작과 달라진 눈빛이야. 루리 차 혼잰? 할 때의 텅 빈 눈빛이 아니었거든. 올혼 섬에 들어와 오늘로 닷새째, 나를 만나면 언제나 오토바이 시동을 끄고 내려서서 정중히 뭐라고 말해오던 그의 눈빛을 여러 번 보았지만, 트럭을 고치기 시작할 때의 눈빛하곤 달랐어. 나를 향해 있으면서도 나를 관통해 어떤 다른 세계를 보는 듯한 그런 눈빛이 아니라, 뭐랄까, 초점이 비로소 분명해져 바이칼 호면처럼 반짝이는, 그것은 살아 있는 눈빛이었다. 그는 순식간에 차의 엔진을 고쳤어. 니키타가 시동을 걸고 부르릉 액셀을 밟아 보이자 그는 툭툭 손을 털며 자신의 오토바이로 돌아갔는데, 그때 이미 그의 눈빛에 광채는 남아 있지 않았어. 햇빛만이 부러진 데를 테이프로 덕지덕지 붙인 뿔테 안경 끝에서 빛났을 뿐. 원래 저 사람 손재주가 비상했다는데요, 라고 이민형 사장이 니키타 파르진스키의 말을 통역해주었다. 트럭은 하늘을 가릴 듯이 서 있는 키 큰 적송赤松 사이로 나아갔다. 적송은 통나무집을 짓는 데 쓰이는 잘생긴 나무야. 작년 이맘때까지만 해도 오물리 공장에서 일했대요, 라고 이민형 사장이 소리쳐 말했지. 기술자였나보죠? 나도 엔진 소리를 이기기 위해 악을 썼어. 기술자라고까지야 뭐. 오물리 공장이라고 큰 기계 설비가 있는 것도 아녜요. 오물리를 소금에 절여 화물 배로 실어내면 되는걸요. 저 남자, 예전엔 고기잡이를 했다나봐요. 이것저것 허드렛일 주로 하고 산 모양인데요, 좌우간 오토바이든 고깃배 엔진이든 자동차든 고장났다 하면 그 친구 손이 가야 고친다는군요. 그 오토바이도 누가 버린 것을 여러 날 손봐서 타고 다닌답니다, 작년부터요. 기름 탱크도 함석으로 만들어 달았다는 거예요. 더이상 고칠 게 없으니 저 친구 심심하긴 되게 심심했겠어요. 평생 섬 밖으로는 나가본 적이 없었다니, 원. 허어, 저 친구 계속 우릴 따라오네. 이민형 사장의 말처럼 그는 일정한 거리를 두고 계속 우리가 탄 트럭을 따라오는 것이었어. 루리 차 혼잿이 무슨 뜻인지 꼭 알아봐달라고 나는 니키타 파르진스키에게 부탁해두었다. 다시 오토바이에 올라 떠나면서 늘 하는 말, 차찬 뿌아헌, 까지. 우리의 차가 고장 없이 서면 그는 다가와 말할 터이다. 텅 빈 시선으로, 정중하게 루리 차 혼잿?이라고.

하나야.

비는 오는 듯 안 오는 듯, 이슬비다.

고개를 들면 삼나무로 짜맞춘 창살 사이로 후지르 마을의 서쪽 초원 지대가 한눈에 내다뵌다. 경사를 따라 선착장까지 이어지는 초원 지대 역시 민들레꽃이 한창 피어나고 있구나. 이곳 사람들은 저 민들레를 아두반치키라고 불러. 바이칼이나 이르쿠츠크뿐만 아니라 광대한 동토 시베리아 어디를 가든 날이 풀리고 햇빛이 힘차게 꽂히는 계절이 오면 산지사방 얼어붙었던 물이 녹아 흐르고 그 사이사이 수줍고 화사하게 아두반치키가 피기 시작한다. 민들레, 아두반치키는 무리 져 피지만 네 편 내 편 경계가 없어.

나는 오늘 새벽 맨발로 걸어 절벽 끝까지 갔단다.

이슬에 젖은 풀들이 내 발바닥을 받아 제 품에 안는 부드러운 감촉을 설명할 길이 없구나. 바이칼은 잔잔했고 동편 하늘은 차츰 홍옥처럼 붉었다. 나는 바이칼이 깨어 일어나는 그 새벽의 밀어를 한참이나 귀기울여 들었지. 창강창강, 츠츠이츠츠이, 끼르륵끼르륵, 포르르릉포르릉, 쉬치쉬치쉬치치, 챙챙챙, 큐리릿큐리리릿, 윙윙윙, 하는 소리. 바이칼의 새벽은 어떤 땐 휘파람새 소리를 내고, 어떤 땐 제비나비의 날갯짓 소리를 내고, 어떤 땐 팽이 돌아가는 소리를 내고, 어떤 땐 웅숭깊은 타악기의 소리를 내고, 또 어떤 땐 큰 산맥이 우는 소리를 내기도 해. 바이칼이 내는 새벽의 소리를 한두 개의 의성어로 표현할 수는 없어. 그것은 문학이 가지는 바 삶의 조건에 대한 잔인한 한정의 틀 너머에서 나는 소리이고, 운동이 보여주는 바 금강석처럼 단단하고 불꽃처럼 뜨거운 사랑의 이전과 이후를 아우르는 소리이며, 종교가 가지는 바 은유와 상징 체계의 색법色法을 벗어던지는 소리라면 과장일까. 내가 작가로서 젊은 날 꿈꾸었던 자유라는 게 기실 얼마나 한정적 바리케이드 안에 편입돼 있었는지 바이칼의 새벽이 내게 일러주는 것 같았어. 나는 나의 인물들에게 이렇고 저런 길을 주었지. 그것은 고전적 소설 작법이다. 분열을 거듭하면서 그들은 걷고 달리며 내가 열어준 길을 따라간다. 어디로 가는지 나의 인물들이 모를 때조차 나는 그들의 길을 알고 있어. 그건 작가로서 고유하고 특별한 권리야. 내 인물들이 나아갈 길 없을 때조차 작가인 나는 그 없는 길을 보는 거지. 길이 없는 것이 길이 되는. 앞서 걷는 자가 지도를 만들어 보여주는 법 아니겠니. 네가 운동의 길에서 꿈꾸는 길 또한 그렇겠지. 길은 경계가 필연이고 경계는 다산多産이니, 이념도 낳고 체제도 낳고 소설도 낳고 별의별 것을 다 낳는다. 내가 쓴 소설들은 삶을 여는 것이었던가. 한정 지어 닫는 것이었던가. 바이칼의 신새벽은 내게 그런 걸 묻는다. 우리가 길이라고 부르는 것들의 경계가 이곳의 청정한 새벽엔 없기 때문이다. 아, 이곳에는 작가가 없기 때문이다. 작가가 없는 땅은 얼마나 행복하게 열려 있는 것일까, 하고 나는 초원 위를 맨발로 뛰고 걸으며 중얼거렸어.

오토바이를 탄 남자가 나타난 게 그때였구나.

오토바이는 언제나 그렇듯이 선착장 쪽에서 처음 출현했지. 내가 집밖으로 나오기를 기다리고 있었는지도 모르겠어. 먼저 찢어지는 듯한 요란한 엔진 소리가 들리고, 그다음 구릉 경계선에 털벙거지가 슬그머니 솟아오르고, 그럼 이내 두꺼운 뿔테안

경을 끼고 마상에 꼿꼿이 앉은 나의 돈키호테가 내 앞으로 다가오는 거야.

루리 차 혼쨴?

그가 오토바이에서 내려서며 정중히 말할 때 나는 초원의 한가운데 서 있었어. 어제 올혼 섬의 북단까지 동행했으므로 나는 훨씬 더 친밀감을 느끼며 즈드라스트부이체, 러시아말로 인사했고, 그는 한번 더 루리 차 혼쨴? 그리고 사이를 두었다가 차찬 뿌아헌, 했다. 차찬 뿌아헌은 내 곁을 떠날 때 하는 말이야. 잠든 새벽의 마을을 물어뜯듯이 한 바퀴 돌아온 오토바이가 이번엔 멈춰 서지 않고 한 바퀴를 내처 더 돌았지. 그가 내게 암 말도 안 하고 지나친 건 그때가 처음이었어. 그에게 담뿍 친화력을 느끼던 터라 그가 말없이 지나치는 게 어쩐지 섭섭했다. 세번째로 그가 선착장을 돌아 내게 다가올 때, 나는 민들레꽃 하나를 꺾어들고 있었어. 그가 이윽고 내 앞에 멈춰 서서 루리 차 혼쨴? 했지. 나는 반가워서 민들레꽃을 그 앞으로 내밀며 오친 크라시바, 예쁘다, 라고 화답했다. 그의 눈빛은 여전히 비어 있었고 때마침 해가 떠오르기 시작했어. 황금빛 햇빛 한 점이 그의 눈을 찔렀지만, 동굴처럼 그의 눈은 단지 열려 있을 뿐이었어. 그는 오토바이에 느릿느릿 다시 다리를 올리며 내게 마지막 말을 남겼지.

차찬 뿌아헌.

오토바이가 내 곁을 떠났어. 언제나처럼 그의 오토바이는 느리게, 그러나 소리만은 찢어질 듯이 초원을 사선으로 가로질러 절벽 끝까지 갔다. 바퀴에 눌렸다가 일어나는 새벽 풀들의 율동을 나는 보고 있었어. 막 솟아난 햇빛을 역광으로 받은 그의 털벙거지가 흔들리는 것도 보았다. 절벽 끝을 유연하게 돌아 이제 마을의 서편으로 방향을 틀어야 할 지점이었어. 그러나 하나야, 오토바이는 방향을 틀지 않았다. 속력을 줄이지도 않았고. 그것은 정말 믿어지지 않는, 거짓말 같은 광경이었단다. 방향을 틀기는커녕 오토바이는 절벽으로 다가서면서 더욱 속도를 높였는데 내가 아, 하고 입을 벌린 순간, 허공으로 잠깐 떠올랐던 오토바이가 이내 나의 시선을 벗어나고 만 것이다. 나는 멍하니 선 채 눈을 깜박깜박했다. 오토바이를 탄 그는 대체 어디로 갔단 말인가. 절벽 끝엔 황금빛 비늘로 반짝이는 바이칼 호 수면이 오로지 걸려 있을 뿐이었어. 더이상 오토바이 엔진 소리도 들리지 않았지.

물아래 옥돌 같은 딸 하나.

물안개가 수런수런 초원을 거슬러가 선착장 쪽으로 찢어져 흘러내려가고 있다. 무슨 소리? 편지를 쓰다 말고 선착장 쪽에서 오토바이 소리가 들리는 듯해 나는 귀를 쫑긋 세워봐. 이민형 사장이 먼저 떠났으니 이곳에 남겨진 외국인은 이제 나 혼자뿐이야. 오토바이를 탄 그 남자의 시신을 건져올린 건 정오쯤이었어.

오토바이는 물론 찾지 못했다. 그의 오토바이가 불변의 섭씨 일도, 바이칼의 해저로 자맥질해 떨어져내리는 삽화가 환영처럼 떠오르는구나. 해저에 닿으면 그것이 혹 흰 소가 끄는 수레로 둔갑할까.

허보이의 언덕이 선연히 떠오른다.

언젠가 널 데려와 함께 가보고 싶구나. 올혼 섬의 북단, 허보이의 그 언덕에. 적송 사이를 간신히 뚫고 완만한 비탈길을 올라섰을 때, 나무 한 그루 없이 바이칼 짙푸른 수면을 향해 보드랍고 유장하게 흘러가 박힌 초원이 나타났지. 전인미답의 땅이었어. 민들레를 비롯해 수많은 들꽃들이 드넓은 초원에 한껏 피어 있었다. 투명한 햇빛은 수천수만 꽃잎 사이사이로 박혀 있고, 바람은 장난치듯 꽃술과 꽃잎과 꽃대를 흔드는, 무한 경계로 열린 땅. 나는 터져나오는 내 가슴속 사랑을 어찌할 수 없어 옷을 모두 벗고 춤추면서 놀았단다. 천년 전의 아리따운 선덕여왕도 만날 수 있을 것 같았어. 그 들꽃들 너머, 저쪽 적송 아래, 그가 오토바이에 드높이 앉아 나를 바라보고 있었지.

그는 그때 무엇을, 그 텅 빈 눈빛으로 보았을까.

편지 다섯

사랑하는 내 딸, 하나.

잠을 이룰 수가 없다. 네 엄마도 그렇고 나 또한 그래. 엄마는 벌써 며칠째 식음을 전폐하다시피 하고 있어. 날씨는 왜 이렇게 연일 무더운지. 지금은 창 너머, 여명이 터오는 시각이다.

나는 네 책상 위에 엎드려 이 글을 쓴다.

책상 위엔 몇몇 교재들 사이로 김남주의 유고 시집과 리처드 바크 『갈매기의 꿈』과 김수정 만화 『아기공룡 둘리』가 쌓여 있고, 내가 이르쿠츠크로 날아가는 비행기 KE 9515기에서 생일 선물로 사 보낸 귀걸이 선물 세트와 편지가 놓여 있고, 유치원 노란 제복을 입고 엄마와 함께 웃고 있는 네 사진이 작은 액자에 넣어져 놓여 있다. 사진 속에서 너는 쌍갈래로 땋은 머리에 노란 리본을 매고 아주 순하디 순하게 웃는구나. 살짝 벌어진 앞니엔 티끌 하나 없어. 아마도 내가 안양의 미륭아파트에 살 때였던 것 같아. 어떤 날 책 한 권이 날개 돋친 듯 팔려 유명한 작가가 됐을 때, 그 유명한 이름으로 짐 진 것들 너무 무거워 어찌어찌 숨어 있을까 하고 서둘러 이사해 갔던 안양 변방의 아파트다. 네가 처음으로 세상과 만났을 이층짜리 유치원 건물이 떠오른다. 미륭아파트에선 지척이었지. 아빠 아빠. 유치원에서 성급히 돌아온 네가 숨넘어가는 소리로 나를 부르며, 902호 사줘, 902호 사달란 말이야. 다짜고짜 떼를 쓰듯 했던 말, 너 기억하니. 너는 그날 선생님한테서 여자는 크면 시집을 가는데 시집간 뒤엔 엄마 아빠랑 살지 않고 다른 집에서 살아야 한다는 설명을 들었던 거야. 우리가 살던 아파트가 903호였으니까, 시집간 다음에도 아빠 곁에서 떨어지고 싶지 않으니 미리미리 902호를 사놓으라는 것이었지. 그 무렵의 너는 올혼 섬 북단의 들꽃보다 더 예쁘고 해맑았어. 정말야. 널 보면 야무지게 땋아내린 머리, 깜찍하게 튀어나온 이마, 길고 유순한 속눈썹을 누구나 쓰다듬어보고 싶어 안달을 했었거든.

보고 싶은 하나야.

너를 만나고 돌아온 지 불과 세 시간도 채 지나지 않았는데 네가 왜 이리 간절히 보고 싶은지 모르겠구나. 아빠, 뭐하러 돌아오셨어요, 라고 너는 애써 웃으며 말했지. 나는 눈시울 뜨거워져서 그 순간 아무 대답도 하지 못했다만 지금은 말할 수 있다. 내가 서둘러 바이칼에서 돌아온 것은 네가 염려됐다거나 너를 불길 속에서 구해낼 비책이 있었기 때문이 아니라, 다만 물아래 옥돌 같은 나의 딸, 네가 그리웠기 때문이라고.

서울에서 난리가 났어요.

이민형 사장이 전화기 저 너머에서 말할 때만 해도 나는 그것이 단서가 되어 바이칼 올혼 섬을 떠나게 될 줄은 예상 못했다. 적어도 여름이 지날 때까지 나는 그곳에 있으리라 생각하고 있었거든. 그러나 이민형 사장이 덧붙여 말하길, 통일축전을 벌이려던 시위 학생들이 대학 과학관 건물에 고립되어 경찰과 대치 상태가 여러 날째 된다는데요, 그 과학관에 글쎄, 실험 실습 자재가 많아 불이라도 붙었다간 수천 명 학생들이 몽땅 날아갈 판이랍니다, 라고 했을 때, 머나먼 바이칼의 내게까지 시위의 불길이 옮겨붙었다는 걸 나는 느꼈단다. 네가 다니는 대학의 과학관 이야기를 이민형 사장은 하고 있었으니까. 올혼 섬의 마지막 밤, 짧은 꿈속에서 순백색 드레스를 입은 네 몸이 하나의 불꽃이 되어 하늘에서부터 떨어져내리는 것을 나는 보았구나. 하나랑 애들 있는 건물에 여보, 화공약품과 화염병이 뒤죽박죽 쌓여 있다는 거야. 역시 전화로, 네 엄마가 떨면서 들려준 말이 상기도 내 귓가에 남아 있어. 나는 극동의 블라디보스토크에서 비행기를 바꿔 타고 멀찍이 태평양을 돌아 김포에 내렸구나. 끝까지 가려내어 엄중하게 법적 책임을 물을 방침. 대학 총장 출신의 국무총리 담화문을 나는 비행기에 비치된 신문에서 읽었다. 블라디보스토크에서 서울까지 직항로로 날면 한 시간 비행거리도 채 되지 않건만 비행기는 짐짓 조국을 버리는 시늉으로 동강난 내 나라 멀리 등져 날다가 태평양을 선회해 내 집으로 오는 것이었어.

북한의 대남적화노선 그대로 추종. 이적利敵으로 규정. 발본색원. 엄단의 칼. 칼. 칼. 초강경 진압을 천명한 서슬 푸른 검찰의 선언. 신문기사의 굵은 글씨들은 모두 이렇게 자극적이었어. 김포에서 비행기를 내렸을 때 내 조국의 여름이 너무도 습하고 무덥다는 걸 나는 깨달았다. 폭력 극렬 시위에 여야 한목소리. 각계 인사 엄단 주장. 이런 제목의 기사도 나는 기억했다. 완전 무장한 일만 이천여 명의 전경에 포위되어 고립된 학생들은 단전, 단수는 물론 음식도 부족하여 탈진하는 학생이 부지기수라고 했다. 강경 진압에 맞서기 위한 투신조와 분신조가 이미 조직돼 있다는 소문도 있었다. 너희가 갇힌 과학관 고층 유리창엔, 엄마 배고파, 이렇게 씌어 있구나. 김남주 시인은 자유의 길, 해방의 길, 통일의 길이라고 썼다. 네 책상 위에 놓여 있던 김남주 시인의 책이 생각났지. 빛이 빛을 잃고 어둠 속에서, 세상이 갈 길 몰라 헤매고 있을 때, 섬광처럼 빛나는 사람들이 있었다, 라는 구절에 선 굵은 매직으로 너는 주욱, 밑줄을 그어놓았었지.

과학관 화공약품 더미에 너희들이 갇힌 지 이제 팔 일째.

정부도 언론도 국민도 똘똘 뭉친 듯 너희들의 항복과 고사枯死만을 기다리는 이 고립무원의 여명 속에 과연 누가, 무엇이 빛나는 것일까. 이대로 있을 수는 없어. 네 엄마가 머리를 빗어 묶더라. 어떡하자는 거야? 나는 자신 없이 대답했어. 지난밤 아홉시 텔레비전 뉴스가 끝난 직후의 일이다. 텔레비전에선 오늘밤 안으로 과학관에 경찰이 진입 작전을 펼 가능성이 많다는 아나운서 멘트와 함께, 여러 대의 페퍼포그, 헬기까지 동원한 삼엄한 경찰 포위망, 폐타이어를 과학관 앞에 쌓아올린 시위대의 바리케이드, 쇠파이프로 무장한 사수대, 복면을 한 옥상 위의 시위 학생들 따위를 반복해 보여주었어. 경찰이나 시위대나, 양쪽 다 양보를 안 하면 도대체 어쩌자는 거냐고, 한판 붙어서 과학관이 폭발해 경찰과 학생들 함께 죽자는 거냐고, 이게 이민족과 전쟁하는 거냐고. 엄마는 말하면서, 그러나 서둘지 않고 여러 번 꼼꼼히 빗질한 머리를 앞가르마 타서 깡똥하게 동여맸어. 산기産氣가 있어 너와 네 오빠, 동생을 낳으려고 산부인과 병원으로 떠날 때, 한밤이든 새벽이든, 네 엄마는 늘 그렇게 꼼꼼히 머리를 빗어 묶었지. 당신, 머리 빗어 묶는 것 보니까 또 애라도 낳을 폼이네, 라고 내가 말하고, 하나 만나러 갈 거야, 우리 하나가 엄마를 부르는 소리 들려, 라고 네 엄마는 선언했다. 평생 내게 순종하고 살아왔지만 머리 꼼꼼히 갈라 빗어 묶고 나면 네 엄마 절대 가로막을 수 없다는 거, 난 알고 있어. 네 엄마는 사랑의 결단으로만 그런 식으로 머리를 빗어 묶거든.

나는 네 엄마를 말릴 수 없다는 걸 곧 알았다.

그렇게 너에게 간 거였어. 대학 안으로 들어서고 나서도 엄마는 길을 헤매지 않았어. 정말 신기한 일이었다. 엄마는 마치 눈에 뵈지 않는 누군가의 길안내를 받는 것 같았어. 과학관 뒤의 어두운 숲으로 들어서자 경찰 병력의 포위망이 일부 열려 있었다. 대체 엄마는 그 길을 어떻게 알았던 것일까. 네 엄마는 확신에 차서 성큼성큼 걸어가고 나는 시종처럼 그 뒤를 따르는 형국이었지. 당신, 열린 길을 이리 잘 찾다니, 족집게 무당이네. 사수대 학생들 사이를 비집고 들어가 전운이 감도는 과학관 현관에 도착했을 때 내가 말했어. 엄마가 찾아간 그 길은 정말 엄마의 신기神氣에 의한 거라고 나는 생각해. 그것이 아니라면 어두운 곳에서 망설일 것 없이 그렇게 길을 찾아간 엄마를 해석할 길이 없거든. 절실한 사랑보다 더 밝은 눈은 없다는 것을 나는 그래서 알았단다.

그렇게 나는 너를 보았다, 하나야.

너는 과학관 삼층의 동편 복도 끝에 있었지. 수많은 학생들이 대학별로 무리 져 시멘트 바닥에서 혹은 자고 혹은 앉아 있는 사이를 지나 네 엄마의 신기에 이끌려 복도 끝까지 갔을 때, 먼지 쌓인 시멘트 바닥에 찢어진 신문지 한 장 깔고 모로 누워 잠든 너를 보았던 거야. 과학관이 좀 큰 건물이냐. 수천 명의 학생들이 복도마다 층마다 꽉 차 있는 형국인데도 너의 엄마는 네가 있는 삼층 동쪽 복도로 들어갈 때까지, 누구에게든 아무것도 묻지 않았어. 이층 층계참에서 내가 엄마를 붙잡았을 뿐이야. 무조건 올라가면 어떡해. 연세대 애들이 어디 있는지 물어보고 가. 엄마는 그러나 말없이 내 손을 뿌리치고 삼층으로 곧장 올라갔다. 망설이지도 머뭇거리지도 않았어. 포개지다시피 잠든 한 무리의 학생들 사이에 네가 있었어. 엄마는 무슨 수로 그곳에 네가 있다는 걸 알았을까. 몰라. 그냥, 무엇인가 나를 끌어당기는 게 있는 것 같았어. 너를 만나고 집으로 돌아와 엄마가 한 말이다. 등을 한껏 접고 시멘트 복도 끝, 신문지 한 장 위에서 구부리고 잠든 너는 아주 작아 보였어. 앉은 채 졸고 있는 한 남학생의 무릎에 네 앞이마가 닿고 있었지. 저, 저희 대학 부학생회장입니다, 하고 내게 꾸벅 머리 숙여 인사하던 그 남학생.

너를 어떻게 키웠는데 신문지 한 장 달랑 깔고……

엄마는 목이 메어 말의 아퀴를 짓지 못하고, 엄마 품에 안긴 너의 눈에도 이슬이 맺혔다. 그러나 표정은 어둡지 않았어. 엄마도 참. 너는 웃으면서 대답했어. 여기서 신문지 한 장이면 어딘데 그래. 동아리 엠티 떠나보내면서 보았으니 내가 너를 만난 것은 꼭 열아흐레 만이었어. 그사이 너는 몰라보게 말랐고, 까맣게 탔고, 목이 훌쩍 길어졌고, 눈은 깊었다. 이 신문지 벌써 일주일이나 내 침대보로 쓰고 있는걸. 돈 줄 테니까 팔라는 애도 있어, 엄마. 덧붙여 말하면서 네가 예전과 다름없이 순하고 맑게 웃었다. 일만 이천여 명의 전경에 포위되어 있는 전사가 아니라 유아복을 입고 엄마 곁에 선 저 사진 속의 너처럼.

여기 선배님도 천 원 준다면서 팔라고 했는걸.

너는 살짝, 네 곁에 선 부학생회장을 돌아보았어. 하얗게 이를 드러낸 너의 깊은 눈빛에 그 순간 난향처럼 세필로 흘러가는 광채 한 자락, 나는 본 듯했다. 그래서 난 알아차렸구나, 하나야. 깡마른 체구, 헌칠한 키, 그리고 부드러운 턱선 안에 단단한 이념의 그물코를 감추고 있는 그 청년이 너의 젊은 무사 예니세이라는 것을. 네가 안 나가면 나도 안 가! 엄마가 말했고, 우리는 해산하여 나가겠다는데 경찰이 우리를 가둬놓고 있는 거예요, 네 선배가 대답했다. 아비이면서 작가인 나는 그러나 정작 아무 말도 할 수 없었다. 아빠, 전 아직 어떤 것이 통일의 길인지 몰라요. 왜 이렇게 우리가 여기 갇혀 있어야 하는지도요. 그치만 이건 알아요. 우리는 여드레나 이곳에 함께 있었어요. 함께 말예요. 저 혼자서 여기를 나갈 수는 없어요. 네가 내 팔을 잡으면서 말하고 있을 때에도 나는 아무 대답도 할 수 없었다. 마치 내가 너희를 가두고 있는 것 같은 심정이었거든.

지금 동편 하늘이 홍조를 머금고 있다.

네 책상 앞에 앉아서 이렇게 밤이나 밝히는 나의 무력함이 가슴 아파 견딜 수가 없구나. 아래층에 있던 네 엄마가 미숫가루를 타가지고 올라와 책상 맞은편 피아노 의자에 앉는다. 라디오에선 투신이나 분신 등 돌발 사고를 고려, 경찰이 너희 대학 과학관 진입을 좀더 뒤로 미룰 것이라고 전하고 있는 중이다. 도대체 이게 뭐래요. 너나없이 잘나터진 양반들 많은데 해방되고 오십년 넘도록 조그마한 땅덩어리 하나 붙여놓지 못해 공부할 애들까지 잡쳐놓고……라고 말하며 네 엄마, 참았던 눈물 기어코 쏟는구나. 너희가 과학관에 갇혀 있는 게 분단 조국의 현상황과 근본적인 관계를 맺고 있다는 걸 엄마도 알고 있었던 게야.

이럴 때 왜 하필 그 남자가 떠오르는 것일까.

오토바이로 올혼 섬 좁은 마을을 돌고 돌다가 어느 새벽 훌쩍 날아서 바이칼 깊은 곳으로 떠나버린 그 남자. 루리 차 혼쨈? 하고 오토바이에 내려서 정중히 그가 내게 권하던 말이 무슨 뜻인지, 그 순간 나는 확연히 깨닫는다. 그는 아마 함께 가실까요? 라고 말했던 거야. 루리 차 혼쨈? 함께 가실까요, 함께 가실까요, 그렇게. 그렇지만 경계심 많은 그 누구도 따라나서진 않고, 그러니 다시 오토바이 타고 떠나며, 차찬 뿌아헌, 그럼 혼자 가지요, 했던 것이겠지. 독백은 허망하지만 눈물은 무겁다. 왜 우리는 젊은 너희와 함께 가지 못하는 것일까. 엄마의 눈물은 너와 함께 가지 못하는 경계가 밉고, 또 그 경계가 너무 절망적이어서 흘리는 눈물일 터이다. 경계는 새끼 쳐서 더 많은 경계를 낳고, 그것들이 우리를 산지사방으로 가르고 나누니, 그리운 길 멀찍이 밀쳐두고 온 나는 돌아오지 못하는 네 책상 앞에 앉아 죄인처럼 두 팔 내려뜨리고 있을 뿐이다.

해가 떠오른다.

통일 조국에서 반드시 살게 될 젊은 하나.

네 엄마와 나는 비록 굶주린 채 시멘트 바닥에서 신문지를 덮고 지낼망정, 일만 이천 경찰 병력이 철통같이 에워싼 고도에 네가 갇혀 있을망정, 간밤에, 학문의 전당 대학에서, 차이고 불타고 다치고 죽는 끔찍한 일들 일어나지 않고 새로 뜨는 해를 맞는 게 얼마나 다행스러운지 그 은혜에 감사드리고 싶은 심정이다.

우리 하나, 별일 없겠지요.

떠오르는 해를 향해 엄마는 가슴을 쓸어내리고, 나는 무한 경계로 열리어 일어서는 황홀한 바이칼의 아침을 넘어다본다. 함께 가자는 오토바이 남자와 선뜻 동행하지 못한 아빠는 죄가 많은 사람이다. 너희들을 뒷바라지하는 것만으로 모든 어른들이 면죄부를 얻을 수는 없다. 내가 왜 그걸 모르겠느냐만, 그러나 하나야, 나는 너에게 언젠가 바이칼의 아두반치키, 그 생명력이 강한 민들레와 수많은 작은 들꽃들을 보여주고 싶다. 희망이 있다면 고통은 참을 수 있다고 나는 믿는다. 영하 삼십 도의 얼어붙은 혹한 한가운데, 신묘하지, 작은 씨 감추어 견디다가 대지가 풀리는 계절이 오면 마침내 그 싹을 피워 영롱한 꽃잎들을 피워내는 들꽃을 나는 생각하고 있다. 그것보다 큰 힘이 어디 있는가, 그런 생각. 그들이 힘있는 건 길고 모진 시베리아의 혹한을 견디어냈기 때문이 아니라, 마침내 그들이 영롱한 제 빛깔을 제 목숨에 담아 꽃을 피워냈기 때문이야. 너희들이 바로 아두반치키, 바이칼의 민들레야. 그 들꽃이야.

그럼. 그렇고말고.

나는 확신에 차서 네 엄마의 어깨를 다독거린다.

너의 순한 웃음과 네 선배의 눈빛이 동시에 떠오른다. 너는 새우잠을 자다가 일어났을 때, 또는 앉은 자리에서 이탈할 때, 네 신문지를 꼭 접어 챙긴다고 했어. 본래부터 네가 무엇을 버리지 못하는 성미이기 때문만은 아닐 거야. 그 먼지투성이 침침한 복도 끝에서, 최루탄 연기에 눈물 콧물 흘릴 때조차, 서둘지 않고, 그러나 민첩하고 꼼꼼하게, 너의 침대보, 찢어진 신문지를 접어 챙기는 것은, 다음에 앉거나 누울 때에 미리 대비하는 것이겠지. 넌 언제나 그런 아이였어. 다음이라는 희망을 결단코 버리지 않는. 엄마와 내가 너를 두고 나올 때, 시한폭탄 같다는 과학관 앞까지 따라 나와 귀엣말로 네가 했던 말이 아직 생생하다. 아빠, 나 여기서 나가면 있지, 냉면하고 소주 사줘요.

그럼. 사주고말고.

나는 중얼거린다. 해는 이제 북한산 형제봉 위로 불끈 솟아올라 이 글을 쓰는 네 책상 위에까지 곧게 달려온다. 우리 밥해 먹자고. 난 배고파, 여보. 네 엄마에게 나는 말한다. 다음에, 라는 말이 내 가슴에 쏟아져들어오고 있다. 너는 반드시 무사히 돌아올 거라고 나는 믿는다. 이 아침, 과학관 어두운 복도에서 눈가를 세밀하게 접어 순하게 웃으며, 다음을 위해 찢어진 신문지를 정갈하게 접고 있는 네 손을 나는 보고 또 봐. 너에 대한 내 확신의 단서이며 앞세워놓은 우리들 세상에 대한 내 희망인.

사랑하는 딸, 하나야.

고기古記에 이르기를, 일찍이 바이칼 동쪽에 우리의 시조인 천제한님의 나라가 있어, 그 나라 땅이 넓어 남북이 오만 리요 동서가 이만 리라고 했거니와, 아직 동강나 있는 조국에 연민을 떨치지 못하는 젊은 너를 그리며, 환한 이 아침볕 속에서, 중종 때의 강직했던 선비 이맥李陌이 지어 묶은 『환국본기桓國本紀』 서두를 나는 여기, 네 노트에 적는다.

"옛적에 한님이 계셨나니 하늘에서 내려오사 천산天山에 사시면서 천신에 제사 지내고, 백성에겐 목숨을 정하시고, 모든 일을 두루 다 다스리시니, 들에 사시매 곤충과 짐승의 해독이 없어지고, 무리와 함께 행하시매 원한을 품거나 반역하는 무리 또한 없어졌느니라. 친하고 멀다 하여 차별을 두지 않았고, 윗사람과 아랫사람이라 하여 층하를 두지 않았으며, 남자와 여자의 권리를 따로 하지도 않았고, 늙은이와 젊은이의 일만은 구별했으니, 이 세상에 법규가 없었지만 계통은 저절로 성립되고 순리대로 잘 조화되었도다. 질병을 없게 하고 원한을 풀며 어려운 자를 일으키며 약자를 구제하니, 원망하고 일부러 어긋나는 자 하나도 없었다."

ㅡ

혼잣말

—흰 소가 끄는 수레 5

비유컨대, 불멸이 있다면 그건 흰 소가 끄는 수레에 실려 있소. 자네, 바바리코트의 사내, 내게 말했지. 해인사에서 무주로 넘어가는 험준한 신풍령 고개는 그날 밤 폭설로 폐쇄되어 있었네. 썩을 놈, 뒈질려고 그 오진 고갯길을 넘어가냐 넘어가길. 뭐가 씌었던 게지. 글쓰기를 중단하고 죽어야지, 밑도 끝도 없이 해인사로 내려간 것만 해도 그래. 젠장할, 해인사가 어디 있다고. 전각들만 보았을 뿐 해인사에도 해인사가 없었어요, 어머니. 불에 데고 시간에 먹혀 아우성치면서, 화택의 세상에서, 네놈이 감히 흰 소가 끄는 수레를 타? 에라 순, 싸가지가 쉬파리 좆만큼도 없는 놈. 어머니는 살이 쏘옥 빠져서 눈자위는 우물만큼 깊고 양쪽 볼은 쏙 패었데, 희더라구. 아스피린 분말같이. 울 엄마는 욕쟁이였어. 울 엄마는 욕만큼 사랑을 갖고 있지만 욕하지 않는 내겐 사랑이 없어. 그게 나의 문제야. 히잇, 햇빛이 참 곱네.

햇빛이 곱다? 말이 돼, 그게? 말이 돼야 소설이지.

그가 마을 고샅을 빠져나온다.

감자 씨를 묻은 지 한 달이야. 옥수수 키가 벌써 세 뼘쯤 자라고, 마을로 간 제비나비는 돌아오지 않고 있어. 날개를 쫙 펴면 이곳에서 용인까지 그늘이 지는 제비나비야. 청람색 띠를 둘렀는데, 옳거니, 제비나비에 앞서, 저기 코끼리 무리가 오고 있네그려. 허어, 여우 무리까지. 사자 무리까지. 굼벵이 무리까지. 무리를 등지고 저 홀로 마을 쪽에 내려간, 작년 이맘때, 십 년 전 이맘때, 백 년 전 이맘때, 마을로 날아간 그놈, 제비나비는 대체 어디에서 길을 잃어버렸을까.

그가 마을 고샅을 빠져나온다.

지게를 지고 있다. 나는 시계를 보지 않고도 두시라는 걸 알아차린다. 경험으로 보아 오차는 플러스마이너스 오 분 미만이다. 마을이 끝나는 곳에서부터 길은 감자밭과 텃논 사이를 활처럼 휘어져 흐른다. 나는 담배에 불을 붙인다. 담배를 다 태울 때쯤 그는 아마 외딴 우리

집 앞을 지날 것이다.

내가 미친놈 같소이까!

책상을 한 번 쾅 치고 나서, 알아요, 처연한 낯빛이 좋겠지, 알지만 어쨌거나 난요, 쓰고 싶다고요. 씨팔. 눈을 감거나 뜨거나 간에, 앉으나 서거나 간에, 천지간을 꽉 채우며 저놈의 나비떼가 다시 날아오르는 걸 내가 어떡하겠어? 오두방정을 떠는 놈도 있고 제법 도통한 척 인품 오지게 잡는 놈도 있고 화냥기 지르르르 흐르는 놈도 있고 진정이 넘쳐 차라리 제사장 얼굴 본뜬 놈도 있구나. 그가 지게에다가 수천수만의 저 잡것들, 나비떼 짊어지고 내게로 오네그려. 날이면 날마다. 엄마는 등이 잔뜩 굽었었어. 뽀드득 이를 갈면서, 끽소리들 마라, 잉. 지지배면 엎어놓아버릴 것인즉. 나비는 무게가 무겁지 않아. 그러니 자네, 겁먹을 거 없다고. 내가 살의 가득찬 세상으로 내팽개쳐질 때, 천만의 만만의 콩떡일세, 무게가 나가지 않는다니까. 내 등이 굽은 게, 울 엄마 등이 굽은 게, 그놈의 무게 때문에 그런 줄 알았다간 큰코다친다고. 삶의 무게라는 말이 있다면 그건 허깨비 관념의 다른 이름입니다, 여러분. 책상 한번 더 쾅 치고, 사이를 두기 위해 준비된 물잔의 물을 한 모금 마실 것. 상상력과 감수성의 나비떼는 붕붕붕붕붕 지표면에서 떠 있어. 지게에 담겨 있는 듯 보일 뿐이지. 지게에 담아도 지게가 무겁지 않고, 광주리에 담아도 광주리가 무겁지 않고, 코끼리에 담아도 코끼리가 무겁지 않고. 코끼리면 어떻고 사자면 어떻고 굼벵이면 또 어떻단 말인가. 걷는 것도 아니라니까 그러네. 느리지도 빠르지도 않아. 아, 글쎄, 저기 좀 봐. 마을을 빠져나온 그가 이쪽으로 오고 있어. 신의 창으로 들어가려고. 내 상상력의 농로農路를 따라 당신 지게에다가 코끼리떼 가득 짊어지고. 나는 단지 여기 앉아 있다네. 화자가 정해지고 여기, 외딴집 창 앞, 시점이 확보되면 두려울 게 하나도 없다고. 엄마, 난요, 이제 걸으면 돼요. 걷고, 달리고, 관성의 바람 속을 솟구쳐 날고. 아아, 엄마. 사정射精할 것 같아요. 나는 작가야. 작가는 때때로 얼마나 통절하게, 사정하는가. 책상을 칠 필요는 없네. 여기에선 쓰윽, 고개를 들고, 불의 눈을 밝혀서, 청중을 쓰윽, 쓰윽, 둘러보는 거야. 숨이 막히는 분위기를 연출할 필요가 있어. 자신을 제압해야 되거든. 너의 인물도. 개연성의 독재가 필요하니까.

나는 굴암산 자락 끝의 한터산방 남쪽 창 앞에 앉아 있다. 무르익은 봄의 한낮이다.

나는 이렇게 쓰고 싶어. 아, 꼴리는 기분일세. 뜰 앞을 가로질러간 농로의 왼편 끝은 한터 마을이야. 여자가 하나, 그 길을 걸어오고 있네. 여자인가? 미인이면 더욱 좋고 섹시하면 더더욱 좋아. 오른편 끝은 굴암산. 농로 건너편엔 계단식 논들이 자리잡았고, 논이 끝나면 옮거니, 굴암산 속 용화사로 올라가는 시멘트 포장길. 그리고 다시 굴암산에서 흘러내린 야산. 끽소리도 내지 마라들. 내가 골방에서 나올 때 얘기야. 칠흑 같은 어둠 속에서 엄마는 뽀드득뽀드득 이를 갈면서 나를 낳았다고. 그래. 그렇구나. 애초에 인식하진 못했지만 여기 앉아보니 골방이 따로 없어. 연접하고 중첩한 신록의 산세 한가운데에서 삼 년째. 홀로 사는 외딴집 '한터산방', 여기는 골방, 오버, 여기는, 여기는 골방, 오우버.

나는 담배를 끄고 일어난다.

그가 우리집 텃밭 사이를 지나 다가온다. 울타리가 따로 없으므로 그가 밟고 오는 농로는 우리집 뜰 안을 동서로 관통하고 있다. 탁, 탁, 탁, 하고 지팡이를 짚듯 그는 농로를 괭이 끝으로 찍는다. 잡초들을 찍어내어 길을 하얗게 닦는 것이다.

안녕하세요!

내가 소리지른다. 귀가 잘 들리지 않아서 매번 소리지르지 않으면 그의 시선을 내 쪽으로 돌리게 할 수 없다. 그의 시선보다 햇살에 미끄럼을 타고 굴암산으로 달려간 내 목소리가 먼저, 안녕하세요요요, 메아리로 돌아온다. 그의 눈은 언제나 그렇듯 웃고 있다.

담배 한 대 피우고 가세요!

내 말이 채 끝나기도 전에 어, 어, 엇, 그가 괭이를 하늘로 쳐들어올리며 뭐라고 말한다. 하늘빛이 좋다는 말인지 담배 생각이 없다는 말인지 알 수 없다. 그는 벙어리이기 때문이다. 바싹 쪼그라든 얼굴에 수많은 주름살이 그물망으로 흘러나간다. 올해 일흔일곱의 그는 청년 시절 대처로 흘러나갔던 삼 년여를 빼곤 평생 한터 마을을 떠나지 않고 산 토박이 농부이다. 그는 매일 오후 두시에 내 집 앞을 지나 굴암산 허리 높은 곳에 위치한 자신의 밭으로 간다. 오전엔 마을 너머에 있는 논과 밭을 돌보고, 집에 돌아와 점심식사 한 뒤, 한 시간쯤 오수를 즐기고 나면 어김없이 지게를 짊어지고 괭이를 들고, 바로 내 집 앞을 지나 굴암산 허리, 그의 밭으로 다시 가는 것이다. 장대비가 내리지 않는 한 봄부터 가을까지 그의 하루 일과는 여일하다.

지미 씨팔, 이라고 난 말하고 싶네.

이게 소설이야? 말 좀 해봐, 자네. 소설 문장은 이래야 하는 거냐고. 보고, 상처받고, 꿈꾼다? 엿 같은 소리야. 나는 보고 싶지 않아. 상처받고 싶지 않으니까. 무서워. 그래도 봐야겠지. 씨팔, 보고말고. 코끼리떼를 보기 위해선 코끼리떼와 거리가 유지돼야 한다 이거야. 언필칭 객관화구나. 귀신 씻나락 까먹는 소리 하고 자빠졌네, 라고 울 엄마는 말할걸. 엄마는 좀 가만있어요. 엄마가 문학에 대해 뭘 안다고 그러세요? 그려, 이놈아. 난 무식허다. 무식해서 소도 닭도 잡아먹고 산다, 이놈아. 히힛. 소도 닭도 잡아먹어. 우리 모두. 객관적 서술로 보면 코끼리는 코끼리하고 놀고 굼벵이는 굼벵이하고 놀아. 무리에서 떨어져 산으로 가지 않고 마을로 내려간 제비나비 하나 있었으니, 그 이름도 섬찟하구나, 이 반동 간나 새끼. 울 엄마가 다듬잇돌처럼 무거운 삶을 베고 누웠는데 방이 컴컴하지 뭐야. 난 엄마가 잠든 줄 알았어. 그래서 석유 한 방울 피 한 방울, 에너지 절약, 불을 꺼드렸지. 형광등. 썩을 놈, 왜 남의 눈을 빼냐, 빼길. 엄마가 하는 말이야. 절묘하잖아. 상처받지 않고도. 또 어떤 날 울 엄마한테 물었어. 엄마 뭐 잡숫고 싶어요? 객관적 서술은 이가 갈리네. 내게서 응시의 쇠사슬을 풀어주세요, 엄마. 숟가락 꽂아도 자빠지지 않는 고깃국 한 그릇 먹고 싶다, 라고 엄마는 말했어. 엄마는 뭐, 객관을 몰라. 그래서 엄마를 이길 수 없다고. 난 코끼리를 타고 싶을 뿐이야. 내 절망은 그거지. 그나저나 저 여자의 자궁은 틀림없이 바이칼 호보다 깊을 거야. 부드러운 내 어둠. 바라만 보지 말고, 저기 저 벙어리 농부의 지게에 올라앉아 저 여자에게 가고 싶네.

길은 망초가 우거진 그 사이로 뻗어나가 결국은 굴암산 깊숙이 심지로 가 박혀 있다.

나는 그렇게 시작하고 싶어. 관성은 못 말릴 괴물이지. 객관적 서술의 문장은 내 평생의 감옥이었어. 삶은 게처럼 갈기갈기 찢고 싶은. 그는 탁, 탁, 탁, 괭이로 길을 닦으며 그의 밭으로 가고 있다, 라고 나는 쓰고 싶지 않아. 5월 한낮의 햇빛이 빈 지게에서 반짝반짝 익살맞은 어린애들처럼 미끄럼을 타고 있다, 라고 쓰고 나면 결국 소름이 돋을 거야. 어쩌란 말예요, 엄마. 엄마는 마흔한 살에 날 낳으셨어요. 쭉정이 같은 엄마의 자궁을 열 달이나 내가 온몸으로 충만되게 채웠던 은혜를 언제 갚으실 건가요? 널 죽이고 싶어. 엄마는 말하겠지. 봐, 내 가랑이가 찢어지고 있어. 이제 곧 전양수가 터질 거야. 무리에서 떨어져나간 놈은 살 수 없어요, 라고 말해도 울 엄만 못 알아들어. 엄마는 도대체 알아듣는 말이 없어. 저 홀로 마을 쪽을 향해 비상해간 제비나비에의 추억이 내 코끼리들의 사타구니를 찢는구나. 그럼 가야지. 좆같이, 난 어쨌든 갈 거란 말이야. 말리지 말아요, 엄마. 찢어진 코끼리의 사타구니로 들면 샹그릴라에 갈 수 있을까 몰라. 언덕 저쪽, 샹그릴라. 늙지 않고 죽지 않는. 어떤 날 아이들은 불난 집안에서 놀고 있었어. 애비가 소리쳤지. 얘들아, 집에서 나오너라.

안 나오면 타 죽는다. 지미랄 것, 알아야 면장질이라도 하지. 왜 못허냐. 맽겨만 줘봐, 이놈아. 면장질을 면장이 허냐, 면장이라는 이름이 허지. 엄마는 제발 가만히 좀 있어봐요. 죽어 부식, 살아 부식, 뼈만 남은 엄마가 무슨 면장질을 한다고 그래요? 흰 소가 끄는 수레가 그래서 등장했것다. 불난 집에서 뛰어나오는 놈은 제 목숨도 건지고 흰 소가 끄는 수레도 타건만, 나오너라 나오너라, 불구덩이 속에서일망정 용하게 당신 외침을 들을 수 있었던 이 행운에 감사드리는 게 도리겠으나, 오호, 통재, 산세를 따라 흘러내린 저 신록의 빛을 따라가면 닿을 수 있을까 몰라. 샹그릴라. 나는 확신해. 엄마, 그 제비나비는 죽었을 거예요. 엄마는 소리치겠지. 썩을 놈! 이윽고, 가까워지면 들어간 데 나온 데 요철이 분명해지고, 아하, 멋진 여자네. 섹시해. 그는 불행하다고 느꼈을까, 황홀한 오르가슴을 난 원해. 객관화는 필요 없어. 섬광처럼 당신에게 가고 싶지. 죽이고 싶지. 내 직관은 그렇거든. 그러니 조심하는 게 좋아. 여기 앉아서도 당신의 멱을 딸 수 있어. 아, 살의를 감추고 살아야 하는 세상은 사막 같아. 요컨대, 저기 망초 무리 진 농로를 따라 굴암산 가운데 심지로 가 박히는 내 인물, 벙어리 농부, 일흔일곱 살, 객관도 아니고 주관도 아닌, 그가 날 붙잡고 있어. 내 직관은 그에게 당장에 날아가지만 그는 꿈쩍도 하지 않아. 그를 해체해야 돼. 그를 다시 조립해야 돼. 사랑은 시작되었어. 끔찍해. 무엇이 사랑인지 정말 모르겠어. 내 사랑은 어쨌든 줄기가 자라고 잎이 피고 마침내 제 그늘 속으로 나를 당겨 안아 비명 소리와 함께 사정시키겠지. 엄마, 글쎄, 가만히 좀 있어요, 제발. 사정하면 사랑이 끝난다는 생각이 날 억압하고 있네. 과거형 시제로, 억압하고 있었네. 벙어리 농부는 사정이 뭔지 몰라. 쏘는 게 아니라 흐를 뿐이지. 매번 눈으로 웃을 뿐인 그가 웃으면 잔주름이 잔잔하게, 빠르고 느리게, 힘차고 부드럽게 온 얼굴에 퍼져. 온 얼굴에 퍼지고 온 전신에 퍼져. 그럼 온 전신에 퍼진 것이 병풍처럼 이곳을 둘러친 저 산들의 빛나는 신록으로 돌아간다고. 피뢰침에 꽂힌 수만 볼트 전기가 저항 없이 젖은 땅으로 달려가, 오 남매 낳고 키운 엄마의 젖꼭지처럼 풀어진다 이거야. 그의 말言語이 그렇다구. 예컨대, 잔주름에 포옥 파묻힌 그의 눈은 파문을 기다리는 호수의 심지 같아. 심지가 필요해. 잔돌이 떨어지거나 바윗돌이 떨어지거나 원자폭탄이 떨어지거나. 파장은 드넓은 호수를 퍼지고 또 퍼져나가며 섬세하고 부드럽게 순치되어 대지에 흡수되고, 그러나, 화가 나는 건, 화가 아니라, 뭐라고 형용할 수 없는 엿 같은 기분은 말야, 벙어리 농부는 그러면서도, 나는 말하지 않았노라, 시치미 뗄 수 있다는 거야. 벙어리는 객관, 객관은 실체라는 백을 갖고 있거든. 그것과 싸움을 걸어보지만, 아나, 이놈아, 니놈 뜻대로 되나보

자. 울 엄마가 또 나를 약올리네. 누군 그러고 싶어서 귀신 씻나락 까먹는 소리를 하는 줄 아세요. 엄마는 낫 놓고 기역자도 모르는걸요.

황혼이다.

내가 그리 쓸 거라는 사실을 울 엄마는 벌써 알고 있어. 싸가지가 쉬파리 좆만큼도 없는 놈. 벙어리 농부가 가진 호수의 심지를, 쉬파리 좆을, 그것의 치수를 재봤느냐고, 자네, 바바리코트의 사나이가 물어. 반문할 용기나 있어? 혼인할 날 등창 나도 좋다는 처녀라면 무슨 말인들 못할꼬. 저기, 나비가 오네그려. 제비나비 하나, 한터산방 등지고 산을 내려갔지만 그래도 수천수만, 저기 저 신록의 강을 넘어, 엄마, 나비가 와요. 코끼리도요, 사자도 여우도 굼벵이도요. 젠장할. 웬 눈물.

황혼이다.

그가 굴암산 텃밭에서 떠나 탁, 탁, 탁, 그의 비단길을 괭이로 쪼고 닦으며 내려올 시각이다. 한낮의 햇빛을 등지고 갔던 것처럼 이번엔 빈 지게에 가득 능금색 황혼을 짊어지고 마을로 돌아올 것이다. 안녕하세요. 나는 벌써부터 소리쳐 인사하고 싶어 안달이다. 언제나 그래온 것처럼, 글쓰기를 완전 중단하고 이곳에 내려와 혼자 산 지 삼 년, 여일하게 그래온 것처럼, 담배 한 대 피우고 가세요, 그럼 그의 눈이 먼저 웃고, 웃음은 잔주름을 따라 산지사방 강물이 흐르고, 흐르고 흘러 대지로 돌아가 진토 될, 참말眞言을 나는 설레며 기다리고 있다.

그러나 그는 오지 않는다.

집집마다 굴뚝을 빠져나온 저녁연기가 산의 주름진 골마다 부드럽게 채웠는데도, 선홍빛 놀이 암갈색으로 잦아들어 사금같이 빛나는 별들이 양각陽刻으로 떠오르는데도, 어둠이 점령군처럼 파죽지세로 내려와 남쪽 창 앞에 앉은 내 어깨에 얹혀 있는데도, 그는 산을 내려오지 않고 있다. 지난 삼 년간 한 번도 없었던 일이다.

극적 구조, 사건이로구나.

가령 벙어리 농부는 언제나 일정한 보폭을 유지해. 사정은 사랑의 완성이 아닌 걸 알고 있다고. 쏘아서, 날아가 박히는 것이 아니라 흘러가 부드럽게 자궁에 고이면 사랑이지. 나의 인물은 빠르게 걷는 법이 없네. 니놈은 벙어리만도 못혀, 라고 엄마는 말해. 햇빛 속의 신록 사이로 걷다보면 생의 환희로 빛나, 오오, 소리치고 싶은데, 왜 소리치고 싶은 환희의 절정에서 스텝도 없이 엄마, 나 안아줘, 절망을 온전히 본 자가 있다면 만나보고 싶어요. 코끼리떼에겐 절망이 없네. 자네, 내가 주목했던 그 제비나비 봤어? 동일 효과, 책상을 칠 필요도 없다고. 그저 목소리 나직하게 깔고 쓰윽 청중을 둘러보며, 그는, 그는, 다음에 잠시 사이,

그는…… 끝내 산을 내려오지 않았다,

그렇게 말하고 나서 시치미를 떼란 말야. 청중들을 볼 것도 없어. 봐라, 창밖에 여자가 오고 있어. 깊은 자궁을 숨겨 가진 아름다운 내 천사. 그럼 시작된 거야. 극적 구조는 속도라는 관성의 폭발력으로 다단계 로켓같이 수직으로 발사할 것. 아니야. 포물선이 나아. 당신 자신의 폭발력은 숨길 것. 화자는 로켓에 점화할 때만 단지 통제관으로 자유로운 선택을 할 뿐이야. 관성의 속도는 화자를 결국 무력화해 꽁무니에 매달고 달리는 거야. 엄마, 나 좀 잡아주세요. 코끼리는 혼자 살았다나봐. 속삭이는 목소리로 글쎄, 있지, 그 여우가 혼자 살았다는 거야, 하고 짐짓 너스레를 떠는 거지.

역시 벙어리였던 아내가 죽은 지 십 년.

여자는 빠르게, 걷지도 않는 것처럼, 빨려오고 있어요. 눈은

자궁만큼 깊고, 하얀 하이힐을 신은 것으로 해두지요. 미니스커트에 미끈한 다리. 챙, 챙, 챙, 챙, 오월의 청랑한 햇빛이 희디흰 여자의 하이힐에 부딪치며 물방울로 퉁겨올라요. 썩을 놈, 또 꼴리는게벼. 문제가 그거라고. 아직도 난 하이힐에게 사정을 하려고 시위를 팽팽히 당긴다니까. 벙어리 농부는 여자가 다가와도 흐르듯이 걸어. 시위 따윈 당기는 법 없다고. 그는 신의 창을 향해 흘러가는 거야. 직진하면서 직진이 아닌. 여자는 그러나 창 앞을 그냥 스쳐지날 뿐이야. 꼴린 자네의 거시기는 상관 안 해. 아들 둘, 딸 둘을 뒀다나봐요, 엄마. 저런 쳐죽일 것들을 봤나. 늙은 벙어리 애비 혼자 팽개쳐두고 그것들은 도회지 보일러 때는 방에 살면서 속창아리 편하다고 허드냐. 사족을 달자면 한이 없어. 인과론의 폭압에 휩쓸려들면 빠져나올 길이 없다고. 해체를 통한 직관의 길을 내는 데 울 엄만 진짜 명수였지. 앞뒤를 고려할 필요가 없는 게 어머니의 행복이었어. 나는 벙어리 농부가 밥 먹는 걸 보았네.

그가 밥을 먹고 있었다.

극적 관성에 밀리지 않으려고 필사적으로 노력하면서, 그러나, 나는 현관문을 열고 나와 여자를 맞이할 준비를 해. 여자의 우물은 깊고 깊어 온종일 헤엄치고 놀아도 그 속을 다 볼 수는 없어. 실패하면 반복할 것. 시제는 과거. 여자는 풍뎅이처럼 부풀어오르고, 말은 염색체처럼 떼를 이룬다네, 실패하면 또 쓰고 또 쓰고, 집어등 환히 켜고 나는 오징어떼를 기다리는 거야. 나비떼도.

그가 밥을 먹고 있었다.

읍내에서 돌아오던 중이었다. 열린 사립문 안으로 얼결에 들어선 나는 정오의 햇빛을 온몸으로 받치고서 정밀한 마당 한가운데 서 있었다. 안녕하세요, 라고 소리치진 않았다. 소반 위엔 뜻밖에 반찬이 풍성했다. 산적, 잡채, 겉절이와 미역국이 있었다. 한쪽 다리는 접어 소반 밑에 놓고 다른 한쪽 다리는 댓돌 위에 세워놓은 채 그는 조용히, 그러면서 아주 열심히 먹고 있었다. 열어놓은 아랫방 문 안으로 웃는 듯 마는 듯한 어떤 아낙의 흑백사진이 봉안된 액자가 걸려 있는 게 보였다. 그의 식사 방식은 독특했다. 자신이 한 숟가락 먹고, 다음 한 숟가락은 반찬까지 올려놓아 마치 마주앉은 누군가에게 먹이듯 허공에 떠먹이는 시늉을 하는 방식이었다. 진정을 다하는 자의 따뜻하고도 정결한 표정이 그의 얼굴에 떠올라 있었다. 나는 묘한 긴장감으로 숨을 죽이고 그의 특별한 식사 광경을 바라보았다. 옆집에서 닭이 홰를 치는 소리가 들려왔다. 너무도 정밀한 침묵에 사로잡혀 있어서 나는 꿈을 꾸고 있는 것 같았다. 벙어리 아내의 영정을 향해 그가 정성껏 한 숟가락 한 숟가락 밥을 떠먹이고 있다는 사실을 깨닫는 데는 오랜 시간이 필요 없었다. 십 년을 하루같이 그래왔을 터였다.

미역국여.

그의 숟가락이 소반을 넘어 영정 쪽으로 향한 어떤 순간, 나는 분명히 들었다. 우렁우렁한 낮은 목소리였다. 너무도 갑작스러웠으므로 미역국여, 라는 말이 처음엔 벙어리인 그가 항용 소리낼 때처럼 어, 어, 엇, 하는 식으로 그냥 소리였다가 재빨리 내 귓속에서, 미역국여, 틀니처럼 딱 맞춰졌다.

오늘 임자 귀빠진 날여. 아, 해봐.

그의 다음 말은 막힘없는 문장으로 날아들었다. 오, 늘, 임, 자, 귀, 빠, 진, 날, 여, 아, 해, 봐. 어절마다 발음이 분명했다. 이것이 무엇인가. 그럼 그는 벙어리가 아니었단 말인가. 나는 충격과 당혹감으로 한 발 물러서면서 아니야, 이내 세차게 고개를 가로저었다. 환청이야. 그가 말을 할 리 없어.

엄마는 역시 내 말을 믿지 않는군요. 삽화는 픽션 속에 갇혀 있지만 픽션의 감옥을 부수고 싶어. 나는 작가 노릇이 싫어. 사만여 매의 소설을 쓰고도 전혀 발표하지 않았다는 자네의 말을 이제 나는 믿네. 내 꿈이 그러하니까. 그놈이 그놈이구나. 코끼리가 말해. 울 엄마는 나중 코끼리를 낳았거든. 제발 엄마, 이건요, 문학 얘기라고요. 엄마가 말참견할 일이 아니에요. 네놈이 그리 힘 뺀다고 코끼리를 낳겠냐. 울 엄마는 당신이 코끼리를 낳을 뻔한 사실에 굉장한 긍지를 느끼나봐. 상관없어. 나는 코끼리 따위를 낳고 싶지는 않아. 단지 저기, 저 여자에게 애를 배게 만들고 싶다고. 가령, 벙어리 농부는 6·25전란이 터졌을 때 서른 살이었고, 안온하게 정착을 한 적 없는 떠돌이였다고 말해보잔 말이야. 히히힛. 울 엄마, 이번엔 굼벵이를 수만 마리 낳고 있는데, 장관이야. 여자는 그저 창 앞에 지나갈 뿐이야. 이건 픽션이라고요, 엄마. 픽션요, 픽션. 젠장할, 미치고 환장하겠네. 아무도 1950년대 전반기, 그 전란 때의 그가 살았던 삶을 알지 못해요. 제비나비로 떠난 것일까. 그는 무리에 든 건지 무리를 떠난 건지 알 수 없어. 한터 마을의 무리를 떠난 것이 꼭 무리를 떠난 것은 아닐세. 어떤 날, 벙어리 농부는,

달이 아주 밝은 밤이었다.

이렇게 말할 거야. 제발 그가 말하게 둬. 상관하지 마. 초치지 말라고. 작가인 나는 빠지라니까. 굴암산 정수리는 잠든 사자의 갈기처럼 부드럽게 놓이고, 그는 방문을 열어놓고서 마당 가득

쏟아지는 원융한 월광月光을 바라보고 있다가, 아무 말 없이, 그때까지 그가 벙어리였는지 벙어리가 아니었는지는 모호하게 놔두고, 엄마, 좀 조용히 해요, 그의 말 좀 들어보시라고요.

그가 신발도 신지 않고 달빛 쏟아지는 마당 가로질러 동구 밖으로 나갔다.

중요한 건 그가 나간다는 거야. 그의 말을 엄마도 믿게 해야 돼. 머리 굴리지 마. 그냥 둬. 희디흰 박속 같은 달빛이 그의 머리와 그의 코와 그의 귓구멍과 그의 어깨와 그의 가슴과 그의 사타구니를 흥건히 적시게 그냥 두란 말이야. 코끼리의 사정을 온몸으로 받으려고 엄마가 용쓸 필요는 없어요. 그냥 그의 말을 좀 들으시라고요. 썩을 놈, 너나 들어라, 이놈아. 내가 엄마와 다투는 사이,

그는 전쟁이 끝나고 돌아왔다.

살이 쏘옥 빠지고 등은 굽었는데, 그러나 그는 아침에 출타했다가 돌아온 사람처럼 마당 가로질러 와 제 방에 들어가 눕더니 이내 깊은 잠에 빠졌다. 굴암산 가는 길에 밤낮없이 억새풀 씨가 바람에 날리던 가을이었다. 꼬박 사흘 밤낮을 자고 나서 깨어났을 때 그가 제일 먼저

한 일은 지게를 찾아 등에 지는 일이었다. 그는 지게를 지고 괭이를 들고 이미 가을걷이도 끝나버린 그의 밭으로 갔다. 아무도 그가 마을을 떠나 있던 삼 년간 무슨 일을 겪었는지 알 수 없었다. 그가 벙어리였기 때문이다.

난 정말 명징한 것이 싫으이. 엄마, 날 풀어주세요. 지겨운 것은 작년에 산을 등지고 마을로 혼자 날아간 제비나비를 내가 아직도 잊지 않고 있다는 거야. 나는 자베르 형사. 추적자. 만약 흰 소가 끄는 수레에 실린 불멸의 얼굴을 똑바로 볼 수만 있다면. 저기, 신록을 타고 바람은 불고, 그물망처럼 열린 내 늑골들 사이로, 산 위에서 부는 바람 시원한 바람, 세월이 내 늑골들 습자지처럼 저미고 가네. 추적의 관성에서 해방되면 도망의 질곡에서도 해방됩니다. 책상을 치라고, 이때. 탕, 하고 쳐. 물잔이 쓰러져도 좋아. 픽션의 질서에서 자유로워지면 논픽션의 무질서에서도 자유로워짐. 주를 붙이라고. 햇빛은 굼벵이들을 모조리 죽이거든. 정말일세. 명쾌한 모든 것은 이가 갈린다니까 그러네. 나의 주註는 이것이야. 햇빛은 필요 없어. 태양계의 중심을 이루는 발광체로서 지구에서 가장 가까운 항성은 태양이야. 적도 반경은 육십구만 오천오백오십삼 킬로미터. 체적은 지구의 약 백삼십만 배. 명징한 것은 살기殺氣예요, 엄마. 푹 썩어서 뼛골만 남으니까 몸 가벼워 좋더라, 이놈아. 그 표면의 온도는 육천 도나 돼요. 나는 그런 거 하나도 안 무섭다, 이놈아. 니놈은 말허겄지, 헛배가 부른 놈이니까.

나는 다음날 새벽, 망초들의 이슬을 바짓가랑이로 털어내면서 굴암산 허리, 그의 밭으로 갔다. 그가 닦아놓은 길은 희고 부드러워 비단 같았다.

거봐라. 내 그럴 줄 알았당게. 오살할 놈! 말 많아서 태워 죽일 네놈! 말이 많으면 말이 아니라고 여자가 말하고 있어. 여자에겐 장식이 하나도 없네. 끌려. 불멸은 소송이 아냐. 불멸은 소송이라고 말한 밀란 쿤데라는 정말 멍청이야. 내가 뭐랬냐. 여자는 창 앞을 지날 뿐이라고 그랬잖아? 만약에 그가 벙어리였다면, 나는 다만 환청을 들었을 뿐이라면, 오, 늘, 임, 자, 귀, 빠, 진, 날, 여, 벙어리 농부의 십 년 전에 죽은 부인 생일이 그날과 일치한다는 걸 어떻게 내가 알았을까. 아녜요, 엄마. 절대 들은 적이 없어요. 그래. 그렇구나. 이 햇빛이 결국 나를 말려 죽이겠구나. 엄마는 코끼리를 낳고 나서 굼벵이를 낳았지요. 흰 소는 낳지 못한 나의 엄마에게 나팔을 불듯 나는 말하고 싶어요.

나는 면직원이 내민 그의 호적을 보았다. 부인의 생일은 틀림없이 그날이었다.

추적자와 도망자가 내 내부에서 하나로 합쳐지면 불멸입니다, 여러분. 나는 늙고, 세월은 늑골의 그물망을 쑤와아, 빠져나가고, 엄마의 육신은 흙으로 가고, 엄마, 행복해지고 싶어요, 아나, 이 오살할 놈, 코끼리의 자궁 속에서 잠자듯 사는 삶이 내게로 오고, 제비나비가 코끼리를 낳고, 무리에서 떠난 굼벵이가 엄마의 자궁 속으로 들어가고, 아나, 이 썩을 놈, 제깟 놈이 연설은 무슨 얼어 죽을, 가르치려 하는 자는 지옥으로 가고, 엄만 제발이지 좀 빠져 있어요, 책상을 쾅 치고 나서, 요컨대, 요컨대에 힘 팍 쓰고 나서, 서늘한 눈빛 허공으로 들어올려, 요컨대 불멸은 사랑입니다, 불멸은 맑고 깊은 우물입니다. 흐흣, 울 엄마 웃는 소리. 불멸은 바이칼 깊은 곳, 수심 이백 미터, 수천 년 수만 년 영상 일 도에 있다고 소리치면서 청중을 쓱 둘러볼 것. 제비나비가 돌아오고, 돌아와 무리 사이로 향기로운 길을 내고, 여러분, 불멸은 향기입니다. 가짜 감동은 그런 거지. 바바리코트나 걸치고 어슬렁거리는 당신이 뭘 안다고 그래. 당신은 엿 같은 퇴물이야. 현역 장교에게나 경례를 붙이는 거야. 내가 워디 현역이냐. 엄마는 제발 좀 빠지세요. 저 바바리코트 새끼가 날 물 먹이잖아요. 난 현역 아닌데도 니놈이 맨날 내 무덤 속을 들쑤시니, 하이고오, 죽어도 살 수가 없다, 이 썩을 놈아. 다만 한 가지는, 할 때는 눈을 지그시 감는 게 좋아. 청중을 끝까지 속이는 걸 포기하지 마. 다만 한 가지는, 내 속의 지옥 같은 분열과 변덕을 수습할 것, 염습할 것. 나의 주인공은 요컨대 죽었다는 거예요, 엄마. 엄마는 죽고 나서 가장 아름다웠어요. 얼굴은 하얗고 꺼진 눈은 깊고 다물린 입술은 정결했지요. 나는 입을 맞추고 싶어서 눈물이 났어. 엄마가 부러워요. 새벽에 죽은 울 엄마는 정오에 상여 타고 떠났다네. 햇빛을 태우고 찰랑찰랑 물결쳐 움직이던 꽃상여의 앙장仰帳을 보셨나. 어여쁘고 슬프고 아름답고 행복한 나의 앙장을 꿈꾸는 건 죄가 아니야. 새떼들이 새벽바람 가로지르며 연방 내 머리 위를 지나네. 아직 여자는 저기 있는데. 동고비도 휘파람새도 있고 박새도 있고 오목눈이도 있고, 참나무도 눈뜨고, 전나무도 눈뜨고, 까치박달나무도 눈뜨고 새우나무도 눈뜨고, 쯔쯔비 쯔쯔비, 큐리릿 큐리릿, 쌀 씻어 안치는 소리, 발밑에선 질경이도 깨어 일어나고.

새벽이었다.

나는 그래도 쓸 거야. 청랑하고 청랑한. 신록의 세포들이 일제히 눈뜨는, 픽션과 논픽션의 가름이 없는, 무한과 유한의 구분이 없는, 새벽, 그 행복한 비단길. 나는 알고 있었어. 내 인물의 밭으로 가면서. 죽음은 검은 망토를 걸치고 있는 게 아니야. 암, 그렇고말고. 엄마는 말했네. 엄마한테 동의를 얻은 건 첨이네요. 그가 죽었어요, 엄마. 그의 밭에서요. 자네가 만일 그의 밭에 가본다면 내가 그렇듯이 자네 또한 그곳에서 살고 싶을 거야. 산허리쯤, 그가 나무를 자르고 돌을 주워내고 손수 가꾼 밭이라네. 척박한 땅이었겠지. 픽션의 상투적인 구조물. 시멘트는 싫어요. 전봇대도요. 산성의 나날을 살 때, 내가 코끼리를 낳고자 하는 망집에 얽매여, 코끼리가 굼벵이를 낳고, 굼벵이가 사자를 낳을 때, 나는 말하고 싶었지. 제비나비는 돌아오지도 죽지도 않아. 선택해 걸어간 게야. 그는, 나의 제비나비는, 흐를 수 없지만 내 정충은 확실히 쏠 줄 안다고. 문제로구나. 나는 사실적인 여기에 있고 내 눈은 그리운 저기에 있나니, 자네는 흐르라 말하지만 천만의 만만의 콩떡, 나는 쏘아 사정하고, 이윽고 누워 흐를 거야. 네놈이 변강쇠를 감히 꿈꾸는구나. 울 엄마는 말하자면, 저잣거리에 방송차 나와 앉았는데 카메라 앞에 잔뜩 몰려들어 브이 자를 손가락으로 그리며 죽어라 얼굴 내밀려고 하는 개구쟁이 악동과 같아. 사회자는 가면을 쓰지만 악동들은 생긴 대로 놀지. 그들은 사회자보다 훨씬 더 열려 있어. 그러나, 그러나 나는 카메라가 되고 싶어. 사회자도 되고 싶고. 변강쇠라니, 엄만 모르면 좀 잠자코 있으라고요. 지금 할 얘기는 이거예요. 요컨대, 그는 죽었다, 그 말이에요. 울 엄만 죽음을 가끔 변강쇠라고 말한다네. 그가 일구는 밭은 참말 정갈하기 이를 데 없었어요. 알토란 같았다고요. 허구한 날 그곳에 그가 있으니 그의 안방이 거기일밖에. 한터라고, 이 동네 이름은 얼핏 보면 안 어울려. 터가 크지도 않으면서 말인즉 한터? 그래도 이 사람, 나는 쓰고 싶으이. 자네보다 내가 속이 좁다고 너무 나무라지 마. 여자가 가까이 오고 있어. 내가 저 여자가 된들 바바리코트 속에 욕망을 감춘 자네가 무슨 상관이란 말인가. 나는 지금 임산부야. 내 뱃속에서 살아 있는 것이 발길질해대는 걸 느낄 수 있어. 꺽국꺽국, 딸꾹질도 해. 코끼리가 떼로 오나보네그려. 저기 신작로, 하얀 먼지구름, 나의 주인공인 그는, 그의 알토란 같은 밭에서, 햇빛 속에서 행복한 표정으로 누워 있네. 아니 앉아 있지. 한터라는 게 딴 게 아냐. 그가 그의 밭을 가꾸는 것처럼 가꾼다면 아무리 작은 터도 한터가 된다는 것이겠지. 그래서 나는 이렇게 끝을 내고 싶네.

갑자기,

라고, 나는 시작할 테야.

갑자기 굴암산 허리 어디쯤이 세상에서 가장 맑은 나팔 소리 솟아나오는 것같이 환해졌다. 내가 그의 주검을 확인하기 위해 망초잎에 맺힌 이슬을 바짓가랑이로 털어내며 그의 밭으로 걸어갈 때.

또 어쩌면 이렇게 쓸는지도 몰라.

그는 안방보다 더 정결히 가꾸어놓은 그의 밭 한가운데 가부좌 틀고 앉아 죽어 있었다. 향긋한 냄새가 그의 아름다운 주검에서 났다.

여자는 단지 창 앞을 지날 뿐이야. 그건 틀림없는 사실이라고. 막말로 해볼까. 여자가 창 앞으로 다가올 때, 나의 자지는 청대처럼 일어섰도다, 라고 쓴다면 어떻겠는가. 정말이야. 내 그것은 청대보다 꼿꼿이 일어나지만 문제는, 오살할 것, 저 여자는 그냥 지나칠 뿐이라는 거야. 흰 소가 끄는 수레에는 픽션과 구조와 관성의 폭압이 없을지라도, 엄마, 여기는 한터산방, 오우버, 석삼년 암것도 쓰지 않고 생홀아비로 엎드려 살건만, 작가라는 이름이 감옥에서 풀려날 날 눈물겹게 기다리고 살았건만, 벙어리로 살 수는 없어요. 엄마가 날 그렇게 낳으셨는걸요. 나는요, 불화의 자식이에요. 불화가 나를 작가로 만들었어요. 아나, 이놈. 네깟 놈이 작가면 나는 작, 작, 작, 작, 작가다, 야. 울 엄마는 코끼리와 굼벵이를 낳았지. 나는 코끼리를 낳아본 적 없으나, 이 사람, 내 사타구니는 늘 찢어진 채 피를 흘린다네. 자네처럼 되고 싶지만 자네 방법을 선택하진 않을 거야. 나는 걸어갈 거야. 언제나,

갑자기,

라고, 나는 쓰고 살 거야. 죽을 때까지.

그것은 흰 소가 끄는 수레였다,

라고도 쓰겠어. 나를 가로막지 마. 엄마는 그냥 무덤 속에 누워 계시라고요. 울 엄마의 자궁은 지금 짚불처럼 꺼져 있네. 그래요, 여러분, 책상을 또 탁 치고 나서, 나는 지금, 이 순간, 참을 수 없어요, 사정할 것 같다고요, 그리 말하고 싶으이. 저 여자는 창 안쪽에 내가 숨어서 자신을 보고 있다는 걸 모를 거야. 내가 꼴리고 있다는 걸. 이걸 생각하면 늘 오르가슴이 오는 느낌이야. 여자는 날 품지 않아도 상관없어. 깊고, 어둡고, 날카롭고, 부드럽고, 빠르고, 느린 나의 사랑. 놀라운 행복을 나는 품고 있네. 누가 알겠는가. 혹 내 자궁에서 지금 코끼리떼가 자라고 있는지도.

굼벵이떼가 끝없이 크고 있는지도. 그것들이 빅뱅처럼 터져나가 온 우주에 박혀 살게 될는지도.

그것은 흰 소가 끄는 수레였다.

갑자기 굴암산 허리 어디쯤이 세상에서 가장 맑은 나팔 소리 내듯이 환해지더니 그가 닦은 비단길을 따라 순백색 흰 소가 끄는 수레가 흐르는 것처럼 내 앞으로 다가왔다. 그 수레 위에 그가 타고 있었다. 나는 망초 무리 사이로 비켜서면서 그를 바라보았다. 그는 빛에 싸여 있었지만 눈부시지는 않았다. 안녕하세요, 라고 나는 간신히 인사했다.

안녕하세요. 담배 한 대 피우고 가세요.

그가 쓰윽, 다섯 자尺도 넘음직한 흰 팔을 뻗어 내가 내미는 담배를 받아들었다. 나는 행복했다. 내 안의 말을 없앴더니 세상의 모든 말을 들을 수 있더라, 라고 그가 떠나며 내게 말했다. 흰 소가 끄는 수레가 흐르듯 동쪽으로 가는 걸 나는 망초 더미 속에 선 채, 바라보이지 않을 때까지 바라보았다.

이후 마을에선 아무도 벙어리 농부를 볼 수 없었다.

一

그해 내린 눈 지금 어디에

1

도대체 당신은 누구요?

상대편은 소리쳐 물었다. 이름을 묻는 것인지, 아니면 다른 무엇, 예컨대 성별이나 신장, 또는 몸무게, 또는 가슴둘레, 또는 머리 모양, 또는 얼굴 빛깔이나 직업이나 나이나 고향이나 현주소나 취미나 좋아하는 기호 식품이나, 그런 것들 중의 어떤 것을 묻는 것인지 알 수 없었다. 거긴 내 집이오, 라고 상대편은 또 이쪽에서 미처 대답할 겨를도 없이 완강한 목소리로 덧붙였다. 이 사람은 누구일까. 이 사람의 이름은 무엇이고 나이는 얼마이고 고향은 어디이고 취미는 어떤 것일까.

나를 아시오?

얼굴 없는 남자였다. 그녀는 상대편의 모습을 상상해보려 했지만 잘되지 않았다. 그러자 상대편은 더욱 화를 냈다. 제기랄, 나를, 이 정영호를 아느냐구. 어디선가, 들어본 이름이었다. 우리 서로 만난 적이 있느냐구. 생각날 듯 생각날 듯했는데 상대편의 다급한 재촉 때문에 그나마 실마리가 사라지고 말았다. 벽시계가 얼핏 보였다. 벽시계는 드넓은 창 그 옆면에 걸려 있었다. 당신이 도대체 뭔데, 무슨 권리로다가 이 밤에 내 집으로 들어와서 내 가족들을 괴롭히냐구. 가족이라는 말이 거두절미 정통으로 목젖에 날아와 박힌다.

목젖이 찌르르했다.

나는……이라고, 말의 서두를 그녀는 열었다. 어찌되었든지 간에, 당장 상대편에게 설명해야 한다는 강박관념이 그녀를 괴롭혔다. 상대편은 말 탄 듯 달리고 있었다. 그러나 나는……에서 그녀의 말은 더 나아가지 않았다. 그녀는 시궁창에 빠진 꼴이었다. 나는…… 나는 누구일까. 말 달리는 사람에게 뭐라고, 단 한마디로 나를 화살같이 쏘아 보낼 수는 없을까. 눈이 내리고 있었다. 굉장한 눈이었다. 그녀는 벽시계 뒤로 눈발이 속절없이 스러지고 있는 걸 보았다. 나는…… 뭐란 말이야, 도대체? 상대편은 계속 재촉했다. 도대체, 라는 말을 상대편은 습관적으로, 포악하게 붙이고 있었다.

눈, 이, 내, 려, 요.

그녀는 이윽고 간신히 말했다.

목젖은 말라붙을 대로 말라붙어 있었다. 부드럽게 말한다는 게 오히려 음절마다 토막토막 끊어져 나왔다. 그것만으로도 얼마나 힘이 들었던지, 말을 하고 났을 때 그녀는 아이를 막 낳고 난 여자 같았다. 허어, 라고 상대편은 그녀의 말에 당장 비명부터 내질렀다. 허어, 사람 미치겠네, 이거. 미치고 환장하기로는 그녀도 마찬가지였다. 상대편은 아이를 낳고 난 여자에게 또 이어서 아이를 낳으라고 소리칠 작정인가보았다.

벽시계가 둥 떠 있었다.

벽시계의 12라는 숫자 위에 분침과 시침이 막 포개지고 있는 걸 그녀는 보았다. 아주 스마트하고 앙증맞은 벽시계였다. 나는……이라고 그녀는 떠 있는 벽시계를 보면서 다시 시도했다. 말라붙은 목젖이 한 음절을 발음할 때마다 파열할 듯 고통스러웠지만, 말을 하지 않으면 얼굴 없는 상대편의 손이 귓속으로 들어와 고막을 갈기갈기 찢어놓을 것 같았다. 나는…… 벽시계가……라고, 그녀는 말했다.

벽시계가 둥둥 눈 속을 떠다니고 있어요.

그녀는 그렇게 말하려고 했다. 좀더 부드럽게. 좀더 친절하게.

상대편의 화를 가라앉힐 수만 있다면 좀더 비굴하게. 그러나 말이 벽시계가……에 이르렀을 때 상대편은 그녀의 나머지 말을 무참히 쓰러뜨렸다.

당장 내 집에서 나가시오!

벽시계의 아래쪽에서 작은 쪽문이 열리며 뻐꾸기가 뛰쳐나온 게 바로 그때였다. 뻐꾹, 하고 어린 뻐꾸기는 울었다. 회색 배면背面과 갈색 부리가 뚜렷했다. 가택 침입이야, 당신. 상대편은 계속 소리치고 있었다. 벽시계는 좌에서 우로, 우에서 좌로 이동했다. 뻐꾹, 뻐꾹, 뻐꾹, 하고 뻐꾸기는 계속 울고 있었다. 그녀는 뻐꾸기가 운다고, 눈 속에서 떠다니는 벽시계 속에 뻐꾸기가 산다고 말하려 했는데, 말은 여전히 족쇄에 물린 듯 내부에 있을 뿐이었다. 당장, 지금 당장, 이라고 상대편은 악을 썼다.

뻐꾹.

당장.

뻐꾹. 지금 당장.

뻐꾹. 내 집에서 뻐꾹, 나가시오!

그녀는 비틀 주저앉았다. 어떤 중년 여자가 그녀에게서 수화기를 받아갔다. 그녀는 쓰러지지 않으려고 소파 팔걸이를 단단히 거머잡았다. 알았어요, 라고 대답하는 중년 여자의 말이 들렸다. 알았다니까요. 그리고 잠시 있다가 중년 여자는 무서워요,

여보, 하고 덧붙였다.

빼꾸기는 제집으로 들어갔다.

갑자기 적막해져서 그녀는 눈을 한차례 질끈 감았다가 떴다. 벽시계는 벽에 붙어 있고, 눈은 창밖에서 내리고 있었다. 중년 여자의 눈빛이 그녀에게로 왔다. 알, 알았어요, 라고 울면서 그녀는 말했다. 몸이 천근처럼 무겁고 오한이 났으나 그녀는 의자를 짚고 힘들여 일어났다. 눈으로 뒤덮인 얼음같이 차디찬 세상이 그녀를 기다리고 있었다.

2

그 여자 죽었을지 몰라.

나는 불현듯 중얼거린다. 죽다니, 라고 마주앉았던 황黃이 물었다. 아, 아냐, 암것도. 나는 손을 내저으며 일어섰다. 마감 시간을 넘긴 신문사 편집국은 태반이 자리가 빈 채 적막하기까지 했다. 연재소설 원고를 넘기려고 신문사에 들른 길이었다. 아니, 원고를 넘긴다는 건 핑곗거리에 불과했다. 집에 팩스가 있으므로 단순한 원고 송달이라면 팩스를 이용하면 될 터였다.

왜, 가려고?

황이 의아한 표정을 했다.

으응. 들를 데가 있어. 들를 데는 없었다. 내심으로는 같은 연배의 동료 작가이면서 이 석간신문사 문화부장을 하고 있는 황과 오랜만에 술이라도 한잔할까 하고 일부러 들렀던 길인데 말은 처음의 생각과 따로 놀았다. 이 사람, 정상이란 다 한순간이야. 올라가면 내려올 때가 있는 법이라구. 황이 말했다. 나는 그 순간 뭔가 다른 상념에 붙들려 있었다. 무슨 소리를…… 하고 반문하려다가 나는 뒤늦게 황의 말뜻을 깨닫고 입을 다물었다.

자네 표정이 울적해 보여 하는 말이야.

황은 짐짓 과장된 제스처로 내 등을 툭툭 두드렸다. 그와 내가 좀 전까지 나누었던 대화는 얼마 전에 펴낸 내 신간에 관한 것이었다. 십여만 부 이상 나갔느냐는 황의 말에 웬걸, 나는 이제 늙은 복서야, 하고 대답했더니 황은 지레짐작으로 그것이 내 그늘진 표정과 관련되어 있다고 생각했던가보았다.

나는 천천히 신문사를 나왔다.

유월 한낮의 일광이 작살같이 내리꽂히고 있었다.

나는 무심코 현관을 지나 거리로 나오려다가 햇빛에 두 눈이 찔려 멈칫 섰다. 당신, 자폐가 너무 심한 것 같아요. 아침 상머리에서 아내가 한 말이 떠올랐다. 최근에 내가 펴낸 소설은, 물론 허구의 스토리를 담고 있지만, 그 허구를 떠받치고 있는 내면 논리는 고백에 가까운 자전적 요소를 대폭 포함하고 있었다. 언필칭 베스트셀러 작가로 불리며 살아온 지난 십오 년여, 내가 작가로서 경험했던 환희와 상처와 내적 분열의 고통을 비교적 정직하게 고백해낸 소설이었다. 황이 그 소설에 대해 언급할 때 나는 최소한 밀실과 광장이라고 불러도 좋은 양극단의 세계를 오간 내 번민의 시간에 대해 어느 정도 동의해올 줄 알았다. 황이야말로 나를 광장으로 끌어내온 몇 사람 중 하나였기 때문이다. 가령 신문 연재의 경우, 나는 쓸 때마다 매일매일, 수많은 가면 쓴 사람들이 운집해 있는 광장으로 발가벗겨 내던져지는 느낌을 받았다. 남다른 문학에의 열정과 소외된 시절에 대한 보상 심리로 무장되어 있던 삼십대는 그 칼날 같은 긴장감을 그래도 견딜 만했다. 어느 때는 아주 행복한 상태로 견뎠다. 베스트셀러는 내 목표가 아니었다. 나는 다만 고독해서 쓰고 쓸 뿐이라고 생각했다. 쓰는 것만이 나를 지탱하고 일으켜세우는 유일한 버팀목이었고, 아, 그 시절, 문학만이 나의 유일한 사랑이었다. 나는 문제작도 썼고 베스트셀러도 썼다. 상상력은 아주 원기왕성해서 원고지 앞에만 앉으면 수많은 비유의 말들이 나비떼처럼 날아다녔다. 나는 나의 포충망을 들고 그것을 붙잡아 원고지 네모 칸 속에 집어넣기만 하면 되었다. 그러나 이제 나는 마흔아홉 살이었고, 상상력의 우물은 말라 있었다. 눈을 들어보면, 수많은 형형색색의 나비들은 간곳없고 그 대신, 회색빛 하늘만 무위하게 가로놓여 있는 날이 많았다. 나는 무력감을 느꼈다. 작년에 황이 또 자기 신문에 연재를 하라고 했을 때 내가 한사코 뒷걸음질쳐 도망가려고 한 것도 그 때문이었다. 문학 판에선 바야흐로 정체불명의 포스트모더니즘 논의가 한창이었다. 그것들은 공소하기 이를 데 없어 보였다. 젊은 작가들 사이에 표절 시비가 끝없이 벌어졌으며, 남의 글을 베껴 써내는 것을 새로운 기법이라고까지 말하는 정통에의 극단적 부정도 나타났다. 동료 작가들을 모처럼 만나도 자조적인 음담패설이나 가십성 뉴스 따위로 시간을 끌었다. 허깨비 짓들이었다. 그래. 무력증은 우리들의 운명이구나. 우리들 속에 나는 나보다 훨씬 젊은 작가들까지 포함시켰다. 허망한, 작은 위로를, 우리들이라고 말할 때 나는 느꼈다. 어느 미래 작가의 하루를 다룬 어떤 단편소설을 읽다 말고 나는 울었다. 컴퓨터에 의해 작업 시간까지 통제받는 그 소설 속의 미래 작가는 오직 혼성모방의 방법으로 소설을 모자이크해내고 있을 뿐이었다. 상상력은 더이상 신뢰할 수 없었다. 작가에게 있어 상상력이란 벽을 넘어, 어둠을 넘어, 그 저쪽 세계까지 투사하여 보고 끌어내는 원천적 힘이었다. 나는 연재소설을 썼다. 황의 집요한 요구 때문이 아니라, 어떤 의미에선 나의 패배를 확인하기 위해 나는 그것을 맡아 썼다. 기교를 가지고 만들어내는 최소한의 인과적

스토리는 얼마든지 쓸 수 있었다. 그러나 예상했던 그대로 무력증은 심화됐다. 인과적因果的이란 말이 금과옥조는 아니어서, 참다운 상상력으로 뒷받침되지 않을 때, 패스티시라는 것이 그렇듯, 그 기교적 스토리들은 나 자신에게까지 아무런 위로도 주지 않았다. 술이라도 한잔할 수 있었다면, 최근 내가 부딪치고 있는, 어쩌면 황도 부딪치고 있을지 모르는 그런저런 번민들을 황에게 이야기했을 터였다.

십만 부는 넘었지?

웬걸, 나는 이제 늙은 복서야.

우리는 이렇게 엇갈렸다. 늙은 복서야, 라는 내 말에 황의 눈빛으로 안도감이 스며드는 걸 나는 놓치지 않고 보았다. 내 직관이 나는 증오스러웠다. 황은 요즘 나의 심경까지 고스란히 담긴 그 소설을 읽지도 않았을 것이었다. 아니 읽었다고 해도 나의 고통에 관해 그는 침묵했을 게 틀림없었다. 동료 작가끼리도 상대편의 작품, 작가적 고민에 대해선 철저히 함구하는 게 미덕처럼 되어버리고 만 것은 언제부터였을까. 밤을 새우면서, 때론 울고, 때론 탁자를 치면서, 문학을 둘러싸고 있는 수많은 인간적, 사회적, 역사적 조건들에 대해, 존재론적 조건들에 대해 토론을 거듭하던 열정의 시대는 사라지고 없었다. 이제 문학의 한복판에조차 패스티시 따위의 허깨비 같은 부유물이 떠 있을 뿐이었고, 작가들은 너나없이 쇠뿔도 각각 염주도 몫몫, 섬처럼 흩어져 익명으로 흘렀다.

무더운 날씨였다.

나는 땀을 흘리며 햇빛 아래로 걸었다. 어디로 갈까, 하고 나는 스스로 열심히 생각하려 애썼다. 가슴은 답답했고, 어깨는 맷돌을 진 것만큼 무거웠다. 근처에 집필실을 갖고 있는 박이 떠올랐고, 잡지사 주간을 하고 있는 정이 떠올랐다. 발걸음은 그러나 무위하게 흘러가고 있었다. 나가보세요, 라고 아내는 아침에 말했다. 작가 친구분들도 좀 만나보고요, 아내는 내가 불쌍한가보았다. 기氣가 빠진 듯이 뜰이나 서성거리고 있는 요즘의 내 증상이 나이와 관계있다고 아내는 생각하는 눈치였다. 당신이 셔츠에 루즈를 묻히고 들어와도 그냥 웃고 말게요. 아내는 평생 나의 그림자만 밟고 살아온 여자였다. 아내의 환영 뒤로 늙은 복서, 라는 나의 비유가 뒤쫓아 생각났다. 황은 신문사 문화부장 자리가 밥을 먹는 데 괜찮은 자리라고 말했다. 젊은 여자 둘이 깔깔거리며 다가오다가 웃음을 삼키고 지나치는 게 모노크롬의 화면같이 내 눈에 들어왔다. 어머 얘, 저 사람 작가 정영호다. 여자애들은 말할 것이다. 복서라니, 문학이 그럼 단순한 규칙을 가진 시합 같은 것인가. 겸양지덕이라고, 황 앞에서 나를 낮춰 말한다는 것이 그쯤 나온 것이지만, 나는 끝내 나 자신에 대한 강한 혐오감으로 구토증을 느꼈다. 천박한 비유였고, 그것은 어쨌든 내 입을 통해 나온 나의 비유였으며, 비유 속에 내가 포함되어 있었다.

버스들이 자꾸 지나갔다.

나는 버스 정류장 햇빛 아래 망연자실 서 있었다. 햇빛이 너무 포악해서 제대로 눈조차 뜰 수 없었다. 불광동 구파발이라고 쓴 버스가 눈에 들어왔다. 화곡동행 버스가 떠나는 중이었고, 개봉동행 버스가 뒤를 따라 머리를 내밀고 있었다.

아, 안양……

하마터면 비명이라도 지를 뻔했다. 안양이라는 표찰이 붙은 버스가 정류장에 들어와 꾸역꾸역 사람들을 싣고 있었다. 그 여자구나, 라고 나는 땀을 훔치며 신음하듯 마침내 중얼거렸다. 아침에 눈을 뜨면서, 차를 두고 일부러 택시를 타고 나오면서, 황과 마주앉아 허드렛소리나 주고받으면서, 무의식중에 나는 줄곧 그 여자를 보고 있었다는 걸 깨달았다. 그 여자는 등을 이편에 보이며 눈길을 혼자 걸어가고 있었다. 고층 아파트군群 사이로 난 길 없는 길이었다. 나는 1970년대 말에 안양으로 이사해 그곳 변두리 고층 아파트에서 이 년여 산 적이 있었다.

그래. 그 여자야.

나는 신음하듯 말했다.

땀 때문에 셔츠가 등에 달라붙어 있었다. 그 여자가 뱀같이 똬리를 틀고 눌어붙어 있는 나의 내면을 나는 보았다. 무의식의 심해에서 가리려고 하지 않았다. 생각해보면 단지 오늘 아침이 아니라 어제도, 열흘 전에도, 어쩜 여러 달 전에도 그 여자는 내 속에다가 집구렁이처럼 똬리를 틀고 있었음에 틀림없었다. 무슨 이상한 소리가 들려요, 어머니. 아주 어렸을 때 나는 어쩌다 잠 안 오는 한밤중에 말했다. 어머니는 내 머리를 쓰다듬었다. 얘야, 집구렁이 우는 소리다. 그 여자는 언제부터 내 집에 들어와 있었을까. 그 여자가 똬리를 틀고 있는 곳은, 가만히 보면, 내가 목숨을 걸어도 좋다고 믿었던 문학까지도 부식하고 마는 그늘진 곳이었고, 자기 자신부터 죽여 없애려고 안달하는 자학과 자폐의 습기 찬 자리였고, 바깥세계와 안의 세계, 전체와 개인, 객관과 주관, 역사와 상상 따위의 참된 균형을 상실한 혼돈의 어둠 속이었다. 그 여자가 자리잡은 게 너무 완강해 보여서 나는 감히 나가라고 소리칠 용기조차 나지 않았다.

나는 버스에 올라탔다.

그때는 아마도 1980년 크리스마스 며칠 전이었을 것이다. 버스는 안양이라는 패찰을 걸고 십삼 년 전의 시간 속으로 자맥질해 들어갔다. 빌딩의 유리에 반사된 햇빛이 또 작살이 되어 내 눈을 찔렀다.

3

유일한 사랑이 없다면 청춘이 아니다.

돌이켜보면, 이십대의 내 청춘은 어둡고 남루하기 그지없었으나, 그래도 무위했다고 올챙이알처럼 떼어 던질 수 없는 것은 유일한 나의 사랑, 문학이라는 것이 있었기 때문일 것이다. 나는 그 시절 너무 가난하고 너무 무위하고 너무 고독해서 늘 자살에의 충동을 내 몸주로 삼고 살았다. 세상의 모든 것, 내 내장의 모든 부위가 나보고 죽으라고 말했다. 몇 차례 자살 미수를 한 적도 있었는데, 그러나 나는 끝내 죽진 않았다. 나의 유일무이한 사랑, 문학이 곁에 있었으므로. 그것이 나보고 살아서 소설을 쓰라고 말했으므로. 신춘문예에 내 소설이 당선된 것은 1970년대 초반의 일이었고, 나는 그때부터 작가라고 불리었다.

아아, 작가.

나는 당연히 그 이름에 몸을 떨었다.

저 회색빛 청춘의 고뇌와 자기 분열을 모두 얹어서 무릎 꿇고 받고 싶었던 성찬이 내게 있어선 작가라는 이름이었다. 작가라는 이름은 황홀한 빛이고, 분열하는 어둠이고, 빛과 어둠 사이의 그 모두였다. 라이너 마리아 릴케의 "쓰는 것만이 모든 것의 종결이다"라는 말을 나는 믿었다. 그리고 나는 한 작가에겐 자기의 시대가 '유일한 기회'라는 사르트르의 말도 믿었다. 1970년대가 기울 무렵까지 나는 적어도 릴케와 사르트르의 두 잠언 사이에 있었다. 나는 급속한 산업화로 무질서한 장터 같았던 당시에 그 산업화의 필연적 산물인 구조적 불평등과 계급 간의 갈등 문제에 나의 중단편들을 바쳤다. 나는 열심히 썼고, 최선을 다했다. 낮엔 직장에 다녀야 했으므로 밤을 이용해 쓸 수밖에 없었는데, 밤을 꼬박꼬박 새우다시피 하며 미쳐서 써낸 내 소설들은 그러나, 무력했다. 어쩌다 천신만고 끝에 발표되어 월평에 올라도 내가 분노했던 불평등의 구조는 깊어질 뿐이었으며, 그나마 발표할 지면도 없었다. 나는 이중의 싸움에 시달렸다. 문단에도 구조가 있다는 걸 알았고, 그 구조는 내가 분노했던 불평등의 사회구조와 본질적으로 같은 것이라고 생각했다.

1970년대 말에 내게 찬스가 왔다.

장편을 연재하라는 어느 상업지의 주문을 받자마자 나는 당시 내가 경험하고 있던 두 개의 틀 밖으로 나갈 것을 꿈꾸었다. 재미있고도 향기롭게 읽히는 대중성과 현실 비판 의식을 저버리지 않는 문제성이라는 두 마리 토끼를 동시에 잡을 수는 없는 것인가. 나는 야망을 갖고 있었으며, 성공은 이내 확인됐다. 사람들은 나를 타고난 이야기꾼이라고도, 감성의 황제라고도 불렀다. 원고 청탁이 쇄도했다. 비굴함 무릅쓰고 작품을 실어달라 찾아간 내게 끝내 회칠한 얼굴로 대했던 편집자조차 예외는 아니었다. 야망은 나를 계속 채찍질했다. 사흘 밤낮을 책상 앞에만 앉아 있다가 쓰러진 일도 있었다. 써낼 때마다 모든 소설이 베스트셀러가 되었다. 물론 상처도 있었다. 엊그제만 해도 나를 뛰어난 문제 작가라고 추켜세우던 사람들이 오늘 갑자기 나를 대중적이라는 이름 하나로 시궁창에 밀어넣으려 안달하는 것에 나는 처음 아주 당황했다. 대중적인 것의 정체가 무엇이며, 내 작품의 무엇이 대중적인 것이고, 또한 그것이 어떻게 나쁜가 하는 점에 대한 진지한 검증은 대부분 없었다. 어떤 군중들이 내 소설을 무조건적으로 찬양하는 것처럼, 반대쪽에선 논리의 제복 속에 몸을 숨긴 사람들이 일방적으로 나를 십자가에 못박으려고 혈안이었다. 그들은 때론 근엄한 표정을, 때론 지사적인 포즈를 취하고 있었지만 내가 보기엔 상투성에 깊이 빠진 자객일 뿐이었다. 찬미 미사와 인민재판 사이에서 나는 남몰래 피를 흘렸다. 하지만 상처 때문에 멈출 수는 없었다. 나는 어쨌든 나의 독자들이 기다리는 곳으로 나아갔으며, 그것이 작가로서의 내 운명이라 믿었다. 내 독자들은 나처럼 고독한 사람들이었다. 그들에게 위로가 되는 소설을 나는 쓰고 있다고 생각했다. 위로가 되지 않으면 왜 그들이 내게로 달려오겠는가. 가난도 더불어 극복됐다. 나는 텔레비전을 샀고, 신문지로 가리고 살았던 창에 커튼을 해 달았으며, 비록 칠십만 원짜리지만 자가용도 구입했다. 그것들은 내가 누릴 수 있는 당연한 보상이라 나는 확신했다. 그러나 자가용을 사던 날 나는 아무런 기쁨도 느끼지 못했다. 쓸쓸했다.

이사 가는 게 좋겠어.

아내에게 어느 날 나는 말했다.

안양으로 이사한 것은 1979년 가을이었다. 구층 아파트에서 내려다보면 질펀하게 가을걷이가 끝난 들이 보였고, 그들 가운데 경수 산업도로와, 수로를 따라 평행으로 흘러간 작은 길이 보였다. 들풀들이 자라고 있는 길이었다. 아침 안개 속에서 볼 때에도, 저녁 놀빛 속으로 볼 때에도, 사시사철 인적이 드문 그 길은 쓸쓸하기 그지없었다. 어쩌다 사람이 그 길로 걸어오는 걸 내려다볼 때에도 이상한 일이지, 그가 얼굴을 내 편으로 하고 걸어오는 게 아니라 뒷모습을 뵈고 반대쪽으로 걸어가는 것 같았다. 황혼녘의 그 길은 특히 애달프고도 아름다웠다. 그 길을 내려다보고 있으면 그리운, 잊고 있던 얼굴들이 불쑥불쑥 떠올랐다. 나는 어두워질 때까지 곧잘 유리창에 코를 박고 그 길을 내려다보았다. 그러다가 어떤 저녁, 나는 원초적인 질문 하나를 무심코 그 길의 시선 끝에서 만났다. 문학은 무엇이고 무엇이어야 하는가. 그 질문은, 작가는 누구이고 누구여야 하는가라는 질문과 똑같았다. 과연 쓰는 것이 모든 것의 종결이냐고, 나는 라이너 마리아 릴케에게 새삼 물었다. 내가 그때 생각한 모든 종결은 내 문학이 아니라 그 길 위에 있는 것 같았다. 언제나 텅 빈, 잡초 무성한 들길이었다.

4

나는 버스에서 내렸다. 햇빛은 아직도 힘이 좋았다. 나는 잠시 망설이다가 멀지 않은 안양경찰서 건물로 들어갔다. 강렬한 일광으로부터 갑자기 그늘 속으로 들어왔기 때문에 나는 잠시 현관에서 멈칫 섰다.

저, 변사체는 어디에서 취급합니까.

나는 지나가는 사람에게 어눌한 듯 물었다. 글쎄요. 형사과로 가보시오. 남자가 대답했다. 이미 십 년 이상이 지난 변사체의 기록들을 경찰서에서 보관하고 있는지도 문제였다. 이거 정영호 선생님 아니십니까. 형사과라는 표찰이 걸린 문 앞에서 내가 망설이고 섰을 때, 어깨가 떡 벌어진 한 남자가 문을 열고 나오다가 말했다. 삼십대 중반쯤이나 됐을까 말까 한 남자였는데, 나이답지 않게 앞머리가 훌렁 벗어진 대머리였다. 나는 뭔가 일을 잘못 꾸미다가 들킨 사람처럼 얼굴을 붉혔다. 선생님 소설을 여러

편 읽었지요. 거 왜 대학이 배경으로 된 추리적 터치의 소설 있지 않습니까. 형사들 생활을 너무 잘 알고 그리셨데요. 참, 여기에 무슨 볼일이 있으십니까. 나는 비로소 이 대머리 남자가 형사과 소속일지 모른다는 생각을 했다.

변사체에 대해 알아볼 게 있어서……

누구, 아는 분이 혹시 실종이라도, 하다 말고 대머리는 갑자기 자신의 앞이마를 가볍게 쳤다. 아하, 소설 때문에 그러시는군요. 요즘 신문에 연재되는 그 소설에 변사체가 나오나보죠? 예상대로 대머리는 형사과 소속이었다. 처음부터 내가 변사체에 관한 기록부터 보겠다고 생각한 것은 무엇보다 내 직관이 끈질기게 가리키고 있는 대로의 예감 때문이었다. 그 여자는 그날 밤 죽었다, 라고 나는 생각했다. 전혀 그럴 만한 아무런 근거도 없는데, 그 생각은 이제 거의 확신에 가까웠다. 유난히 추운 날이었으니까 죽었다면 사인은 동사일 가능성이 많았다. 물어보시지요. 대머리가 흡족한 표정을 짓고 나를 자기 옆자리에 앉힌 뒤 말하고 있었다. 형사과는 비어 있다시피 했다.

내가 알고 싶은 것은.

나는 빠르게 말하기 시작했다.

내가 알고 싶은 것은 십삼 년이나 지난 1980년 겨울, 크리스마스 무렵의 안양 일대에서 발견된 모든 여자의 변사체에 관한 것이었다. 우선 12월 21일자 변사체 명부부터 볼 수 있으면 좋겠어요. 대머리가 난감한 표정을 지었다. 워낙 오래돼서요. 물론 그때의 근무일지나 수사보고서를 뒤져보면 모든 변사체를 알아낼 수 있지만 글쎄요, 그때의 수사보고서를 뒤져 찾아내는 것도 쉽지 않고…… 어려운 일인데요. 그나저나 날짜는 21일, 그거 확실합니까?

엄청나게 눈이 내렸거든요.

변사체에 착안한 게 오늘 처음은 아니었다. 금년에 들어와서 내가 의식하든 의식하지 않든 간에, 그 여자는 계속 나를 단단히 붙들고 있었다. 내가 그 여자에 붙들려 있을 만한 아무런 인과적 이유도 없는데, 나는 붙들려 있었다. 나는 이미 두 주일 전쯤 기상대로 전화를 해서 1980년 12월 하순에 폭설이 내린 것은 21일과 22일 양일간이라는 걸 알아낸 상태였다.

나로선 꼭 알아야 합니다.

관계있는 여자였나요?

관계, 라는 말에 나는 말이 콱 막혔다. 관계가 무엇이냐고 나는 대머리에게 묻고 싶었다. 누구의 남편, 누구의 아내. 누구의 아버지, 누구의 자식. 누구의 형제자매, 누구의 삼촌, 사촌. 누구의 동료 직원, 또 누구의 상사, 누구의 동창생 따위. 그 여자와 나는 객관적으로 아무 관계도 없었다. 이름도 모르고 성도 몰랐다. 겨우 아는 것은 삼십대 중반쯤 된다는 것, 전체적으로 선이 가늘고 눈이 큰 여자라는 것 정도였다. 그것도 내가 보고 기억하는 게 아니라 아내의 말을 종합한 이미지에 불과했다. 하지만 관계가 있다는 것, 없다는 것은 대체 무엇이란 말인가. 가령 밤이 이슥해 불현듯 잠이 깨어 한참씩 아내 얼굴을 들여다볼 때가 있는데, 기미가 잔뜩 낀 일상의 때가 덕지덕지 묻은 사십대 중반의 지쳐 잠든 그 얼굴은 처음 보는 것처럼 늘 낯설었다. 친구도 그랬고 형제자매도 그랬고 심지어 부모라는 관계까지도 그랬다. 단절감은 수시로 올 뿐 아니라 잔인하기 그지없었다. 사람들이 보편적으로 믿는 사실적인 관계란 겨우 그런 것이었다.

이런 방법이 어떨까요?

대머리는 이윽고 선심 쓰듯 말했다.

나는 대머리가 1980년 12월 21일, 22일이라고 메모지에 쓰는 걸 우두커니 내려다보았다. 이삼일 여유를 주면 그때의 자료를 찾아보고 집으로 연락하겠다는 대머리의 친절을 받아들일 수밖에 없었다. 다음번에 오실 땐 꼭 사인한 책 한 권 부탁드립니다. 대머리는 아마도 내가 찾고 있는 여자와 수상쩍은 관계가 있다고 짐작하는 눈치였다.

무더위는 아주 끈질겼다.

나는 지칠 대로 지쳐서 경찰서를 나와 예전에 내가 살았던 아파트 쪽을 겨냥하고 걸었다. 서쪽으로 많이 기울었는데도 햇빛은 여전히 포악했다. 당신 아무래도 안 되겠어요, 라고 아내가 말하는 게 들렸다. 건축 자재를 실은 대형 트럭이 여러 대 꼬리를 물고 지나갔다. 글쎄, 엊저녁에도 식은땀을 잔뜩 흘리며 자더라고요. 고층 아파트군이 햇빛 아래 끄떡도 하지 않고 서 있었다. 아내는 아마도 내 보약을 지으러 한의원에 갔을 터였다. 제발 원고 좀 그만 쓰세요. 아내는 말했다. 그러나 소설을 쓰지 않으면, 과연 다른 그 무엇이 있어 내 목숨의 척추를 곧추서게 할 수 있는지에 대해 아내는 아무런 대안도 갖고 있지 않았다. 나는 노인처럼 등이 굽었고, 등이 굽은 것보다 훨씬 더 큰 무게로 그놈의 질긴 고독감을 지고 살았다. 한번은, 여러 날 동안 원고 쓰기에 지쳐 잠들었다가 실어증에 걸린 적도 있었다.

역시 안양에 살 때였다.

잠이 깼을 때 집안은 아주 조용했다. 비틀거리며 나는 안방을 나왔으며, 습관처럼 아파트 거실 남쪽 소파에 앉았다. 국은 가스대에 있고 밥은 밥솥에 있어요. 뻐꾸기시계가 고장나서 그거 고치러 가요. 아내가 남긴 쪽지를 나는 탁자에서 보았다. 몇시쯤 됐는지 짐작조차 되지 않았다. 국은 가스대에 있고, 라고 나는 아내의 메모를 읽으려 했다. 몸 전체가 마치 쭉정이처럼 되어 속이 텅 빈 듯 느껴졌는데, 이상한 것은 국은 가스대에 있고, 그 말

뜻이 정확히 인식되질 않는 것이었다. 국은 가스대에 있고…… 국은 가스대에 있고……라고 나는 반복해 읽었다. 그제야 그 말의 뜻이 요령부득인 것처럼, 내 입에서 소리가 나오지 않는다는 걸 깨달았다. 성대 어디인가 단단히 막혀버린 게 확실했다. 국은 가스대에 있고……라고 읽었지만, 실제적으로는 나는 꺼억꺼억, 뜻이 없는 쉰 소리만 내고 있었다. 와락 공포감을 느꼈고, 곧이어 소파에서 차가운 마루 위로 굴러떨어졌다. 그 충격이었을까, 뻐꾸기시계가 비스듬히 기울어진 것을 나는 벙어리처럼 꺼억꺼억, 하면서 올려다보고 있었다.

내 이런 일이 생길 줄 알았어요.

아내는 뻐꾸기시계를 제자리에 걸며 말했다. 뻐꾸기시계는 창옆의 거실 남쪽 벽면에 걸려 있었다. 국은 가스대에 있고…… 밥은 늘 밥솥에 있었다. 아내는 이십여 년 동안 한 번도 나에게 더운밥을 먹이지 않은 적이 없었다. 하지만 그것이 무슨 소용인가. 국은 가스대에 있고, 밥은 밥솥에 있고, 나는 언제나 아웃사이더로 내 사막에 있었다. 그 시절 내가 믿었던 바, 작가는 창 안쪽에서 창밖을 보는 사람이었다.

차들이 계속 내 등뒤로 지나갔다.

5

그해 선달 스무하룻날.

나는 모래내의 어느 술집에 있었다. 칸막이가 된 간이 룸살롱이었다. 동료 작가인 황과 박이 함께 있었다. 여자를 더 데려와, 라고 나는 소리쳤다. 낮에 황의 신문사 근처에서 시작된 술자리였으므로 엉망으로 취해 있을 시각이었으나, 자정이 가까운데도 가슴은 메마르고 머릿속은 말짱했다.

밖에 눈이 엄청나게 와요.

이제 스무 살이나 넘겼을까 말까 한 내 파트너 여자가 나의 셔츠 속으로 손을 쑥 집어넣으며 말했다. 여기저기 도로가 다 두절됐대요. 차를 산 뒤로 아내는 내게 꼭 한 가지만은 지켜달라고 당부했다. 못 들어오게 되면 못 들어온다고 전화만은 해달라는 것이었다. 나는 취한 척 비틀거리며 방을 빠져나와 카운터로 갔다. 아내가 냉큼 전화를 받았다. 눈 때문에 길이 막혀서 못 가, 라고 나는 아내에게 말할 참이었다.

손님이 와 있어요.

아내가 나보다 빨리 말했다.

여자분이에요. 아내는 덧붙였다. 차분함을 가장하고 있었지만 불만이 가득찬 목소리였다. 여자라니? 나도 물론 단호하게 반문했다. 내게 관계 맺고 있는 여자가 전혀 없다고 말할 수는 없었다. 내가 단골로 드나들던 술집엔 으레 고정적인 파트너도 있기 마련이었고, 어쩌다 한두 번 정사를 나눈 여자도 있었다. 그중의 누군가가 나를 향한 집착의 고통을 이기지 못해 분열하는 자신을 데리고 내 집에 쫓아들어갔을 수도 있었다. 나는 속으로 낭패감을 느끼면서 그러나 내친김에 더 밀고 들어갔다. 도대체 어떤 머리 돈 여자야, 감히 이 밤에 날 찾아온 게?

내가 알겠어요? 당신이 알겠지.

이름이 뭐래?

말을 잘 안 해요, 라고 아내는 대답했다. 문제의 여자가 아내에게서 수화기를 받아들기까진 약간의 시간이 걸렸다. 아내의 말로 나는 그 여자가 아홉시쯤 내 집에 찾아왔다는 걸 알았고, 나를 기다려보겠다는 바람에 차마 나가라고 내칠 수 없었다는 걸 알았다. 아내가 전한 대강의 인상착의만으로는 떠오르는 얼굴이 없었다. 나는 다짜고짜 도대체 당신은 누구요, 하고 물었다.

도대체 당신은 누구요?

여자는 얼른 대답을 하지 않았다. 나를 아시오? 나는 참지 못하고 덧붙였다. 아내에게 말할 때와 달리 내 목소리는 솔직히 자신감이 없었다. 나는 어둠 저편, 내 집 거실에서 전화기를 들고 선, 알 만한 여러 여자의 얼굴을 짧은 순간 상상해 떠올렸다. 여자는 계속 머뭇거리고만 있었었다. 여자의 계속되는 침묵이 조금씩 내 자신감을 회복시켜주었다. 내가 아는 여자라면 이미 이름이 나왔을 만한 시간을 넘어서고 있었다. 제기랄, 이라고 난 말했다. 제기랄, 나를, 이 정영호를 아느냐구! 술집 안쪽에선 황이 마이크에 대고 그가 좋아하는 노래 〈황성 옛터〉를 부르고 있었다. 우리 서로 만난 적이 있느냐고! 노랫소리 때문에 내 목소리는 차츰 고함이 되었다. 당신이 도대체 뭔데……라고 말할 때, 내 파트너 여자가 다가와 장난치듯 귓불을 만졌다. 무슨 권리로다가 이 밤에 내 집으로 들어와서 내 가족들을 괴롭히냐구! 나는 내 파트너 블라우스 속으로 손을 밀어넣어 그녀의 척추뼈 마디를 쓰다듬었다. 여자가, 나는……이라고 말했다. 긴장하여 나는 여자의 목소리를 좀더 뚜렷이 들을 수 있게 귀를 열 수 있는 한 열어놓았다. 전혀 들어보지 못한 목소리였다.

나는…… 뭐란 말야, 도대체!

내 목소리가 보다 방자해졌다.

눈, 이, 내, 려, 요……

토막토막 끊어진, 무엇인가에 심하게 억눌린 듯한 고통스러운 목소리였다. 어떻게 된, 오발탄 같은 여자로구나. 나의 직관은 재빨리 움직였다. 유명한 작가였으므로 그 무렵 우리집엔 밤낮없이 머리가 좀 돌아버린 사람들의 전화가 심심하지 않게 걸려왔다. 마이크는 이제 박에게 옮겨져 있었다. 박은 멋들어지게 디스코풍의 노래를 불러젖히고 있었다. 호스티스 중 한둘은 아마 탁자에 올라서서 치마를 벗어던지며 몸을 흔들고 있을 터였다. 내 손이 파트너 여자의 척추에서 슬쩍 미끄러져 엉덩이 쪽으로 내려갔다.

허어, 사람 미치겠네, 이거……

나는 소리쳤다.

여자가 뭐라고 말하는 것 같았다. 나는…… 벽시계가……라는 말이 귀에 들어왔다. 눈 내리는 한밤중 난데없이 내 집에 들어와서 겨우 벽시계라니, 벽시계가 어쨌다는 것인가. 나는 그래서, 당장, 이라고 악을 썼다. 전화를 받고 있는 여자는 상상했던 것보다 훨씬 더 중증의 환자였다. 완전히 미친 여자를 알아보지 못하고 여태껏 집에 놔두고 있는 아내에게도 나는 화가 났다. 수화기 저 너머에서 뻐꾹, 뻐꾹, 내 집 벽시계가 울고 있었다.

뻐꾹.

당장.

뻐꾹. 지금 당장.

뻐꾹. 내 집에서 뻐꾹, 나가시오!

소리치다보니까 더욱더 화가 났으며, 화가 나니까 더욱더 소리쳤다. 나와 아무런 관계 없는 여자라는 데 나는 화가 났다. 그 여자는 나의 정부도 아니었고, 나의 친구도 아니었고, 나의 술시중을 들었던 여자도 아니었고, 만나서 이야기해본 나의 독자도 아니었다. 그 여자는 아무 관계도 없는 완전한 타인이었다. 타인이 왜 내 집에 들어와 있는가. 무슨 권리로 나의 아내를 언짢게 하고, 나로 하여금 이처럼 고래고래 소리치게 하는가. 나는 그 무렵 아주 지쳐 있을 뿐 아니라, 문학 자체에 대해 극심한 회의에 시달렸고, 그래서 여러 달째 쓰는 일을 중단하고 있었다. 잠들면 늘 사막의 꿈을 꾸었다. 어떤 땐 모래바람에 내 전신이 묻히는 꿈을 꾸다가 소스라쳐 깨어날 때도 있었다. 그런데, 재수없게 이런 '또라이'까지 날 괴롭히다니. 나의 울화는 그 여자에게서 내 본질의 문제로 확대됐으며, 그러자 적의가 끓어올랐다. 그 여자를 나는 그 순간 증오했다. 내 번민들을 증오했고, 내 번민의 바닥에 콘크리트 기단처럼 완강히 버티고 있는 세계의 잔인한 구조를 증오했다. 나는 화를 멈출 수가 없었다. 내 목소리가 얼마나 컸는지 나중엔 노래하던 박이 무슨 일인가 하고 뛰어나와봤을 정도였다. 그 여자에게서 전화를 받아든 아내에게까지 나는 계속 소리쳤다. 당장 내쫓아. 안 나가면 파출소에 전화해서 데려가라고 해. 도대체 당신이라는 여잔 집에서 뭐하고 있는 거야? 미친 여자 하나 구별 못해? 흥분해서 손발이 떨리고 몸은 풍뎅이처럼 부풀어올랐다. 맹목적인 증오였고 이해할 수 없는 적

의였다. 나는 그 여자의 멱살을 잡는 기분으로 내 가슴에 안겨 있는 파트너 여자의 멱살을 잡았다. 급기야 콧날이 시큰해오고 목까지 멜 정도가 되었다.

6

정말이에요, 여보. 처음엔 그 여자의 정신이 이상한지 어쩐지 전혀 알아차릴 수 없었다구요. 아홉시 조금 넘어 초인종이 울려 문을 열어보니까 어떤 여자가 글쎄, 머리랑 어깨 위의 눈을 털지도 않고 눈사람같이 되어 문 앞에 서 있지 뭐예요. 선생님 계시면 좀 뵙고 싶어서요, 라고 말하데요. 안 계신데요. 나는 대답했어요. 어디서 오셨나요? 여자가 내 말에 대답은 안 하고 고개를 돌려 아파트 너머, 멀리 내다보는 것이었어요. 마치 자기가 좀 전에 걸어온 그 발자국이라도 찾아보려는 것처럼요. 그래요. 그리된 거예요. 당신 말대로 그냥 보낼 수도 얼마든지 있었어요. 하지만 눈이 가득 쌓인 아파트 밖을 내다보는 그 눈빛이 뭐랄까, 처연하기 그지없어서…… 내가 뭐에 씌었던 거지요, 뭐. 당신하고 어떤 관계인지도 모르겠고요. 호기심도 생겼고요. 그래서 들어오시라고, 그이는 곧 올 거라고, 문을 열어준 거예요. 들어와 앉은 뒤 자세히 보니까 꽤 미인 축에 낄 만한 여자였어요. 나이는 글쎄요, 서른셋에서 서른대여섯? 옷차림은 좀 추워 보였고요, 갸름한 계란형 얼굴에다가 눈이 크고 맑았어요. 화장기는 전혀 없었고, 눈가엔 잔주름이 많았던 거 같아요. 왜 있죠, 곱살하면서 어딘지 모르게 슬퍼 뵈는 그런 얼굴 말예요. 당신이 좋아할 만한 구석이 있는 타입이었어요. 유자차를 내놨더니 꿀꺽꿀꺽, 소리가 나게 단숨에 마시고 내려놔요. 그때 처음으로 좀 이상해 뵈긴 했는데요, 그래도 워낙 말수가 적어 다른 건 눈치채지 못했어요. 우리 그이하고 어떻게 아시는 분인가요, 하고 물었어요. 여자가 그냥요…… 그러고 말더라고요. 당신하고 범상한 관계는 아닌가보다 짐작했어요. 그런데 참 이상하죠. 글쎄, 묘한 일이었어요. 화가 나고 해야 할 일이었는데요, 그 여자를 보고 있었더니 화가 안 나는 거예요. 세상에…… 별 기분이 다 있더라구요. 화가 나기는커녕 이 여자가 배가 고프구나, 그 생각이 먼저 드는 거예요. 저녁밥도 안 먹었구나. 나는 밥상을 차렸어요.

아, 내 말 끊지 말고 그냥 끝까지 좀 들어봐요, 여보.

당신 몫으로 남겨놓은 밥을 밥솥에서 꺼내고 명탯국을 데웠지요. 여기 찾아오시느라 식사도 안 하신 거 같은데, 드세요. 어려워하실 거 없어요. 나는 그 여자가 당연히 사양할 줄 알았어요. 경우도 경우지만 좀 수줍은 듯, 좀 슬픈 듯한 그 여자 분위기가 그랬거든요. 그런데 웬걸요. 유자차를 마셨을 때처럼 이번에도 밥을 한 그릇 아주 열심히 비워내는 거예요. 여러 끼니 굶은 것처럼. 뻐꾸기시계가 참 예쁘네요. 여자가 숟가락을 놓고 나서 한 말이에요. 내가 묻는 건 피하려는지 못 들었는지 그냥 넘기고 이따금 그 여자는 그런 말들을 했어요. 찻잔이 앙증스러워요. 저 꽃병엔 무슨 꽃을 꽂나요? 저는요, 팬지꽃이 젤 좋아요. 그런 따위의 말들요. 막둥이가 갖고 놀던 모형 자동차가 탁자에 있었는데요, 만지작만지작하더니 그러는 거예요. 작고 예쁘면 뭐든지 슬퍼요, 하고 말예요. 당신이 전화해왔을 때까지 그 여자가 한 말은 고작 예닐곱 문장쯤 됐을 거예요, 아마. 참, 소설 얘기도 했어요. 모형 자동차를 보면서 작고 예쁘면 뭐든지 슬퍼요, 하더니 한참 있다가, 은지처럼요, 하고 덧붙이는 것이었어요. 은지란 말이 무슨 뜻인가 하고 한동안 생각했지요. 당신이 J일보에 연재했던 소설 『풀잎처럼 눕다』의 여주인공이란 걸 나중에 깨달았어요. 은지가 나오는 그 소설 좋아해요? 내가 반문했지요. 너무 슬퍼서요, 라고 여잔 말하데요. 너무 슬퍼서…… 차라리 잔인해요, 라구요.

……모르겠어요, 그뿐이었어요.

아까도 말했다시피 내가 뭔가에 씌었던 게지요. 그 여자 자신도 간다는 말을 안 하고, 나도 특별히 보낼 생각 안 하고…… 그러고 두세 시간 훌쩍 지났어요. 당신의 전화가 자정쯤 왔지요. ……맞아요. 바로 그 말을 여자가 할 때, 눈이 내려요…… 그리고 벽시계 어쩌고…… 여자가 그 말을 할 때쯤에야 제정신이 아니라는 걸 확실히 깨달았지요. 눈, 이, 내, 려, 요……라고 여잔 말했어요. 그다음 조금 있다가 벽시계가 나왔고요, 그리고 비틀거리며 주저앉았어요. 당신도 그렇죠, 아무리 화가 난다고 해도 전화통에 대고 무슨 악을 그렇게 써요, 그래? 나한테까지 고래고래 소리지르고요. 암튼 당신의 전화를 끊고 돌아보았더니 여자가 힘들게 몸을 일으키며 스스로, 알았어요, 했어요. 그래요. 스스로 나가겠다는 뜻이었죠. 두 눈에 눈물이 글썽해져 있는 모습이 안됐다는 맘도 들었지만요, 붙잡아 재울 수는 없었어요. 미쳤다고 생각하니까 와락 무섬증도 들고 말예요.

눈은 아파트 복도에까지 날아와 쌓여 있었어요.

여자가 말수 적은 어린애처럼 현관 앞에서 머리를 꾸벅 숙여 보이고 나가데요. 그날, 눈도 많이 내렸지만 날씨는 얼마나 추웠다고요. 여자를 내보내고 잠시 앉아 있다가 그래도 끝내 마음이 꺼림칙해서 얼른 현관문을 밀고 다시 나왔지요. 난간 너머로 내려다봤더니, 5동하고 3동 아파트 사잇길에서, 여자의 뒷모습이 가물가물 멀어지고 있었어요. 수은등은 밝았으나, 당신도 알다시피 그날 눈이 좀 내렸어요? 그 순간…… 밑도 끝도 없이 가슴이 철렁 내려앉데요. 저 여자는 아프다, 그런 생각이 났어요. 암에 걸렸는지도 몰라. 나는 나도 모르게 막 복도를 뛰어서 엘리베이터 스위치를 눌렀어요…… 글쎄요. 그 여자가 비틀거리며 걸었는지는 기억 안 나지만요, 암튼 왜 그리 가슴이 두근거리고 발걸음이 허둥거려졌는지요. 하지만…… 눈 속으로 나왔을 때 여자는 어디에도 없었어요. 통행금지가 있던 시절이잖아요? 자동차 한 대 지나가지 않고…… 눈이 정강이까지 찼어요. 졸고 있던 아파트 수위 아저씨가 쫓아나와 왜 그러시냐고 물어요. 방금 그 여자요, 라고 나는 소리쳐 말했어요. 방금 그 여자, 글쎄, 죽을 병에 걸린 여자지 뭐예요, 라고요. 여자는 어느 방향으로 갔는지 흔적조차 없었어요. 눈은 계속 내리고요, 귀신을 본 것 같았어요. 밤새 잠 한숨 못 자고…… 울기도 하고…… 몰라요. 왜 눈물이 그렇게 나왔는지는. 뭔가에 씌었던 거라고 아까 말했잖아요? 정말 엄청난 폭설이었어요.

그 여자, 대체 누구였을까요?

7

안양경찰서 형사과에서 걸려온 전화를 받은 건 이틀 후였다.

나는 최근에 나온 신간에 대머리 남자의 이름을 써들고 경찰서로 갔다. 그해, 21일 밤 유난히 변사체가 많았어요. 대머리는 내가 원한 자료들을 꺼내주며 말했다. 눈이 워낙 많이 왔었던가 봐요. 날씨도 춥고…… 그런 날은 얼어죽는 사람이 많기 마련이죠. 평소엔 변사체가 거의 없는데 21일엔 변사체가 셋, 22일엔 변사체가 둘이나 발견된 것으로 기록에 나와 있었다.

수사보고서에 첨부된 의사 소견서는 모두 동사凍死라고 씌어 있었다.

여자는 단 한 명뿐이었다.

나는 먼저 21일 밤 동사한 것으로 기재된 자료에서 여자의 나이를 찾아보았다. 기록 속의 여자는 쉰두 살이었고, 변사체로 발견된 장소는 군포의 어느 철거하다 만 공장이었다. 나는 안도의 한숨을 쉬었다. 말이 쉰두 살이지, 검푸르게 얼어붙은 여자의 얼굴 사진은 예순도 훨씬 넘어 보였다. 그럼 그렇지, 하고 나는 생각했다. 문제의 그 여자가 그날 저녁 어느 캄캄한 골목에서 얼어죽었다는 건 나의 상상에 지나지 않을 터였다. 나는 요즘 너무 신경이 예민했으며 터무니없이 몸도 약해져 있었다. 선풍기가 돌아가고 있었으나 형사과 사무실은 무덥기 짝이 없었다. 나는 이마의 땀을 손바닥으로 닦았다. 불어, 이 새꺄. 갑자기 악을 쓰는 소리가 들렸다. 반대편 자리에서 다른 한 형사가 상고머리 소년을 심문하고 있었다. 형사는 볼펜 끝으로 소년의 볼을 쿡쿡 찔렀다. 요즘 애새끼들이 어떻게 영악한지요, 증거를 대기 전엔 죽어도 오리발이거든요. 대머리가 말했다. 이제 일어설 차례였다. 오랫동안 내 몸안에 똬리를 틀고 있던 여자도 이것으로 결별할 수 있게 되었다고 나는 생각했다.

그때, 여자가 다시 보였다.

여자는 끝없이 눈 속을 걷고 있었다. 얼굴은 볼 수 없었고, 보이는 것은 매양 뒷모습뿐이었다. 허름한 가을 옷차림이었다. 어깨는 좁았고 키는 보통이었으며 목이 길었다. 눈이 머리에도 쌓여 있고 어깨에도 쌓여 있어서 여자는 말라깽이 눈사람같이 보였다. 아주 멀고도 힘든 길을 걸어온 듯이, 때때로 그 여자는 절룩거리며 걸었다. 눈발에 가려 길은 그 끝이 보이지 않았다. 걷는다기보다 여자는 마치 눈 속으로 꺼져들어가는 것 같았다.

혹시.

나는 일어서려다 말고 물었다.

22일 이후 발견된 변사체는 없던가요?

대머리는 내 말을 기다리고 있었다는 듯이 빙긋 웃기부터 했다. 물어보실 줄 알았지요. 서랍을 열자 다른 수사보고서 하나가 나왔다. 더이상은 요구하지 마세요, 선생님. 어제 하루종일 이것을 찾아내느라 보통 고생한 게 아니에요. 그해 말일까지 변사체에 대한 기록을 다 찾아봤는데요, 여자 변사체는 이것뿐이었어요. 기록 속 여자의 나이는 서른넷이었다. 심장마비 때문에 동사한 것으로 되어 있어요. 대머리는 덧붙였다. 시신은 24일, 크리스마스 전날 십사시에 발견됐다고 했다.

나는 가슴에서 동통疼痛을 느꼈다.

이 새끼가 정말…… 죽고 싶어, 너? 반대편 자리의 형사가 소년을 향해 발길질을 날리고 있었다. 수사보고서엔 시신을 찍은 사진이 붙어 있었는데, 가슴을 훑고 지나는 통증 때문에 나는 짐짓 소년 쪽을 보았다. 발길질을 당한 소년이 앉았던 의자와 함께 뒤로 나뒹굴었다. 사진 속의 얼굴은 갸름했다.

이걸…… 가져가도 되겠습니까.

나는 손바닥 땀을 바지에 문지르며 물었다.

가져가는 건 곤란하다고 대머리는 대답했다. 마침내 나는 눈을 부릅뜨고 사진을 똑바로 보았다. 갸름한 얼굴형이긴 했지만 감겨 있어서 눈이 큰지 어쩐지는 알 수 없었다. 이마가 넓은 편이었으며 눈썹은 선이 부드러웠고 얇은 입술은 반쯤 열려 있었다. 인중에 작은 점이 하나 보였다. 내 상상 속의 모습과 확연히 다른 건 머리였다. 상상과 달리 사진 안의 여자는 짧은 단발형의 머리를 하고 있었다. 꼭 집어 미인이라고 말할 수는 없겠으나, 살아 있다면 정이 갈 얼굴이었다.

백운호수가 어디죠?

나는 대머리에게 물었고 이내 스스로 백운호수를 기억해냈다. 내가 살았던 비산동의 아파트에서 보면 동쪽으로 이 킬로쯤 떨어진 청계산 남쪽 기슭에 그 아담한 호수가 있었다. 안양에 살 때만 해도 가끔 민물고기 매운탕 따위를 먹으러 호숫가 음식점을 찾아간 적이 있었다. 여자의 변사체가 발견된 곳은 백운호수 동쪽 산기슭이라 했다. 변사체를 검안한 의사는 친절하게도 변시체가 최소한 이십사 시간 이상 경과한 것으로 보인다는 소견을 덧붙여놓고 있었다.

나는 기록을 한 부 복사해달라고 부탁했다.

왜 그런지 눈물이 날 것 같았다. 선생님과 어떤 관계인지 모르지만, 이라고 대머리가 내 눈치를 살피며 말했다. 벌써 십삼 년이나 지난 일인걸요. 수사기록부엔 여자가 마지막으로 몸에 지니고 있던 소지품 목록도 기록되어 있었다. 핸드백, 손지갑, 천원권 육 매, 남녀 아이와 젊은 남자가 함께 찍은 흑백사진 등. '천원권 육 매'라는 대목에서 콧날이 급기야 찌르르했다. 십삼 년이라면, 육탈肉脫이 완전히 되어 여자는 아마 희디흰 뼈로 남았을 터였다. 조심해 가십시오. 대머리는 형사과 문을 열어주었다.

정오쯤 됐을 시각이었다.

어김없이 햇빛이 작살같이 날아와 눈에 꽂혔다. 나는 한참 동안 경찰서 현관 앞에 서 있다가 이윽고 잔인한 여름 일광 밑으로 걸어나왔다. 걸어갈까도 생각해봤지만 지친 몸을 하고 걷기엔 먼 거리였다. 나는 택시를 탔다. 백운호수까지 좀 데려다주세요. 차가 곧 내가 살던 아파트군 사이를 지나갔다. 아파트에서 과천 방향으로 난 길은 드넓은 6차선 도로였다. 나는 고개를 한껏 돌려서 뒤로 멀어지고 있는 고층 아파트와 그 앞의 들판을 바라보았다. 예전에 논이었던 들은 늘어나는 아파트들에게 이곳저곳 파먹힌 채 이제 비닐하우스가 주로 들어서 있었다. 들 가운데의 곧게 뻗어나간 수로는 보이지 않았다. 밤새 원고를 쓰고 잠들었다가 정오쯤 깨어나면 쭉정이 같아진 몸으로 허청허청 베란다까지 나가 내려다보곤 했던 길이었다. 여자의 눈에 뻐꾸기시계가 둥둥 떠돌아다닌 듯 보였던 그 배경도 눈과 어둠에 함락당한 그 들판이었을 터였다.

누가 가고 있어.

나는 속으로 말해보았다.

여보, 누가 가고 있다니까.

안개라도 낀 날 구층 창가에 서서 내려다보면 그 무렵, 그 들판 가운데의 수로를 따라 걸어가는 누군가의 환영이 보이곤 했다. 돌아가신 어머니가 갈 때도 있었고, 젊어 자살한 누이가 갈 때도 있었다. 들길을 따라 끝없이 가다보면 저승이라고 말해지는 새 세상이 나오는 것일까. 당신 속이 허해서 헛것이 뵈나봐요. 아내는 만날 용 든 약이 최고라고 했다. 어머니인지 누이인지 모를 생면부지의 사람들 뒷모습도 수시로 보였다. 어떤 사람은 키가 크고 어떤 사람은 뚱뚱하고 어떤 사람은 깡말랐다. 한결같이 그들은 들판 끝을 향해 가고 있었다. 도대체 누가 가고 있다는 거예요? 아내는 어느 날인가 울먹이며 말했다. 따뜻한 방 한 칸마저 갖기 어려웠던 누이는 욕망과 시궁창의 삶 사이에서 몸이 찢기는 고통을 이기지 못해 꽃다운 나이에 죽었다. 보세요. 길은 인적조차 없이 비어 있는걸요. 아내는 들풀만 무성한 길을 손가락질했다. 어떤 이는 절룩거리며 갔고 또 어떤 이는 비틀거리며 갔다. 억압받는 세상 구조와 피폐한 우리 이웃의 삶을 슬프게 그려내던 시인 친구는 기관에 끌려가 모진 고문을 받고 나와 그 후유증 때문에 죽었는데, 비가 내리던 새벽 어스름에 절룩절룩 그 길을 가고 있었다. 제발 원고 좀 그만 쓰세요. 무리해서 그런 거예요. 시인 친구의 뒷모습이 보인 것도 밤새 원고 쓰고 난 뒤끝이었다. 숟가락 꽂아도 자빠지지 않는 그런 고깃국 한 그릇 먹고 싶다던 어머니의 뒷모습은 너무 깡말라서 하마 넘어질까 위태위태하게 걸었다. 콩 볶듯 하는 총소리가 환청으로 들려오는 날도 있었다. 그런 환청이 들린 뒤의 한밤중엔 떼 지어 사람들이 그 들길로 가는 게 보였다. 아내의 용 든 약은 아무 효험도 없었다. 그 길엔 자주 바람이 불었고, 자주 눈이 내렸고, 또 자주 안개가 꼈다. 난데없이 오래전 마장동 판잣집들이 수백 채 불탈 때, 불타 죽은 사람들이 보이는 날도 있었다. 나 자신 그 화마 속에서 살아 도망친 한 사람이었다. 총소리는 간헐적으로 들려왔다. 걸어가는 어린애의 등에서 수정水晶으로 관통하여 나간 총알 자국이 선연히 보일 때도 있었다. 여기, 터가 당신에게 안 맞나 봐요, 라고 아내는 마침내 결론을 내렸다. 여자의 모습이 최초로 그 들길에 나타난 게 그 무렵이었다. 여자는 좁은 어깨를 잔뜩 웅크리고 걸었다. 너무 먼 거리를 걸었기 때문일까, 여자는 간혹 주저앉을 것처럼 비틀거렸다. 그 여자가 죽었다는 건 터무니없는 상상일 뿐이에요. 또 설령 죽었다고 해도 그렇지요. 우리하고 무슨 상관이에요. 말은 그렇게 했지만 아내도 자신 없는 표정을 짓고 있었다.

택시가 사거리를 지났다.

상상하건대, 여자는 아마 그 들길의 어느 한 자락을 비틀비틀 걸어서, 눈 내리는 한밤중, 과천과 군포 간의 도로가 만나는 이 사거리에 이르렀을 터였다. 기온은 점점 더 내려가고, 눈은 쌓여 길은 천지 사방 분간할 수 없을 만큼 어두웠을 게 틀림없었다. 다리는 물먹은 솜처럼 무겁고 천지간 어디에도 길은 보이지 않았을 것이었다. 여보세요. 거기 누구…… 없어요? 여자는 어둠을 향해 소리쳤을까.

십삼 년 전, 이 사거리에서 호수까지는 비포장길이었다.

그러나 택시는 잘 포장된 2차선 아스팔트 위를 달리고 있었다. 왼편으로 몇 년 전 새로 지은 서울구치소의 흰 건물 외관이 보였다. 여자가 그 밤에 이곳을 지났다면, 그 시절 이곳엔 아무런 불빛도 보이지 않았을 터였다. 언 손을 호호 불며, 언 발을 절룩거리며, 칼날 같은 북풍에 실려 휘몰아치는 수천의 눈바람 작살에 온몸이 찢기며, 여자는 걷고 있었다. 호수의 제방이 혹 보였을까. 여자는 호숫가 어느 매운탕집에서 흘러나오는 불빛 한 점쯤 보았을지 몰랐다. 가자, 저기 사람이 살고 있구나. 여자는 중얼거렸을는지도 몰랐다. 그러나 호숫가에 당도했을 때 무엇이 그 눈 내리는 한밤중 그 여자를 반겼겠는가. 불빛은 꺼져 있고, 집집마다 빗장은 완강히 걸려 있고, 그리고 눈은 내리고.

여기서 숲 쪽으로 들어갔겠지요.

늙수그레한 중년 남자가 설명하고 있었다.

제방에서 택시를 내린 뒤 호수의 남쪽 자락을 돌아간 끝 마을에서 중년 남자를 찾을 수 있었던 건 나로선 행운이었다. 그 남자는 맨 처음 변사체를 발견, 지서에 신고한 것으로 수사보고서에 이름이 기록된 그 장본인이었다. 그 사람이 아직껏 그 마을에 살고 있는지, 살고 있다 하더라도 이미 십삼 년이나 지난 그때

일을 기억하고 있는지에 대해 나는 아무런 기대도 애초에 하지 않았다. 기대도 하지 않고 동네 사람에게 그 사람의 이름을 들이대본 것인데, 그 이름을 들은 사람이 그 중년 남자의 집을 똑바로 가리켜 보여준 것이었다. 그곳에 그 남자가 아직 살고 있었고, 또한 십삼 년 전의 그 일을 선연히 기억하고 있었다.

그런 일은 그때 처음 겪었거든요.

중년 남자는 콧구멍을 쑤시며 말했다.

제방과 반대편 쪽의 호숫가에서 사뭇 가파른 산비탈이 시작되고 있었다. 잡목들이 빽빽했다. 남자는 그 잡목숲을 건들듯 하고 돌아 빠진 마을 어귀의 길에서부터 앞서 숲속으로 들어갔다. 여기쯤 될 거요, 라고 중년 남자는 이윽고 한 참나무 아래를 가리켰다. 마을 어귀의 그 길에서 불과 삼십여 미터밖에 떨어지지 않았으나 그곳에 서니까 마을은 전혀 뵈지 않았다. 다만 발아래에서 시작된 호수의 수면이 보였고, 호수 너머의 제방이 보였다.

그 여자, 앉아 있었소.

나무에 기대고 말입니까?

글쎄요. 이 나무인지는 확실하지 않지만요, 좌우간 그랬던 것 같소만. 나는 중년 남자가 대강 가리켜주는 자리에 쭈그려앉아 보았다. 그렇게 앉은 게 아니고요, 라고 말하며 남자가 내 자세를 교정시켜주었다. 종아리를 수직으로 세워 두 무릎을 모은 뒤에, 상반신을 활처럼 구부려 그 무릎과 다리를 껴안은 포즈였다. 추워서 그렇게 몸을 웅크렸겠지요. 중년 남자는 덧붙였다.

시신이 발견된 게 24일로 되어 있는데요?.

날짜는…… 확실히 기억 안 나요. 안양에 나갔다가 저 길로 걸어오는데 사람 같은 형상이 뵈더란 말이오. 눈이 엄청나게 내렸었지요. 더구나 호수 이쪽은 겨울 내내 눈이 안 녹아요. 그때도 완전히 눈에 덮여 있었는데, 그래도 그 형상은 영락없이 사람 같은 거라 다가가봤습지요.

그러니까 그 여자가 죽은 것은……

나는 거기까지 말하다 말고 입을 다물었다. 내가 묻고 싶은 것은 그 여자가 21일 밤에 그곳에서 죽었을 텐데 어떻게 24일에야 발견될 수 있느냐 하는 점이었으나 더이상 묻지는 않았다. 쓸데없는 질문이었다. 수사보고서에 첨부된 의사의 검안 소견도 변시체가 이십사 시간 이상 경과한 것으로 보인다고 적혀 있지 않았던가. 수십 밀리의 눈이 쌓여 있었다면 여자의 시신은 아마도 그보다 훨씬 더 후에 발견될 수도 있는 지형적 조건을 그곳을 갖추고 있었다.

나는 걸어서 백운호수를 떠났다.

호수를 막은 제방의 풀밭엔 젊은 남녀 한 쌍이 햇빛에도 아랑곳하지 않고 바싹 기대앉아 웃고 있었다. 내가 수많은 죽은 사람들의 환영을 등지고 안양에서 서울로 다시 이사한 것은 1981년 봄이었다. 이사하기 얼마쯤 전, 이 백운호수까지 혼자 걸어서 산책 나왔던 기억이 아물아물 떠올랐다. 나는 그 시절 봄 길을 걸어서 호수까지 오곤 했다. 그때 둑길엔 이름 모를 풀꽃들이 지천으로 피어 있었다.

뻐꾸기가 울었던가.

뻐꾸기가 먼 데 가까운 데에서 뻐꾹, 뻐꾹, 울었다. 우리집 뻐꾸기시계처럼. 뻐꾹. 지금. 뻐꾹, 지금 당장. 뻐꾹. 내 집에서. 뻐꾹. 나가시오. 뻐꾹. 나가시오……

8

안양에 살 때 나는 J일보에 소설을 연재했다. 1979년부터 1980년 여름까지 연재한 그 소설은 다양한 독자들에게 폭발적인 반응을 얻었다. 이슬같이 투명하고 새처럼 작은 한 젊은 여자가 그 소설에 나왔다. 너무 슬퍼서…… 차라리 잔인해요, 라고 그 여자가 아내에게 말했다는 여주인공의 이름이 바로 은지였다. 삶에 집착하지 못하고 세상의 아웃사이더로 끝없이 부랑하는 키 큰 남자와 칼날 하나 품고서 끝내 비극적인 절망과 맞겨루다 침몰하는 키 작은 칼잡이 남자가 여자를 중심으로 한 삼각구도의 좌우 꼭짓점에 서 있었다.

연재를 시작할 땐 유신 끝물이었다.

1979년 8월엔 중앙정보부에 연행되어 조사받다가 행방불명된 오원춘 사건으로 천주교 신도들 중심의 가두데모가 있었고, 마포 신민당사에서 농성중이던 YH무역 여공이 강제해산 과정에서 추락해 죽는 참혹한 일이 생겼다. 9월엔 유신 철폐를 주장하는 끈질긴 학생 데모가 이어졌다. 그리고 10월, 비상계엄령 아래에서 부마사태가 생겼으며, 수많은 사람들이 죽거나 다치거나 연행당했다. 실종된 많은 사람들이 기관의 고문에 의해 죽어 남몰래 암매장됐다는 끔찍한 소문들이 떠돌았다. 개인이 갖고 있는 소중한 숨은 꿈들은 조금도 존중받지 못하는 시대였다.

죽고 싶다.

술에 취하면 난 곧잘 말했다.

친구들은 그러면 복에 겨운 투정이라고 내 머리통을 쥐어박으며 말하곤 했다. 그래. 죽어버려라, 야. 나는 그 무렵, 인기 절정인 작가였다. J일보에 연재소설을 쓰기 직전 펴낸 장편소설은 계층 간의 갈등 문제를 교묘히 러브 스토리에 꿰어 쓴 것으로 삼십여 만 부가 나갔다. 나는 계속 썼다. J일보에 연재하던 그 소설은 허망하기 이를 데 없는 비극적인 구조 속에서 세 남녀 주인공의 사랑이 어떻게 침몰되는지에 대해 쓰고 있었다. 형체 없는 폭력을 다룬다면서 당시의 폭력적 시대 상황과 이야기를 은유적으로 비끄러매는 구조였지만, 결과적으로 그건 겉 구조에 불과했다. 나는 내 성취의 야망들과 그때 싸웠다. 나는 말하기를, 작가는 아웃사이더라고 했다. 작가는 창 안쪽에서 일정한 거리 너머의 창밖 세계를 그린다는 논리였다. 그러나 나는 스트레스를 심하게 받았다.

작가는 누구인가.

쓰는 것은 과연 무엇의 '종결'인가.

나는 남몰래 피 흘리며 묻고 있었다. 창 안쪽과 창밖의 거리에 대해 나는 본질적으로는 아무런 확신도 갖고 있지 않았다. 그럼에도 불구하고 나는 그 논리를 애써 확신으로 삼아 앞으로 나아갔다. 독자들은 열광했다. 정영호, 정영호라고 사람들은 말했다. J일보에 연재하던 그 소설을 출판하겠다며 찾아온 출판사만도 유수한 문학지를 가진 출판사까지 포함해 수십 군데가 넘었다.

'광주'가 터진 건 5월이었다.

J일보의 연재소설은 이미 마무리 단계로 접어들고 있었다. 범죄자로 쫓기기 시작한 내 남자 주인공들은 그들의 마지막이 절망적인 죽음뿐이라는 걸 충분히 인식하고 있었다. 광주에서 무슨 심상치 않은 일이 생겼다고 어느 날 외출한 내게 황이 말했

다. 남자 주인공 중 키 큰 남자는 여주인공과 함께 조만간 다가올 절망적 파국을 염두에 두고 바닷가로 은밀히 여행을 떠나고 있었다. 바다가 떠오르는 햇빛을 받아 순금의 비늘들을 수천수만 개 그 표피에 매달기 시작했다, 라고 나는 썼다. 광주의 소문들은 연재소설을 쓰는 사이사이, 시시각각 내 귀로 들어왔다. 수백 명이 죽었다고 말하는 사람도 있었고, 수천 명이 죽었다고 말하는 사람도 있었다. 아이도 노인도 여자도 마구 죽인다는 거야. 심지어 죽은 젊은 여자의 젖가슴을 다 도려냈대. 신문과 방송은 겨우 광주에서 불순분자들에 의한 소요가 발생했다고 짧게 쓰고 있을 뿐이었다. 계엄령은 전국에 확대되어 있었다. 광주로 내려가봐야 하지 않을까, 하고 한 작가 친구는 말했다. 한마디의 말이나 한 줄의 글 때문에 무자비하게 연행당하는 사람은 서울에도 많이 있었다.

당신, 서울에 절대 나가지 마세요.

아내는 내 바짓가랑이를 붙들고 늘어졌다. 원고를 챙겨들며 말했다.

신문사까지 원고를 배달하는 것도 아내 몫이었다. 내가 소설을 쓰는 작은 방은 북향이었다. 창밖은 시멘트 콘크리트의 다른 고층 아파트들로 시야가 콱 막혀 있었다. 끔찍해요, 라고 아내는 신문사에 원고를 넘겨주고 돌아와서 말했다. 두 손을 뒤로 묶어놓고 쏘아 죽이는 일도 있다나봐요. 대체 광주에서 무슨 일이 있는 걸까요. 신문은 여전히 일상적이고 잡다한 기사들이나 채워넣고 있었으며, 텔레비전을 틀면 쇼 프로가 나왔다. 나는 식욕이 없었다. 밥이 모래알 같았다. 그래도 나는 엎드려 연재소설을 썼다. 흉흉한 소문에 아랑곳하지 않고 담당 기자는 자주 전화를 걸어 원고를 재촉했다. 오래…… 오래 잠을 자고 싶어, 라고 나는 여주인공의 대사를 썼다. 그들은 쓸쓸한 겨울 바다 끝에서 곧 파국을 맞이할 예감에 떨며 애틋한 사랑의 말들을 나눠 갖고 있었다. 연재소설은 하루도 거르는 날이 없었다.

그 소설은 7월 장마와 함께 끝났다.

나는 극단의 갈등과 번민에 휩싸여 긴 장마를 보냈다. 세 사람의 내 주인공들은 백설이 뒤덮인 산맥까지 쫓겨 들어간 뒤 일부는 죽고 일부는 살아남았다. 그녀는 눈물을 글썽이며 하모니카를 입에 물었다, 라고 그 소설의 끝 구절을 쓸 때, 나는 울었다. 내 주인공들 때문에 우는지, 나 때문에 우는지, 다른 무엇 때문에 우는지 나 자신도 알 수 없었다.

소설로 진기를 다 빼내서 그래요.

아내는 내 눈물이 슬픈 소설의 결말과 관계있다며 또 용 든 약을 지으러 갔다. 슬픈 이야기를 많이 쓰면 몸이 약해진다고 아내는, 다음엔 기쁜 이야기를 써봐요, 했다. 혼자 남아 서성이는 거실 창 너머, 그 들길로 죽은 사람들의 뒷모습이 환영으로 처음 뵌 게 바로 그날이었다. 자살해 죽은 누이가 보였고, 고문 후유증으로 죽은 시인 친구가 보였고, 총 맞은 낯선 소년의 뒷모습도 보였다. 들 끝으로 그들은 생시인 듯 걸어갔다.

나는 더이상 소설을 쓸 수 없었다.

자주 가위눌리는 꿈을 꾸었고, 꿈속에서도 낯선 사람들의 뒷모습이 나타났다. 창밖의 폭력적이고 암울한 세계를 등지고 북향 방에 앉아 밤마다 무력한 겨울 바다의 정경을 그렸던 나 자신이 가증스러웠으며, 또 비참했다. 그 비참함은 어떤 평론가가 내 소설을 대중적이라고 비난해올 때 받았던 상처와는 비교도 되지 않았다. 읽히지 않아 서가에 유폐되는 작품보다, 수많은 사람들에게 위로로 읽히는 것이 대중적이라면, 나는 기꺼이 대중주의를 선택하겠다고 응수했던 게 불과 일 년 전의 일이었다. 그러나 '광주'의 충격은 그 모든 논의 자체를 허깨비 짓으로 만들었다.

나는 무엇을 썼던가.

내가 쓴 것들은 겨우 베갯머리에 빠진 죽은 머리칼이나 허위의 세상이 빚어내는 허망한 거품은 아니었을까. 침묵할 뿐인 가짜 신문에 기여하여 밥이나 벌고 있었던 게 아닐까. 나는 유일한 사랑이라고 믿었던 문학에 대해 아무런 믿음도 가질 수 없었다. 극단의 분열과 극단의 자기혐오가 날 괴롭혔다. 극단의 우울과 무력증 때문에 면도날로 동맥을 끊기도 했다. 아파트 앞의 어두운 개울가에서였다. 부랑하던 젊은 한때는 문학으로 구원받았는데 이제 내 문학이 날 죽이려 하고 있었다. 동맥을 자른 손목에 붕대를 감고도 나는 술을 마셨다. 태백산맥을 종주하는 고단한 여행을 하기도 했지만 소용없었다. 들길엔 자나깨나 절룩이며 낯선 사람들이 가고 있었다. 때로 비가 오고, 또 눈이 내리고, 또 안개가 꼈다. 콩 볶듯 기관총 소리가 들리는 날도 있었다. 무엇을 써야지, 라고 나는 중얼거렸다. 쓰지 않는 것도 견딜 수 없었으며 쓰고자 하면 더욱 견딜 수 없었다. 내가 갖고 있는 문학적 재능과 수사와 능란한 기교를 나는 증오했다. 폭설이 내렸던 그날 밤, 모래내의 어느 술집에서 그 여자에게, 당장 내 집에서 나가시오, 알 수 없는 증오심으로 악을 쓸 무렵에 나는 그 번민과 분열의 절정에 있었다.

겨울은 속절없이 지나갔다.

억압의 상징이던 중앙정보부는 그해 겨울 국가안전기획부로 이름이 바뀌었지만, 세계의 구조는 달라진 게 아무것도 없었다. 내 운명이며, 또 유일한 사랑이라고 믿었던, 작가라는 나의 이름을 나는 혐오했다. 릴케와 사르트르의 두 잠언 사이를 오가며 썼다고 자부하던 나의 모든 작품들도 부정했다. 나는 미칠 것 같았다. 그렇다고 여태껏 살아온 내 삶의 궤적과 내 문학의 방향을 홀연히 이탈, 갑자기 시대의 전면으로 나를 끌고 갈 수도 없었다. 더구나 겨울이 가면서, 나를 둘러싸고 있는 문화계는 이데올로기의 편향과 충돌로 더 골이 깊어졌다. 이데올로기 편향주의자들은 '광주'의 주검조차 한사코 자기 식의 이념 체계 속으로만 끌고 들어가려 했으며, 거기 동조하지 않으면 누구든 적으로 삼았다. 그 무렵 언젠가, 김지하 시인의 작품이 연극화되어 극장에 갔더니 어떤 희곡작가가 내게 묻기를 어떻게 왔느냐, 했다. 그 질문 속엔 당신은 우리 편이 아니잖소, 하는 뜻이 담겨 있었다. 나는 물론 어느 편을 선택한 적이 없었다. 그때까지 내게 이데올로기가 있었다면, 그리고 그것을 굳이 정리해 말하자면 인간주의 이데올로기가 있었을 뿐이었다. 그들은 단지 내가 베스트셀러 작가라는 것 하나로 나에게 적의를 드러내곤 했다.

봄에 나는 나의 서재로 다시 돌아왔다.

내가 나아가고 싶은 곳이 있었지만, 이데올로기의 칼을 든 사람들이 편가르기에 분주한 곳으로는 결코 가고 싶지 않았다. 체제의 억압에서도, 제복과 같은 고정관념에서도, 상투적인 보편성에서도, 편가르기식 이념에도 나는 아무런 신뢰감을 보내선 안 된다고 생각했다. 그렇지만 돌아온 서재에서 나는 어디로든 나아갈 곳이 없었다. 연재소설을 다시 써달라는 제의가 빗발쳤다. 나는 보통 사람들에게 친숙한 언어로 그들과 가장 가까운 이야기를 향해 나아가자고 마음먹었다. 그것은 나로선 자연스러운 선택이었다.

나는 직업 작가야.

내게 나는 속삭여 말했다. 그땐 이미 안양을 떠난 뒤였고, 새롭게 많은 소설을 쓰기 시작했다. 신문 연재소설은 수많은 계층의 다양한 사람들 이야기와 만나고 싶은 나의 문학적 기질과 잘 맞았고, 인간주의적인 나의 소박한 문학관과도 잘 맞았다. 직업 작가라는 의식이 내 심지가 됐다. 한 편의 소설이 전쟁을 일으키게 하고 끝내게도 할 수 있다는 식의 거대담론을 나는 믿지 않았고 믿지 않으려 했다. 찬사나 비난에도 흔들리지 않았다. 그런데 귀기울일 시간도 없었다. 소설이란 그 플롯 안에서의 수많은 구조들과 싸워가는 것만으로도 얼마나 힘든 과정인가. 나는 열심히 썼고, 원고 약속은 지켰다. 싼 원고료의 원고는 쓰지 않았다. 직업 작가 의식의 첫번째 요건은 작가로서 평생의 순결성을 유지해야 하는 거라고 나는 생각했다. 나는 작가로서 태어났고, 작가로서 살고, 작가로서 죽을 터였다. 그뒤 몇 년간 나는 비교적 행복한 작가로 지냈다. 아니, 나는 결코 행복하지 않았으나, 직업 작가로 무장한 나는, 나를 가리켜 행복한 작가라고 말하려 애를 썼다.

가끔 그 여자가 떠올랐다.

내가 '행복한 작가'로 지내던 몇 년 동안, 모든 죽은 자들이 내 환영의 들길을 떠났음에도 불구하고, 유독 그 여자만 남아 있었다. 그 여자는 원고를 밤새 쓰고 난 어느 새벽, 잡다한 술자리를 파하고 돌아오는 어느 한밤, 좋아하는 설렁탕 국물을 후룩후룩 마시고 난 어느 한낮, 문득문득 떠올라 거꾸로 놓인 압핀처럼 발에 밟혔다. 그 여자는 늘 어둠 속의 눈길을 가고 있었다.

나는 그렇게, 마흔다섯 살이 되었다.

마흔다섯 살이 된 날 아침녘, 그 여자가 또 습관처럼 떠올랐다. 청탁받은 단편소설의 원고를 막 시작하려 할 때였다. 나는 연필을 놓고 그 여자를 보았다. 황막했다. 쇼펜하우어는 마흔 살부터 인생의 본문을 쓰는 것이라고 말했다는데, 나는 그 나이가 됐을 때 이미 본문을 다 써버린 것 같았다. 내가 쓴 본문은 형편없었다.

그날 이후, 그 여자가 내 몸안에 똬리를 틀었다.

9

나는 신월동 외곽의 허술한 이층 상가 앞에 서 있었다. 버스 종점이 가까웠다. 버스들이 들어가고 나올 때마다 메마른 먼지들이 내가 서 있는 곳까지 휩쓸려오곤 했다. 그렇다고 바람이 부는 것은 아니었다. 조악하게 연이어진 잡다한 상가들과 낡은 다세대주택들과 얼기설기 얽힌 전기, 전홧줄들 때문에 동네는 아주 삭막했다.

당신 맘은 참 알다가도 모르겠어요.

아내는 아침에 말했다. 아내는 내가 복사해온 그 여자에 대한 수사보고서를 보더니 놀랍다는 듯 입을 쩍 벌렸다. 안양까지 가서 그 옛날의 변사체들을 모두 뒤져봤단 말예요? 여자의 시신을 찍은 얼굴 사진은 복사한 것이지만 비교적 그 윤곽이 뚜렷했다. 인중의 작은 점까지도 나타나 있었다.

상가의 끝 가게는 새시 가게였다.

가게 터는 별로 크지 않았으나 상가 뒤쪽으로 이어지는 좁은 통로에까지 알루미늄 새시 자재들이 잔뜩 쌓여 있었다. 스물대여섯쯤 됐을까 말까 한 청년이 웃통을 벗어젖히고 지금 막 알루미늄 새시 자재들을 일정한 크기로 절단하고 있는 중이었다. 방범용 '자바라'를 만드는 원통의 구조물이었다. 맹렬히 움직이는 전기톱이 닿을 때마다 알루미늄 톱밥들이 사방으로 튀었다. 땀으로 칠갑을 한 청년의 가슴 역시 여기저기 알루미늄 톱밥들이 묻어 있었다.

찾아내서 어쩌자는 거예요?

아내는 계속 묻고 있었다. 수사보고서에 나와 있는 주소를 가지고 예까지 찾아오는 데 나는 꼬박 사흘을 소비했다. 물론 그 주소엔 죽은 여자의 가족들이 살고 있지 않았다. 다행히 수사보고서에 변사체를 인수한 사람의 주민등록번호가 남아 있어 경찰 컴퓨터를 통해 겨우 추적이 가능했던 것이었다. 변사체의 인수자는 죽은 여자의 시숙媤叔이었다. 죽은 여자에겐 아들 하나 딸 하나가 있다고 했다. 아마도 작업에 열중해 있는 저 젊은 청년이 그 여자가 남긴 유일한 아들일 터였다.

걔, 지난봄에 장가가고 가게를 냈지요.

죽은 여자의 시숙은 봉천동에서 역시 새시 가게 겸 철물점을 하고 있었다. 여자의 남편이 1980년 5월에 광주에서 머리 부상을 입었고, 그 후유증으로 그해 가을에 죽었다는 걸 나는 그 여자의 시숙으로부터 들었다. 모르죠, 어떻게 부상당했는지도, 라고 말하며 시숙은 한숨을 쉬었다. 어떤 사람은 그 여자의 남편이 공수부대원이 휘두른 총의 개머리판에 맞았다고 했고, 또 어떤 사람은 곤봉에 맞았다고도 했다. 조그마한 봉제 회사의 총무부 일을 하고 있었지요. 내 동생이라서 하는 말이 아니라 아주 성실하고 착한 애였어요. 그 말을 하는 그 여자의 시숙도 그렇게 보였다.

정말이지, 모르겠어요. 얼굴도 안 떠올라요.

아내는 근심 어린 눈빛으로 나를 보았다.

벌써 십삼 년이 지난 일이고 잠시 다녀간 관계없는 여자의 얼굴을 어떻게 여지껏 선연히 기억할 수 있겠느냐고 아내는 말했다. 아내는 복사된 그 여자의 사진을 보다가, 내 얼굴을 보다가, 그다음 한숨을 쉬었다. 당신 지금도 죽은 사람들 뒷모습이 날이면 날마다 보여요? 아내는 용 든 약으로 고칠 수 없다면 정신병원까지라도 나를 데리고 갈 터였다. 비슷한 것도 같고, 아닌 것도 같고 그래요. 글쎄, 사진이 아니라 그 여자가 살아서 다시 찾아온다고 해도 난 알아보지 못할 거라구요. 당신 아무래도 또 허깨비가 뵈나봐요. 제발, 먹고사는 건 내가 다 알아서 할 테니까 그놈의 소설 좀 그만 써요. 소설은 나도 당분간 그만 쓰려고 생각하고 있었다. 허깨비가 뵈는 건 아니지만, 지친 건 사실이었다. 다가올 오십대, 육십대에 쓸 나의 작품에 대해서 아무런 확신도 떠오르지 않는 데 나는 지치고 절망했다.

청년의 시선이 문득 내게로 왔다.

내 손엔 수사보고서의 복사본이 들려 있었다. 서편으로 완전히 해가 기울었는데도 삼십 도가 훨씬 넘는 무더위는 조금도 수그러들 기미를 보이지 않았다. 나는 수사보고서를 주머니에 쑤셔넣으며 이마의 땀을 닦았다. 한증막 같은 더위였다.

새시 하시려고요?

청년이 머뭇거리다가 내게 물었다.

나는 대답을 미처 준비하지 못하고 있었다. 새시 공장에서 잔뼈가 굵은 사람답지 않게 청년은 이목구비가 준수했고 눈빛이 맑았다. 청년의 아버지도 그랬을 것이다. 두부를 사러 나갔답디다, 라고 청년의 큰아버지이며 그 여자의 시숙인 남자는 말했다. 저녁 어스름이었다. 최루탄 쏘는 소리인지 총을 쏘는 소리인지, 낮 동안 계속되던 불길한 소리들이 그때는 이상하게 딱 멈추어 있었다. 그 여자는 찌개를 끓이다 말고 혼잣말로 두부를 사다 놓을걸, 하고 중얼거렸다. 남자는 마침 현관 근처를 서성이다가 그 말을 들었다. 이틀째 금남로에 있는 직장에 나가지 못하고 있던 참이었다. 제수씨가 겁이 많았거든요. 시숙은 덧붙여 설명했다. 아직도 젊은 그들 부부는 금슬이 남달리 좋았다. 제발, 이라고 그 여자는 이틀 동안 남자가 바지를 꿸 때마다 남자에게 애원했다. 제발 나가지 말아요. 제발 며칠 눈 딱 감고 집에 있어요. 남자와 두 아이는 그래서 이틀이나 집안에 갇혀 지내고 있었다. 그 웬수 놈의 두부, 라고 그 여자의 시숙은 몇 번이나 한숨을 쉬었다. 꼭 두부 때문은 아니었을지도 몰랐다. 남자는 시내 쪽에서 갑자기 조용해진 게 어떤 의미를 담고 있는지 알아보고 싶었을 터였다. 아니 남자는 아내의 간청에 못 이기는 체하고 이틀 동안 집안에만 박혀 있는 자신을 심하게 자책하고 있었을 수도 있었다. 남자는 여자가 부엌에서 허둥거리고 있을 때 나갔고, 한 시간쯤 후에 돌아올 때는 두부 한 모를 들고 있었다.

젊은 여자가 새시 가게 안에서 나왔다.

청년은 이제 작업하던 도구를 놓고 내게로 두어 발짝 걸어오고 있었다. 이거 마셔요, 라고 젊은 여자가 청년에게 들고 나온 물잔을 주었다. 아마 꿀물인 것 같았다. 청년은 신혼인 아내의 물잔을 엉겁결에 받았지만 내 시선 때문에 마실까 말까 망설이고 있었다.

자바라를 할까 말까 하고……

나는 머뭇머뭇 청년에게 말했다.

청년은 물잔을 쑥 내게로 내밀었다. 더우신 것 같은데, 이거 드세요. 나는 당황하여 한 발 뒤로 물러섰다. 버스 한 대가 경적을 울리며 종점 광장으로 들어가고 있었다. 나는 생각 없소. 방금 음료수를 마셨거든. 나는 아직도 청년에게 할말을 준비하지 못하고 있었다.

그 웬수 놈의 두부……

그 여자의 시숙은 침을 탁 뱉었다. 두부를 든 남자는 현관에서 비실비실 주저앉았다. 뒷머리에 검붉은 피가 맺혀 있는 걸 여자는 보았다. 괜찮아, 라고 우는 여자에게 두부를 들고 들어온 남자는 말했다. 괜찮아. 머큐롬이나 좀 바르면 될 거야. 머리가 좀 아파서…… 누워야겠어. 남자는 그렇게 말하고 누웠으며 여자는 상처를 소독하고 붕대를 감았다. 폭도로 오인될까봐 병원에 갈 것은 엄두도 내지 못했다. 차라리 그때 병원으로 데려갈 것을, 이라고 그 여자의 시숙은 한탄을 했다. 남자는 식물인간이 되어 넉 달을 더 살았다. 시숙의 도움으로 남자와 아이를 데리고 광주를 떠난 그 여자는 남자가 숨을 거둘 때까지만 해도 꿋꿋했다. 병간을 짜증스러워하는 내색 한번 안 했으며 두 아이도 빈틈없이 돌보았다. 아들은 국민학교 5학년이었고 딸애는 3학년이었다. 그러나 남편이 죽고 나서 그 여자는 갑자기 말수가 아주 적어지더니 밖으로 나돌아다니기 시작했다. 한강에 물고기가 떼로 죽어 떠올랐대요, 라고 말하며 여자는 한강으로 갔다. 글쎄, 광화문에서 군인들이 수영대회를 한대요. 그 여자는 또 광화문으로 갔다. 얼핏 보아선 아주 음전한 젊은 엄마 같았지만, 실성한 게 틀림없었다.

청년은 '자바라'에 대해 설명하고 있었다.

청년의 새댁이 얼음까지 띄운 꿀물을 한 잔 더 타왔으므로 나는 그것을 마셨다. 내가 알루미늄 방범 새시에 대해 별 반응을 보이지 않자 청년은 더 고급스러운 스텐 새시에 관해 설명을 시작했다. 성실한 타입이었다.

나는 여전히 침묵했다.

땀으로 셔츠가 전신에 달라붙어 있었다. 그 여자의 시숙은 뒤늦게 이제야 '광주'의 피해자로 동생을 추가 신고 기회에 신고했다면서, 증거가 없으니 피해자로 인정받을지 모르겠다고 말하며 또 한숨을 쉬었다. 십삼 년이나 지난 일이었다. 증거를 대는 일이 그 시숙에겐 너무나 힘들고 어려운 일인 것처럼 보였다.

뻐꾹. 나가시오.

내 머릿속에 그 두 마디가 떠올랐다.

그 여자는 뻐꾸기시계 때문에 죽었을지 몰라요, 라고 나는 끝내 그 여자의 시숙에게 말하진 못했다. 그 여자가…… 아닌 것 같아요. 아내는 말했다. 인중의 점이 없었던 것 같단 말예요. 인중의 점이 있었느냐 없었느냐 하는 건 이제 진실과 아무 상관도 없었다. 세월은 흘러 그 여자는 뼈가 되었고, 그 여자의 시숙이 추가 보상 대상자로 지정받기 위한 증거를 찾아내는 게 너무도 어려운 것처럼, 아내도 끝내 아무런 증거를 대지 못할 것이었다. 뻐꾸기 벽시계는 그러나 아직도 내 집 거실에서 시간마다 울고 있었다.

해가 설핏 기울었다.

10

그 여자는 아직도 가끔 똬리 틀고 있는 제자리에서 나와 내 앞을 걸어가곤 한다. 아내는 봄가을로 용 든 약을 달이고, 나는 가끔 백운호수에 가서 그 물빛들을 본다. 그해 내린 눈은 지금 어디 있을까. 이제 나는 조금 있으면 꽉 찬 쉰 살이다.

끝은 아니야.

나는 홀로 앉아 중얼거린다.

끝 자를 쓸 수는 없다. 나는 자신에 대한 혐오와 부정으로부터 다시 나의 오십대를 일으키려 한다. 끝은 언제나 시작으로 맞물리기 마련이다. 나 정영호는 그 여자를 죽음의 어둠으로 내쫓은 장본인이다. 인중에 점이 있느냐 없느냐는 상관없다. 인중에 점이 있는 여자도 내쫓았고, 인중에 점이 없는 여자도 내쫓았던 나는 죄인이다. 내 죄가 지금도 이렇게 무겁다. 죄의 칼날이 시시때때 가슴을 찢어놓는다. 하지만 보아라. 내가 고통스러운 성찰로 죗값을 짐 져갈 오십대, 육십대라는 전인미답의 시간들이 내 앞에 있다. 나는 그 여자가 내 몸안에 계속 똬리 틀고 있게 할 것이고, 그것의 고통 때문에 결코 죽지도 않을 것이다. 그리고 무엇보다 아아, 나는 작가이다. 언제나 무릎 꿇어 받고 싶었던 성찬으로 작가라는 이름이 아직도 내 앞에 놓여 있음을 나는 본다.

그건 위험한 길이다. 나는 어떤 길을 걸어왔던가. 나 홀로 혁명을 하는 길은 어디 없을까. 제야의 종소리가 서재 너머에서 울리고, 와 하는 아이들과 아내의 함성도 가깝다. 뻐꾸기시계가 열두 번을 울 시각이다.

고통스럽게 찾아가야 할 쉰 살의 새 들길이 보인다.

작가의 말

1993년부터 삼 년여, 나는 글쓰기를 결연히 끊어버리고 용인군 양지면 대대리 '한터산방'에 혼자 머물렀다. 「흰 소가 끄는 수레」는 1996년에서 1997년 사이에 쓴 연작이다. 이른바 절필 시절, 내가 나를 향해 안으로 여행한 성찰의 기록이라 할 만하다. 1997년 펴냈던 창비 초판본에서, 지나치게 감정이 고양되었다고 느껴지는 극히 일부분의 문장을 고쳤다. 맨 마지막에 실린 「그해 내린 눈 지금 어디에」는 절필 이후에 쓴 「흰 소가 끄는 수레」 연작이 아니란 점을 환기하고 싶다. 「그해 내린 눈 어디에」는 절필하기 얼마 전에 쓴 것이다. 구태여 이 작품을 「흰 소가 끄는 수레」 연작 말미에 함께 붙인 건 문학적 자기 죽음을 선언하는 데까지 이르렀던 나의 심리적인 연원이 당시에 어디에 닿아 있는지를 이 작품이 상징적으로 보여주고 있기 때문이다. 그러므로 「그해 내린 눈 지금 어디에」를 「흰 소가 끄는 수레」 연작들보다 앞서 읽는 방법이 더 자연스럽다고 하겠다. 스스로 선택했던 '작가의 죽음'으로부터 귀환한 작품이 바로 「흰 소가 끄는 수레」 연작이다. '청년작가'라는 별명이 회자된 것도 이 작품집에서부터였다. 여러모로 잊을 수 없는 작품집이다.

2015년 10월
박범신

| 작가 연보 |

1946년 8월 24일 충남 논산군 연무읍 봉동리 242번지(당시 전북 익산군 봉동리 두화부락)에서 아버지 박원용과 어머니 임부귀의 1남 4녀 중 막내(외아들)로 태어남.

1959년 황북초등학교 졸업. 아버지는 강경 읍내에서 포목점을 하고 있어 일주일에 한 번꼴로 집에 들름. 남편 없이 자식들을 키워야 했던 어머니와 네 누이들의 불화를 지켜보며 성장. 원초적 고독과 비극적 세계관이 이때 형성됨.

1960년 강경읍 채산동으로 이사.

1962년 강경중학교 졸업.

1965년 남성고등학교 졸업. 고등학교 2학년 때 수학여행비로 『사상계』를 정기구독. 쇼펜하우어 등 염세주의 철학자들의 영향을 크게 받음. 3학년 때부터 시 습작을 시작함. 오로지 독서와 영화에 탐닉. 염세주의에 깊이 빠져 두 차례 수면제로 자살을 시도함. 가정 형편상 전주교육대학 진학. 교내 문학동아리 '지하수'에서 활동. '남천교'라는 필명으로 대학신문에 콩트를 게재. 실존주의에 영향을 받아 실존주의 작품들과 철학서들을 두루 탐독.

1967년 전주교육대학 졸업. 무주 괴목초등학교 교사로 부임. 데뷔작

「여름의 잔해」의 초고인 「이 음산한 빛의 잔해」를 이곳에서 처음 씀.

1968년 무주 내도초등학교로 전임. 시와 소설을 습작. 『새교육』 『교육논단』 등에 시 발표.

1969년 교사직 사임하고 무작정 상경, 모래내 판자촌 큰누나 집, 신교동 친구네 다락방, 왕십리, 마장동 판자촌 등을 전전함. 버스 계수원, 중국집 주방 보조를 거쳐 월간 『청춘』 『민주여론』 등에서 잡지기자 일을 함. 치열한 생존경쟁 속에서 착취와 가난, 불평등한 부의 분배 등 인간을 소외시키는 도시의 생태를 이때 절실히 체감함. 원광대학교 국문학과로 편입.

1971년 염세적 세계관과 부조리한 세상에 대한 반항심으로 여관에서 동맥을 끊고 자살을 시도, 병원에서 깨어남. 원광대학교 국문학과 졸업. 상경하여 광고회사 스크립터, 『법률신문』 기자 등 여러 직업을 전전함.

1972년 강경여자중학교 국어 교사. 대학 1년 후배 황정원과 결혼함.

1973년 중앙일보 신춘문예에 단편 「여름의 잔해」가 당선되어 등단함. 원래의 제목은 「이 음산한 빛의 잔해」였음. 정릉동에 방 한 칸을 마련해서 아내와 함께 서울로 이사. 서울 문영여자중학교 국어 교사로 근무. 고려대학교 교육대학원 석사과정에 입학. 단편 「호우주의보」 「토끼와 잠수함」 발표.

1974년 단편 「아버지의 평화」 「논산댁」 발표. 장남 병수 출생.

1975년 단편 「우리들의 장례식」 「청운의 꿈」 발표.

1976년 단편「안개 속의 보행」「우화작법」「겨울아이」「식구」「취중경기」 등 발표. 장녀 아름 출생.

1977년 단편「겨울 환상」「염소 목도리」「열아홉 살의 겨울」 등 발표.

1978년 소설집『토끼와 잠수함』(홍성사),『아침에 날린 풍선』(윤진문화사) 출간. 중편「시진읍」, 단편「역신의 축제」「말뚝쇠와 굴렁쇠」「정직한 변신」 등 발표. 교사직 사임. 여성지『엘레강스』에 첫 장편『죽음보다 깊은 잠』 연재, 당시 큰 인기를 얻어 연재중에 여타의 원고 청탁이 밀려들기 시작함.

1979년 『죽음보다 깊은 잠』(문학예술사) 출간, 베스트셀러가 됨. 중편「읍내 떡빙이」, 단편「흉기 1」「단검—흉기 2」「밤열차」 등 발표. 중앙일보에 장편『풀잎처럼 눕다』 연재 시작. 이 작품으로 독자들의 큰 사랑을 받게 됨.『깨소금과 옥떨메』(여학생사),『미지의 흰새』(동평사), 콩트집『쪼다 파티』(풀빛출판사) 출간. 차남 병일 출생.

1980년 장편『밤을 달리는 아이』(여학생사), 장편『풀잎처럼 눕다』(금화출판사) 출간. 고려대학교 교육대학원 졸업(석사논문『이익상 소설연구』).

1981년 소설집『덫』(은애출판사), 장편『돌아눕는 혼』(주부생활사),『겨울江 하늬바람』(중앙일보사), 산문집『무엇이 죽어 새가 되는가』(행림출판사) 출간. 장편『겨울江 하늬바람』으로 대한민국문학상 신인부문 수상. 우울증이 깊어서 다시금 동맥을 끊고 자살을 시도, 입원치료 받음.

1982년 콩트집 『아내의 남자친구』(행림출판사), 중편선집 『그들은 그렇게 잊었다』(오상출판사), 장편 『형장의 신』(행림출판사) 출간.

1983년 장편 『태양제』(행림출판사. 1991년 서울문화사에서 『태양의 房』으로 제목을 바꿔 재출간), 『불꽃놀이』(청한문화사), 『밀월』(소설문학사), 『촛불의 집』(학원출판사. 1990년 인의출판사에서 『바람, 촛불 그리고 스무 살』로 제목 바꿔 재출간. 단편선집 『식구食口』(나남출판사) 출간.

1984년 소설선집 『도시의 이끼』(마당문고) 출간.

1985년 장편 『숲은 잠들지 않는다』(중앙일보사), 『꿈길밖에 길이 없어』(여학생사. 1990년 햇빛출판사에서 『사랑이 우리를 변화시킨다』로 제목을 바꿔 재출간) 출간.

1986년 장편 『꿈과 쇠못』(주부생활사), 『우리들 뜨거운 노래』(청한문화사), 산문집 『나의 사랑 나의 결별』(청한문화사) 출간. 오리지널 희곡 『그래도 우리는 볍씨를 뿌린다』 공연(극단 광장).

1987년 장편 『불의 나라』(평민사), 『수요일의 도적』(중앙일보사. 1991년 행림출판사에서 『수요일은 모차르트를 듣는다』로 제목을 바꿔 재출간), 중편소설 『시진읍』(고려원 소설문고) 출간.

1988년 장편 『물의 나라』(행림출판사) 출간.

1989년 장편 『잠들면 타인』(청한문화사) 출간. 장편 『틀』을 가도가와출판사角川書店에서 일어판으로 먼저 번역 출간.

1990년 연작소설집 『흉기』(현대문학사. 장편 『틀』의 일어판 출간 직후 월간 『현대문학』에 발표된 한국어판 원고를 함께 수록), 장편 『황야』

(청한문화사) 출간.

1991년 콩트집 『있잖아, 난 슬픈 이야길 좋아해』(푸른숲) 출간. 명지대학교 문예창작학과 객원교수, 문화일보 객원논설위원.

1992년 장편 『마지막 연인』(자유문학사), 『잃은 꿈 남은 시간』(중앙일보사. 1997년 해냄에서 『킬리만자로의 눈꽃』으로 제목을 바꿔 재출간) 출간.

1993년 장편 『틀』(세계사)의 한국어판 출간. 명지대학교 문예창작학과 교수로 부임. 문화일보에 장편 『외등』을 연재중 소설에 대한 깊은 고민으로 절필 선언. 이후 3년 동안 용인 외딴집에 은거하며 어떤 글도 쓰지 않고 침묵.

1994년 장편 『개뿔』(세계사), 산문집 『적게 소유하는 자가 자유롭다』(자유문학사) 출간.

1996년 산문집 『숙에게 보내는 서른여섯 통의 편지』(자유문학사) 출간. 『문학동네』 가을호에 중편 「흰소가 끄는 수레」를 발표하며 작품활동 재개.

1997년 3년 침묵 기간의 경험을 토대로 한 자전적 연작소설집 『흰소가 끄는 수레』(창작과비평사) 출간.

1998년 문화일보에 장편 『신생의 폭설』 연재 시작. 단편 「가라앉는 불빛」(『작가세계』 여름호), 「내 기타는 죄가 많아요, 어머니」(『창작과비평』 여름호) 발표.

1999년 계간 『시와 함께』 봄호에 「놀」 외 19편의 시를 발표. 이후 『작가세계』 『문학동네』 『문학과 의식』 등에 연달아 시를 발표함. 문화일보 연재소설 『신생의 폭설』을 『침묵의 집』으로 제목을 바꿔 문학동네에서 출간. 단편 「별똥별」(『문학과 의식』 봄호), 「세상의 바깥」(『현대문학』 8월호), 「그해 가장 길었던 하루—들길 1」(『창작과비평』 가을호) 발표.

2000년 단편 「소음」(『문학동네』 봄호) 발표. 소설집 『토끼와 잠수함』을 제1권, 장편 『죽음보다 깊은 잠 1·2』(장편 『죽음보다 깊은 잠』을 『죽음보다 깊은 잠 1』로, 장편 『꿈과 쇠못』을 『죽음보다 깊은 잠 2』로 제목을 바꿔)를 제2·3권으로 '박범신 문학전집'(세계사) 출간 시작. 단편 「향기로운 우물 이야기」(『현대문학』 8월호), 「손님—들길 2」(『작가세계』 가을호) 발표. 소설집 『향기로운 우물 이야기』(창작과비평사) 출간.

2001년 오디오북 육성낭송소설 『바이칼 그 높고 깊은』(소리공화국)을 두 장의 CD와 테이프에 담아 출간. 장편 『외등』(이룸) 출간. 단편 「빈방」(『문학사상』 7월호) 발표. 박범신 문학전집 제4·5권 장편 『풀잎처럼 눕다 1·2』(세계사) 출간. 『작가세계』 가을호에 장편 『내 책상 네 개의 영혼』 연재 시작. 소설집 『향기로운 우물 이야기』로 제4회 김동리문학상 수상.

2002년 산문집 『젊은 사슴에 관한 은유』(깊은강) 출간. 박범신 문학전집 제6권 장편 『겨울강 하늬바람』(세계사) 출간.

2003년 박범신 문학전집 제7권 소설집 『덫』, 제8·9권 장편 『숲은 잠들지 않는다 1·2』(세계사) 출간. 단편 「괜찮아, 정말 괜찮아」(『실천문학』 겨울호), 「항아리야 항아리야」(『창작과비평』 가을호) 발표. 문화일보에 연재한 산문을 중심으로 엮은 산문집 『사람으로 아름답게 사는 일』(이룸)을 딸 아름의 그림 작업을 곁들여 출간. 첫 시집 『산이 움직이고 물은 머문다』(문학동네) 출간. 『작가세계』에 연재한 장편 『내 책상 네 개의 영혼』을 『더러운 책상』으로 제목을 바꿔 문학동네에서 출간. 이 작품으로 제18회 만해문학상 수상. 민족문학작가회의 이사, 한국소설가협회 운영위원, KBS 이사 등으로 활동.

2004년 소설에 전념하겠다는 이유로 명지대 교수 사임. 소설집 『빈방』(이룸) 출간.

2005년 한겨레신문에 연재한 장편 『나마스테』(한겨레신문사) 출간. 박범신 문학전집 제10·11·12권 장편 『불의 나라 1·2·3』, 제13·14권 장편 『물의 나라 1·2』(세계사) 출간. 산문집 『남자들, 쓸쓸하다』(푸른숲) 출간. 『나마스테』로 제11회 한무숙문학상 수상. 소설선집 『제비나비의 꿈』(민음사) 출간.

2006년 산문집 『비우니 향기롭다』(랜덤하우스중앙) 출간. 장편 『침묵의 집』(문학동네)을 개작하여 『주름』(랜덤하우스중앙) 출간. 『수요일은 모차르트를 듣는다』(세계사, 박범신 문학전집 제15권) 출간. 명지대 문예창작학과 교수로 복귀.

2007년 『킬리만자로의 눈꽃』(세계사, 박범신 문학전집 제16권) 출간. 딸이 그림을 그린 산문집 『맘 먹은 대로 살아요』(생각의나무) 출간. 여행 산문집 『카일라스 가는 길』(문이당) 출간. 젊은 작가들과의 대담집 『박범신이 읽는 젊은 작가들』(문학동네) 출간. 서울문화재단 이사장 취임. 네이버에서 『촐라체』 연재 시작.

2008년 장편 『촐라체』(푸른숲) 출간.

2009년 장편 『고산자』(문학동네) 출간. 이 작품으로 대산문학상 수상. 『깨소금과 옥떨메』(이룸) 재출간. 『틀』(세계사, 박범신 문학전집 제17권) 출간.

2010년 장편 『은교』(문학동네) 출간. 종이책과 전자책을 동시에 출간함. 갈망 3부작(『촐라체』 『고산자』 『은교』) 완성. 장편 『비즈니스』를 계간지 『자음과모음』과 중국의 문학지 『소설계』에 동시에 연재한 후 한국과 중국에서 동시 출간(한국어판은 자음과모음). 이후 차례로 장편소설 8권이 중국어로 번역 출간됨. 산문집 『산다는 것은』(한겨레출판) 출간.

2011년 장편 『나의 손은 말굽으로 변하고』(문예중앙) 출간. 『외등』(자음과모음) 개정판 출간. 『빈방』(자음과모음) 개정판 출간. 명지대 문예창작학과 교수직에서 정년퇴임 후 논산으로 낙향.

2012년 스마트폰으로 원고지 900매 분량의 글을 써서 산문집 『나의 사랑은 아직 끝나지 않았다』(은행나무) 출간. 상명대학교 석좌교수로 부임.

2013년 마흔번째 장편소설 『소금』(한겨레출판) 출간. 여행 산문집 『그리운 내가 온다』(맹그로브숲) 출간. 『은교』 대만어판 출간

2014년 장편 『소소한 풍경』(자음과모음) 출간. 산문집 『힐링』(열림원) 출간. 상명대 문화기술대학원 소설창작학과 개설에 참여. 『은교』 프랑스어판 출간.

2015년 장편 『주름』(한겨레출판) 개정판 출간. 『촐라체』(문학동네) 개정판 출간. 건양대학교에서 제1회 와초문학포럼 개최. 논산 탑정호집필관에서 제3회 와초 박범신문학제 개최. 문학동네에서 장편 『당신—꽃잎보다 붉던』, 문학앨범 『작가 이름, 박범신』, '박범신 중단편전집'(전7권) 출간.

* 이 연보는 『수요일은 모차르트를 듣는다』(세계사, 2006)에 실린 '작가 · 작품 연보'와 1993년 『작가세계』 겨울호에 실린 김외곤의 「고독과의 허무주의적 대결에서 깊고 넓은 현실통찰로」를 참고, 추가 · 보강하여 작성되었습니다.

박범신

중앙일보 신춘문예에 단편 「여름의 잔해」가 당선되며 작품활동을 시작했다. 소설집 『토끼와 잠수함』 『흉기』 『흰 소가 끄는 수레』 『향기로운 우물 이야기』 『빈방』, 장편소설 『죽음보다 깊은 잠』 『풀잎처럼 눕다』 『불의 나라』 『더러운 책상』 『나마스테』 『촐라체』 『고산자』 『은교』 『외등』 『나의 손은 말굽으로 변하고』 『소금』 『소소한 풍경』 『주름』 등 다수가 있다. 대한민국문학상, 김동리문학상, 만해문학상, 한무숙문학상, 대산문학상 등을 수상했다. 현재 상명대학교 석좌교수로 있다.

박범신 중단편전집 4

흰 소가 끄는 수레

초판인쇄 2015년 10월 12일
초판발행 2015년 10월 22일

지은이 박범신
펴낸이 강병선
책임편집 강윤정 | 편집 김형균 | 모니터링 이희연 | 디자인 고은이 유현아
마케팅 정민호 나해진 이동엽 김철민 | 홍보 김희숙 김상만 한수진 이천희
제작 강신은 김동욱 임현식 | 제작처 한영문화사(인쇄) 신안문화사(제본)

펴낸곳 (주)문학동네
출판등록 1993년 10월 22일 제406-2003-000045호
주소 10881 경기도 파주시 회동길 210
전자우편 editor@munhak.com | 대표전화 031) 955-8888 | 팩스 031) 955-8855
문의전화 031) 955-3576(마케팅) 031) 955-2678(편집)
문학동네카페 http://cafe.naver.com/mhdn | 트위터 @munhakdongne

ISBN 978-89-546-3790-9 04810
978-89-546-3786-2 (세트)

* 이 도서의 국립중앙도서관 출판예정도서목록(CIP)은 서지정보유통지원시스템 홈페이지(http://seoji.nl.go.kr)와 국가자료공동목록시스템(http://www.nl.go.kr/kolisnet)에서 이용하실 수 있습니다.(CIP 제어번호 : CIP2015026232)

www.munhak.com